Dieter Full

Dunkle Tage in Sneem

Ein McEagan-Kriminalroman

Ort der Handlung:
Sneem und Umgebung am Ring of Kerry in Irland

R. G. FISCHER
INTERBOOKs

Die Handlung dieses Romans sowie die darin vorkommenden Personen sind frei erfunden; eventuelle Ähnlichkeiten mit realen Begebenheiten und tatsächlich lebenden oder bereits verstorbenen Personen wären rein zufällig.

Bibliografische Information der Deutschen Nationalbibliothek
Die Deutsche Nationalbibliothek verzeichnet diese Publikation in der Deutschen Nationalbibliografie; detaillierte bibliografische Daten sind im Internet über http://dnb.d-nb.de abrufbar.

FM 2 CL

Orber Str. 30, D-60386 Frankfurt/Main

Titelbild: Iain Kitching © www.fotolia.de
Schriftart: Times 11°
Herstellung: RGFC/bf
ISBN 978-3-8301-1571-7

Für Henriette

Intro

Die Kabelbinder schnitten tief in meine Handgelenke und schmerzten höllisch. Ich konnte nur die Umrisse meiner Peiniger sehen, da mich die schräg über dem Horizont stehende Abendsonne blendete. Aber das war bei Weitem nicht meine größte Sorge. Drei Männer hatten mich vor einer halben Stunde brutal vom Rücksitz ihres Wagens gezerrt und mich neben das Hafenbecken gestellt, während der vierte Mann, offensichtlich ihr Anführer, abseits stand. Ich sollte mich nicht rühren. Der Höllenschmerz im rechten Oberschenkel ließ langsam nach. Einer von ihnen hatte mir sein Knie gegen den Oberschenkel gerammt. Er hatte genau die richtige Stelle getroffen. In der Schule nannten wir es Pferdekuss, daran erinnerte ich mich flüchtig. Ich zitterte unkontrolliert und näherte mich der Verzweiflung, denn ich hatte keine Ahnung, was die Männer von mir wollten, hatte aber eine schlimme Befürchtung, und das machte mir Angst. Sehr viel Angst. Vier mir völlig fremde Männer hatten meinen Wagen angehalten. Einer hielt mir einen Revolver vors Auge und zwang mich, zu ihnen ins Auto zu steigen. Die Fahrt endete hier am Pier.

Ich hatte sie wiederholt gefragt, was sie von mir wollten, aber keine Antwort erhalten. Es musste damit zu tun haben, was mit Forrest passiert war. Ich durfte gar nicht daran denken, sonst würde mir wieder schlecht werden. In was zur Hölle bin ich da hineingeraten? Oder ist das alles ein Albtraum? Wache ich gleich auf? Alles sprach dagegen. Es war harte Realität. Was hatten sie mit mir vor? Und wer waren sie überhaupt? Polizei? Geheimdienst? Gangster? Letzteres schien mir am wahrscheinlichsten. Und aus der Gegend stammten sie auch nicht.

Sie besprachen sich noch immer und deuteten hin und wieder auf mich. Der vermutliche Anführer schien zu einer Entscheidung gekommen zu sein, denn er kam nun zu mir rüber. Etwa einen Meter vor mir blieb er stehen und sah mich an. Seine gletscherfarbenen Augen sahen mich fragend an. Nein, er hatte sich noch nicht entschieden. Ich sah Unschlüssigkeit in seinen Augen. Hoffnung wuchs in mir. Hatten sie mich verwechselt? Das war die Lösung. Ich spürte etwas wie Erleichterung.

»Du hattest es vorhin sehr eilig. Woher bist du gekommen und wohin wolltest du?«

Allein die Stimme ließ Böses ahnen. Mein Herz setzte aus, dann fing es an zu rasen. Shit, sie wussten, wo ich gewesen bin. Bei wem könnte ich sonst gewesen sein? Hunderte Theorien rasten mir durch den Kopf, aber ich konnte keine festhalten. Ich fühlte mich unfähig, auch nur einen einzigen klaren Gedanken zu fassen. Nur Fragmente meiner Gedanken kreisten, getrieben von Angst, fürchterlicher schweißnasser Angst.

Er hatte rote Haare, nicht die üblichen roten Haare, sondern feuerrote Haare mit dem üblichen blassen und sommersprossigen Teint. Er zog ein Messer aus seinem Gürtel und begann gelangweilt, seine Fingernägel zu säubern.

»Hör zu, mein Freund, ich frage grundsätzlich nur einmal. Für dich mach ich jetzt noch mal eine Ausnahme. Jede weitere Frage, auf die ich keine Antwort erhalte, kostet dich einen Finger, also woher kamst du?«

»Vom Wald, ich kam vom Wald«, sprudelte es aus mir heraus und mir war schlagartig klar, dass es Verbrecher waren. Gangster von der übelsten Sorte. Gangster, wie ich sie bisher nur aus dem Fernsehen kannte.

Der Rothaarige legte seine Stirn in Falten und sah mich durchdringend an, fast so, als könnte er meine Gedanken lesen.

»Du strapazierst meine Geduld. Muss ich dich erst fragen, was du dort getan hast?«

Sie wissen es! Sie waren auch dort. Sie haben es auch gesehen, nein, sie haben es wahrscheinlich sogar selbst getan!

»Ich habe einen Freund besucht, aber er war nicht zuhause.«

»Lügen kosten zwei Finger, habe ich das nicht gesagt?«

Heilige Mutter Gottes, hilf mir. Wenn ich ihnen jetzt erzähle, was ich gesehen habe, bin ich der Nächste.

»Ich wollte wirklich einen Freund besuchen, ich schwöre es.«

»Und, hast du?«

»Ja, ich war da und habe dreimal geklopft, er war aber nicht zuhause.«

»Mel, fang mit dem Daumen an!«

Der Angesprochene schien geradezu darauf gewartet zu haben und fing an zu grinsen, als er ebenfalls ein Messer zog. Sein Grinsen entblößte zwei Reihen sehr kleiner und spitzer Zähne. Seine weit auseinander stehenden Augen zeigten nichts als Falschheit. Er erinnerte mich an einen Hai.

»Ich meinte, er war nicht wirklich zuhause, er war gestorben, hatte sich erhängt. Ich habe mich derart erschrocken, dass ich nur noch wegwollte. Dann habt ihr mich angehalten und aus dem Wagen gezerrt. Ich weiß überhaupt nicht, was ihr von mir wollt.«

»So, so, erhängt hat sich dein Freund. Und warum hattest du es so eilig? Wolltest du den Doktor holen oder Hilfe? Ich denke, du warst auf dem auf dem Weg zur Garda, stimmt's?«

Sie wussten alles. Sie haben Forrest aufgehängt und sie wissen, dass ich weiß, dass sie es getan haben. Ich hatte bislang keine Ahnung, was sie damit zu tun hatten, aber sie und ihr Auto waren mir auf der Straße in den Wald aufgefallen und ich hätte sie beschreiben können. War es das jetzt mit meinem Leben? Habe ich meine Frau und meine Tochter das letzte Mal gesehen? Meine Tochter. Sie hat zwei kleine Mädchen und ich habe sie noch nie gesehen. Sie wollten im Herbst nach Irland kommen, damit die Kinder ihre Großeltern kennenlernen. Würden die Kinder ihren

Großvater nur aus Erzählungen kennen? Als den Mann, den man am Gleesk Pier getötet hatte? Ich wusste, dass mein Leben keine Krabbe mehr wert war. Ich versuchte, mich dumm zu stellen, meine vielleicht letzte Chance:

»Und was habt ihr damit zu tun? Kanntet ihr Forrest auch?«

»Nur sehr kurz«, antwortete der Rothaarige.

»Glaubt ihr vielleicht, ich hätte etwas mit seinem Tod zu tun? Als ich ankam, war er schon tot. Ganz ehrlich. Hat wohl nicht mehr leben wollen, der Alte.«

Der Rothaarige schien jegliches Interesse an mir verloren zu haben, und ich schöpfte neuen Mut.

»Wisst ihr, der hat schon oft von Selbstmord gefaselt. Wundert mich, dass er es nicht schon vor Jahren getan hat, so wie der in seiner Hütte vegetiert hat. Niemand hätte sich darüber aufgeregt«, rief ich dem Rothaarigen nach, der sich anschickte, in den Volvo zu steigen.

Dort sah ich einen der Kerle eine Schrotflinte aus dem Kofferraum nehmen. Es musste der Bruder vom Hai sein. Die gleichen auseinander stehenden Augen. Der Rothaarige sollte mir verdammt noch mal helfen. Ich wollte ihm nachlaufen, als mein Kopf nach hinten gerissen wurde und ich ein Messer am Hals spürte. Es musste der Hai sein, der es offensichtlich sehr bedauerte, dass er mir keinen Finger abschneiden durfte.

»Bleib stehen und halt die Schnauze, sonst schlitz ich dich«, zischte er mir ins Ohr.

Ich wagte nicht mehr zu atmen. In meinem Kopf stürzten alle Bilder auf einmal zusammen, meine Frau, meine Tochter, meine Enkel, die ich nur von Fotos her kannte, meine Nachbarin, auf die ich vor Jahren mal erfolglos ein Auge geworfen hatte und die heute noch keine Gelegenheit ausließ, mich mit ihrem geilen Hintern zu reizen und mich dabei anzugrinsen, unser Pfarrer, was zum Teufel hatte der Bastard in meinem Kopf zu tun?

Die Stimme hinter mir unterbrach mein wirres Gedankenkarussell.

»Hey«, sagte der Hai und ließ meinen Kopf los, »schau mal.«

Ich starrte in den Lauf der Schrotflinte. Das kann nicht wahr sein. Gleich fangen sie an zu lachen. Wollen nur ihren Spaß mit mir machen, diese Arschlöcher. Maria, Mutter Gottes, hilf mir. Dann gab es diese fürchterliche Explosion.

Ich lag am Boden und fühlte nur noch, wie sich mein Leben langsam davonschlich.

1

Die N72 nach Waterville wand sich sechs Kilometer nach Sneem auf den kleinen Pass hinauf, dann lag sie da, die grandiose Kenmare Bay. Am Horizont waren die Inseln Bull, Cow und Calf im Dunst gerade noch zu erkennen. Eine Handvoll Segelboote glitt über die tiefblaue See, und die kleinen weißen Wolken über den Bergen der gegenüberliegenden Halbinsel Beara erinnerten an weiße Wollmützen. Für die Touristen aus aller Herren Länder war diese Seite des Rings ein Highlight. In bis zu achtzig Bussen wurden sie täglich über den Ring chauffiert, um diese einmalige von der Eiszeit geprägte Küstenlandschaft zu bestaunen.

Detective Inspector Fiona O'Grady saß am Steuer des mit Sondersignal fahrenden Wagens der Garda. Die Abzweigung zum Pier müsste nun bald auftauchen und sie verringerte die Geschwindigkeit.

»Da vorne steht ein Streifenwagen, da muss es sein«, sagte ihr Chef und Beifahrer, Superintendent Alan McEagan.

Die Streife lotste sie über die drei Kilometer lange, enge und kurvenreiche Straße bis zum Pier.

Vor eineinhalb Stunden war der Anruf der Kenmare Garda Station bei der Kriminalabteilung des Hauptquartiers in Tralee eingegangen. An dem kleinen Hafen nahe Sneem sei eine männliche Leiche gefunden worden, die offensichtlich mit einer Schrotflinte erschossen worden war. Gleesk Pier ist ein kleiner Sturmhafen und liegt zum Schutz vor der manchmal sehr ungemütlichen Kenmare Bay hinter einer etwa dreißig Meter breiten Felsnase. Der Tidenhub beträgt etwa drei Meter und lässt das kleine Becken bei Ebbe fast völlig leerlaufen. Er wird deshalb nur hin und wieder von Hobbyfischern mit kleinen Booten benutzt.

Sergeant Peter O'Sullivan vom Revier in Kenmare erwartete sie bereits vor dem rot-weißen Absperrband, das aufgeregt in der kräftigen Westbrise flatterte. McEagan kannte den Sergeant seit Jahren und hatte schon früher mit ihm zusammengearbeitet.

»Hallo Sergeant, toller Anlass für ein Wiedersehen«, begrüßte ihn McEagan.

»Hallo Superintendent, schöner Tag, schlechter Anlass.«

McEagan machte O'Grady mit dem Sergeant bekannt und bat ihn um einen kurzen Überblick.

»Um 11 Uhr 30 ging der Notruf ein. Der Anrufer sprach kein Wort Englisch und war sehr aufgeregt. Man verstand nur so viel, dass seine Frau Hilfe benötigte. Ein Rettungswagen wurde alarmiert und ich über Funk verständigt. Ich traf zuerst ein und fand ein älteres französisches Ehepaar vor, offensichtlich Touristen. Die Frau saß dort drüben neben ihrem Fahrzeug am Boden, hatte einen Schock erlitten und war nicht ansprechbar. Die Rettung kam Minuten später und kümmerte sich um die Frau.

Dort drüben am Kai lag oder vielmehr liegt eine männliche Leiche, offensichtlich aus kurzer Entfernung mit einer Schrotflinte erschossen. Übler Anblick. Die beiden haben vermutlich die Leiche entdeckt, was auch den Schock der Frau erklärt. Die Frau wurde von der Ambulanz zusammen mit ihrem Ehemann ins Tralee General Hospital gebracht. Beide sind Gäste im City Hotel, wo auch ihre Pässe hinterlegt sind. Ich habe das telefonisch überprüft. Eine erste Vernehmung war wegen der Sprachprobleme nicht möglich, denke aber, dass man das später im Hotel noch nachholen kann. Sonst gibt es wenig. Keine Tatwaffe, soweit ich das bisher feststellen konnte, und kein Fahrzeug in der Nähe.«

»Hmm, und was hältst du persönlich von der Sache?«, fragte McEagan.

»Ich habe keinen blassen Schimmer. Ich habe schon viel gesehen, aber das ist etwas völlig anderes. Es erinnert mich eher an die alten Zeiten der IRA, wenn Sie wissen was ich meine. Grausam, effizient und ohne viel Spuren.«

Die Leiche lag etwa einen Meter von der Mole entfernt und war mit einer blauen Plane abgedeckt. McEagan ging in die Hocke, während O'Sullivan die Plane anhob. Die linke Seite des Halses und Teile der linken Gesichtshälfte waren völlig zerfetzt.

McEagan war einiges gewohnt. Verletzungen am Gesicht waren das Schlimmste und das hier war eine Sauerei. Er musste sich abwenden und gegen seinen Brechreiz ankämpfen. Aus den Augenwinkeln sah er O'Grady, wie sie sich an der Mole kniend unter heftigen Krämpfen ins Hafenbecken erbrach. »Opfern« nannten sie das in der Abteilung. Er konnte sehr gut nachempfinden, dass die beiden Touristen beinahe vom Schlag getroffen wurden.

»Schlimm, hm?«, brummte der Sergeant.

McEagan hatte sich wieder im Griff. Wie musste ein Mensch gestrickt sein, der einem anderen aus kürzester Entfernung ins Gesicht schießen konnte? Und es sah so aus, als hätte der Mörder mit voller Absicht die Halsschlagader ins Visier genommen.

»Kennst du den Toten?«, fragte er.

»Soweit ich das noch beurteilen kann, handelt es sich um Sean Galvin, den seine Frau heute Vormittag interessanterweise telefonisch als vermisst gemeldet hat. Er wohnt in Rossdohan auf der andern Seite von Sneem und hat gestern gegen 16 Uhr das Haus verlassen, danach hat sie ihn nicht mehr gesehen oder gesprochen. Er wird allgemein Digger genannt und unterhält einen Einmannbetrieb für Landschaftspflege. Netter, ruhiger und unauffälliger Mann.«

»Hat sie gesagt, wo er hinwollte?«

»Zu einem Kunden, sie wisse aber nicht, zu wem oder wohin.«

»Familie?«

»Nur noch eine Tochter, die in den USA verheiratet ist. Die Eltern sind vor Jahren verstorben. Geschwister hat er keine.«

Inzwischen war Moran von der Spurensicherung mit seinem Tross eingetroffen. Der Gerichtsmediziner kam zwei Minuten später.

»Zeugen?«, wandte sich McEagan wieder an O'Sullivan.

»Bisher negativ. Die paar Leute da drüben kamen alle nach mir. Einige Anwohner der näheren Umgebung und einige Touristen.«

Inspector O'Grady war zu den Schaulustigen hinübergegangen und versuchte, das Gelände um den Pier völlig zu räumen, was ihr schließlich auch gelang. Sie wies einen jungen Gardai an, die Leute mit dem Streifenwagen weiter auf der schmalen Straße zurückzudrängen, bis sie keine Sicht mehr auf den Tatort hätten. Sie gehörte seit einigen Monaten McEagans Abteilung an und es war erst ihr dritter gemeinsamer Einsatz bei einem Tötungsdelikt. Als sie wieder zu McEagan stieß, sah der sie fragend an.

»Nichts Neues. Es sind drei Anwohner vom anderen Ende der Straße hier. Keiner von ihnen hatte etwas bemerkt oder gar einen Schuss gehört. Ich habe Namen und Adressen notiert. Dann sind da noch zwei Touristenpärchen. Eins aus Dublin, eins aus Neuseeland. Beide sind von Sneem aus über den Berg gewandert und erst vor einer halben Stunde hier eingetroffen.«

Moran kam ebenfalls herüber und überreichte die Brieftasche des Toten.

»Sean Galvin steht auf dem Führerschein«, bemerkte er.

Also hatte der Sergeant ihn richtig erkannt. McEagan inspizierte die Umgebung außerhalb der Absperrung ausgiebig und überließ den Tatort dem Doktor und den Technikern. Er kletterte auf die kleine Anhöhe zwischen Pier und Bay und versuchte dabei der reichlichen Hinterlassenschaft der Schafe auszuweichen. Von der kleinen Ruine oberhalb hatte man einen guten Überblick über den Hafen, die nächstgelegenen Häuser und das letzte Stück der Zufahrtsstraße.

Die Leiche lag unterhalb seines Beobachtungspunktes am südlichen Rand des Beckens. Das Auto der Franzosen stand etwa vierzig Meter entfernt auf dem abgesenkten Teil der Straße. Fünfzig Meter oberhalb der Straße stand das einzige Haus, von dem aus man den Tatort einsehen konnte.

Auch ohne Doktor war die Todesursache klar. Auch die Art der Tatwaffe stand fest. Unter dem Kopf des Toten hatte sich ein großer Fleck mittlerweile versickerten Blutes gebildet. Welche Optionen gab es neben der einer Hinrichtung? Ein Jagdunfall? Er versuchte sich eine Situation vorzustellen, bei der man versehentlich einem Menschen aus kürzester Entfernung in den Hals schießen kann. Es fiel ihm nichts ein. Das war Mord von der brutalsten Sorte, entschied er.

Er beobachtete O'Grady, die sich mit den Technikern unterhielt. Anders als üblich schienen diese bei der attraktiven und jungen Dame sehr mitteilungsfreudig zu sein, denn drei Mann hatten ihre Arbeit unterbrochen und drängten sich förmlich, ihre Fragen eifrig und gestenreich zu beantworten.

Nach erfolgreichem Abschluss der Garda Academy in Dublin wurde Fiona O'Grady als Assistant Inspector im Department für Eigentumsdelikte in Galway City eingesetzt und hatte dort drei Jahre verbracht. Ihre Bewerbung auf die Stelle eines Inspectors in Tralee hatte längere Zeit auf McEagans Schreibtisch gelegen. Sie schien ihm anfangs mit ihren neunundzwanzig Jahren einfach zu jung für diesen Job. Und zu hübsch, was zu vermeidbaren Komplikationen führen könnte.

»Was meinst du?«, hatte er damals seinen Kollegen Muller gefragt. »Sie ist doch fast noch ein Teenager.«

»Aber ihr Werdegang ist beachtlich«, erwiderte Muller, »bester Abschluss ihres Jahrgangs auf der Academy, und drei Jahre Erfahrung als Assistent in einem District Office sind auch nicht übel. Außerdem gibt es bei uns genügend alte Knochen, schau nur mich oder dich selbst an.«

»Du bist also für sie, weil du die Altersstatistik in unserer Abteilung verbessern willst?«

»Warum nicht? Noch einen alten Mann mit Erfahrung einstellen bedeutet einer mehr, der alles besser wissen will. Ich bin der Meinung, dass zwei von der Sorte genügen.«

»Außerdem«, fuhr er fort, »wird es für uns langsam Zeit, unsere einmaligen und herausragenden Fähigkeiten an einen jungen Kollegen, oder in dem Fall Kollegin, weiterzugeben. Und wenn sie jung genug sind, sehen sie uns vielleicht nicht als alte Spinner, sondern entwickeln vielleicht sogar eine Art Bewunderung. Und wann hast du sonst noch Chancen, dass eine junge und attraktive Frau an deinen Lippen hängt?«

»Sieh dich vor, gleich sabberst du«, hatte McEagan ihn damals lachend unterbrochen.

Er musste auch jetzt bei seinen Gedanken daran lächeln und hoffte auf die baldige Genesung seines Kollegen, der diesen Fall normalerweise hätte übernehmen müssen. Sie hatten viel zusammen erlebt und vertrauten einander völlig. Sie trafen sich auch privat, was sich hauptsächlich auf dem Golfplatz abspielte. Und sie nahmen sich gerne gegenseitig auf die Schippe, was letztlich daher rührte, dass beide in der Gestaltung ihrer Freizeit durch eheliche Fremdbestimmung eher eingeschränkt entscheidungsfähig waren.

»Darfst du am Samstag mit auf den Golfplatz?«, war gängiger Jargon.

Nach jenem Gespräch hatte er spontan O'Gradys Vorgesetzten angerufen. »Sie ist eine hervorragende Mitarbeiterin ohne Allüren. Ihre Stärken liegen in der Analyse und im Verhör. Habe selten jemanden erlebt, der selbst die härtesten Brocken im Verhör so gekonnt in Widersprüche verwickeln kann«, lobte der sie in den höchsten Tönen.

Er hatte sich einen Tag später für Fiona O'Grady entschieden. Etwas Jüngeres und obendrein Hübscheres konnte letztlich kein Makel in seiner Abteilung sein.

Der Gerichtsmediziner gab als vorläufige Todesursache der männlichen Leiche um die fünfzig die massive Verletzung der Halsschlagader durch eine Schrotladung mit anschließender schneller Ausblutung an. Den vorläufigen Todeszeitpunkt bestimmte er, noch ziemlich unverbindlich, wie er meinte, auf 22 Uhr bis Mitternacht des Vorabends.

Die Kriminaltechniker hatten ihr Zelt über der Leiche aufgebaut und waren mit den üblichen Prozederen beschäftigt. Moran konnte noch nichts berichten, versprach aber, sich sofort zu melden, sobald er etwas zu sagen hätte. McEagan drängte ihn nicht. Denn Moran konnte ziemlich ungemütlich werden.

Sergeant O'Sullivan hatte derweil einen Kollegen beauftragt, Kaffee für das Team zu organisieren. McEagan, O'Grady und der Sergeant machten es sich auf einem Felsvorsprung bequem und genossen inmitten einer Gruppe Schafe den willkommenen und heißen Kaffee.

»Wir werden jetzt erst mal die Frau verständigen«, seufzte McEagan, »und ich möchte, dass du uns begleitest, Sergeant.«

»Vielleicht sollten wir den Hausarzt mitnehmen«, meinte O'Grady nachdenklich

»Kümmerst du dich darum?«, wandte sich McEagan wieder an den Sergeant. »Und ein Hotel wäre auch nicht schlecht. Das hier wird vermutlich dauern! Kannst du was empfehlen?«

2

Nachdem sie im Cityhotel eingecheckt hatten, nahmen sie die Straße Richtung Kenmare. Der Sergeant fuhr mit dem Streifenwagen voraus und lotste sie in die etwas versteckte Abfahrt auf die schmale und kurvenreiche Straße von Rossdohan, ohne Namen und Hausnummern, zum Haus der Galvins.

O'Grady hatte bisher noch kein Wort gesprochen. Es fiel keinem leicht, solche Nachrichten zu überbringen, und man würde sich nie wirklich daran gewöhnen können. McEagan beobachtete sie von der Seite. Einzig sichtbares Zeichen ihrer inneren Angespanntheit waren die weißen Knöchel ihrer Hände, mit denen sie das Lenkrad umklammert hielt.

Doktor Finley war bereits eingetroffen und wartete in seinem Wagen. Das Haus war ein einstöckiger Bungalow mit einem liebevoll gepflegten Vorgarten voller prächtig gedeihender Hortensien. Hinter dem Haus sah die Welt etwas anders aus. Eine baufällig anmutende offene Scheune mit rostigem Blechdach dominierte die Szene. Davor standen zwei stark in Jahre gekommene Bagger unterschiedlicher Größe, die beide um die Wette rosteten. Daneben ein großer Gemüsegarten. Das wilde Land um das Grundstück hatte die Einzäunung längst überwuchert und schien sich zur letzten Schlacht aufzumachen, das Gelände wieder zurückzuerobern.

Eine dunkelhaarige Frau um die vierzig kam aus dem Gemüsegarten. Sie vermisste ihren Mann seit gestern und hatte sich ohnehin schon die heftigsten Sorgen um ihn gemacht, als sie aber die Besucher erkannte und die Wagen der Garda bemerkte, blieb sie stehen und fing heftig an zu zittern. Ihre schlimmsten Befürchtungen schienen wahr zu werden.

O'Grady und Dr. Finley kümmerten sich um die Frau, die lautlos zusammengebrochen war, und trugen sie ins Haus. McEagan und O'Sullivan inspizierten unterdessen die Scheune und die Rückseite des Hauses, in der Hoffnung, vielleicht doch noch etwas zu entdecken. Aber es gab nichts außer Ölfässern und alten und rostigen Gerätschaften, wahrscheinlich Teile der Baumaschinen. Und jede Menge Gerümpel in völligem Durcheinander. Hier würden sie nicht weit kommen. Hier sollten sich die Techniker durchquälen.

»Sein Auto fehlt«, stellte O'Sullivan fest, »ein blauer Passat, besonderes Kennzeichen: An meinen Lack lass ich nur Wind und Regen.«

Dr. Finley erklärte ihnen zwanzig Minuten später, dass es mit einer Befragung heute nichts mehr werden würde. Er hätte der Frau ein starkes Beruhigungsmittel geben müssen, worauf sie eingeschlafen sei. Er hätte bereits die Gemeindeschwester angerufen und sie gebeten, den Rest des Tages und die Nacht bei ihr zu bleiben.

O'Grady hatte dem Doktor geholfen, die Frau ins Bett zu bringen, und sich anschließend auf einen kleinen Rundgang durch die Wohnung gemacht. Links neben dem Eingang lag ein kleines Büro, das sie etwas genauer auf mögliche Hinweise untersuchte, fand aber nichts Auffälliges. Am nächsten Tag würde man sich das Büro genauer vornehmen. Die sauber abgehefteten Kontoauszüge und einen Terminkalender nahm sie aber gleich mit.

Sie hatten seit dem Frühstück nichts mehr gegessen und holten das jetzt in der nahezu leeren Hotelbar nach. Fish and Chips würden am schnellsten gehen. Während sie auf ihr Essen warteten, kam McEagan auf den toten Mister Galvin zurück und fragte den Sergeant, ob er eine Idee hätte, wer ein Interesse an seinem Ableben haben könnte.

»Ich kann mir darauf keinen Reim machen«, meinte der kopfschüttelnd, »Galvin war ein eher unauffälliger Zeitgenosse, dem man nur ein Schlechtes nachsagen konnte, nämlich dass er keine Termine einhielt. Aber damit unterschied er sich wohl nicht von seinen Kollegen. Er hat das Geschäft von seinem Vater geerbt und führt übliche Planierarbeiten aus. Er arbeitet ausschließlich im Umland von Sneem. Im familiären Umfeld kann ich mir ein Motiv kaum vorstellen. Vielleicht ist er jemandem auf die Füße getreten, der seine Rechnung nicht bezahlt hat. Ihr wisst ja, dass man solche Kleinunternehmer oft ein Jahr oder länger auf ihr Geld warten lässt. Sonst habe ich im Moment keine Idee. Jedermann kennt ihn, er war nicht streitsüchtig, besuchte regelmäßig die Pubs in Sneem und sonntags die Heilige Messe. Bei uns ist er nicht aktenkundig, nicht einmal wegen Trunkenheit am Steuer, und das ist selten genug.«

»Gibt es neben der Ehefrau und der Tochter in den USA noch weitere Familienmitglieder?«, wollte O'Grady wissen.

»Da ist noch die Schwester der Frau. Sie lebt mit ihrem Mann und zwei Kindern in Templenoe. Ich werde auf dem Heimweg bei ihr vorbeifahren. Vielleicht kann sie sich ja ebenfalls um ihre

Schwester kümmern. Sicher hat sie auch die Adresse oder Telefonnummer der Tochter.«

»Was macht ihr Mann?«

»Der ist Verkäufer im Baumarkt in Kenmare, ebenfalls ein ruhiger und besonnener Zeitgenosse.«

»Trotzdem sollte er für den gestrigen Abend besser ein Alibi haben.«

»Wenn du keine besonders gute Ausrede hast, möchte ich dich wieder im Team haben«, wandte sich McEagan an den Sergeant. »Mit deinem Chef habe ich vorhin bereits gesprochen, er ist einverstanden. Zwei deiner Kollegen hat er ebenfalls für die nächsten Tage abgestellt. Wir werden den Fall entweder binnen vierundzwanzig Stunden aufgeklärt haben, was ich eher für eine Utopie halte, oder wir müssen uns auf eine lange, zeitraubende Untersuchung einstellen. Im letzteren Fall werden wir uns auf einen gigantischen Rummel der Yellow Press einstellen müssen, weshalb du deinen Kollegen am besten gleich die Steinigung androhst, falls einer den Wunsch verspüren sollte, mit den Leuten zu sprechen.«

Das Essen verlief eher schweigsam. O'Grady und O'Sullivan hingen ihren Gedanken nach, während McEagan unter leisem Fluchen mehr mit der Reinigung seiner Hose beschäftigt war, weil ihm große Stücke der Fischpanade heruntergefallen waren. Mein Gott Alan, iss langsam, und frittierter Fisch war auch keine Glanzidee, haderte er mit sich selbst, denn sein Sodbrennen würde sich nicht lange bitten lassen.

Nach dem Espresso versuchte es O'Grady erstmals mit einer Zusammenfassung.

»Ein neunundvierzigjähriger Mann wird an einer abgelegenen Stelle mit einer Schrotflinte erschossen. Wir kennen die Identität des Opfers. Laut dem Gerichtsmediziner ist der Fundort am Gleesk Pier auch der Tatort, welcher etwa siebzehn Kilometer vom Wohnort des Opfers entfernt ist. Wir haben bisher weder eine Tatwaffe noch Zeugen noch ein mögliches Motiv. Wir wissen bisher nicht, wie das Opfer zum Tatort kam und mit wem es gestern Kontakt hatte. Wir wissen nicht, wo sich sein blauer Passat befindet. Und bisher konnte die Spurensicherung auch noch nichts Relevantes beitragen.«

»Das ist in der Tat wenig«, meinte McEagan, »ich hoffe, dass uns die Techniker doch noch den einen oder anderen Hinweis liefern werden. Also Standardverfahren. Zuerst die Rekonstruktion der Zeitabläufe vor der Tat, notfalls sogar der letzten Tage. Suche nach Zeugen und Befragung aller Leute, mit denen er in der letzten Zeit zu tun hatte. Ich schlage vor, dass Sergeant O'Sullivan die Befragung von Nachbarn und Freunden übernimmt, und seine Kollegen sollen sich die Anwohner der Straße zum Pier vornehmen. O'Grady und ich werden zunächst die geschäftliche Seite durchleuchten, Kunden, Geschäftspartner, säumige Zahler und so weiter, und so weiter.«

O'Grady gab dem Sergeant ihre und McEagans Handynummer.

»Damit wir in Kontakt bleiben können«, sagte sie augenzwinkernd.

»Wo können wir uns einrichten?«, wollte sie dann wissen und schaute dabei von einem zum andern. »Die Garda Station in Kenmare scheint mir etwas weit. Gibt es Alternativen?«

»Hier in Sneem haben wir eine Außenstelle vom Revier, die nur bei Bedarf besetzt ist. Da ist Platz genug«, sagte O'Sullivan.

McEagan nickte den Plan ab und bat den Sergeant, entsprechende Vorkehrungen zu treffen, während O'Grady Bertie Keene, ihren erfahrensten Innenermittler in Tralee anrief und ihn beauftragte, am nächsten Morgen die Ermittlungszentrale im hiesigen Revier einzurichten.

Patrick Moran von der Spurensicherung betrat den Raum und ließ sich an der Bar erst mal ein Pint Guinness zapfen, trank es mit einem Zug halb leer, orderte ein zweites und setzte sich dann zu ihnen.

»Das war Rettung in letzter Minute! Nichts zu trinken am Pier, und der Wind hat uns völlig ausgetrocknet. Wir haben alles abgesucht. Keine Großspuren, auch keine verwertbaren Reifenspuren. Es hat seit Tagen nicht geregnet und der Untergrund aus festgefahrenem Splitt und Mineralbeton ist ohnehin nicht sehr aussagefähig. Eine Tatwaffe haben wir auch nicht gefunden. Liegt vielleicht im Wasser. Der Fundort ist mit Sicherheit auch der Tatort. In seinen Taschen haben wir 83 Euro und 25 Cent, eine Brieftasche, einen Schlüsselbund ohne Autoschlüssel und zwei Lottoscheine gefunden. In der Brieftasche sind eine Bankkarte, das Bild einer jungen hübschen Frau und sein Führerschein. Wir haben im Umkreis des Opfers systematisch Bodenproben entnommen, die aber erst noch analysiert werden müssen. Es gibt dort auch Blutspuren in einer Entfernung bis zu drei Metern von der Leiche, die aber mit hoher Wahrscheinlichkeit vom Opfer stammen dürften. Sorry, mehr gibt es im Moment nicht. Ich werde euch aber über die Laborergebnisse auf dem Laufenden halten. Wir bleiben heute Nacht ebenfalls im Hotel, weil wir morgen den Tatort nochmals großräumiger untersuchen wollen. Er bleibt deshalb weiter abgesperrt und wird heute Nacht von der Kenmare Garda bewacht. So, wenn ihr für den Moment nichts weiter für mich habt, werde ich mich zu meinen Leuten ins Restaurant gesellen, die alle vor Hunger fast umkommen, vom Durst will ich gar nicht mehr reden.«

McEagan hielt ihn zurück.

»Patrick, ihr müsst morgen noch nach Rossdohan. Die Scheune oder Garage des Opfers, oder was immer die Wellblechbude hinterm Haus darstellen soll, interessiert mich, und natürlich auch sein Büro. Ich suche nichts Bestimmtes, will aber in diesem Stadium nichts übersehen. Schaut nach allem, was eurer Meinung da nicht hingehört.«

»Du meinst wohl, so wie immer«, brummte Moran, trank sein zweites Bier aus und verschwand ins Restaurant.

Der Sergeant schloss sich ihm an und meinte, er müsse noch

ein paar Besuche machen. Sie verabredeten sich am nächsten Morgen um 9 Uhr auf dem hiesigen Revier.

»Grüße bitte deine Schwester recht herzlich von mir«, rief ihm McEagan nach, »und sage ihr, ich hätte ihre Lammkeule vor zwei Jahren immer noch nicht vergessen.«

O'Sullivan lächelte, warf O'Grady einen letzten Blick zu und verließ die Bar.

»Mein Gott Alan, du hast wohl gar keine Hemmungen«, tadelte ihn O'Grady kopfschüttelnd. »Das könnte sehr leicht als eine unverblümte Selbsteinladung für ein weiteres Essen interpretiert werden.«

»Mag sein. Aber du kennst diese Lammkeule nicht. Sie macht sie nach einem Rezept ihrer französischen Großmutter, die, glaube ich aus Lyon stammte. Eine Keule vom Kerry-Lamm in einer Kruste aus Honig, altem Balsamico und frisch gehackten Kräutern bei niedriger Hitze langsam geschmort«, sagte er versonnen und betrachtete dann abschätzig die Reste auf seinem Teller und seufzte ergeben.

»Feinschmecker auch noch!«, meinte O'Grady und man konnte nicht sagen, ob es anerkennend oder ironisch gemeint war.

»Ich denke unentwegt an gutes Essen, wenn ich mich mit Fish and Chips begnügen muss.«

»Du scheinst die Familie O'Sullivan ganz gut zu kennen«, versuchte O'Grady die Unterhaltung aufrechtzuerhalten, während sie auf den Nachtisch warteten, auf den McEagan bestanden hatte.

»Keine Familie. Da gibt es nur noch eine etwas jüngere Schwester. Die Eltern sind vor Jahren gestorben und haben den beiden ein riesiges Haus hinterlassen. Sie haben getrennte Wohnungen, aber eine gemeinsame große Küche. Die Kochkünste der Schwester sind Legende und haben offensichtlich auch alle Versuche vom anderen Geschlecht scheitern lassen, den Sergeant dort wegzulocken.«

»Ob er vielleicht schwul ist?«, fragte Fiona beiläufig und mehr zu sich selbst, während sie sich ihrem Zitroneneis widmete.

McEagan trat auf die Hotelterrasse, um frische Luft zu genießen. Die Abendflut hatte mit ihrem kühlen Wasser das Tal wieder gefüllt und die Temperatur deutlich absinken lassen. Da war sie wieder, die große Frage, die ihn vor jedem neuen Fall quälte, ob er auch dieses Mal den Fall lösen könnte. Würde ihm das Glück neben seinen Erfahrungen immer noch zur Seite stehen? Er war sich selbst gegenüber immer ehrlich gewesen, Neben dem reinen Handwerk eines Ermittlers gehörte immer auch das Quäntchen Glück, den kleinsten und vielleicht wichtigsten Hinweis zu erkennen und richtig zu deuten. Er war einer der erfolgreichsten Ermittler im County Kerry und wusste aus Erfahrung, auch wenn es keine erkennbaren Motive und weder Tatverdächtige noch Zeugen gab, solche Minihinweise waren immer vorhanden. Er hoffte, sie auch dieses Mal zu entdecken. Oft waren es Widersprüche oder minimale Fehler in zeitlichen Abläufen, manchmal auch ein Haar oder ein Knopf. Man musste nur manchmal verdammt lange danach suchen und natürlich auch Glück haben. Auch der berühmte Zufall konnte sehr hilfreich sein.

Dieser Fall hatte einen besonderen und für ihn ungewohnten Aspekt. Es sah in der Tat wie eine Hinrichtung aus. Da kamen noch weitere mögliche Tatmotive hinzu. Die Beseitigung eines Zeugen zum Beispiel. Zeuge von was? Von einem Verbrechen? Drogen oder ging es gar um Politik? Er musste dem Sergeant recht geben, im Gegensatz zu den meisten Tötungsdelikten war die Lösung hier eher nicht im familiären Umfeld zu suchen. Natürlich durfte man diese Möglichkeit nicht völlig außer Acht lassen. Er fühlte, dass sein Verstand trotz seiner Müdigkeit langsam warmlief, und war nun zuversichtlich, auch dieses Mal den kleinen Zipfel der Erkenntnis zu finden. Sie würden jedes Steinchen so oft umdrehen wie nötig. Morgen hieß die Devise erst einmal wieder Klinkenputzen.

Er wurde sich der fast märchenhaften Szenerie bewusst, die der Blick von der Hotelterrasse über die Golden Cove bot, der kleinen Bucht des Sneem Flusses. Die Flut hatte ihren Höchststand erreicht und das Wasser stand bis zur Grasnarbe unterhalb der Terrasse. Das letzte Abendrot tauchte die Landschaft in ein fast irreales Licht. Die Hänge der Berge gegenüber lagen im schwarzen Schatten und auf den Gipfeln leuchteten feuerrote kleine Wölkchen, die ihn an Vulkane erinnerten. Die Berge auf Beara, der anderen Seite der Kenmare Bay, leuchteten in der Abendsonne in einem dunklen Rot. Einheimische nannten sie bei diesem Licht Beef-Mountains und nun wusste er auch warum.

Fiona trat neben ihn. »Hast du schon einen Plan?«

»Wir werden den Mörder suchen«, flachste McEagan. Dann löste sich sein verträumter Blick vom Fluss und er sah O'Grady an.

»Im Ernst. Wir haben immerhin schon mal eine Leiche, wie mein früherer Chef zu sagen pflegte, und wie ich die Techniker und unseren Doktor kenne, werden sie die Leiche und den Tatort noch zum Sprechen bringen. Bis dahin müssen wir uns mit der Ehefrau und seinen Kunden unterhalten. Wieso kommst du übrigens darauf, dass O'Sullivan schwul sein könnte?«

»Nur so. Gut aussehende Männer in seinem Alter sind entweder verheiratet, schwul oder völlig verkorkst.«

»Du scheinst dich auszukennen! Aber ich kann dich beruhigen. Keine deiner Vermutungen dürfte hier zutreffend sein. Nach neueren Erkenntnissen soll es nämlich auch Männer geben, die Ansprüche stellen. Nicht nur Frauen tun das, hab ich mir sagen lassen. Außerdem ist Polizist nicht unbedingt ein Beruf, der bei heiratswilligen Damen ganz oben auf der Liste steht. Eher gefragt sind da doch die gesellschaftlich anspruchsvolleren Berufe wie Arzt oder Zahnarzt.«

O'Grady schmunzelte und wunderte sich ein wenig über eine gewisse Erleichterung, die sie bei sich feststellte. Es war ja nicht der erste gutaussehende Mann, dem sie begegnete, aber es war das erste Mal, dass sie sich ernsthaft interessierte, und das war neu für sie.

McEagan bat O'Grady, die Gemeindeschwester anzurufen.

Vielleicht bestand ja heute Abend doch noch die Möglichkeit, mit Mrs. Galvin zu sprechen. Er hoffte immer noch auf wichtige Hinweise von ihr. Der Sergeant müsste sich morgen auch in den Pubs umhören. Man sollte nie unterschätzen, welche Informationen in einem kleinen Ort wie Sneem an einer Theke gehandelt werden. Hier kennt jeder jeden und das gesellschaftliche Leben in den fünf Pubs war rege. Auch die Anwohner im Ortsteil Rossdohan bis hinüber nach Tahilla sollten befragt werden.

Nach dem zweiten Läuten wurde der Hörer abgenommen.

»Guten Abend Schwester. Inspector Fiona O'Grady hier. Wie geht es Mrs. Galvin? Wir benötigen dringend ein paar Informationen von ihr. Glauben Sie, dass sie uns heute noch ein paar Fragen beantworten kann?«

»Sie ist jetzt zwar wach, aber immer noch etwas benommen«, meinte die Schwester zögernd.

»Wir versprechen, nicht lange zu stören, höchstens zehn Minuten.«

»Ich bin kein Arzt. Kommen Sie einfach vorbei, dann sehen wir weiter. Wenn es sie zu sehr aufregt, müssen Sie wieder gehen.«

In der Lobby warteten bereits einige Journalisten und bestürmten sie nun alle gleichzeitig mit Fragen zum Geschehen. McEagan hatte in langjähriger Praxis gelernt, mit dieser Pest zu leben, wie er sich auszudrücken pflegte. Er versuchte immer etwas Futter zu streuen, ohne seine Ermittlungen zu beeinträchtigen. Oft hatten die Medien auch ihm schon geholfen. Es war ein Geben und Nehmen. Beide Seiten hatten eine Aufgabe zu erfüllen und das respektierte er. Im Gegenzug hatte er sich den Respekt vieler, wenn auch nicht aller Journalisten erworben. Er war von Mitarbeitern der seriösen Organe noch nie vorgeführt oder mit Häme beworfen worden wie so mancher seiner Kollegen. Er bestätigte das Geschehen am Gleesk Pier, ohne die fehlende Tatwaffe zu erwähnen. Weitere Hinweise könne er aber noch nicht geben, da man noch ganz am Anfang stünde und noch nicht alle Angehörigen informiert seien.

Er bat sie abschließend um Geduld bis zur ersten Pressekonferenz am Folgetag um 17 Uhr hier im Hotel. Das war wie üblich nicht zufriedenstellend für die Reporter, musste aber genügen. Und er wusste, einige Journalisten der Yellow Press würden ohnehin in der nächsten Ausgabe eine hoch spekulative Horrorgeschichte abdrucken, egal was er erzählen würde. Und am nächsten Tag würden sie mit der eigenen Befragung der Einwohner beginnen, und davor fürchtete er sich.

Zehn Minuten später öffnete ihnen die Gemeindeschwester und führte sie ins Schlafzimmer. Mrs. Galvin lag im Bett und hatte die Augen geschlossen. O'Grady setzte sich ans Bett der Frau und streichelte behutsam ihre Hand.

»Hallo Mrs. Galvin, ich bin Inspector Fiona O'Grady vom Garda District Office in Tralee. Es tut mir aufrichtig leid, was passiert ist, und ich verspreche Ihnen, dass wir denjenigen finden, der das getan hat. Dazu brauchen wir Ihre Hilfe. Können Sie uns ein paar Fragen beantworten?«

Die Frau erwiderte den Druck der Hand und nickte kaum merklich.

»Wann hat Ihr Mann gestern das Haus verlassen?«

»Gegen vier«, flüsterte sie und begann wieder leise zu weinen.

»Wissen Sie, wo er hinging?«

»Er wollte wegen eines Auftrags zu einem Kunden. Zu einem Farmer in North Gerrack, glaube ich, bin mir aber nicht sicher. Er sagte nur, er käme etwas später, weil er auf dem Rückweg noch ein Pint trinken wolle. Ich sollte das Essen für ihn warm stellen.«

O'Grady musste warten, bis sich ihr Schluchzen wieder etwas gelegt hatte.

»Was hat er vor 16 Uhr gemacht?«

»Er war den ganzen Tag zuhause und hat am großen Bagger geschraubt.«

»Hatte er gestern oder in den Tagen davor ungewöhnlichen Besuch?«

Kopfschütteln.

»Ist Ihnen in den letzten Tagen etwas Außergewöhnliches aufgefallen? Zum Beispiel besondere Anrufe oder ungewöhnliche Post, etwas, das Ihnen seltsam erschien. Denken Sie ruhig darüber nach. Die geringste Kleinigkeit könnte uns helfen.«

»Nein, es war wie immer.«

»Ist er mit dem Auto weggefahren?«

Sie nickte.

»Sergeant O'Sullivan meint, Sie hätten einen blauen Passat. Stimmt das?«

Sie nickte.

»Können Sie mir das Kennzeichen sagen?«

»01-KY-999.«

»Vielen Dank Mrs. Galvin, nur noch eine Frage. Können Sie sich vorstellen, wer das getan haben könnte?«

Sie schien sehr lange darüber nachzudenken. »Nein, tut mir leid. Ich kann das alles überhaupt nicht fassen.«

Sie hatten sich mit dem Hinweis verabschiedet, am nächsten Morgen nochmals vorbeizuschauen. McEagan war noch nicht müde und schlug deshalb vor, sich noch in den Pubs umzuhören, was sich das Stammpublikum so zu erzählen hat, und parkte den Wagen vor der Post. Etwas abseits entdeckten sie den Streifenwagen von O'Sullivan. Ein Blick durchs Fenster des Green Duck klärte sie auf. Der Sergeant war ihnen zuvorgekommen. Er saß mit zwei Männern abseits in einer Ecke des Pubs und hatte sein Notizbuch aufgeschlagen vor sich auf dem Tisch liegen. Sie entschieden sich, nicht zu stören, und fuhren zum Hotel.

Der Franzose, der die Leiche gefunden hatte, hieß Pierre Noiret. Laut Auskunft der jungen Frau an der Rezeption war er vor einer halben Stunde ins Hotel zurückgekommen und saß jetzt im Restaurant beim Abendessen.

»Guten Abend Monsieur Noiret«, sprach ihn Fiona auf Französisch an. Dies ist Superintendent Alan McEagan und ich bin

Inspector Fiona O'Grady. Dürfen wir Sie stören und uns kurz zu Ihnen setzen?«

Der Mann kaute gerade an seiner Vorspeise und forderte sie deshalb mit einer einladenden Geste auf, Platz zu nehmen.

»Wie geht es Ihrer Frau, Monsieur Noiret?«

»Danke, es geht ihr besser. Wir haben so etwas noch nie gesehen und meine Frau hat einen schweren Schock erlitten. Im Krankenhaus wollen sie meine Frau sicherheitshalber noch bis morgen dabehalten. Schöner Urlaub ist das.«

»Hauptsache, Ihrer Frau geht es besser. Wir müssen Ihnen noch ein paar Fragen stellen, wie Sie sich sicher denken können. Erzählen Sie uns zunächst doch bitte, was Sie von Ihrer Ankunft am Pier bis zum Eintreffen der Garda gesehen und erlebt haben.«

»Außer dem schrecklich zugerichteten Mann haben wir nicht viel gesehen. Ich kann mich nicht einmal mehr erinnern, wie der Hafen aussieht oder ob da überhaupt Wasser drin war. Wir haben etwa dreißig Meter vor dem Hafenbecken geparkt und wollten uns Korallen aus den Felsnischen der Bay holen, von denen man uns erzählt hat. Dann haben wir eine Person am Beckenrand liegen sehen. Wir sind hingeeilt, weil wir dachten, sie benötigt vielleicht Hilfe. Da konnte aber keiner mehr helfen. Es war ein schrecklicher Anblick, den ich wohl nie vergessen werde. Und dieses bedrohliche Brummen der Fliegen habe ich immer noch in den Ohren. Meine Frau fing an zu schreien und wir liefen zurück zum Wagen. Ich musste mich zuerst um sie kümmern und habe dann den Notruf gewählt. Ich bin nicht mehr zu dem Toten zurückgegangen.«

»Das war bestimmt sehr schrecklich für Sie und es tut uns leid, dass Sie sich für uns nochmals daran erinnern müssen. Haben Sie, bevor die Garda kam, jemanden gesehen oder ist Ihnen ein Auto auf dem Weg zum Pier aufgefallen?«

»Da war niemand. Und ein Auto auch nicht. Wir mussten allein auf den Krankenwagen warten. Ich bekam deshalb fast Panik, denn ich wusste ja nicht einmal, ob man mich am Telefon verstanden hatte. Meine Frau spricht passabel Englisch, ich überhaupt nicht, beziehungsweise habe ich das wenige aus der Schulzeit vergessen.«

»Ich verstehe. Ist ja aber alles noch mal gutgegangen. Ihr Auto steht noch am Pier. Wenn Sie mir die Schlüssel geben, lass ich es von einem Kollegen zum Hotel bringen.«

»Das wäre großartig. Ich möchte da nämlich nicht mehr hin«, sagte der Franzose und nestelte den Schlüssel aus seiner Hosentasche.

»Nicht sehr ergiebig, unser lieber Franzose«, meinte O'Grady auf dem Weg in die Lobby. Er hatte wirklich Glück, dass man in Kenmare gleich geschaltet hat und eine Streife und die Rettung in Marsch gesetzt hat. Man sollte halt wenigstens ein paar Brocken der Sprache des Landes beherrschen, in das man reist.«

»Ich weiß aus deiner Personalakte, dass du Französisch sprichst. Dass du aber fast perfekt bist, hatte ich nicht geahnt. Man kann immer noch Neues an dir entdecken.«

»In meinen Collegeferien ging ich immer als Au Pair nach Frankreich. Da lernt man das ganz schnell. Ich hatte auch meistens Glück und durfte mit in die Ferien an den Atlantik oder die Côte d'Azur fahren. Es war eine schöne Zeit, die ich in vieler Hinsicht nicht missen möchte.«

»Nie daran gedacht, in die Zentrale nach Dublin zu gehen? Dort brauchen sie gute Leute mit perfekten Fremdsprachenkenntnissen. Einfacher und ungefährlicher Dienst und mit den besten Aufstiegsmöglichkeiten sollte man nicht unterschätzen.«

»Willst du mich schon wieder loswerden? Brauchst es nur zu sagen. Aber du kannst sicher sein, dass ich mich nicht nach Dublin sehne. So interessant auch eine Großstadt an sich sein mag, so wenig interessiert mich die Garda Zentrale. Ich würde es den ganzen Tag im Büro nicht aushalten und im Dunstkreis von hochdekorierten Sesselpupsern schon gar nicht. So, Ende des Themas, ich werde nämlich langsam müde und sehne mich nach einer Dusche.«

Sie schickte dem Sergeant noch eine SMS mit dem Fahrzeugkennzeichen und sagte Gute Nacht. McEagan fürchtete, jetzt ohnehin noch nicht einschlafen zu können, und entschloss sich, der Hotelbar noch einen Besuch abzustatten. Ein oder zwei Jameson würden ihm das Einschlafen bestimmt erleichtern. Nur wenige Gäste waren anwesend und neben der Türe hing ein überdimensionaler Flachbildschirm, auf dem gerade ein Spiel der Champions League ohne Ton lief. Dann bemerkte er an einem Ecktisch neben dem Terrassenausgang Moran und einen seiner Mitarbeiter.

»Hi Alan«, begrüßte ihn Patrick, »wo hast du deine nette und gut aussehende Lady-Inspector gelassen?«

»Jaggidijagg«, antwortete der Gefragte, dem überhaupt nicht nach Smalltalk zumute war. »Gib mir lieber Ergebnisse, das wäre hilfreicher.«

»Ist wohl 'ne harte Nuss? Keine Zeugen, wenig oder keine Spuren. Du kannst dich aber auf uns verlassen, wir haben einiges fürs Labor, kann aber ein paar Tage dauern.«

»Das ist der Unterschied zwischen unseren Jobs, wenn du nichts findest, dann war da nix und jeder glaubt dir, wenn ich keinen Täter finde, bin ich unfähig,« entgegnete McEagan.

»Tja, hättest Techniker werden sollen, Alan«.

Sie kannten und schätzten sich seit Jahren. Ihre Frauen waren beide im Vorstand eines Wohltätigkeitsvereins, was ihrem Männerverhältnis aber bisher keinen Abbruch tat. Als sich das allgemeine Interesse wieder dem Fußballspiel zuwandte, sagte McEagan Gute Nacht und nahm den zweiten Jameson mit auf sein Zimmer. Er rief wie versprochen noch seine Frau an. Er sei jetzt hundemüde, meinte er, als sie sich für seinen Tagesablauf interessierte.

»Aber du denkst doch hoffentlich noch an Sonntag? Du hast es versprochen!«

»Ich weiß. Aber wir haben hier einen Mordfall und da kann man nie wissen.«

Der Jameson tat sein Bestes. Er konnte ihr gerade noch eine angenehme Nachtruhe wünschen, bevor er einschlief.

3

Sie nannten ihn Coach, weil er viele Jahre die Kerry-Auswahl des Irischen Football-Verbandes trainiert hatte, nachdem er seine aktive Zeit beendet hatte. Irish Football war traditionelle Leidenschaft der Familie. Der Großvater hatte es zur nationalen Legende gebracht, weshalb man ihm sogar ein Denkmal errichtet hatte. Peter O'Sullivan war jetzt fünfunddreißig und immer noch eine sportliche Erscheinung. Seit vierzehn Jahren tat er nun schon Dienst bei der Garda Station in Kenmare, davon die letzten sechs Jahre als Sergeant.

Es war keineswegs üblich, einen Sergeant des örtlichen Reviers in ein Ermittlungsteam der Mordkommission einzubeziehen. Diese Aufgabe oblag normalerweise einem Detective Sergeant aus der Zentrale. McEagan hatte sich aber bewusst für den Coach entschieden. Er wusste um die besonderen Fähigkeiten des stillen, aber keineswegs introvertierten Sergeants, der sein Revier und die darin lebenden Menschen wie kein anderer kannte. Man respektierte und achtete ihn. Einzig Alkoholsünder im Straßenverkehr fürchteten ihn.

O'Sullivan wechselt seine Uniformjacke gegen seinen warmen Pullover und lenkte sein Fahrzeug Richtung South Square. Vier Pubs gab es an diesem Platz. Er fuhr langsam um die große Grünanlage, unschlüssig, in welchem er beginnen sollte. The Green Duck und O'Leary's Bar waren um diese Jahreszeit mit Touristen bevölkert, welche bei seinen Ermittlungen eher stören würden. Die Leute, die er anzutreffen hoffte, verkehrten aber ebenso in diesen Lokalen. Er gab Gas und verließ Sneem in Richtung Waterville.

Nach etwa zwei Kilometern bog er in die Auffahrt zu einem großen Bungalow ein. Ein etwas ramponierter Geländewagen zeigte ihm, dass John und seine Frau Moira zu Hause waren. John

Kelly war Inspektor der Fischereiaufsicht, fast zwei Meter groß und sein bester Freund. Noch bevor er ausgestiegen war, öffnete John die Tür. Er hatte ihn offensichtlich durchs Fenster gesehen. O'Sullivan kam gleich zur Sache.

»Du weißt sicher, was passiert ist.«

»Hi Peter, ich hab es eben in den Nachrichten gehört. Komm rein, wir gehen ins Wohnzimmer. Kaffee? Bier? Whiskey?«

»Kaffee.«

»Moira, machst du uns bitte zwei Kaffee?«, rief er in die Küche und setzte sich Peter gegenüber.

»Ich kann es immer noch nicht fassen. Im Radio sagen sie, dass ihr noch keine Spuren oder Zeugen habt.«

»Das stimmt. Und wenn wir keine Zeugen finden, wird es wohl eine reine Laborarbeit werden, so sieht es jedenfalls aus.«

»Moira hat gehört, dass es Digger sein soll, stimmt das?«

»Woher weiß sie das? Wir haben wegen der Angehörigen noch keinen Namen genannt«, sagte O'Sullivan eher resigniert als verwundert.

»Eine Nachbarin von Galvin hat Moira vor einer Stunde angerufen. Du weißt doch, wie so etwas funktioniert.«

»Ja leider«, und nach einer kleinen Pause, »es ist Digger. Er war kaum wiederzuerkennen, sie haben ihm direkt ins Gesicht geschossen.«

Moira brachte den Kaffee und umarmte Peter.

»Mein Gott, wie kann so etwas bei uns passieren? Für die Frau muss es ja furchtbar sein. Mir wird schon übel, wenn ich nur daran denke.«

»Moira, wer hat dich angerufen, vom wem hast du den Namen?«, wollte O'Sullivan wissen, mehr der Vollständigkeit halber als in der Hoffnung, je etwas gegen die vorzeitige Verbreitung solcher Nachrichten tun zu können.

»Mensch Peter, du kennst das doch. Die Leute sitzen zuhause und platzen schier, wenn sie solche Sensationen nicht weitererzählen können. Es war Electric Eileen, die Nachbarin von

Digger. Du kennst sie bestimmet, ihr Mann hat das Elektrogeschäft am North Square, und bitte verpetzte mich nicht, sonst koche ich nie mehr für dich.«

Nicht dass er es vorgehabt hätte, aber die versteckte Drohung überzeugte ihn.

»Ich lass euch jetzt mal wieder allein, damit ihr euer Männergespräch fortsetzen könnt, außerdem bin ich noch am Bügeln.«

»Du meinst wohl, du möchtest die neue Folge von ›Sex and the City‹ nicht versäumen«, stichelte John und lachte glucksend.

»John, ich nehme jetzt doch einen kleinen Jameson, aber bitte nur einen Finger.«

Sie schwiegen, während sie ihren Whiskey in kleinen Schlückchen zum Kaffe genossen.

»Warum bist du gekommen, Coach?«, fragte John nach ein paar Minuten, »was treibt dich um?«

»Wie gesagt, wir haben weder ein Motiv noch Zeugen, niemand will etwas gesehen oder gehört haben. Und wir wissen nicht, wie Digger zum Pier gekommen ist. Seinen Wagen vermissen wir ebenfalls. Um der Wahrheit die Ehre zu geben: Wir wissen bislang weniger als nichts. Nun, die Tat ist am Wasser geschehen und du bist meine Verbindung zum Wasser … und zu den Leuten, die am Wasser wohnen. Ich hatte gehofft, du könntest dich vielleicht mal leise umhören. Vor allen Dingen setze ich auf deine Kontakte zu den Fischern und Bootsbesitzern. Dann ist da noch was, wir haben die Schrotflinte nicht gefunden. Entweder der Mörder hat sie mitgenommen oder er hat sie oberhalb der Felsnase ins Meer geworfen. Ich frage mich deshalb, ob man dort tauchen kann.«

»Unterhalb der Steilküste ist die See je nach Tidenstand 15 bis 20 m tief. Tauchen ist so nah an den Felsen wegen der Brandung aber nicht einfach und nur an absolut ruhigen Tagen möglich. Für die nächsten drei bis vier Tagen braucht ihr euch deshalb, wenn es nach der Vorhersage geht, keine Hoffnungen zu machen. Ab Donnerstag soll der Wind nachlassen und am Freitag dürfte sich die

See beruhigt haben, dann kann man tauchen. Wegen der starken Strömung dort bleibt es aber gefährlich. Ich meine deshalb, dass es für eure Süßwassertaucher zu gefährlich ist und ihr besser die Coast Guard um Hilfe bittet. Die haben für solche Einsätze die richtige Ausrüstung und Erfahrung.«

»Gut. Und wie gesagt, es wäre nett, wenn du in den nächsten Tagen ein bisschen Augen und Ohren für mich offen halten würdest.«

»Mach ich, möchtest du noch einen Drink?«

»Heute nicht John, ich muss noch ein paar Besuche machen. Gute Nacht.«

Zurück in Sneem entschied er, noch im Green Duck vorbeizuschauen. Jetzt war die beste Zeit, die richtigen Gäste anzutreffen, und die meisten Touristen lagen vielleicht schon in den Federn. Als er den Gastraum betrat, verstummte das allgemeine Gemurmel. Auch hier wusste also schon jeder Bescheid. Alle Blicke waren auf ihn gerichtet, wohl in der Hoffnung, jetzt die große Story zu erfahren. An der Bar entdeckte er die beiden Fischer Peter Murphy und Colm O'Donoghue.

»Ich muss mal kurz mit euch reden. Können wir uns dahinten an den Ecktisch setzen?«

Beide folgten ihm, nicht ohne ihr noch gut gefülltes Guinness mitzunehmen. Die anderen Gäste schauten etwas enttäuscht, da sie das Gespräch von ihren Plätzen aus nicht verfolgen konnten.

»Schöne Scheiße, was da passiert ist, Coach! Wisst ihr schon, wer der verdammte Kerl war?«, fragte einer der beiden.

»Nein. Wir wissen noch wenig. Wir haben bis jetzt auch keinen einzigen Zeugen. Wisst ihr, wer das Opfer ist?«, fragte O'Sullivan ohne große Illusionen.

»Na Digger war es doch oder stimmt das nicht?«

O'Sullivan machte sich keine Hoffnungen mehr. Jeder wusste es inzwischen und morgen würde es in Großbuchstaben in der Zeitung stehen. Er musste in jedem Fall heute noch zur Schwester der Frau in Templenoe, bevor sie es zum Frühstück in der Zeitung las.

»Wann habt ihr Digger das letzte Mal gesehen und wisst ihr, wo er sich in den vergangenen Tagen aufgehalten oder wen er getroffen hat?«

Der Jüngere der beiden zuckte mit den Schultern.

»Ich habe ihn vorgestern Abend hier im Pub gesehen. Er hat erzählt, dass er bis nachmittags oben in Hollywood beim Holländer gearbeitet hat. Er war gerade auf dem Weg, seinen Bagger zurückzubringen, und wollte auf dem Heimweg hier noch kurz seine Kehle befeuchten. Er blieb wohl eine Stunde und ging gegen 21 Uhr. Das war das letze Mal, dass ich ihn gesehen habe.«

»Ja das stimmt«, ergänzte sein Kollege, »ich habe ihn seither auch nicht mehr getroffen.«

»Wisst ihr, ob er in letzter Zeit mit jemandem Streit hatte?«

»Digger? Der streitet doch mit niemandem. Du weißt doch selbst, dass er eher der lammfrommen Fraktion angehört, deshalb wird er ja auch so oft ausgenutzt und muss auf die Bezahlung seiner Rechnungen oft ein halbes Jahr und länger warten.«

»Und was sagt die Gerüchteküche sonst noch? Über was wurde heute Abend hier so geredet?«

»Nur das Übliche. Was für ein Schlag für die Familie, wie sagt man das seiner Ehefrau und seiner Tochter, was soll seine Frau jetzt machen, was passiert mit dem Geschäft, haben sie genug auf der hohen Kante und solches Zeug. Genau genommen, weiß niemand etwas.«

Der Sergeant las die SMS von O'Grady mit den Fahrzeugdaten.

»Gut, wenn ihr was hört, lasst es mich wissen. Da wäre noch sein Auto. Wir haben es bisher nicht gefunden.«

Die beiden Fischer kannten den blauen Passat und versprachen, die Augen offen zu halten. Es war spät geworden, halb elf, und er sollte sich beeilen. Nach zwanzig Minuten erreichte er das Haus der Schwägerin. Es brannte noch Licht, also klopfte er. Die

Schwägerin wusste schon Bescheid, Dr. Finley hatte sie angerufen.

»Mein Mann und ich kommen gerade von meiner Schwester zurück. Wir müssen jetzt zusammenhalten. Ich fasse es immer noch nicht. Wie kann man denn so etwas Schreckliches tun? Heute Nacht ist ja Gott sei Dank die Gemeindeschwester da, morgen, wenn ich die Kinder zur Schule gebracht habe, kümmere ich mich um meine Schwester, Jesus Maria, was haben wir bloß getan?«

O'Sullivan kam nicht zum Reden, das tat die Frau für sie beide, aber was sie wohl mit der Frage meinte, was sie bloß getan hätten? Er sah ein, dass dies wohl weniger ein Schuldeingeständnis sein sollte als eher die Suche nach einem plausiblen Grund für eine derart biblische Bestrafung. Der Herr Pfarrer lässt grüßen.

»Ich habe eben mit meiner Nichte in New Jersey telefoniert. Sie wird ihre beiden Kinder bei Freunden unterbringen und versuchen, für morgen noch einen Flug nach Shannon buchen. Wenn das klappt, wird sie Freitagmorgen hier sein. Heiliger Sankt Kilian, was haben wir getan?«

Bevor sie weitere Heiligen anrufen konnte, ließ O'Sullivan sich noch schnell die Adresse der Nichte in den USA geben, gab nochmals seinem Bedauern Ausdruck, grüßte und machte sich auf den Heimweg.

4

Es war kurz nach halb acht, als McEagan am nächsten Morgen den Frühstücksraum betrat. Fiona hatte bereits gefrühstückt und schien bester Laune zu sein, jedenfalls strahlte sie ihn an.

»Guten Morgen Chef, hast du gut geschlafen?«

Ein Blick in sein Gesicht war ihr aber Antwort genug. Etwas viel Grau um die Augen und eine auffallend schlechte Rasur sprachen Bände.

»Guten Morgen Fiona, nirgends schläft man besser als zuhause, aber danke, es ging. Die üblichen Probleme mit den Kopfkissen in Hotels. Bin schnell eingeschlafen und mit Nackenschmerzen kurz danach wieder aufgewacht. Bis ich die Kissen dann immer in eine akzeptable Form und Position gebracht habe, ist meine Müdigkeit dahin. Ach ja, erinnere mich bitte später, dass ich mir etwas gegen mein Sodbrennen aus der Apotheke hole.«

Sollte sie ihm sagen, dass er vergessen hatte, sich unterm Kinn zu rasieren? Warum auch? Irgendwie passte heute alles zu seinem verknitterten Jackett und seiner Hose mit den unübersehbaren Fettflecken.

Wegen seiner Magenbeschwerden bestellte McEagan nur ein Glas Milch und eine Portion Porridge, gab aber keine weiteren Erklärungen, als die Bedienung ob der außergewöhnlichen Bestellung ihre Stirn in Falten legte. Er erinnerte sich eines Freundes, der darauf schwor, dem morgendlichen Porridge noch ein Glas Whiskey zuzufügen. Darauf verzichtete er, aber er musste das unbedingt irgendwann einmal probieren. Es gab noch so viele Dinge, die er noch ausprobieren wollte. Auch wichtigere Dinge als Whiskey im Porridge. Er musste sich jetzt endlich eine Liste all der Dinge machen, die er schon immer mal tun wollte und bisher aus den unterschiedlichsten Gründen nicht getan hatte. Viele seiner geheimen Wünsche waren entweder nicht berufs- oder standeskonform oder seine Frau meinte, es sei doch viel zu gefährlich. Ganz oben auf der Liste würde ohne jeden Zweifel das Umsegeln von Irland mit seinen beiden besten Freunden stehen. Das mit dem Whiskey würde weiter unter kommen. Er dachte an seine Tochter. Auch sie versuchte zunehmend, ihn mit Kopfschütteln und sorgenvollem »Aber Papa!« im Zaum zu halten. Mit welchem Recht überhaupt? War das die in Kindern innenwohnende Rache für die Lästigkeiten während der Erziehung? Immer öfter sah er sich als völlig domestizierten Pensionär am Fenster sitzen, um dem Leben aus sicherer Entfernung zuzuschauen. Seine Frau würde die regelmäßige Einnahme seiner Medikamente überwachen und ihm ab und zu lobend über den Kopf streichen. Er wusste, er musste etwas Gravierendes ändern. Aber wann? Wenn er in Pension war? War es dann nicht schon zu spät? Wie lange sollte er sich diesen Scheiß überhaupt noch antun? Wäre es nicht sinnvoller, nach einem abgeschlossenen Fall, den Superintendenten und die seiner Meinung nach für ein lebenswertes Dasein völlig überflüssigen Krawatten an den Nagel zu hängen und den Dienst zu quittieren? Sie könnten doch ein paar Jahre von ihrem Ersparten und danach von seiner Pension leben. Die Liste! Er musste unbedingt mit der Liste beginnen! Er bemerkte Fionas sorgenvollen Blick.

»Haderst du mit dir selbst oder mehr allgemein oder liegt dir das Porridge jetzt schon im Magen?«, fragte O'Grady.

»Ich habe nur kurz über das Leben nachgedacht. Das eröffnet oft unerwartet Einsichten, liebe Fiona. Du solltest es mal ausprobieren.«

Sie kannte ihren Chef mittlerweile gut genug und entschied sich fürs Hadern, oft eine Begleiterscheinung seines Sodbrennens.

»Wir sollten uns wieder unserem Fall widmen und ins Büro aufbrechen«, mahnte McEagan und schob den noch halb vollen Teller mit dem Porridge zur Seite.

Die Hotelleitung versprach, den Konferenzraum für die Pressekonferenz um 17 Uhr herzurichten. Auf dem Revier warteten bereits Patrick Moran, der Sergeant und Bertie Keene, ihr Innendienstermittler aus der Zentrale in Tralee im Range eines Inspectors. Keene hatte seinen Computer bereits am Laufen und fünf Whiteboards im Halbkreis aufgebaut. Moran hatte die Kaffeemaschine in die Gänge gebracht und wartete auf seine Mannschaft. O'Sullivan berichtete von seinem Gespräch im Pub und seinem Besuch bei Diggers Schwägerin, dann schob er O'Grady einen Zettel mit der Anschrift und der Telefonnummer der Tochter über den Tisch. Den Besuch bei seinem Freund John Kelly ließ er aus.

»Die Tochter ist bereits informiert und wird voraussichtlich Freitag hier eintreffen. Und ich habe mir das mit der Waffe nochmals durch den Kopf gehen lassen. Er könnte sie über die Klippen geworfen haben.«

»Vielleicht verlässt sich der Täter darauf, dass man bei einer Schrotflinte nur sehr schwer taugliche Spuren finden kann, und hat sie einfach wieder mitgenommen«, gab O'Grady zu bedenken.

»Beides ist möglich«, sagte McEagan, »wenn sie aber tatsächlich im Salzwasser liegen sollte, werden kaum noch Spuren zu finden sein, aber es käme auf einen Versuch an. Wie tief ist es dort?«

»Ungefähr zwanzig Meter, kein Problem für die Coast Guard, wir müssen nur ruhigeres Wasser abwarten«, antwortete O'Sullivan.

»Wir haben wenig genug, um nach jedem Strohhalm zu tauchen«, entschied McEagan, »kümmert euch darum.«

McEagan beobachtete den Coach beim Telefonieren mit der Coast Guard und bedauerte nicht zum ersten Mal, dass er diesen Sergeant nicht in Tralee in seiner Abteilung hatte. Zielstrebig, unermüdlich fleißig, teamfähig und sehr kreativ. Und er bewunderte den Coach fast dafür, dass er nie die Fassung verlor. Sein größtes Kapital aber war zweifelsfrei seine ausgeprägte Menschenkenntnis. Er hatte ihn vor zwei Jahren anlässlich eines anderen Falles schon einmal auf einen möglichen Wechsel zur Kriminalpolizei angesprochen, aber O'Sullivan hatte nur gelacht und dankend abgelehnt.

»Ich kenne meine Stärken, Superintendent, und noch besser meine Schwächen«, hatte er damals erwidert. »Niemand kennt mein Revier und die Menschen, die darin wohnen, besser als ich. Das ist mein Kapital und Ergebnis jahrelanger Arbeit. Zugegeben, auch hier gibt es ein paar Bösmenschen, aber überwiegend sind es doch liebenswerte Menschen und viele davon sind meine Freunde. In Tralee wäre ich im Vergleich zu hier ein Niemand und müsste mich mit Stadtmenschen und ihren Neurosen beschäftigen. Ich hätte Angst davor, dass es mich verändern würde. Außerdem liebe ich Südkerry über alles.« Dann fügte er noch grinsend hinzu: »Andere Leute fahren hierher in Urlaub.«

Damit hatte er McEagan gemeint, der mit seiner Frau schon oft ein langes Wochenende im Bay Hotel in Sneem verbracht hatte.

Aufgaben und Zeitpläne wurden abgestimmt. Bertie Keene war für alle Berichte zuständig und musste als Ermittler zuarbeiten. Auf einem der Whiteboards hatte er bereits die wesentlichen Fotos vom Tatort angepinnt. McEagan bat ihn, das Notizbuch des Toten und seine Kontoauszüge zu prüfen und über die Lottozentrale die codierte Annahmestelle des Lottoscheins dieser Woche zu erfragen. Der Bericht der Gerichtsmedizin lag noch nicht vor.

»Bertie, rufe den Doktor an und mach ihm Beine, und, Sergeant, bitte deinen Stationsleiter um zwei weitere Kollegen, die uns beim Klinkenputzen helfen. Fiona und ich beginnen nachher mit Diggers Kunden und Geschäftsfreunden«, verteilte McEagan die Rollen.

McEagan hatte die Beine auf den Tisch gelegt und seine Arme hinterm Nacken verschränkt. Die Coast Guard hatte einen Tauchgang fürs Wochenende zugesagt. Vielleicht würde er ja doch was zutage fördern. In Gedanken hielt er sich wieder am Tatort auf. Er erinnerte sich, was der Coach am Pier gesagt hatte, dass ihn das Ganze an die IRA erinnerte. Auch ihm waren die Arbeitsmethoden dieser sogenannten Freiheitskämpfer noch in guter, oder sollte er besser sagen: in schlechter Erinnerung. Rache wurde durch einen oder mehrere Schüsse in die Kniegelenke ausgeübt, unliebsame Zeugen wurden durch einen Genickschuss oder eine Schrotladung aus nächster Nähe in den Schlagaderbereich des Halses ausgeschaltet. Das war typisch IRA. Nicht nur in Nordirland sondern auch in der Republik hier in Kerry. Der Hafen von Caherceiveen war ein Tor für Waffen und Sprengstoff. Von hier wurde das Material, das hauptsächlich in den USA von ehemaligen Auswanderern für den Bruderkampf gespendet wurde, über die grüne Grenze nach Nordirland geschleust. Auch die Finanzierung der IRA lief über diese Kanäle. Für McEagan stand es auch völlig außer Frage, dass der heute legal arbeitende politische Arm der IRA, die Sinn Fein, zum größten Teil aus den USA finanziert wurde.

Tote hatte es auch in Kerry gegeben. Unliebsame Zeugen, die ihre Nase zu tief in diese Machenschaften gesteckt hatten. Die Garda der Republik hatte nie viel ausrichten können gegen die Mauer des Schweigens. Aber die Zeiten, als brutale Gewalt einzig gültiges Argument war, gehörten Gott sei Dank der Vergangenheit an. Aber was war mit der Drogenszene? Über die wilden Küsten von Kerry wurde zunehmend Stoff angelandet, weit mehr, als der irische Markt aufnehmen konnte. Die Frachtkontrollen auf den Fähren nach Frankreich waren zwischenzeitlich umfassend und effizient, aber völlig oder fast völlig unkontrolliert zwischen Irland und Großbritannien, den Ländern mit den historisch begründeten »besonderen Beziehungen«, die sich nicht nur McEagan, sondern die überwiegende Mehrheit der Iren zum Teufel wünschten. Aber was verstand er schon von Politik oder dem Nutzen dieser besonderen Beziehungen für die Iren.

Sie mussten den Drogenhandel im Auge behalten. Nicht den, »en détail«, sondern den »en gros«. O'Sullivan sollte sich aus seiner Station eine Liste einschlägiger Aspiranten aus der Gegend besorgen. An das Drogendepartment wollte er sich deswegen nicht wenden. Nicht bevor der Kessel brennen würde.

Der Holländer oben in Hollywood war der letzte Kunde von Digger gewesen. An und für sich hieß der Ortsteil am Berg Dereenavurrig, aber kein Mensch konnte diese gälische Bezeichnung korrekt buchstabieren. Selbst auf dem County Council erhielt man verschiedene Versionen. Auf einer alten Landkarte hatte Keene die ehemalige Bezeichnung Hollywood entdeckt, vermutlich eine Namensgebung der Engländer während der achthundertjährigen Besatzungszeit, und sie hatten sich spontan entschieden, diese Bezeichnung in den Berichten zu verwenden.

Die Straße führte am Fluss entlang und wand sich die nächsten zwei Kilometer langsam bergauf. Fast an deren Ende wohnte das Ehepaar van Meeren. Eine attraktive Dame um die vierzig öffnete ihnen die Tür.

»Guten Morgen, ich bin Superintendent Alan McEagan in Begleitung von Inspector Fiona O'Grady vom Kerry County Garda Head Office in Tralee. Ich vermute, dass Sie Frau van Meeren sind«, und fuhr fort, als sie das durch ein Nicken bestätigt hatte, »dürfen wir hereinkommen und Ihnen ein paar Fragen stellen?«

Sie trat beiseite und bat die Besucher, in der riesigen Eingangshalle Platz zu nehmen.

»Es geht bestimmt um den schrecklichen Tod von Mr. Galvin. Ich war heute schon in Sneem beim Einkaufen, da gab es kaum ein anderes Thema.«

»So ist es, Frau van Meeren«, begann Fiona die Befragung entsprechend ihrer vorherigen Absprache.

»Frau van Meeren, ist Ihr Gatte ebenfalls zuhause? Ein gemeinsames Gespräch würde es für alle Beteiligten etwas einfacher und kürzer machen.«

»Tut mir leid, mein Mann ist geschäftlich in Holland. Seit zwei Wochen, um genau zu sein, und ich erwarte ihn erst in etwa zehn Tagen zurück.«

»Gut, dann erübrigt sich voraussichtlich die Befragung Ihres Mannes. Nach unseren Informationen hat Mr. Galvin kürzlich auf Ihrem Grundstück einen Auftrag ausgeführt. Was uns interessiert, ist der genaue Zeitraum, den die Arbeiten in Anspruch genommen haben, was genau er bei Ihnen zu tun hatte und von wann bis wann er täglich hier war.«

Fionas Handy klingelte. Sie stand auf und entschuldigte sich. Frau van Meeren stand ebenfalls auf und fragte McEagan, ob sie auch Lust auf Kaffee hätten.

»Vielen Dank, das wäre sehr nett«, antwortete er und dachte, dass sich sein Sodbrennen sicher auch darüber freuen wird. Verdammt, er musste zur Apotheke.

Er sah sich interessiert um. Die Einrichtung war eine sehr geschmackvolle Mischung alter und bestimmt auch wertvoller Möbel niederländischer Herkunft mit einer ultramodernen Sitzgarnitur, die durch erlesene moderne Kunst ergänzt wurde. Das Ambiente hätte aus einem Hochglanzmagazin Marke »Edel Wohnen« stammen können. Hier roch es nicht nach Armut. Die Hausherrin kam mit drei Tassen Kaffee aus der Küche zurück.

»Frau van Meeren, Sie haben ein wunderschönes Haus und der Blick über der Sneem Fluss ist atemberaubend«, nahm McEagan das Gespräch auf, um die Zeit zu überbrücken und auch, weil er wirklich beeindruckt war.

»Ja, nicht wahr«, erwiderte sie, »dies war einer der Gründe, hier zu bauen. Faszinierend ist das Licht über dem Fluss, das sich und damit den Ausblick ständig verändert. Mein Mann ist Architekt und hat das Haus selbst entworfen. Ein solches Fleckchen Erde kombiniert mit der irischen Lebensqualität war immer unser Traum für die Zeit nach dem Beruf.«

»Wann haben Sie denn gebaut?«

»Vor sechs Jahren. Mein Mann hat damals sein Architekturbüro in Amsterdam an seinen Teilhaber verkauft und wir sind mit Sack und Pack nach Irland gezogen. Wir haben zunächst in einem kleinen Cottage auf der anderen Flussseite zur Miete gewohnt, bis wir dieses Grundstück gefunden und das Haus fertig gestellt hatten.«

»Ist es nicht ein bisschen einsam hier, wenn man urbanes Leben in einer Metropole gewohnt ist?«, wollte er wissen.

Sie lachte.

»Im Gegenteil, in einer Großstadt wie Amsterdam können sie einsamer sein als hier. Man lebt viel dichter zusammen, das schafft Distanz, wenn sie verstehen, was ich meine. Es mag sich paradox anhören, aber die größeren Entfernungen zu den Nachbarn hierzulande führen unserer Erfahrung nach zu größerer menschlicher Nähe. Selbst Fremden gegenüber ist man freundlicher und aufgeschlossener. Der Begriff Lebensqualität beschränkt sich hier nicht auf Shoppingmöglichkeiten und die Nahverkehrssysteme. Soziale Kontakte sind hier wichtiger, ausgeprägter und tiefer.«

»Interessant, so habe ich das noch nicht betrachtet«, sagte McEagan.

»Auch Freundeskreise unterscheiden sich grundlegend«, fuhr sie begeistert fort, »sie sind in Irland weniger gesellschaftsorientiert, sondern mehr eine Frage des Herzens. Natürlich haben wir auch gute Freunde in Holland. Die besuchen uns jetzt hier.«

»Sie sprechen ein ausgezeichnetes Englisch, wenn Sie die Bemerkung erlauben.«

»Das bringt das Leben hier mit sich«, sagte sie strahlend und offensichtlich hocherfreut über das Kompliment. »Zu unseren engsten Freunden gehören Iren, Briten, Deutsche, Amerikaner und Franzosen. Die Iren ausgenommen, haben alle das gleiche Handicap, sich in einer fremden Sprache unterhalten zu müssen. Diese internationale Seite ist nebenbei auch horizonterweiternd und macht es spannender.«

»Ich verstehe Sie und freue mich, dass Sie sich hier wohlfühlen.«

O'Grady hatte ihr Telefonat beendet und stieß wieder zu ihnen.

»Wir haben das Auto. Ein Postbote hat es gefunden. Ich habe die Spurensicherung bereits verständigt.«

Dann wiederholte sie ihre Fragen.

»Mein Mann hat einen Tag vor seiner Abreise Mr. Galvin engagiert, um das abfallende Gelände unterhalb unserer Terrasse trockenzulegen«, erzählte Frau van Meeren. »Der Grund war ziemlich sumpfig geworden, weil die alten Drainagegräben völlig zugewuchert waren. Mr. Galvin hat die alten Gräben wieder ausgebaggert und gleichzeitig das umliegende Gelände vom Wildwuchs befreit. Außerdem hat er das Gelände neben der Garage planiert, weil mein Mann da einen kleinen Anbau für seine Hobbys errichten will.«

Digger sei regelmäßig gegen neun gekommen und gegen fünf Uhr gegangen. Seinen Lunch hätte er immer mitgebracht. Am Verhalten von Digger sei ihr nichts Besonderes aufgefallen.

»Hatte er Besucher?«

»Nicht, dass ich wüsste, … wenn man vom Nachbarn absieht. Der kam zweimal und hat kurz mit ihm gesprochen. Dort hat er zuvor gearbeitet.«

»Wie heißt denn dieser Nachbar?«

»Kinsley, Herr und Frau Kinsley. Soviel ich weiß, stammen sie aus England. Die Vornamen kenne ich leider nicht. Sie gehören nicht zu unserem Freundeskreis. Ausschließen kann ich es natürlich nicht, dass während meiner Abwesenheit sonst noch jemand hier war. Ich war in der Zeit einen ganzen Tag in Killarney beim Einkaufen und auch sonst war ich hin und wieder mal weg. Einkaufen, Freundin besuchen und solche Dinge.«

»Mr. Kinsley, Ihr Nachbar, gehört dem das große Haus weiter oben?«

»Richtig, es ist einfach die nächste Einfahrt auf der linken Seite.«

McEagan übernahm.

»Frau van Meeren, ich habe noch eine Frage. Besitzen Sie ein Boot?«

Ein stolzes Lächeln zog sich über ihr Gesicht. »Wir haben zwei davon, Superintendent. Ein Segelboot und ein kleines Motorboot, warum fragen Sie?«

»Es ist reine Routine, wenn man am Anfang einer Untersuchung steht und noch völlig im Dunkeln tappt. Man versucht, sich ein detailgenaues Bild vom Opfer und den Menschen zu machen, die es gekannt haben und für die es gearbeitet hat. Wo haben Sie denn Ihre Boote liegen?«

»Unser Segelboot liegt am Oysterbed Pier, das kleine Motorboot unten am Grundstück an unserem Steg.«

Sie bedankten sich für das Gespräch und den Kaffee und verabschiedeten sich, denn sie hatten es eilig.

Der Fundort von Galvins Pkw lag auf der Nordseite von Sneem, dem oberen Flusstal, das North Gerrack genannt wurde. Auf dem Weg dahin hielten sie noch schnell an der Apotheke an, um endlich etwas gegen McEagans Sodbrennen zu holen. Der Kaffee war wirklich keine gute Idee gewesen. Der Apotheker erklärte ihnen freundlicherweise noch den Weg nach North Gerrack. Weit auseinanderliegende Farmen und einige eingestreute Cottages, in denen meist Künstler wohnten, eingebettet in eine Bergkette, prägten die Landschaft. Sie fuhren wie empfohlen am Sportplatz rechts ab, dann am Friedhof vorbei, immer in der Hoffnung, dass ihnen kein Fahrzeug entgegenkam, denn die Straße war extrem schmal und hatte nur wenige und meist mit Brombeeren überwucherte Ausweichstellen. Nach etwa zwei Kilometern wurde sie etwas breiter und sie erreichten die mittlerweile sehr betriebsame Fundstelle an einer Gabelung. Der Sergeant unterhielt sich abseits mit einem Farmer. Moran und drei seiner Techniker waren am Auto beschäftigt.

»Das Auto ist innen ein absoluter Saustall«, schimpfte Moran, »wenigstens steckt der Schlüssel. Wir nehmen gerade Abdrücke von den Türgriffen und vom Lenkrad. Den Rest machen wir in Tralee. Der Abschleppwagen ist schon verständigt. Wir haben eine Kiste voll Zettel, Belege und Lieferscheine gefunden, die wir eingetütet haben. Etwas Konkretes, falls du darauf warten solltest, haben wir nicht.«

»O.k. Habt ihr am Gleesk Pier noch was gefunden?«

»Nichts. Wir werden uns jetzt im Labor auf die Mikrospuren beschränken müssen und uns noch mit der Kleidung und dem

Toten selbst beschäftigen, falls uns der Doktor was übrig gelassen hat. Dann besteht noch eine kleine Chance, dass ein gefundenes Kaugummi vom Täter stammen könnte. Aber mach dir mal keine allzu großen Hoffnungen, das wäre wie ein Sechser im Lotto. Wir waren übrigens gerade auf dem Weg nach Rossdohan, als uns euer Anruf erreichte.«

Sergeant O'Sullivan hatte sein Gespräch mit einem Farmer beendet und trat zu ihnen.

»Der Postbote hat das Auto vor etwa einer Stunde gefunden. Er kannte den Wagen von Digger und hat die Station in Kenmare verständigt. Der Farmer, mit dem ich gerade gesprochen habe, wohnt einen Kilometer weiter talaufwärts. Er ist sich sicher, dass das Auto schon vorgestern gegen 19 Uhr hier stand. Da kam er von Sneem zurück. Eine Stunde zuvor, auf seinem Weg ins Dorf, sei das Auto noch nicht hier gewesen.«

»Also wurde der Wagen am Mordtag zwischen 18 und 19 Uhr abgestellt. Endlich mal etwas Konkretes! Wir sollten die Aussage auf dem Revier protokollieren lassen. Gibt es sonst noch etwas, was uns weiterhilft, Peter?«

»Bis jetzt Fehlanzeige. Kollege O'Toole hat sich in Sneem am North Square alle Geschäfte vorgenommen. Heute Nachmittag wird er sich den South Square vornehmen. Ich habe mich noch in der Nachbarschaft von Digger umgehört. Keiner konnte sich erinnern, Galvin vorgestern gesehen zu haben.«

McEagan fiel auf, dass der Wagen in Fahrtrichtung Sneem abgestellt war.

»Er muss auf dem Rückweg nach Sneem gewesen sein. Viele Häuser gibt es doch wohl nicht mehr bis zum Ende des Tals. Wen hat er besucht? Das solltest du herausfinden und sage O'Toole, er soll sich ebenfalls ein paar Farmen vornehmen. Die Geschäfte am South Square übernehmen wir dann.«

Sie fuhren zurück nach Sneem und hielten kurz am Revier an. Bertie hatte Neuigkeiten.

»Gerade ist der vorläufige Bericht der Gerichtsmedizin eingegangen. Gibt aber auch nicht viel her. Körper in altersgemäßem Allgemeinzustand. Tödliche Verletzung durch einen Schuss aus einer Schrotflinte aus etwa einem Meter Entfernung. Durch die umfassende Verletzung der Halsschlagader ist der Tod durch Verbluten eingetreten. Todeszeitpunkt 22 Uhr plus minus dreißig Minuten. Ein noch nicht voll ausgebildetes großflächiges Hämatom am rechten Oberschenkel. Keinerlei Abwehrspuren und damit keine Fremd-DNA am Körper. Kein Alkohol im Blut. Weitere Ergebnisse folgen nach der labortechnischen Auswertung.«

McEagan war enttäuscht. Nichts, was sie nicht bereits wussten.

Die Telefongesellschaft hatte die Verbindungsnachweise gefaxt. Am Anschluss des Opfers gab es am fraglichen Tag vier Telefonate; zwei ein- und zwei ausgehende. Den Anruf des Opfers am Vormittag bei einem Baumaschinenhändler in Killarney schloss man zunächst aus. Dann war da noch ein abgehender Anruf bei einem Sean O'Shea, ebenfalls in Hollywood wohnhaft. Der musste nachverfolgt werden. Ein Anruf kam vom örtlichen Hardware-Händler und konnte durch einen sofortigen Rückruf abgeklärt werden. Ein Angestellter hatte Galvin über das Eintreffen bestellter Waren informiert. Rätsel machte ein eingehender Anruf um 15 Uhr 10, der von einem Handy mit einer nicht registrierten Prepaid-Karte kam.

Sean O'Shea besaß die letzte Farm in Hollywood direkt unterhalb vom Anwesen der Holländer. Sie kannten den Weg inzwischen und parkten zehn Minuten später im Hof der Farm. Ein roter Trecker, der auch schon bessere Tage gesehen hatte, stand mitten im Hof. Ein paar Hühner beäugten sie neugierig und ein freundlicher Collie lag im Schatten und klopfte freundlich mit dem Schwanz in eine Pfütze. Von O'Shea waren nur zwei Beine in Gummistiefeln zu sehen, die unter dem Trecker hervorschauten.

Sie stellten sich vor und baten ihn, ein paar Fragen zu beantworten. Er schien weder beeindruckt noch besonders erfreut zu sein, denn er dachte nicht im Traum daran, unter seiner Landmaschine herauszukriechen. Er fragte nur, ob er seinen Trecker wieder falsch geparkt hätte und ob sich der Coach jetzt zu fein für solche niedrigen Arbeiten sei oder ob er immer noch Angst vorm Hund hätte. Dieser hatte zwischenzeitlich sein Schwanzklopfen beendet und seinen Kopf wieder auf die Vorderpfoten gelegt. Von dem Hund könnte O'Shea noch Manieren lernen, dachte McEagan und holte gerade Luft, um sich endlich Gehör zu verschaffen, als O'Grady ihm zuvorkam.

»Keineswegs, Mr. O'Shea, uns interessiert keineswegs, wo Sie Ihren Trecker parken. Wir ermitteln im Fall Sean Galvin, Sie haben doch bestimmt schon von seinem Tod gehört. Wir möchten den Täter so schnell wie möglich dingfest machen und benötigen dazu auch Ihre Hilfe. Laut einer Verbindungsliste der Irish Telecom hat Sie Digger vorgestern angerufen. Wir müssen allen Anrufen nachgehen und müssen deshalb wissen, was der Grund des Anrufes war.«

Das half. O'Shea schob sich tatsächlich so weit hervor, dass sie sein Gesicht sehen konnten.

»So, wegen Digger seid Ihr hier«, sagte er nach einer Weile, als hätte er erst noch darüber nachdenken müssen, ob er sich mit ihnen unterhalten sollte.

»Ich habe zwei Weiden, die entwässert werden müssen. Digger hat seit Wochen versprochen, sich die Sache anzusehen und mir einen Kostenvoranschlag zu machen. Dreimal hab ich ihn schon daran erinnern müssen. Vorgestern hat er dann endlich zurückgerufen. Montag will er kommen, hat er gesagt, leider aber nicht den Monat oder das Jahr erwähnt.«

»Und wann haben Sie Digger das letzte Mal gesehen?«, wollte O'Grady weiter wissen.

In den vergangenen zwei Wochen fast täglich, aber nur aus der Ferne. Hat weiter oben gearbeitet.«

»Kennen Sie Digger näher und können Sie uns etwas über ihn erzählen?«

»Wer kennt schon wen? Manchmal kenne ich mich selbst nicht.«

»Aber wie war er denn so?«

»Da fragen Sie besser seine Frau.«

McEagan holte tief Luft, aber O'Grady legte ihm gerade noch rechtzeitig ihre Hand auf den Arm.

»Vielen Dank Mr. O'Shea, war doch gar nicht so schwer, oder?«, lobte sie ihn, gerade so, als spräche sie mit einem kleinen Kind.

O'Shea brummelte Unverständliches und verschwand wieder unter seinem Trecker, während der Hund zum Abschied besonders freundlich mit dem Schwanz in die Pfütze klopfte.

Sie entschieden, bei der Gelegenheit gleich noch Mr. Kinsley ihre Aufwartung zu machen. Das von Frau van Meeren beschriebene Tor stand weit offen und ein etwa zweihundert Meter langer und mit mannshohen Rhododendrenbüschen eingefasster Kiesweg führte zum Haus, das etwa fünfzig Meter unterhalb der Straße lag.

Auf ihr Klopfen hin öffnete eine etwas zu heftig blondierte Frau. Ende zwanzig bis Mitte dreißig, schätzte McEagan.

»Mrs. Kinsley?«

»Ja, wer möchte das wissen?«

Sie stellten sich vor und baten, eintreten zu dürfen.

»Mein Mann ist nicht hier und ich würde lieber hier draußen mit Ihnen sprechen, wüsste allerdings nicht worüber.«

»Nun, Mrs. Kinsley, wir untersuchen den Tod von Sean Galvin und befragen routinemäßig alle Personen, für die er gearbeitet hat. Nach unseren Informationen war er vor drei Wochen auf Ihrem Grundstück beschäftigt. Stimmt das so weit?«

»Wenn Sie Digger meinen, ja der hatte hier zu tun.«

»Und was hatte er hier bei Ihnen zu tun?«

»Digger hat unten am Wasser mit seinem Bagger rumgelärmt. Es war kaum zum Aushalten. Was er da genau gemacht hat, weiß ich nicht und interessiert mich auch nicht. Da müssen Sie meinen Mann fragen.«

»Und wann können wir den erreichen?«, fragte O'Grady.

»Der ist nach Kenmare gefahren, um etwas zu erledigen. Was er dort macht und wann er zurückkommt weiß ich nicht.«

Sie beließen es vorerst dabei und verabschiedeten sich.

»So ein Herzchen «, schimpfte O'Grady im Auto, »jetzt bin ich mal auf den Ehemann gespannt. Und der Haussegen scheint auch einige Beulen zu haben.«

Es blieb ihnen nur noch ein Handy-Anruf, und das würde schwierig werden. Außerdem wussten sie immer noch nicht, was Digger nach seiner Wegfahrt von zuhause getan hatte. Sie parkten den Wagen auf der Ostseite der Brücke an der Kirche. Hier am South Square befanden sich vier Pubs, ein Supermarkt, zwei Tankstellen, ein großer Wollmarkt, viele kleinere Geschäfte und die Post. Mit der fingen sie an. Die Postangestellte kannte Digger sehr gut. Nachdem sie sich ausreichend über ihr großes Entsetzen über diese schreckliche Tat ausgelassen hatte, bedauerte sie, ihn seit mindestens fünf Tagen nicht mehr gesehen zu haben. Auch sonst hätte sie keine Ahnung, wer so etwas getan haben könnte. Die Auskünfte an den Tankstellen und in den kleinen Läden waren ebenso dürftig. Den Wollmarkt ließen sie aus, war wohl nicht der richtige Ort, an dem jemand einkauft, den sie Digger nannten.

Im Supermarkt an der Ecke hatten sie mehr Glück. Die Verkäuferin erinnerte sich, dass Sean Digger am fraglichen Tag gegen 18 Uhr Zigaretten und eine Zeitung gekauft habe. Sie könne sich deshalb so gut erinnern, weil sie ein paar Minuten geplaudert hätten. Er hätte sie noch nach dem Befinden ihres Babys gefragt, und sie könne es immer noch nicht glauben, was diesem netten und ruhigen Mann zugestoßen sei.

Digger hatte also um 16 Uhr sein Haus verlassen, gegen 18 Uhr im Supermarkt eine Zeitung und Zigaretten gekauft und noch vor 19 Uhr sein Auto in North Gerrack abgestellt. Was hat er von 16 bis 18 Uhr getan? Wie viel Zeit verstrich von 18 Uhr, bis er sein Auto verlassen hatte? Und was geschah in den drei Stunden danach bis zu seiner Ermordung? Wann hatte er seinen Mörder getroffen? Und wie kam er zum Pier? Ist er in North Gerrack zu seinem Mörder ins Auto umgestiegen? Kannte er ihn und tat es deshalb arglos, oder wurde er mit Waffengewalt gezwungen?

Die Liste der Fragen wurde länger, die der Antworten blieb kurz. McEagan musste sich hüten, die leeren Seiten mit Spekulationen zu füllen. Da war auch noch die Tatausführung, die ihm ständig im Kopf herumging. Diese Hinrichtung! Hatten sie es doch mit einer Drogengeschichte zu tun, und wie passte ein Mensch wie Digger da hinein? Es fiel ihm schwer, sich ihn als Dealer oder auch nur User vorzustellen. Eine Beziehungskiste vielleicht? Hatte Digger in fremden Betten gewildert? Wohl kaum, einen Nebenbuhler erschießt man während oder auf frischer Tat gleich neben dem Bett und schleppt ihn nicht erst kilometerweit zu einem Pier. Blieb nur die Theorie, dass er etwas gesehen oder gehört hatte und man ihn deshalb beseitigt hatte. Aber auch das war schon wieder reine Spekulation, wovor er sich hüten wollte.

»Fiona, es ist Zeit, die Medien um Mithilfe zu bitten. Sorge bitte dafür, dass heute Abend neben der Presse auch ein Team von Radio Kerry und R.T.E dabei ist.«

Sie gingen über die Brücke zum North Square. Auf der Turmspitze der kleinen weißen protestantischen Kirche entdeckte O'Grady den Lachs, der anstelle eines Wetterhahns die Spitze zierte.

»Was sagst du dazu? Ist doch mal was anderes und dem lieben Gott ist es wahrscheinlich egal, was sich da oben im Wind dreht.«

McEagan sah das mehr von der praktischen Seite.

»Schau mal, der Lachs zeigt genau zum Riverside Café auf der linken Straßenseite. Ich sehe das als göttlichen Fingerzeig.«

Das kleine Tagesrestaurant war um diese Zeit gut besetzt. Einheimische und Touristen schätzten die einfache und gute Küche. Sie bestellten Bacon mit Cabbage und setzten sich auf die kleine Terrasse auf der Flussseite.

»Was macht dein Sodbrennen?«, fragte O'Grady.

»Ist dank der Pharmaindustrie wie weggeblasen. Du solltest

noch einmal die Witwe besuchen, der könnte durchaus noch das eine oder andere einfallen.«

»Was in dieser Frau jetzt wohl vorgeht?«

O'Grady hatte sich diese Frage schon mehrmals gestellt.

»Du führst ein normales Leben und dann, Peng, ist nichts mehr wie es vorher war. Dein Lebenspartner kommt nicht mehr nach Hause und du fällst in ein tiefes Loch. Ich frage mich, wie man das aushalten kann?«

«Ich möchte mir das nicht vorstellen. Wenn man sich auf mehr als aufrichtiges Mitgefühl einlässt, wird es gefährlich. Die Ermittlungsarbeit wird dann fast zwangsläufig von Gedanken an Vergeltung geprägt und die trüben deinen Blick für Fakten und objektive Wahrheiten, und aus ist es mit einer unvoreingenommenen Arbeit. Vergeltung ist nicht Aufgabe der Polizei, sondern ausschließlich Aufklärung.

»Aber man kann doch nicht einfach zur Tagesordnung übergehen«, protestierte O'Grady, »das berührt einem doch bis ins Mark.«

»Rühren ist in Ordnung, aber lass es nicht zu nah an dich ran, Fiona, sonst frisst es dich auf, und mein Gott, ich weiß, wovon ich rede. Vor zehn Jahren hatte ich einen Mord an zwei kleinen Mädchen aufzuklären. Wir benötigten vier Wochen, bis wir den Täter gestellt hatten, und mussten in dieser Zeit drei Beamte, die alle selbst kleine Kinder hatten, vom Fall abziehen, weil sie dem nicht gewachsen waren. Einer von ihnen ist damals völlig ausgerastet und hat einen vermeintlichen Täter fast totgeschlagen. Und der war unschuldig. Glaube mir, zu viel Gefühl trübt den Blick.«

Fiona seufzte: »Hoffentlich bleibt mir das erspart, ich glaube, ich würde verrückt werden.«

Das Essen wurde serviert und sie bestellten eine weitere Portion für Keene zum Mitnehmen.

Auf dem Revier läutete das Telefon. Fiona nahm ab, während sich Keene auf seinen Lunch gestürzt hatte. Sie wurde sehr ernst und hörte nur zu. Dann sagte sie: »Wir kommen sofort«, und knallte den Hörer auf den Apparat.

»Das war Sergeant O'Sullivan, er hat noch eine Leiche gefunden! Ein Mann hat sich in seiner Waldhütte erhängt. Er meint, dass es einen Zusammenhang geben müsse, nicht nur weil die Hütte in North Gerrack steht.«

McEagan sah langsam schwarz für seinen Theaterbesuch am kommenden Sonntag. Warum hatte er es auch fest versprechen müssen? Eine kleine Hintertür wäre sinnvoll gewesen.

»Wenn du uns dieses Mal wieder in Stich lässt, reiche ich die Scheidung ein«, hatte seine Frau ihm gedroht. Nicht dass sie es genauso gemeint hätte, aber das unausgesprochene »Untersteh dich!« hatte er trotzdem vernommen. Damit könnte er notfalls noch leben, auch dass seine Schwester und ihr Mann extra aus Dublin angereist kämen, würde er verschmerzen können. Ihren Mann, diesen bornierten Londoner, konnte er ohnehin nicht ausstehen. Seine Tochter war das Problem. Sie hatte ihm sein Versprechen auf ihre sehr spezielle Art abgerungen, mit der er ihr schon als kleines Kind nichts abschlagen konnte. Fest an ihn gedrückt hatte sie ihn Daddy genannt und ihn herzlich gebeten, sie bei ihrem ersten Bühnenauftritt nicht im Stich zu lassen. Nein, das würde er diesmal nicht übers Herz bringen. Er wird sich etwas einfallen lassen müssen.

»Alan, was ist, hast du wieder Sodbrennen?«, drängte O'Grady. »Wir müssen gehen.«

5

Sergeant O'Sullivan drehte seine Runde in Rossdohan und befragte Nachbarn und Freunde von Digger. Keiner konnte auch nur den kleinsten Hinweis geben. Nur ein Einziger hatte ihn am besagten Tag gegen 16 Uhr wegfahren sehen. Wenigsten hatte der noch bemerkt, dass Digger alleine im Auto saß. Der letzte Besuch galt dem deutschen Ehepaar Matthias, zu dem Digger ein sehr freundschaftliches Verhältnis hatte. Das Ehepaar wohnte etwa einen halben Kilometer entfernt und war beliebt für seine rustikalen Grillfeste. In den Sommermonaten ein fast wöchentliches Ereignis. Er selbst und seine Schwester waren regelmäßig mit von der Partie.

Harald Matthias unterbrach seine Gartenarbeit, als er den Sergeant bemerkte.

»Hi Coach, ich hab dich schon erwartetet. Habt ihr den Kerl schon, der das verbrochen hat? Du kommst doch wegen Digger, oder?«

»Hallo Harald, ja ich bin dienstlich hier und nein, den Kerl haben wir noch nicht, und ja, ich habe ein paar Fragen. Können wir reingehen? Und gegen einen Kaffee hätte ich auch nichts einzuwenden.«

Über dem Ecktisch hing eine riesige holzgeschnitzte Uhr an der Wand und hackte die Zeit vernehmlich in kleine Häppchen. Davon abgesehen war es ausnehmend gemütlich in der riesigen Wohnküche, die fast die Hälfte vom Erdgeschoss einnahm.

»Setz dich, ich mache Kaffee«, sagte der Hausherr und lud O'Sullivan ein, Platz zu nehmen.

»Wir versuchen, die letzten Tage und Stunden von Digger zu rekonstruieren. Ihr seid doch sehr eng miteinander gewesen, deshalb hoffe ich auf Hinweise von euch. Wann habt ihr Digger zum letzten Mal gesehen?«, begann O'Sullivan und behielt dabei die Uhr im Auge.

»Am Sonntagabend waren die Galvins zum Essen hier. Da haben wir ihn zum letzten Mal gesehen.«

»Ist euch am Verhalten von Digger etwas aufgefallen?«

»Überhaupt nicht, es war lustig wie immer und es ist sehr spät geworden. Und stell dir vor, er hat uns noch von ihren Plänen erzählt, im nächsten Frühjahr ihren ersten Urlaub außerhalb Irlands zu machen. Nach einer Rundreise durch Italien wollten sie zum Abschluss noch den Papst besuchen.«

»Und seither habt ihr ihn nicht wieder gesehen oder gehört?«

»Nur gehört. Ich habe am Dienstag noch mit ihm telefoniert.«

»Um wie viel Uhr?«

»Weiß nicht mehr genau. Irgendwann am Nachmittag halt.«

»Und um was ging es?«

Matthias sah ihn leicht irritiert über seine Brille hinweg an, antwortete aber nicht.

»Sorry, Harald, ich muss das wissen. Wir versuchen immer noch einige ungeklärte Anrufe zu identifizieren. Also komm, nenn mir den Grund.«

»Es gab keinen besonderen Grund. Ich hatte mir am Dienstag eine neue Prepaidkarte für mein Handy besorgt. Da gab es so ein irres Angebot in Killarney, so mit zwanzig Euro Guthaben. Am Nachmittag habe ich dann probeweise Digger angerufen. Wir haben aber nur kurz zusammen gesprochen. Höchstens zwei Minuten.«

»Gut, ich brauche dann deine Handynummer. Schreib sie gleich hier in mein Buch«, sagte O'Sullivan, behielt aber immer noch die Uhr im Auge. Er wollte den Kuckuck dieser seltsamen deutschen Uhr sehen, der zur vollen Stunde sein Türchen öffnete, und jetzt stand der große Zeiger auf fünf Minuten vor zwölf.

»Ich würde noch einen Kaffee nehmen, wenn euch das nicht in die Armut treibt.«

Noch einen Kaffee trinken und ein bisschen übers Wetter reden, das würde die Zeit überbrücken, bis dieser dämliche Kuckuck zum Vorschein kam.

Auf der Rückfahrt nach Sneem erreichte ihn die Meldung über Diggers Auto. Es stand in North Gerrack an der Gabelung hinterm Friedhof. Dahinter das Postauto.

»Sag mal, stand das Auto gestern nicht auch schon hier?«, fragte er den Postboten, der diesem Bezirk seit über zwei Jahren bediente.

»Kann sein, kann nicht sein«, meinte der, »gestern gab es keine Post für North Gerrack. Ich war vorgestern das letzte Mal hier.«

»Gut, hör du dich bei deiner Arbeit um, ob jemand Digger gesehen hat oder sonst was weiß. Wenn ja, soll derjenige mich anrufen.«

»Klar, ich tue, was ich kann. Ich will dieses Schwein nämlich hinter Gittern sehen.«

Der Postbote hatte sich gerade verabschiedet, als sich ein Trecker näherte. Der Fahrer erzählte ihm, dass das Auto schon vor zwei Tagen hier abgestellt worden sei. Vorgestern, gegen Abend, sei es ihm das erste Mal aufgefallen und er hätte nicht gewusst, dass es Digger gehörte. O'Sullivan machte sich ausführliche Notizen.

Die Spurensicherung und der S.I. trafen nacheinander ein.

Moran und seine Jungs machten sich über das Fahrzeug her, dessen Schlüssel steckten, und O'Sullivan erzählte McEagan, was er vom Postboten erfahren hatte.

»Was bedeutet«, sagte McEagan nachdenklich, »dass er zwischen 18 Uhr und 19 Uhr hier am Ende des Tals jemanden besucht haben muss und hier jemanden getroffen hat. Kannte er diesen Jemand und ist er freiwillig zu ihm ins Auto gestiegen, um seinen Mörder später zu treffen? Unwahrscheinlich! Hier lässt man keinen Wagen stehen. Sehr viel wahrscheinlicher ist es, dass er hier seinen Mörder getroffen hat und er nicht ganz freiwillig seinen Wagen im Stich gelassen hat. Bleibt immer noch die Frage, ob er seinen Mörder gekannt hat. Du weißt, was zu tun ist, Peter.«

Wen hatte Digger besucht? Die erste Farm passierte O'Sullivan.

Sie gehörte dem Fahrer des Treckers. Dreihundert Meter weiter, etwas zurückgesetzt und hinter Bäumen verborgen, lag das Cottage einer schottischen Malerin. Sie hätte seit vier Tagen das Haus nicht verlassen, weil sie gerade an einem großen Bild arbeiten würde. Von den aktuellen Ereignissen in Sneem hatte sie noch nichts gehört, weil sie während ihrer Arbeitsphase weder fernsehe noch Radio höre.

Auch bei der nächsten Farm konnte man nichts über Digger berichten. Er hätte sie weder besucht, noch hätten sie sein Auto auf der Straße bemerkt. Er besuchte zwei weitere Anwohner, die ebenfalls nichts sagen konnten. Es war frustrierend. Erst auf der letzten Farm wurde er fündig. Digger sei vor zwei Tagen gegen Abend hier gewesen, um eine Rechnung zu bringen. Er hätte Tee mit ihnen getrunken und sei nach zwanzig Minuten wieder gegangen. Der Farmer hätte ihn zum Tor begleitet, weil er es schließen wollte, und sich noch gewundert, dass Digger nicht in Richtung Sneem, sondern nach links zum Wald gefahren sei.

»Um welche Uhrzeit war das?«

»Keine Ahnung, auf jeden Fall vor dem Abendessen und das tun wir normalerweise um sieben.«

»Keine Ahnung hilft nichts. Denk nach!«

»Vielleicht Viertel vor sieben?«

Er erzählte ihm noch, dass er keine anderen Fahrzeuge gesehen hätte, auch Digger nicht, als der zurückkam. Sie seien doch meistens in der Küche oder im Stall, und die lägen alle nach hinten raus.

Was wollte Digger im Wald? Hat er Feuerholz geholt? Eher nicht, denn das hätte dann ja wohl im Wagen gelegen. Vielleicht hatte Forrest ihn gesehen. Forrest wohnte in einer selbst gezimmerten Waldhütte am Ende der Straße. Forrest sprach nie viel und nur dann, wenn es sich nicht vermeiden ließ. Aber er sah sehr viel auf seinen ständigen Streifzügen. Vielleicht hatte Digger auch Forrest selbst besucht.

Forrest fühlte sich zum Hüter des Waldes berufen. Er hatte dem Sergeant schon manchen Tipp gegeben, wenn es um Holzdiebstähle im großen Stil ging. Erst vergangenes Jahr konnte die Garda zwei Fahrern von Holzlastern das Handwerk legen, die regelmäßig Einschläge abtransportierten, die ihnen nicht gehörten.

Er klopfte an der windschiefen Türe der Hütte und rief nach Forrest. Als er keine Antwort erhielt, öffnete er die Tür. Unzählige und laut schwirrende Fliegen begrüßten ihn. Forrest selbst war zuhause, merkte aber nichts von den Fliegen, denn er hing tot an einem Dachbalken. O'Sullivan holte Handschuhe und Plastiküberzieher für die Schuhe aus dem Wagen und betrat die Hütte.

»Armer Forrest, das Einsiedlerleben führt anscheinend doch nicht zur Glückseligkeit«, murmelte er und schaute sich gründlich um, ohne etwas zu berühren.

Dann meldeten sich seine Alarmglocken. Digger wurde das letzte Mal gesehen, als er in Richtung Forrest fuhr, und wurde später am Tag am Gleesk Pier erschossen. Forrest erhängte sich etwa zum gleichen Zeitpunkt, was er aus der Gesichtsfarbe des Toten und der Anzahl der Fliegen schloss. Seltsam, wir haben zwei Tote, wovon einer zweifelsfrei ermordet wurde. Was ist mit dir passiert, Forrest? Vielleicht warst du gar nicht so unglücklich mit deinem Leben. Vielleicht hat jemand nachgeholfen?

Der Gedanke an einen möglichen Zusammenhang ließ ihn nicht mehr los. Auf jeden Fall sollten die Spurensicherung und der Doc mal genauer hinschauen. Beim Verlassen der Hütte fiel ihm hinter der Tür zwischen alten Schuhen ein kleiner Gegenstand auf, der hier überhaupt nicht hingehörte. Er machte ein Foto mit seinem Handy und tütete das kleine Hörgerät vorsichtig ein. Er konnte sich nicht erinnern, Forrest jemals mit einem Hörgerät gesehen zu haben. Vor drei Wochen hatte er noch mit ihm gesprochen, und da hatte er doch offenbar noch ausgezeichnet gehört.

Er informierte O'Grady, sperrte das Gelände mit Plastikband ab und setzte sich auf die wackelige Bank unter der alten Birke.

6

Von der Stelle, an der sie den Wagen von Digger gefunden hatten, führte die Straße noch etwa drei Kilometer weiter, langsam bergan steigend, und ging am Ende in einen unbefestigten Weg über, der hundert Meter weiter in den Wald führte. Sie parkten neben dem Streifenwagen und gingen die letzte Strecke bis zur Waldhütte zu Fuß. Der Platz um die Hütte war mit dem Polizeiband bereits großräumig abgesperrt. Der Sergeant saß auf einer Art Bank gegenüber der Hütte und rauchte. Dies war deshalb so bemerkenswert, weil jeder wusste, dass er das Rauchen schon vor Jahren aufgegeben hatte.

»Wo hast du die Zigarette her?«, fragte McEagan.

»Die hat ein Kollege im Streifenwagen vergessen. Ich habe dir ebenfalls eine aufgehoben.«

Sie zogen Überschuhe an und betraten die Hütte. Es erwartete sie ein Sammelsurium an Sperrmüll und alten Zeitungen. Sie lagen überall in kleinen Stapeln verstreut auf dem Boden. Auf dem Tisch stand eine Pfanne mit einem Rest Eintopf oder Ähnlichem. Forrest hing an einem dicken Strick am Dachbalken. Seine Füße befanden sich etwa zwanzig Zentimeter über dem Fußboden. Daneben lag ein umgekippter Stuhl Es waren deutlich mehr Fliegen im Raum als die, die vermutlich ohnehin hier wohnten.

»Weißt du, wer der Tote ist?«, fragte O'Grady.

»Ja, es ist Forrest. Sein richtiger Name ist Richard Foley, ein ehemaliger Collegeprofessor aus Birmingham, der vor zehn Jahren ausgestiegen ist und seither hier in Irland in dieser baufälligen Hütte als Einsiedler lebt.«

»Ein Collegeprofessor, wie geht das denn?«, fragte sie erstaunt.

»Forrest hat nie darüber gesprochen, was damals in England passiert ist. Wir haben immer angenommen, dass eine Frau dahintersteckt. Er hat die Hütte selbst gebaut. Dahinten, hinter dem Gebüsch am Bach, steht eine alte Badewanne. Das ist sein Open Air Wellness Bereich. Er gilt als etwas seltsam, ist aber völlig harmlos.«

»Was führt dich zu der Annahme, dass kein Suizid vorliegt?«, wollte McEagan wissen.

»Drei Punkte. Erstens, die zeitliche Nähe zu Diggers Tod. Zweitens, Digger muss ihn kurz vor seiner Ermordung besucht haben, denn es gibt einen Zeugen, der ihn gesehen hat, als er in den Wald fuhr, und drittens kann ich mir nicht vorstellen, aus welchen Gründen er es selbst getan haben sollte.«

»Wieso schließt du private Gründe völlig aus? Vielleicht war er grundunglücklich.«

»Privat hätte er vor zehn Jahren bessere Gründe gehabt. Ich glaube, heute führte er ein relativ glückliches Leben auf einer uns vielleicht fremden Ebene. Ich habe ihn nie klagen hören.«

»Wenn es Mord war, ist es dann nicht möglich, dass ein Tatmotiv in seiner Vergangenheit liegen könnte?«

»Keine Ahnung, aber ich bezweifle das. Er streift gerne durch die Wälder und geht oft zum Fischen. Und einmal die Woche tut er das am Gleesk Pier!«

McEagan horchte auf. »Hatte er einen bestimmten Tag?«

»Nein, es hing wohl eher vom Wetter ab.«

»Hat er ein Auto? Es sind von hier bis zum Pier immerhin fast zwanzig Kilometer.«

»Nein, nur ein altes Fahrrad.«

»Und mit dem fährt er die ganze Strecke hin und zurück, mit der Angel und den Fischen?«, fragte O'Grady zweifelnd.

»Wenn man es gewohnt ist, kann man noch weitere Strecken fahren. Eine Angel brauchte er nicht und die Fische, die er fängt, sind sehr klein«, erklärte der Sergeant und zeigte zwischen Daumen und Zeigefinger eine Spanne von etwa drei Zentimetern.

Damit konnte O'Grady nichts anfangen und sie sah den Sergeant völlig ratlos an.

»Shrimps! Er hat mit einer Art Kescher Shrimps gefangen. Man kann sie in den kleinen Buchten bei auflaufendem Wasser ganz einfach abfischen.«

»Ich denke, du hast recht, das sollten wir genauer ansehen«, sagte McEagan und fügte hinzu, »und falls er zum fraglichen Zeitpunkt am Pier Shrimps gefangen hat, werden wir irgendwo im Haus die Schalen finden. Ich glaube, Moran kann uns dann genau sagen, ob die an dem bestimmten Tag gefangen wurden, denk ich mir jedenfalls.«

»Wohl kaum«, antwortete O'Sullivan und kratzte sich am Hinterkopf, »Schalen gibt's höchstens am Pier.«

»Du meinst, er hat sie an Ort und Stelle gekocht und verspeist?«

»Er hat sie Farmer Style gegessen.«

»Was meinst du mit Farmer Style«, fragte O'Grady,

McEagan und O'Sullivan grinsten.

»Proteine auf Feinschmeckerart!«, erklärte ihr der Sergeant. »Er hat sie lebend gegessen, wie es die Altvorderen taten. Kopf ab und kräftig saugen. So sollen sie am besten schmecken ... und die meiste Tinte geben.«

»Igitt«, protestierte O'Grady und schüttelte sich zum Amüsement von McEagan und O'Sullivan.

»Es gibt aber noch mehr Hinweise«, sagte O'Sullivan, nachdem sich O'Grady beruhigt hatte. »Forrest hat ein Fahrrad, welches immer hinter der Hütte steht. Ich habe alles abgesucht, es ist nicht da, und dann habe ich das hier gefunden.«

Er zog einen Beweismittelbeutel aus der Tasche, in dem sich ein kleiner Gegenstand befand. McEagan betrachtete sich das Teil von allen Seiten. »Ein Hörgerät, wenn ich richtig vermute.«

»Genau. Meines Wissens hat Forrest aber sehr gut gehört. Außerdem sind derart kleine Geräte sehr teuer, und wo sollte Forrest dafür das Geld herhaben?«

»Gut, wir schicken den Doktor und Moran, bleib so lange hier. Wir machen in der anderen Sache weiter.«

McEagan wollte die möglicherweise neue Entwicklung erst mal verarbeiten und bat O'Grady, am Friedhof anzuhalten. Wegen der Kühe, die immer wieder Schlupflöcher in den Zäunen fanden, war das Haupttor geschlossen und sie mussten sich durch die Kuhsperre zwängen. Eine alte Frau saß auf einer Bank und hatte ein Buch im Schoß liegen. Es war die Bibel und sie betete, weshalb McEagan auf eine Bank am anderen Ende des Weges zusteuerte. Er wollte sie nicht stören.

»Lass mal hören, was weibliche Inspectors so denken«, sagte McEagan und ließ sich seufzend auf die Bank nieder.

»Dein Inspector schließt sich der Meinung des Sergeants an, da sind einfach zu viele Zufälle. Digger ist nach Aussage des letzten Zeugen zwischen 18 Uhr 30 und 18 Uhr 45 in den Wald gefahren und eine viertel Stunde später wurde sein Fahrzeug weiter unten gesehen. Ich habe noch keinen Beweis, aber für mich steht es fest, dass er bei Forrest war. Die Zeit hätte ihm aber nie ausgereicht, Forrest auf diese Weise umzubringen. Auch ein Motiv kann ich mir nicht vorstellen. Er muss also Forrest tot, das heißt ermordet aufgefunden haben. Drei Stunden später wird er ebenfalls ermordet. Für mich sind das zwei Enden einer Geschichte, spule die Enden auf und du hast die Motive.«

»Hm, klingt einleuchtend«, antwortete McEagan, »aber hältst du es für wirklich ausgeschlossen, dass Digger Forrest ermordet hat? So präzise sind die Zeitabläufe nämlich nicht und in zwanzig Minuten kann ein kräftiger Mann wie Digger durchaus jemanden kampfunfähig prügeln und an einen Balken knüpfen, will sagen, wir müssen alle Punkte nochmals genau prüfen. O'Sullivan soll versuchen, genauere Zeiten zu erfahren, und Moran soll die DNA-Spuren an beiden Leichen querchecken. Ferner müssen wir Schnittpunkte zwischen den beiden aufspüren. Hatten sie Gemeinsamkeiten? Was hatten sie miteinander zu tun und warum?«

»Gut, ich werde O'Toole und seine beiden Kollegen dafür einsetzen.«

»Überlasse ihnen nicht die Fragestellungen. Mache ihnen eine genaue Checkliste, die sie abarbeiten müssen, denn brauchbare Antworten bekommt man nur, wenn man die richtigen Fragen stellt, wie mein alter Lehrmeister zu sagen pflegte. Mich interessieren auch außergewöhnliche Ereignisse in Sneem, sagen wir innerhalb der letzten zwölf Monate, die bislang niemandem zugeordnet werden konnten. Der Coach kann dabei bestimmt helfen.«

Die alte Dame hatte ihr Gebet zwischenzeitlich beendet und war auf dem Weg zum Ausgang. Sie entschied sich dann aber anders und steuerte auf McEagan zu, während O'Grady wenige Meter entfernt auf und ab ging und telefonierte.

»Hab Sie hier noch nie gesehen. Sind Sie mit jemandem verwandt, der hier liegt?«, fragte sie ausgesprochen freundlich.

»Oh nein, nicht dass ich wüsste. Wir haben uns hier nur hingesetzt, um nachzudenken und weil es so friedlich ist. «Und weil es hier kein Telefon gibt«, wollte noch hinzufügen, sah aber mit einem Blick auf O'Grady den Widerspruch.

»Touristen sind Sie auch nicht«, meinte sie mit größter Bestimmtheit, dann müssen sie die beiden Special Agents aus Tralee sein. Schlimme Sache, das mit Digger, war so eine netter Mensch und immer so hilfsbereit.«

McEagan stand auf, stellte sich vor und fügte hinzu: »In der Tat, wir sind mit der Aufklärung dieses Verbrechens beauftragt. Darf ich fragen, wer Sie sind?«

Das Gesicht der alten Dame verzog sich zu einem unwiderstehlichen Lächeln.

»Nett, Sie zu treffen, Superintendent McEagan, ich bin Mary, Mary Doyle aus der Sea View Siedlung. Dort lebe ich, seit mein Mann gestorben ist. Wir hatten früher eine Farm, gleich da drüben. Rinder und Schafe. Meine Kinder, vier Töchter und fünf Jungs sind alle verheiratet. Drei Töchter leben in der Gegend von Boston und eine in Australien. Meine Söhne haben sich in Irland verlaufen. Sind aber alle was geworden. Raten Sie mal, wie alt ich bin, los, nur keine Hemmungen.«

McEagan ließ sich auf ihr Spielchen ein, obwohl er weiß Gott Dringenderes zu tun hatte.

»Höchstens einundsiebzig«, sagte er in der Hoffnung, ausreichend untertrieben zu haben, so dass es als Schmeichelei durchgehen konnte.

Mary kicherte und blitzte ihn mit ihren klaren blauen Augen schelmisch an.

»Sie sollten mal zum Optiker gehen, Mann. Ich bin neunundachtzig und habe in einem Monat Geburtstag.«

»Das hätte ich nie vermutet«, sagte McEagan nun wirklich überrascht, »das wird hoffentlich eine Riesenparty geben.«

»So wird es wohl sein. Einer meiner Söhne, er ist übrigens Professor für Biologie an der Universität in Cork, tut sehr geheimnisvoll, ich weiß aber von meiner Nachbarin, der alten Tratschtante, dass er das ganze Cityhotel in Sneem gebucht hat.«

»Dann wünsche ich Ihnen heute schon einen ganz großen Tag mit Ihren Kindern und Enkeln vielleicht sogar.«

»Danke, vierundzwanzig sind es.«

»Enkel?«

»Natürlich Enkel und achtzehn Urenkel. Und mehr als die Hälfte davon hab ich noch nie gesehen. Können Sie sich das vorstellen?«

Nach einer Weile fragte sie ihn leise mit sorgenvoller Stimme: »Was geht wohl in einem Menschen vor, der so etwas tut? Ob da schon als Kind was falsch gelaufen ist? Ob er sich nicht fürchtet, mit einer solchen Tat eines Tages vor seinen Schöpfer treten zu müssen?« Dann schüttelte sie ihren Kopf und fuhr fort: »Ein Leben auszulöschen und eine ganze Familie in Verzweiflung zu stürzen.«

»Kannten Sie Sean Galvin gut?«

»Ich kannte schon seinen Urgroßvater. Der hat uns Kindern immer die Forellen geräuchert, die wir oben im Fluss gefangen haben. Natürlich kannte ich auch Sean, der ist mit einem meiner Enkel zur Schule gegangen. Ein grundehrlicher Mensch und gutmütig obendrein.«

»Können Sie sich vorstellen, dass er schlechten Umgang hatte, wie man so schön sagt?«

»Nein, kann ich nicht, nicht wissentlich jedenfalls.«

»Und seine Frau, kennen Sie seine Frau?«

»Und ob, war mal 'ne ganz Hübsche. Hat den Jungs reihenweise die Köpfe verdreht. Ist aber mit den Jahren auch ruhiger geworden, wie wir alle«, erwiderte sie und warf McEagan einen schelmischen Blick zu.

McEagan wagte die wichtige Frage.

»Kennen sie Richard Foley, den sie Forrest nennen?«

»Oh ja, jeder kennt Forrest. Sie meinen doch nicht etwa, der hätte etwas damit zu tun? Das können Sie sich gleich aus dem Kopf schlagen. Der könnte keiner Fliege was zuleide tun.«

»Nein, das meinte ich nicht«, sagte er gedehnt, »Forrest ist auch tot.«

Anstelle einer Antwort schlug sie dreimal ein Kreuz. Sie hatte die Augen geschlossen und an ihren bewegten Lippen sah er, dass sie wohl betete. Er musste aber nicht lange warten.

»Wann und wie ist er denn gestorben, ist der auch ermordet worden, heilige Maria, Mutter Gottes, lass es nicht wahr sein.«

»Vor zwei Tagen. Man hat ihn erhängt aufgefunden. Können Sie sich einen Grund vorstellen, warum er das getan haben könnte?«

Sie brauchte ein paar Sekunden, das Gehörte zu verarbeiten. »Forrest war ein armer Mensch, den das Schicksal mal fürchterlich gebeutelt haben muss, aber er war glücklich mit seinem Leben, das er selbst gewählt hat. Nein, ich kann mir keinen Grund vorstellen, der ihn dazu veranlasst haben könnte.«

»Einsamkeit?«

»Einsamkeit empfindet jeder auf seine ganz individuelle und persönliche Art. Forrest hatte sich ja ganz bewusst dafür entschieden, so zu leben, nein, er war nicht einsam. Wenn er Gesellschaft wollte, hat er die auch bekommen, eben auch auf seine Weise. Wann er wollte und mit wem er wollte. Stellen Sie sich nur vor, zwei Tage vor dem vergangenen Weihnachtfest hat er abends an meine Tür geklopft und mir einen Truthahn gebracht, ... aber um Himmels willen, wenn er es wirklich nicht selbst getan hat, bedeutet das ja ...«

»Nicht zwangsläufig, wir untersuchen das noch. Wissen Sie, ob er Feinde hatte?«

»Heiliger Sankt Patrick bete für uns und stehe uns bei in diesen dunklen Tagen. Entschuldigen Sie, Superintendent, was haben Sie gefragt?«

»Wir wissen noch gar nichts, außer dass er tot ist. Wir haben mit der Untersuchung eben erst begonnen.«

Die Frage nach Feinden ließ er unter den Tisch fallen. Er war sich nicht sicher, ob er dieses Mal zu ihr durchgedrungen war, denn sie schien wieder mit Beten beschäftigt zu sein.

Trotzdem versuchte er es noch mal, und um sich ihrer Aufmerksamkeit zu versichern, klopfte er mit den Händen auf seine Knie und stand ächzend auf.

»Möchten Sie uns bei der Aufklärung helfen?«

Das half und sie sah ihn mit großen Augen an.

»Ich helfen? Ich glaube, Sie überschätzen mich, McEagan, aber wenn ich etwas dazu beitragen kann, diesen schrecklichen Menschen seiner irdischen Strafe zuzuführen, dann gerne. Was möchten Sie, dass ich tue?«

»Es würde uns sehr helfen, wenn Sie unser Gespräch für ein bis zwei Tage für sich behalten würden. Wäre das möglich, Mrs. Doyle?«

»Ich bin alt und man sagt, ich sei ein wenig eigensinnig, aber eines bin ich nicht, geschwätzig.«

McEagan hatte da so seine Zweifel, hielt ihr aber galant seinen Arm entgegen, um ihr beim Aufstehen zu helfen. Er rechnete damit, dass sie ablehnen würde. Irrtum, sie nahm die Hilfe mit dem schüchternen Lächeln eines Schulmädchen an. McEagan verabschiedete sich und sah ihr versonnen nach.

»Hattest du eine nette Unterhaltung?« fragte O'Grady und folgte seinem Blick.

»Eine sehr nette sogar. Sie hat achtzehn Urenkel und der Großvater von Digger hat ihre Forellen geräuchert.«

O'Grady parkte vor dem Revier.

»Alan, schläfst du?«

»Schön wär's«, antwortete McEagan und schlug die Augen auf. »Wir haben um fünf unsere Pressekonferenz. Ich frage mich, ob wir den neuen Fall schon ansprechen sollten. Wenn ja, haben wir heute noch eine landesweite Aufmerksamkeit und ab morgen mehr Reporter in Sneem als Einwohner.«

»Bis heute Abend werden sie die Fährte schon aufgenommen haben. Sie werden dich lynchen, wenn du es verschweigen willst. Am besten, du zündest die Bombe selbst und bittest sie um Mithilfe«, meinte O'Grady.

»Kannst du mir sagen, wie wir hier morgen noch arbeiten sollen, wenn uns fünfzig Reporter und einige Fernsehteams zwischen den Beinen herumlaufen? Wir werden von der Bevölkerung keinen einzigen brauchbaren Hinweis mehr bekommen, weil die Reporter immer vor uns da waren und die falschen Fragen gestellt haben. Wir müssen sie von Sneem fernhalten, soweit das möglich ist, und den zweiten Fall noch für uns behalten!«

»Und Jesus lief übers Wasser!«

»Wenn ich mir Steine darunterlege, kann ich das auch«, sagte McEagan, ließ sie aber im Unklaren, was er damit meinte.

Sein erster Anruf galt dem Chief in Tralee. Er berichtete kurz über die aktuelle Situation und bat, die Forensik in Tralee um ein Team aus Dublin zu verstärken, denn sie hatten mit dem zweiten Mord zweifelsfrei ein Mengen- und ein Zeitproblem. Beim zweiten Punkt waren deutlich mehr Überredungskünste notwendig. Letztlich war der Chief aber auch damit einverstanden und verband McEagan mit seinem Stellvertreter, der die Presseabteilung leitete.

Der war von McEagans Idee wenig begeistert, die Pressekonferenzen nach Tralee zu verlegen.

»Wie stellen Sie sich das vor, eine Pressekonferenz ohne den leitenden Ermittlungsbeamten zu veranstalten?«

»Wir wissen noch nicht, ob und wie die beiden Fälle zusammenhängen. Zwei ungeklärte Morde mit spektakulärer Tatausführung, das wird ein Fest für die Presse. Sie müssen uns einfach die Reporter für ein oder zwei Tage aus dem kleinen Sneem fernhalten, sonst haben wir hier mehr Presseleute als Gardai und Einwohner zusammen. Keene wird Ihnen einen vollständigen Bericht mailen. Das sollte genügen. Und setzen Sie möglichst gleich eine weitere Pressekonferenz für morgen Vormittag an, damit die gar nicht erst auf die Idee kommen, hierher zu fahren. Material bekommen Sie rechtzeitig.«

Er beendete das Gespräch, gleich nachdem der Pressesprecher tief Luft geholt hatte. Sein nächster Anruf galt einem alten Freund in Bantry. Stepanowsky immigrierte 1944 als Fünfjähriger mit seinen Eltern aus Polen und leitete bis zu seiner Pensionierung die Inlandsredaktion der Irish Times in Dublin. Noch immer schrieb er freiberuflich Kommentare und Kolumnen für seine alte Zeitung. Sie verabredeten sich im Bay Hotel zum Abendessen.

Als er aufgelegt und sich zufrieden zurückgelehnt hatte, fragte O'Grady, die den Gesprächen ungläubig gefolgt war, ob er denn jetzt von allen guten Geistern verlassen sei.

»Wenn dieser selbstverliebte Schwätzer in Tralee ohne dich mit der Presse spricht, wirst du vielleicht mehr Überraschungen erleben, als dir und uns lieb sein können. Und wie lange glaubst du, die Meute von Sneem fernhalten zu können, Tage oder Stunden?«

»Genau so lange, bis die Irish Times mit einer sachlichen und fundierten Berichterstattung begonnen hat. Das verhindert allzu utopische Gräuelmärchen in der Regenbogenpresse, hoffe ich wenigstens.«

»Und dabei soll dir dieser Stopansky helfen?«

»Stepanowsky heißt der gute Mann und ja, das soll er. Wir werden ihn täglich mit Fakten füttern, von denen andere nur träumen, und wir bestimmen, was gedruckt wird. Ein Problem könnte nur sein, dass dein Schwätzer in Tralee, wie du ihn zu nennen pflegst, auch irgendwann merken wird, dass die Irish Times mehr weiß, als er selbst. Es wird ihn aber hoffentlich auch davon abhalten, eigenen Blödsinn zu verbreiten.«

»Du bist dir aber hoffentlich schon im Klaren darüber, dass du damit gegen mindestens was weiß ich wie viel Vorschriften verstößt?«

»Meine erste Pflicht ist es, diese verdammten Fälle aufzuklären. Gelingt mir das, wird das andere nicht allzu heiß gegessen werden. Schlimmstenfalls wird man mir ein Disziplinarverfahren anhängen. Da kann ich mir mit meinen Dienstjahren aber Schlimmeres vorstellen. So jetzt lass uns noch ein bisschen arbeiten. Du kannst übrigens im Hotel anrufen und die Veranstaltung absagen.«

7

O'Sullivan zeigte Moran das Hörgerät und die Stelle, an der es gefunden hatte.

»Ich borg mir das mal schnell aus, vielleicht kann ich die Besitzverhältnisse gleich abklären.«

Moran gefiel das gar nicht.

»Und wann bekomm ich es zurück?«

»In spätestens ein bis zwei Stunden, versprochen.«

Er rief den jungen Gardai Seamus O'Toole an, der in Sneem unterwegs war, und bat ihn um Ablösung am Tatort, denn er hatte es eilig. Der Doktor konnte wahrscheinlich keine Auskunft geben, denn Forrest hatte keine Medical Card. Aber ein Versuch sollte schon sein. Dr. Finley bestätigte seine Vermutung, dass Forrest nicht sein Patient war. Also musste er zu Mary gehen. Zunächst stoppte er an der Apotheke. Wenn Forrest ein Hörgerät besaß, dann würde er hier seine Batterien gekauft haben. Die Auskünfte waren negativ. Also neben der Apotheke die kleine Straße zum Berg rauf. Auf halbem Weg lag das fast völlig zugewucherte Anwesen von Mary. Er öffnete die rostige Gartentüre und folgte dem Trampelpfad, der sich nach etwa hundert Metern zu einem großen Garten hin öffnete, der rund um das kleine Haus angelegt war. An der Vorderseite rankten Kletterrosen und ließen nur die kleinen Fenster frei. Im Garten wuchsen neben Gemüse viele Kräuter, von denen er nur die wenigsten kannte. Mary war eine Kräuterfrau. Sie war für seltsame Behandlungen bekannt und vermutlich auch die Anlaufstelle für Forrest, wenn er krank war.

Mary öffnete die Tür, bevor er klopfen konnte.

»Hallo Mary, ich bin Sergeant O'Sullivan und brauche deine Hilfe.«

»Ich kenne dich, Coach«, erwiderte sie. »Wo drückt denn der Schuh?«

»Es geht nicht um meine Füße, Mary. Es geht um Forrest. Wir haben ihn heute tot in seiner Hütte gefunden. Ich nehme an, dass er dein Kunde war.«

Mary gab keinen Kommentar zum Tod von Forrest und schaute den Sergeant weiter abwartend an.

»Mary, ich muss es wissen. Kam Forrest zu dir, wenn ihm was fehlte?«

Sie nickte nur.

»Gut, dann kannst du mir vielleicht sagen, ob er schwerhörig war und ein Hörgerät besaß.«

»Ob er eines besaß, weiß ich nicht. Gebraucht hat er jedenfalls keines. Sein Gehör war ausgezeichnet. Noch was?«

O'Sullivan verneinte und bedankte sich.

»Wie ist er denn gestorben?«, wollte sie dann doch noch wissen.

»Er hatte einen Strick um den Hals.«

Mary gab auch hierzu keinen weiteren Kommentar ab. Er

grüßte deshalb und ging. Er hielt noch mal an der Apotheke an und zeigte dem Apotheker das Tütchen mit dem Hörgerät.

»Kannst du von außen sehen, welcher Typ von Batterie hierzu gehört?«

»Dies ist ein sehr modernes Hörgerät«, bemerkte der Apotheker. »Beim Tragen ist es kaum zu sehen. Die Batterien sind sehr klein. Um den Typ zu bestimmen, müsste ich das Gerät aber öffnen.«

»Das geht leider nicht. Kannst du mir wenigstens sagen, für welches Ohr es bestimmt ist?«

»Eindeutig rechts«, sagte der Apotheker bestimmt.

»Schreib mir doch die Namen deiner Kunden auf, die so kleine Batterien für ihr Hörgerät kaufen. Sehr viele können es hier in Sneem ja nicht sein. Du würdest mir sehr helfen und ich würde auch mal wieder einen ausgeben.«

Der Apotheker verdrehte die Augen. »Wenn du mir sagst, wo du das Teil her hast, helfe ich dir.«

O'Sullivan wusste, dass er ihm etwas geben musste.

»Ich habe es bei einem Toten gefunden, bezweifle aber, dass es ihm gehörte. Ich suche den Besitzer.«

»Einen Namen dazu hast du wohl nicht, Coach?«

»Nein.«

Der Apotheker schrieb einige Namen auf, die ihm spontan einfielen, und versprach, noch gründlich über weitere Namen nachzudenken. Nachdem er sich der Verschwiegenheit des Apothekers versichert hatte, machte O'Sullivan sich wieder auf den Weg, fuhr zurück zur Waldhütte und übergab Moran den Beutel mit dem Hörgerät.

»Nehmt euch das Ding zuerst vor. Dem Toten gehörte es nicht.«

Er hatte zunächst vier Namen von Hörgerätebesitzern. Die zwei Frauen konnte er ausschließen. Sollte es tatsächlich eine Frau bei ihm verloren haben, dann höchstens bei einem Ringkampf, und den wollte er sich erst gar nicht vorstellen. Als mögliche Mörderinnen fielen sie ebenfalls aus, Frauen verabreichten Gift und hängten niemanden auf.

Ein Name gehörte zu einem über fünfundsiebzigjährigen Rentner, der in den Sea View Häusern unterhalb der Brücke vom Sneem River lebte. Hier wohnten alleinstehende ältere Mitbürger von Sneem, für die das gewohnte Leben auf ihren Farmen zu beschwerlich geworden war. Er kannte den sehr gebrechlichen Rentner und schloss auch diesen aus. Interessant war der vierte Name.

Er verließ Sneem über die Kenmare Road und bog nach zwei Kilometern nach rechts in die Oysterbed Road ein, die zum Hafen von Sneem führte. Am Haus des Golflehrers hielt er an und läutete. Seine Frau öffnete und grüßte ihn. Nein, ihr Mann sei nicht zuhause.

»Er gibt auf dem Golfplatz gerade eine Trainerstunde, müsste aber bald zurück sein. Willst du reinkommen und warten?«

»Nein, ich hab's sehr eilig. Ich werde ihm entgegenfahren.«

Er wendete und fuhr zurück zur Kenmare Road. Vier Minuten später parkte er unterhalb des Clubhauses neben dem Wagen des Golflehrers. Er musste nicht lange warten.

»Hallo Coach, was machst du hier? Willst du eine Runde spielen?«, flachste John McCarthy.

»Nein, heute nicht. Ich bin dienstlich unterwegs und muss dir eine Frage stellen.«

Der Angesprochene verstaute seinen Golf Bag im Kofferraum und drehte sich wieder zum Sergeant um.

»Du machst es aber spannend und Herzklopfen habe ich jetzt auch. Also los, was willst du?«

»Entspanne dich, es ist reine Routine. Wie ich bereits sehen konnte, trägst du ein Hörgerät am rechten Ohr. Wie es aussieht, ist es ein modernes und sehr kleines Gerät. Meine Frage lautet: Hast du davon mehrere, vielleicht ein Reservegerät oder ein älteres Modell?«

McCarthy schaute etwas verdattert, sagte aber dann: »Nein, es ist mein einziges. Ich trage es erst seit einem halben Jahr. Warum willst du das wissen?«

»Trägst du links kein Gerät?«

»Nein, links höre ich noch ausreichend gut«, antwortete der Sportlehrer nun ungeduldig, »aber ich hatte dich gefragt, warum du das wissen willst.«

»Tut mir leid, das kann ich dir heute noch nicht sagen. Ich bitte dich auch, mit niemandem darüber zu sprechen. Vertraue mir und mach dir keine weiteren Gedanken.«

O'Sullivan ließ den Golf Pro stehen und fuhr langsam zurück zum Tatort.

»Ich weiß immer noch nicht, wem es gehört«, sagte er zu Moran, »den Toten könnt ihr aber definitiv ausschließen.«

Er hatte einen wichtigen Hinweis, der ihn im Moment aber nicht weiterführte. Ein Rundruf bei den Kollegen, die von Tür zu Tür unterwegs waren ergab, auch nichts Greifbares. Er brauchte jetzt neue Ideen und musste deshalb mit John reden. Er fand ihn in seiner Hütte hinterm Haus beim Makrelen räuchern.

»Hi Coach, du kommst gerade richtig. In fünfzehn Minuten können wir essen. Moira macht gerade den Kartoffelsalat.«

Dem Sergeant kam das sehr gelegen, denn er bemerkte nun seinen Bärenhunger und obendrein schien ihm ein gutes Essen die richtige Grundlage für ein längeres Gespräch. Da war nur noch die abendliche Besprechung auf dem Revier, er musste also auf die üblichen ein bis zwei Flaschen Rotwein, die bei solchen Gelegenheiten belüftet wurden, verzichten. Er rief McEagan an und bat, ihn wegen dringender Ermittlungen von der Besprechung um 18 Uhr zu entbinden. Er hatte wegen der Notlüge kein gutes Gefühl, konnte ihm aber nicht einfach sagen, dass er dabei sei, die Angelegenheit mit einem Freund zu besprechen. McEagan schien ihm zu vertrauen, denn er fragte nicht weiter, wollte ihn aber unter allen Umständen heute noch sehen.

Danach rief er seine Schwester an und informierte sie, dass er auch heute nicht zum Abendessen käme. Sie kannte ihren Bruder aber viel zu gut, um sich über solche Situationen aufzuregen. Sie wusste, dass er an einem schlimmen Fall arbeitete und sie bis zur Aufklärung weniger zu kochen hatte.

»Ich stelle dir was warm«, sagte sie, bevor sie auflegte.

Moira trat aus dem Haus.

»Isst du mit uns, Coach? Du würdest es nicht bereuen.«

»Na klar, danke. Erstens kann ich bei frisch geräucherten Makrelen ohnehin nicht widerstehen und zweitens kann ich mich vor Hunger kaum auf den Beinen halten.«

Sie lachte. »Hol dir ein Bier aus dem Kühlschrank. Wo die Gläser stehen, weißt du ja. Ich helfe inzwischen John mit den Fischen.«

Das Essen war genau nach seinem Geschmack. Die Makrelen noch leicht warm, der Kartoffelsalat und die selbstgemachte Remouladensauce ebenfalls lecker. Keiner sprach während des Essens die Ereignisse an. Dafür war noch nicht die Zeit. Nach dem Essen zogen sich der Coach, den nun ein heftiges Völlegefühl plagte, und John ins Wohnzimmer zurück. John füllte zwei Gläser fingerbreit mit einem achtzehn Jahre alten Jameson.

»So Peter, nun erzähle mal, was anliegt. Ich kenne dich lange genug, um dein Gesicht zu lesen. Ihr kommt nicht weiter, stimmt's?«

»Nein, wir machen kaum Fortschritte, dafür die Ereignisse. Wir haben schon den zweiten Toten.«

John war sichtlich erschrocken, was sich darin äußerte, dass er seinen Whiskey auf einen Zug leerte und sich sofort einen weiteren einschenkte. Peter berichtete seinem Freund über die neuesten Entwicklungen. Er hatte in der Vergangenheit in schwierigen Fällen immer das Gespräch mit ihm gesucht, die in einer Atmosphäre absoluten Vertrauens stattfanden. John dachte nicht wie ein Polizist und hatte ihn oft zu neuen Denkansätzen inspiriert. Darauf hoffte er auch heute.

John hatte zugehört, ohne ihn zu unterbrechen, und nahm nun einen weiteren genüsslichen Schluck.

»Und was sagt dir das Hörgerät?«, wollte er wissen.

»Galvin besaß kein Hörgerät.«

»Das Hörgerät ist möglicherweise eine vielversprechende Spur, aber meiner Meinung nach gibt es viele Möglichkeiten, wie das Hörgerät in die Hütte kommen konnte.«

»Zum Beispiel?«

»Wenn es nicht Forrest gehört, wie du sagst, dann kann es Galvin oder der Mörder verloren haben, oder ein anderer Besucher oder Forrest hat es gefunden und mit nach Hause genommen.«

O'Sullivan dachte nach. »Letzteres ist gut möglich. Ein Besucher wohl weniger. Oder kannst du dir eine Situation vorstellen, in der man unbeabsichtigt sein Hörgerät verliert?«

»Eine schöne Unbekannte?«

»Du meinst eine Unbekannte, der Hören und Sehen verging? Ich kann mir das zwar nur schwer vorstellen, aber auch die würde nachher wieder zur Vernunft kommen und den Verlust bemerkt haben.«

»Das genau trifft aber auch auf alle anderen zu, mein Lieber.«

O'Sullivan sah ein, dass sein Freund nicht ganz unrecht hatte, und nippte seinerseits an seinem Glas.

»Ich habe übrigens lange über den Mord am Pier nachgedacht«, fuhr John fort, »und frage mich immer wieder, warum keiner der Anwohner in Gleesk etwas bemerkt haben will. Die meisten Häuser liegen etwas erhöht über der Straße zum Pier und man hat einen guten Überblick über die Straße. Bei Dunkelheit sind auch die Autolichter weithin zu sehen. Die Leute kriegen doch sonst alles mit.«

»Einfache Antwort: Die letzten vier Häuser sind Ferienhäuser und keiner der Dubliner Eigentümer ist zu dieser Zeit hier. Von dort hätte man den besten Überblick gehabt. Im Steinbruch haben sie an dem Tag bis Sonnenuntergang gearbeitet. Die Lkw sind bis dahin ununterbrochen gefahren. Da hört man nicht mehr auf einen Pkw, den der Täter benutzt haben muss.«

»War nur so eine Idee. Der oder die Täter hatten vielleicht gar nicht geplant, jemanden zu töten. Habt ihr schon mal daran gedacht, dass Forrest und Digger vielleicht nur zufällig Zeugen einer anderen Sache waren und beseitigt werden mussten?«

»Daran denken wir auch, denn wir können uns keine noch so seltsamen Motive vorstellen, die im Dunstkreis der Opfer zu suchen wären. Die Morde als Verschleierungstat eines anderen Verbrechens würde einiges erklären.«

»Vielleicht, aber welcher Art könnte ein Verbrechen sein, deren Zeugen man unter allen Umständen beseitigen muss?«

Der Sergeant dachte nach.

»Ein weiterer und bisher unentdeckt gebliebener Mord vielleicht, Bankraub, Schmuggel, Drogen, du kannst es dir aussuchen. Das Dumme ist nur, dass wir von keinem derartigen Verbrechen wissen.«

»Mord, Schmuggel und Drogen wären möglich. Bei einer Drogengeschichte müsste es aber eine ganz große Sache gewesen sein. Vor Wochen haben sie bei Bantry versucht, einige hundert Kilo anzulanden. Ging aber schief. Vielleicht haben sie es dieses Mal in der Kenmare Bay versucht«, meinte John.

»Würdest du Drogen auf unserer Seite der Bay anlanden, ich meine für den Fall, du wärst nüchtern?«

John lachte.

»Natürlich nicht. Zu viele Menschen. Ich würde die Beara-Seite nehmen, genau wie du. Da ist noch eine Sache, die mir nicht einleuchtet. Wenn ein großes Ding gelaufen sein sollte, dann ging dem eine generalstabsmäßige Planung voraus oder sollte es zumindest. Falls man dann aber einen Zeugen beseitigen muss, ist wohl einiges schiefgelaufen. Und wenn der Mord an Forrest ebenfalls aus dieser Geschichte resultiert, muss sehr viel schiefgelaufen sein, denn dann war Hektik im Spiel. Und viel Hektik und Chaos würde vielleicht auch erklären, dass jemand sein Hörgerät verliert, ohne es gleich zu bemerken. So gesehen, würde deine Vermutung wieder Sinn machen. Trotzdem seltsam.«

O'Sullivan nickte nachdenklich.

»Nun«, fuhr John fort, »vielleicht war wirklich alles gut geplant und die Täter fühlten sich in völliger Sicherheit, jedenfalls bis zum Zeitpunkt ihrer angenommenen Entdeckung. Und sollten sie tatsächlich Drogen an Land gebracht haben, müssen es Gangs aus Dublin, Belfast oder Cork gewesen sein. Aber sie müssten Leute aus der Gegend als Helfer gehabt haben. Kennst du jemanden, dem du so etwas zutrauen würdest? Ich nicht.«

»War ja auch nur so eine Idee«, meinte O'Sullivan.

»Aber wie ich finde, keine schlechte. Es lohnt sich bestimmt, da dran zu bleiben.«

»Du hast immer noch eine Drogenanlandung im Kopf, aber worauf willst du hinaus?«, wollte der Sergeant wissen.

»Nun, eine größere Sache benötigt Planung und Zeit. Man kann nicht morgens von Dublin anreisen, ein großes Ding drehen und dann wieder nach Dublin verschwinden. Habt ihr mal darüber nachgedacht, ob sie es sich nicht in einem hiesigen Hotel oder B&B bequem gemacht hatten? Habt ihr das überprüft?«

O'Sullivan schwieg eine Weile und schüttelte langsam den Kopf.

»Nein John, das haben wir nicht, muss ich zu meiner Schande gestehen. Und offen gesagt, ärgert es mich, dass ein blutiger Laie und Fischzüchter dahergelaufen kommt, um mir meine Nachlässigkeiten aufzuzeigen.«

John Kelly lachte.

»Coach, wenn man nicht unter Ermittlungsdruck steht, kann man lockerer denken. Außerdem, wer sagt denn, dass meine Gedanken nicht reiner Blödsinn sind?«

Der Sergeant stand auf.

»Das wird man sehen. Eine blöde Idee ist jedenfalls besser als gar keine. Ich muss jetzt gehen und noch einiges erledigen. Danke, dass du mir zugehört hast.«

Er umarmte Moira in der Küche und bedankte sich für das wunderbare Essen und versprach, demnächst mal wieder zu einem gemütlichen Abend zu kommen.

»Nur zum Essen und Klönen, ohne Detektivgeschichten«, rief sie ihm hinterher, »und bring deine Schwester mit.«

8

McEagan hatte sich in den Besprechungsraum zurückgezogen und studierte die Ermittlungsakte. Keene hatte sie nach den Berichten von ihm und O'Grady auf den neuesten Stand gebracht. Gegen halb sechs rief der Sergeant an und erzählte was von einer Spur, der er nachgehen müsse und dass er deshalb nicht zur Besprechung kommen könne. Weil er ihm vertraute und er den Faden in seiner Akte nicht verlieren wollte, stimmte er brummend zu. Er hatte den Faden trotzdem verloren und dachte über den Sergeant nach. Was hatte der wohl wieder ausbaldowert? In der Vergangenheit hatten seine unkonventionellen Methoden schon zweimal die entscheidenden Hinweise zur Lösung der Fälle gebracht. Man durfte ihn nicht antreiben, aber auch nicht bremsen, nur im Auge behalten musste man ihn.

McEagan saß am Schreibtisch und grübelte. Es gab nur die eine Lösung, dass nämlich beide Morde irgendwie zusammenhingen. Das Umfeld von Forrest musste noch genauer untersucht werden. Im Umfeld von Digger schien es nichts zu geben, was einem Motiv auch nur in die Nähe kam. Was hatte Digger von Forrest gewollt? Gab es zwischen den beiden eine Verbindung, die ihnen bisher verborgen geblieben ist? Zeit für einen erneuten Besuch bei der Witwe.

Diesmal fanden sie das Haus auf Anhieb. Auf ihr Läuten öffnete Mrs. Galvin selbst.

»Hallo Mrs. Galvin, wir sind die beiden Detectives aus Tralee, erinnern Sie sich?«, grüßte McEagan.

»Ja natürlich, nur an Ihren Namen kann ich mich nicht mehr erinnern, entschuldigen Sie.«

»Keine Ursache, Mrs. Galvin. Ich bin Superintendent Alan McEagan in Begleitung von Inspector Fiona O'Grady. Dürfen wir einen Moment reinkommen?«

»Oh, entschuldigen Sie bitte«, sagte sie und trat beiseite. Sie ging ins Wohnzimmer voraus, in dem eine etwa zehn Jahre jüngere Frau am Tisch saß. Man hatte Kaffee getrunken.

»Dies ist meine Schwester Anne Nolan. Sie wohnt in Templenoe und hilft mir ein bisschen. Setzen Sie sich doch bitte. Trinken Sie auch eine Tasse Kaffee?«

»Nein danke, Mrs. Galvin, wir möchten Sie auch nicht lange aufhalten. Dürfen wir Ihnen nochmals unser herzlichstes Beileid aussprechen? Wir wollen Ihnen auch versichern, dass wir unsere ganze Kraft einsetzten werden, diese fürchterliche Geschichte aufzuklären und den Mörder Ihres Mannes zu fassen. Leider wissen wir noch zu wenig über Ihren Gatten, seine Freunde und seine Kunden. Vielleicht können Sie uns dabei helfen.«

Die Schwester stand auf. Sie hätte ohnehin gerade gehen wollen, um sich um die Kinder zu kümmern. Sie versprach, morgen wiederzukommen.

»Mrs. Galvin, kennen Sie Richard Foley?«, fragte O'Grady, als sie mit der Witwe alleine waren.

»Richard Foley? Nein, tut mir leid, den Namen habe ich noch nie gehört.«

»Ich glaube, er ist allgemein besser unter dem Namen Forrest bekannt.«

»Ach Forrest, natürlich kenne ich den. Jeder hier in der Gegend kennt ihn. Der lebt in North Gerrack in einer Waldhütte.«

»Genau den meinen wir. Wie gut kennen Sie ihn denn? War er schon bei Ihnen im Haus?«

»Nein, und was heißt kennen? Ich kenne ihn vom Sehen. Beim Einkaufen und im Pub trifft man sich hin und wieder. Aber ich glaube nicht, dass ich schon jemals mehr als drei Worte mit ihm gesprochen habe.«

»Wissen Sie, ob ihn Ihr Mann näher kannte, hat er schon von ihm gesprochen?«

»Nicht dass ich wüsste. Doch, ich glaube, es ist ein halbes Jahr her, da hat er mal erwähnt, dass Forrest ihn gebeten habe, um seine

Hütte herum etwas auszulichten. Mein Mann wollte ihm den Gefallen tun, wenn er mit dem Bagger in der Nähe zu tun hätte. Sie verstehen schon, Geld hatte der ja keines.«

»Können Sie sich vorstellen, dass Ihr Mann öfters mit ihm Kontakt hatte?«

»Nein, kann ich nicht. Er hätte bestimmt davon erzählt.«

»Ihr Mann hat bei einem Kinsley gearbeitet, bevor er bei den Holländern in Hollywood zu tun hatte. Hat er Ihnen etwas über Kinsley erzählt?«

»Ja, aber ich glaube nicht, dass dies für Ihren Fall wichtig ist.«

»Alles kann wichtig sein für uns. Jedes Steinchen hat im Mosaik seine Bedeutung, sonst wäre es nicht fertig oder hätte vielleicht sogar eine andere Bedeutung, verstehen Sie?«

»Ich weiß nicht, wie ich mich ausdrücken soll. Wenn er abends nach Hause kam, hat er immer geschimpft, dass Kinsley das größte Arschloch auf Gottes Erden sei und er nie wieder für diesen englischen Hurensohn arbeiten würde, so waren seine Worte.«

»Wurde Ihr Mann pünktlich bezahlt?«

»Ja, Kinsley hat ihm eine Woche später das Geld zum Nachbarn gebracht.«

O'Grady schaute den S.I. an, aber der hatte anscheinend keine weiteren Fragen mehr.

»Mrs. Galvin«, sagte sie, »die Spurensicherung war heute bei Ihnen. Wir haben zwar noch keinen Bericht, aber offenbar haben sie nichts gefunden, was uns weiterhelfen könnte. Das Notizbuch Ihres Mannes benötigen wir noch eine Zeit lang, aber Ihre Bankunterlagen bekommen Sie spätestens morgen zurück.«

»Wann kann ich denn meinen Mann beerdigen, wissen Sie schon etwas?«, wollte Mrs. Galvin jetzt wissen.

McEagan sagte ihr, dass er spätestens Montag mit der Freigabe der Leiche rechne. Sie könne also durchaus schon mit dem Pfarrer reden und eine Beisetzung für Mittwoch kommender Woche planen.

Sie besprachen die Tagesereignisse in kleiner Besetzung. Keene konnte nichts Wertvolles beitragen. Dann traf Moran ein und polterte los: »Lasst euch ja nicht einfallen, heute noch eine Leiche zu finden. Wir sind hungrig und müde und haben die Wagen voll mit ungeprüftem Material. Wir müssen mal wieder auf unsere Dienststelle, wenn ihr dieses Jahr noch Auswertungen haben wollt.«

Er gab Keene seinen Kamerachip, der sich sofort eine Kopie zog und begann, die Bilder auszudrucken.

»Habt ihr wenigstens Kaffee?«, wollte Moran wissen.

Wortlos trank er seinen Kaffee. Dann, nachdem er spürte, dass es gleich Ärger geben würde, stellte er die Tasse ab und begann mit seinem Bericht:

»Zunächst der Tatort am Gleesk Pier. Wir haben den Radius unserer Spurensuche nochmals erweitert, haben aber keine weiteren Spuren gefunden. Hinweise können sich also nur noch aus der labortechnischen Auswertung ergeben.

Dann der Schuppen von Galvin. Dort liegen Tonnen von alten Fahrzeugteilen, Werkzeugen und Schrott, der bisher nicht entsorgt wurde, und das alles bunt durcheinander. Wir haben nichts gefunden, was da nicht hingehören könnte, die Betonung liegt auf könnte. Alle Fingerabdrücke, die wir von Werkzeugen, Griffen, Fahrzeugen, Ölfässern und sonst noch gefunden haben, stammen ausnahmslos vom Opfer. Auch im Büro haben wir ausschließlich Abdrücke von Galvin und einige wenige von seiner Frau gefunden. Wir haben die Inhalte aller Schränke durchsucht und nichts Außergewöhnliches gefunden. Auch die private Post, die sich im Wohnzimmerschrank befand, gab keine Hinweise, nur Rechnungen, Ansichtskarten und einige Briefe der Tochter. Das Auto: Wir haben zehn Fingerabdrücke innen und außen genommen. Ausnahmslos alle von Galvin. Auffällig nur der Außengriff an der Fahrertüre. Der war sorgfältig saubergewischt. Wir haben das Fahrzeug nach Tralee bringen lassen und werden es dort noch eingehender untersuchen. Hoffnungen würde ich mir aber keine machen. Wesentlich interessanter und ergiebiger war der zweite

Tatort in der Waldhütte. Zunächst schöne Grüße vom Doktor, der sich entschuldigt, dass er nicht selbst berichtet. Er hielt es für sinnvoller, schnellstmöglich mit der Obduktion zu beginnen, und will euch den vorläufigen Bericht noch heute Abend faxen. Soviel hat er aber schon festgestellt: Den Todeszeitpunkt hat er auf Dienstagabend 18 Uhr, Plusminus zwei Stunden bestimmt. Das Opfer verfügte über eindeutige Abwehrspuren. Hämatome an Brust, Kopf, Armen und Beinen weisen auf heftige Schläge hin, offensichtlich Faustschläge. Im Mund des Opfers befand sich ein ausgeschlagener Backenzahn. Der Doktor schließt damit eine Selbsttötung völlig aus.

Auch wir konnten uns vor Spuren kaum retten, obwohl der Gesamtzustand der Hütte die Spurensuche erheblich erschwert hat. Wir haben fünf verschiede Fragmente von Schuhabdrücken gefunden, die nicht zu den Schuhen des Opfers gehören. Einer davon könnte Galvin gehören, der ja auch in der Hütte gewesen sein soll. Wir werden das noch überprüfen. Die Fotos der vier anderen Abdrücke liegen euch bereits vor. Am Vorplatz der Hütte und auf dem Zufahrtsweg gab es Reifenspuren.

Sowohl der Doktor als auch wir sind zu dem vorläufigen Schluss gekommen, dass mindestens zwei Täter, höchstwahrscheinlich aber drei am Tatort waren. Wir sind uns weiter darin einig, dass die Täter sehr dilettantisch ans Werk gegangen waren.«

Dann sah man den Schalk in seinen Augen.

»Ach da waren noch zwei Kleinigkeiten. Hätte ich doch beinahe vergessen. Wir haben Haare gefunden, einige davon an der Kleidung des Toten. Das Besondere ist die Farbe einer Haargruppe. Ein seltsames Rot, feuerrot würde ich sagen, Natur und ungefärbt. Dann haben wir unter dem Ohrensessel, oder was zumindest vom Konstrukteur als solcher geplant war, einen Feuerhaken gefunden.«

Nach einer Kunstpause, in der er die Spannung im Raum sichtlich zu genießen schien, fuhr er fort:

»Am Griffende des Feuerhakens haben wir die Fingerabdrücke des Opfers und am unteren Ende Anhaftungen von Gewebe, Blut und Haaren gefunden. Dunkle Haare übrigens. Genügend Material für eine DNA-Analyse. Dieses Material muss eindeutig einem der Täter zugeordnet werden, es sei denn, Forrest hat mit dem Feuerhaken am gleichen Tag einen dunkelhaarigen Hasen erschlagen, ja, Superintendent?«

»Was meint der Doktor zum Alter des Materials?«

»Circa zwei Tage. Das Material war noch weich und passt damit zeitlich ins Tatzeitfenster. Der Doktor hat die Probe bereits mitgenommen und zur Analyse gegeben. Ein klein wenig müsst Ihr euch aber noch in Geduld üben. Alles in allem schien die Aktion völlig unorganisiert und chaotisch abgelaufen zu sein. Dafür spricht auch das Hörgerät, das Sergeant O'Sullivan am Tatort gefunden hat. Wenn es tatsächlich einem der Täter gehören sollte, muss er es im allgemeinen Tumult verloren haben. Alles in allem habe ich selten einen Tatort mit so vielen 1A-Spuren erlebt.«

Fiona O'Grady hatte noch jede Menge Fragen, auf die Moran noch weiter in die Details ging, während McEagan schon wieder grübelte. Endlich kamen Zusammenhänge und zeitliche Abläufe ans Tageslicht. Forrest wurde demnach etwa vier Stunden vor Digger ermordet und Diggers Auto wurde eine Stunden später in der Nähe verlassen von einem Farmer das erste Mal gesehen. Digger musste Forrest also als Erster entdeckt haben. Langsam formte sich ein Bild der Geschehnisse, wenn sie auch immer noch keine Ahnung über Motive und Täter hatten.

Morgan und seine Leute verabschiedeten sich mit dem erneuten Hinweis, sie hätten jetzt genug zu tun und sie sollten es bei den beiden Tatorten belassen. O'Grady und Keene begannen damit, die neuen Fotos an die Whiteboards zu pinnen und zu beschriften und versuchten eine vorläufige Analyse aller bisherigen Erkenntnisse, während McEagan sich zu seinem Date ins Bay Hotel aufmachte.

Später saß McEagan zufrieden am Schreibtisch. Es hatte keiner großen Überredungskunst bedurft, Stepanowsky zu begeistern. Er hatte ihm einen umfassenden Überblick gegeben und war sich absolut sicher, dass er genau das veröffentlichen würde, was sie besprochen hatten. Stepanowsky hatte noch im Auto begonnen, die Story in seinen Laptop zu schreiben, um sie noch vor Redaktionsschluss für die Morgenausgabe absenden zu können. Sie hatten weiter vereinbart, sich täglich zu treffen.

O'Sullivan betrat den Raum und zog sich einen Stuhl an McEagans Schreibtisch. Er sah müde aus. Aber das ging jedem von ihnen so.

»Hab ich was verpasst?«

»Einiges, aber was hast du?«

O'Sullivan berichtete, was er über das Hörgerät herausgefunden hatte und dass es ihm wichtig erschienen war, die Besitzerfrage sofort abzuklären und nicht erst abzuwarten, bis die Spurensicherung zu Potte kommen würde.

»Nun Sergeant, wenn das Hörgerät dem Täter oder einem der Täter gehören sollte, wovon du offensichtlich überzeugt bist, dann hast du vielleicht auch brauchbare Ideen, wie um Himmels willen ein Mensch sein Hörgerät verlieren soll, ohne es sofort zu bemerken? Wenn es ihm im Eifer des Gefechts herausgefallen ist, dann hat er anschließend nichts mehr oder nur noch sehr schlecht gehört. Ich an seiner Stelle hätte mich jedenfalls sofort auf die Suche danach gemacht.«

O'Sullivan zuckte die Schultern.

»Das werde ich auch noch rauskriegen. Vielleicht war er nur wenig schwerhörig und war viel zu aufgeregt, um es sofort zu bemerken. Verdammt, ich weiß es auch nicht, noch nicht! Aber wir wissen jetzt mit Sicherheit, dass es nicht Forrest oder Digger gehört. Diggers Frau hat mir das telefonisch bestätigt. Die bisher überprüften Hörgeräteträger von Sneem haben ihre Hörhilfe auch noch. Ein paar Adressen bekomme ich noch.«

»Es könnte eine logische Erklärung für das Hörgerät geben«,

schaltete sich O'Grady ein. »Wir wissen mittlerweile, dass einer der Täter mit dem Feuerhaken eins überbekam. Den Spuren nach zu urteilen, hat er eine erhebliche Kopfverletzung davongetragen. Es wäre doch denkbar, dass das Hörgerät durch den Schlag herausgefallen ist und der Mann davon so benommen war, dass er den Verlust nicht gleich bemerkte.«

O'Sullivan presste die Lippen zusammen, um ein Grinsen zu unterdrücken. Aber eine gewisse Genugtuung war ihm anzusehen.

Das wäre möglich, ging es McEagan durch den Kopf. Wenn sie dieses Hörgerät wirklich einem Täter zuordnen konnten, hielten sie einen wichtigen Beweis in Händen.

O'Grady spekulierte weiter: »War der Täter vielleicht derart benommen, dass er den Verlust erst sehr viel später, zum Beispiel in seiner Unterkunft, bemerkt hatte? Das könnte bedeuten, dass die Täter zu einem späteren Zeitpunkt gezwungen waren, noch einmal zum Tatort zurückzukehren, um danach zu suchen. Dabei könnten sie mit Digger zusammengestoßen sein. Wenn dieser die Tat bereits entdeckt und nun auch die Mörder gesehen hatte, musste er wohl oder übel ebenfalls ausgeschaltet werden.«

Sie schwiegen eine Weile und konnten sich mit diesem Gedanken zunehmend anfreunden.

»Diese These ist verführerisch, liebe Fiona, und ich denke, wir sollten unsere Ermittlungen zunächst in dieser Richtung weiterführen«, sagte McEagan.

Dann fuhr O'Sullivan fort: »Wenn ich auch mal spekulieren darf: Wir haben per heute eine These, dass hier in der Gegend eine größere und bislang unbekannte Sache mit mindestens drei Tätern gelaufen ist, die derart schwerwiegend war, dass zwei lokale Zeugen beseitigt werden mussten.«

Er erläuterte weiter, dass dafür in erster Linie ein bislang unentdecktes Tötungsdelikt, ein Bankraub oder ein großes Drogengeschäft in Frage kämen und erzählte von seiner Überlegung, dass es sich vermutlich nicht um lokale Täter handelte.

»Wenn wir von ortsfremden Tätern ausgehen, könnte es sich um eine Gruppe handeln, die wir eher in Dublin, Cork oder Limerick zu suchen haben. Eine auswärtige Gang also. Ich bin mir völlig darüber im Klaren, dass diese Theorie auf sehr dünnen Beinen steht, aber sie beschäftigt mich zunehmend, und wenn dem tatsächlich so sein sollte, dann müssen sie in der Gegend übernachtet haben.«

Er legte einen Stapel Computerausdrucke auf den Tisch.

»Die Übernachtungen im Silver Swan habe ich als Erstes geprüft. Am Dienstag, also dem Tag, bevor Digger getötet wurde, war eine Bus-Reisegruppe aus Deutschland abgestiegen. Außerdem ein älteres Ehepaar aus Dublin. In der Nacht zum Mittwoch waren drei junge Frauen aus Australien, die mit Fahrrädern unterwegs waren, die einzigen Gäste. Meiner Meinung nach niemand, der verdächtig wäre. Auch im River View, das an der Straße nach Hollywood liegt, waren nur Gäste, die langfristig gebucht hatten. Meistens Familien mit Kindern. Neben fünf bis sechs kleineren B&Bs, die ich morgen mit O'Toole überprüfen will, gibt es noch zwei große Hotels. Das Bay Hotel, ein Fünfsternehotel, liegt auf einem viele Hektar umfassenden Grundstück direkt an der Kenmare Bay, etwa drei Kilometer außerhalb Sneem und das City Hotel, in dem Sie selbst abgestiegen sind. Große Hotels machen in der Regel immer Schwierigkeiten mit den Gästelisten, aber ich konnte sie letztlich dazu überreden.«

»Hast du den bösen Cop gespielt?«, unterbrach ihn O'Grady.

McEagan hob die Hand und sagte ungeduldig: »Lass ihn ausreden!«

»Die Gästeliste der beiden fraglichen Tage im Bay umfasst 28 Seiten. Im City sind in der ersten Nacht 43 und in der zweiten 38 Gäste abgestiegen. Die Liste vom Bay werde ich mir vornehmen, die Liste vom City vielleicht jemand, der ohnehin dort wohnt.«

Jeder wusste, wer damit gemeint war. Nach ein paar Minuten der Stille räusperte sich McEagan.

»Das war eine sehr gute Arbeit, Sergeant. Von der Idee mit den Hotels bin ich beeindruckt.«

Innerlich wurmte es ihn aber kräftig, dass er nicht selbst auf diese Idee gekommen war. Er musste an sich halten, sich nicht selbst in den Allerwertesten zu treten. Wie war das mit dem Ruhestand? Vielleicht sollte er diesen auch ganz oben auf seine Wunschliste setzen.

»Möglicherweise«, sagte er dann, »finden wir auf diesem Weg eine Spur zu den Tätern. Nach Meinung der Spurensicherung soll es sich um mehrere Täter handeln. Wir haben auch haufenweise Fingerabdrücke und haben vielleicht welche in der Kartei. Lass dich nachher von Bertie auf den neuesten Stand bringen. Jetzt interessiert mich noch etwas anderes, Sergeant. Was kannst du mir über van Meeren und über Kinsley oben in Hollywood sagen?«

»Van Meeren und seine Frau sind sehr nette Leute, über die es nichts Negatives zu berichten gibt. Sind anscheinend sehr vermögend. Ich würde sagen, sie haben sich in der Zeit ihres Aufenthaltes hier auch bestens integriert. Mrs. Van Meeren engagiert sich im Frauenclub von Sneem, der sich um sozial schwache Familien kümmert. Die Kinsleys hingegen sind schwer einzuschätzen. Er stammt aus London, wo er einige Antiquitätengeschäfte besitzen soll. Deshalb ist er auch oft in London. Seine Frau scheint sich hier sehr zu langweilen. Meiner Vorstellung von einem sympathischen Menschen entspricht sie selbst bei größtem Wohlwollen nicht. Sie hat einen schlechten Ruf im Village, weil sie ausgesprochen unfreundlich ist und, so sagt man, Ansprüche wie die Queen stellt. Sie haben im Allgemeinen keinen Umgang mit Nachbarn oder Leuten aus der Gegend und sie neigen zum Protzen. Er fährt einen Porsche Cayenne und sie einen VW Tuareg. Außerdem besitzen sie die größte Motoryacht in der Gegend. Ich habe mich immer gefragt, ob man mit altem Zeug wirklich so viel Geld verdienen kann oder ob er in der Lotterie gewonnen hat.«

»Und Digger hat ihn als größtes englisches Besserwisser-Arschloch und Hurensohn bezeichnet, sagt seine Frau, passt doch!« ergänzte McEagan.

9

Das Boot der Coast Guard ankerte etwa fünfzig Meter vor der Küste. Ein Beiboot hatte den Einsatzleiter und die Taucher mit ihrem Equipment im kleinen Hafen abgesetzt. Nach Angaben von McEagan wurden am Ufer die Signalmarken für das Suchgebiet gesetzt.

»Was versprechen Sie sich wirklich von dieser Aktion?«, wollte der Einsatzleiter der Coast Guard von McEagan wissen.

»Wenn ich das wüsste.«

»Na jedenfalls wird es ein paar Stunden in Anspruch nehmen. Wenn wir nichts finden, werde ich es als Trainingseinheit eintragen. Ist ohnehin überfällig gewesen.«

»Danke, mir wäre es aber noch lieber, Sie würden was finden.«

»Wären Ihnen auch ein paar Hummer recht?«

»Hummer«?

»Unsere Taucher bringen sich bei solchen Gelegenheiten immer ihren Lunch mit.«

Auf dem Revier nahmen sie sich die Hotellisten vor. Teilnehmer von Reisegruppen oder Buchungen von Reiseveranstaltern konnte man zunächst außer Acht lassen, ebenso Ehepaare mit Kindern. Am Ende blieben im Bay Hotel noch sechzehn Personen im Alter zwischen zwanzig und siebzig, die von Montag auf Dienstag oder von Dienstag auf Mittwoch oder an beiden Tagen übernachtet hatten. Ein Phil Fergusson mit britischem Pass sprang ihnen als Erster Auge. Er war bereits am Sonntag angereist, aber seltsamerweise am Dienstag, also am Tag der Morde, um 23 Uhr abgereist.

»Den Herrn sollten wir uns genau anschauen. Wer reist denn abends um 23 Uhr ab, wenn nichts anbrennt?«, fragte McEagan und wandte sich an Bertie Keene. »Du kannst den Namen schon mal durchlaufen lassen, vielleicht findest du was. Die Kollegen in

Tralee sollen einen Airline-Check in Cork und Kerry durchführen. Und alle Hotels in beiden Städten, letztlich konnte er ja nachts nicht mehr abfliegen. Fiona, du fährst ins Bay und überprüfst dort die Namen der Liste. Eine Personenbeschreibung von dem Fergusson wäre nicht schlecht, auch von den Personen, die sonst noch auffällig sind. Nimm den Sergeant mit, den kennen sie dort schon. Falls du eine richterliche Verfügung benötigst, rufe Bertie an, der kümmert sich darum.«

Offensichtlich zufrieden, dass es endlich was zu tun gab, hob Bertie den rechten Daumen und machte sich an die Arbeit. O'Grady und O'Sullivan machten sich auf den Weg zum Bay Hotel.

McEagan brütete über der Gästeliste vom City Hotel. Letztlich hatte er sechs Gäste unterstrichen, die ihn interessierten. Er rief den Manager an und avisierte seinen Besuch.

Er hatte nicht erwartet, mit offenen Armen empfangen zu werden. Nachdem er aber versichert hatte, dass keiner der Gäste unter Verdacht stand, sondern man nach möglichen Zeugen suchen würde, verschwanden die Sorgenfalten auf der Stirn des Managers. Er bot dem Superintendent sein eigenes Büro an, wohl weniger aus Gefälligkeit, sondern eher, weil er ihn außer Sichtweite der Gäste haben wollte

Die freundliche Dame von der Rezeption betrat kurze Zeit später das Büro. Es war die junge Frau, die er schon beim Einchecken kennengelernt hatte. Lange blonde Haare, die sie heute hochgesteckt trug. Ein hauchdünnes Kettchen zierte ihre formvollendete Nackenkurve und ...

»Alan, was soll das?«, rief er sich in Gedanken zur Ordnung und schob ihr die Liste mit den sechs angekreuzten Gästen über den Tisch.

Sie schien sich an alle ihre Gäste gut erinnern zu können.

»Der Erste ist ein uns gut bekannter Scout eines Reiseveranstalters. Er kommt fast jedes Jahr, meistens, um die Jahresvereinbarung zu verhandeln. Dieses Mal blieb er drei Tage und hat mir erzählt, dass er einige Hotels in der Gegend überprüft und nach Möglichkeiten neuer Bustouren gesucht hat.

Der zweite und vierte Gast auf dieser Liste sind Handelsvertreter, die regelmäßig bei uns absteigen. Der fünfte und sechste Gast waren miteinander befreundete Deutsche, die eine Woche bei uns abgestiegen waren, um zu wandern. Sie sind zwischenzeitlich nach Deutschland zurückgekehrt.

Zum zweiten Namen kann ich Ihnen nicht viel sagen. Er hat Cork als seine Adresse angegeben und war zum ersten Mal Gast bei uns. Das Einzige, was mir an diesem Gast auffiel, ist, dass er bar bezahlt hat. Die meisten Gäste zahlen üblicherweise mit Karte.«

»Eine wichtige Frage vorweg: Hatte einer der Gäste auf dieser Liste eine Kopfverletzung?«

Sie dachte nach und schüttelte dann den Kopf. »Nein, das wäre mir bestimmt aufgefallen. Nur bei Mr. Davitts aus Cork kann ich das nicht sagen, den habe ich immer nur gesehen, wenn er gekommen oder gegangen ist, und da hat er immer einen Hut getragen. Da müssten sie vielleicht besser das Zimmermädchen fragen.«

»Der Mann aus Cork, können Sie den beschreiben?«

»Nun, er war mittelgroß, nicht unbedingt dick, aber sehr kräftig. Er war gut und sportlich gekleidet und ich schätze ihn auf Mitte dreißig. Ich kann Ihnen gerne eine Kopie der Anmeldung machen, dann haben Sie sein Geburtsdatum und seine Adresse, falls Sie sich mit ihm in Verbindung setzen wollen.«

»Das wäre prima. Ist Ihnen aufgefallen, ob der Mann ein Hörgerät trug, wissen Sie, eines von diesen modernen, die man nicht hinter dem Ohr, sondern im Ohr trägt?«

Die Rezeptionistin strich sich nachdenklich ihren kettchenbehangenen Nacken und schüttelte dann ihren Kopf.

»Sorry, das kann ich nicht sagen, ich habe jedenfalls nichts bemerkt.«

»Vielen Dank, Miss … Entschuldigung, wie war doch gleich Ihr Name?«

»Mary Logen, Superintendent, aber nennen Sie mich bitte Mary.«

»Also nochmals vielen Dank, Mary, Sie haben mir sehr geholfen. Wenn Sie mir jetzt freundlicherweise den Restaurantchef schicken würden, wäre mein Glück vollkommen.«

Sie lachte und stand auf, drehte sich aber nochmals um.

»Superintendent, Sie und Ihre Kollegin haben bei uns zwei Zimmer ohne geplante Abreise gebucht. Können Sie uns schon sagen, ob Sie übers Wochenende bleiben wollen, denn da haben wir eine Hochzeit im Haus und sind dann etwas eng mit den Zimmern?«

»Macht es denn Probleme, wenn wir bleiben?«

»Um Gottes willen nein, ich müsste es nur wissen, damit ich planen kann.«

»Gut, Mary, dann planen Sie mal mit uns. Ich befürchte, dass ich noch einige Tage Ihre Gastfreundschaft in Anspruch nehmen muss.«

»So, so, sie befürchten«, schalt sie ihn künstlich pikiert und verließ dann lächelnd das Büro.

Kurz darauf betrat Michael vom Restaurant das Büro. Die Kopie des Meldezettels hatte er gleich mitgebracht.

»Guten Morgen, Superintendent, Sie wollen mich verhören?«

»Keineswegs, Michael, ich habe nur ein paar Fragen zu einem Hotelgast. Es geht um diesen Mann auf dem Zettel, einen Mr. Thomas Davitts aus Cork. Was können Sie mir über den erzählen?«

»Mr. Davitts? Tut mir leid, ich kenne keinen Gast mit diesem Namen. Ich kenne nur die Namen unserer Stammgäste oder wenn sie unter ihrem Namen bei mir einen Tisch bestellt haben.«

»Kann ich verstehen. Mary hat ihn wie folgt beschrieben: mittelgroß, kräftiger Körperbau, salopp, aber gut gekleidet. Trägt immer Hut … außer beim Essen vielleicht. Sagt Ihnen das was?«

»Ja, ich glaube, ich weiß jetzt, wen Sie meinen. Er hat am Montagabend bei uns zu Abend gegessen. Er saß allein am Fenster. Später so gegen 22 Uhr habe ich ihn dann noch mal in der Bar gesehen. Zwei Herren waren bei ihm, die nicht im Hotel wohnten. Sie schienen sich angeregt unterhalten zu haben, waren aber sehr leise.«

»Können Sie diese Herren ebenfalls beschreiben?«, fragte McEagan neugierig.

»Kaum, sie saßen etwas abseits und ich habe sie nur im Vorbeigehen wahrgenommen. Ich weiß nur, dass der Herr links von Mr. Davitts obenrum ziemlich kahl war und der rechts von ihm noch ziemlich jung, höchstens fünfundzwanzig.«

»Und wie alt schätzen Sie den Herrn, der links saß?«

»Das kann ich Ihnen beim besten Willen nicht sagen, vielleicht fünfunddreißig, es können aber auch fünfundvierzig sein, tut mir leid.«

Auch der Barkeeper wusste nichts Hilfreiches beizutragen. McEagan setzte nun seine Hoffnung auf das Zimmermädchen, die jetzt vor ihm saß. Sie war höchsten zweiundzwanzig und schien sehr nervös. Er musste sie erst etwas beruhigen. Sie war Polin und hatte noch nie mit der irischen Garda zu tun.

»Wie lange arbeiten Sie schon hier im Hotel?«

»Seit drei Jahren.«

»Und, gefällt es Ihnen, hier in Irland zu arbeiten?«

»Ja, sehr! Manchmal habe ich nur schreckliches Heimweh. Ich bin aber sehr glücklich über diesen Job.«

»Sie haben sich um das Zimmer von Mr. Davitts gekümmert. Ist Ihnen dabei etwas aufgefallen? Egal, was es ist, versuchen Sie sich einfach zu erinnern und gehen Sie in Gedanken noch mal Ihrer Arbeit in diesem Zimmer nach. Fangen Sie am besten im Badezimmer an.«

»Ich kenne den Namen des Gastes erst, seit Mary ihn mir vorhin genannt hat. Für mich war das die Nummer 310. Ich erinnere mich gut, weil an diesem Tag auf meiner Etage nicht allzu viel zu tun war. Da kann man es etwas ruhiger angehen lassen. Im Badezimmer ist mir nichts Besonderes aufgefallen. Er hatte wenig eigene Utensilien dabei und hat die Dinge benutzt, die das Hotel den Gästen bereit gestellt hat. Nur sein eigenes Rasierwasser stand im Bad, oder vielleicht war es auch ein Parfüm. Ich kann mich deshalb noch gut erinnern, weil ich diese braune Flasche noch nie zuvor gesehen hatte. Ich weiß den Namen noch, weil er so seltsam geschrieben war, L'Occitane oder so ähnlich.«

»Gut, nun gehen Sie ins Zimmer. Was sehen Sie da?«

»Er hatte einen kleinen schwarzen Bordkoffer«, antwortete sie und fügte dann etwas energischer hinzu, »in den ich natürlich nicht hineingeschaut habe.«

»Selbstverständlich nicht. Können Sie sich an die Marke oder an einen Gepäckanhänger einer Airline erinnern?«

»Nein, wirklich nicht.«

»Gut, gehen Sie weiter.«

»Da war nicht viel. Auf dem Schreibtisch lagen zwei frische Hemden, die von der Wäscherei noch eingeschweißt waren. Sonst konnte ich nur am benutzten Bett sehen, dass das Zimmer bewohnt war. Sonst weiß ich wirklich nichts.«

»Das geht schon in Ordnung. Vielen Dank für Ihre Auskünfte und eine schöne Zeit in Irland wünsche ich Ihnen noch. Haben Sie Verwandte hier oder leben Sie allein?«

»Ich lebe hier alleine. In sechs Monaten geht es aber wieder heim nach Polen zu meiner Familie. Ich habe bis dahin so viel gespart, dass ich auf eigenen Füßen stehen kann. Aber ich weiß heute schon, dass ich Irland und vor allen Dingen Kerry sehr vermissen werde.«

Sie erhob sich, zögerte dann aber.

»Ist Ihnen noch was eingefallen?«, fragte McEagan.

»Ich weiß nicht, ob es wichtig ist, aber mir fällt gerade ein, dass auf dem Nachttisch eine kleine Schatulle lag, so wie man sie zum Beispiel für eine wertvolle Uhr benutzt. Seltsam war nur das eingeprägte Zeichen auf dem Deckel. Es war ein Ohr abgebildet. Ich dachte noch bei mir, der wird doch wohl kein Ohr darin aufbewahren.«

McEagan war elektrisiert und ließ sich die Schatulle genau beschreiben. Dann fragte er: »Haben Sie irgendwo Material gesehen, wie man es zur Wundversorgung benutzt. Etwas wie Mullbinden oder Pflaster?«

Sie schüttelte den Kopf. »Nein, da war wirklich nichts. Es könnte höchstens in der Nachttischschublade gelegen haben, aber die sind für uns während des Aufenthalts eines Gastes streng tabu.«

An der Rezeption erfuhr er von Mary, dass Zimmer 310 nach Davitts nicht mehr vermietet und zurzeit unbewohnt war. Er ordnete an, dass das Zimmer bis auf Weiteres nicht mehr betreten werden dürfte. Er rief Moran an und sah ihn schon im Dreieck springen. Er forderte seine Truppe und einen Zeichner an. Nach dem Cityhotel sollten sie sich auch gleich noch um den ominösen Phil Fergusson vom Bay Hotel kümmern.

»Kein Problem«, meinte Moran, »wir haben Verstärkung aus Dublin bekommen und die brennen schon auf Arbeit.«

Zurück auf dem Revier rief er Fiona an.

»Und?«

»Wir sind fast fertig. Außer diesem Fergusson gibt es kaum jemanden, der uns interessieren könnte. Zwei Gästeadressen aus der Gegend von Galway werden von der örtlichen Garda noch überprüft.«

»Das erspart viel Arbeit«, grunzte McEagan. »Wie lange noch?«

»Schätze, in einer Stunde sind wir zurück.«

Ein Anruf bei der Coast Guard brachte auch noch keine Ergebnisse. Sein zuvor verspürter Hunger war wie weggeblasen. Jetzt hatten sie endlich eine Spur. Das ihm so bekannte Kribbeln im Bauch war zurückgekehrt. Ob die Spur etwas wert war, müsste sich zwar noch erweisen, aber sein Gefühl täuschte ihn selten. Und sein Gefühl war gut. Die Garda in Cork wird hier helfen müssen. Der Anruf beim Kollegen des County Cork Garda Hauptquartiers dauerte eine halbe Stunde. Man versprach umfassende Hilfe und entsprechende Ermittlungen wegen des mittlerweile verdächtigen Thomas Davitts. Besonderes Augenmerk sollten sie auf ein Hörgerät und eine mögliche Kopfverletzung richten.

10

O'Grady und O'Sullivan legten die Gästeliste des Bay Hotels beiseite. Bei keinem der anderen Gäste ergaben sich Verdachtsmomente. Alles deutete auf Phil Fergusson hin, den Gast, der so überstürzt abgereist war. Die anderen waren entweder Stammgäste oder Touristen. Alle hatten gültige Adressen angegeben, die durch einen einfachen Telefonanruf bestätigt werden konnten.

Man beschrieb Fergusson als etwa 1,75m großen, älteren Herrn um die fünfundsechzig, volles graues Haar, schlank, aber kräftig. Jedem war seine dominante Brille mit einem dicken und dunklen Gestell aufgefallen. Weitere Auffälligkeiten konnte keiner beschreiben. Mit anderen Gästen habe er sich nicht und mit dem Personal nicht mehr als notwendig unterhalten. Der Empfangschef, der während seines Aufenthaltes Dienst hatte, könnte ihnen vielleicht mehr sagen, der sei aber für eine Woche in Urlaub gegangen. Mit dem Hinweis, dass noch ein Kollege wegen eines Phantombildes vorbeischauen würde, verabschiedeten sie sich und traten in den glasklaren Sonnentag.

»Der Empfangschef wohnt nicht weit von hier. Wir sollten uns mit ihm unterhalten«, schlug O'Sullivan vor.

O'Grady konnte ihren Blick nur schwer vom silbern glänzenden Wasser der Kenmare Bay nehmen. Sie hatte ein Pärchen im Jacuzzi entdeckt, das sich vor der Schwimmhalle, gerade mal fünf Meter oberhalb des Ufers auf einem Felsvorsprung, befand. Die beiden saßen im sprudelnden Wasser und schienen den grandiosen Blick über die Bay ebenso zu genießen. Plötzlich sah sie sich mit diesem netten Sergeant anstelle des Pärchens im Sprudelbad sitzen und schüttelte den Kopf über sich selbst.

Auf dem Weg zum Hotelparkplatz blieb O'Grady stehen. »Sergeant, lass uns doch ein paar Schritte am Wasser entlanggehen, nur zehn Minuten, bitte.«

Ihr Begleiter schien nichts dagegen zu haben, denn er überquerte den Parkplatz und führte sie auf einen kleinen Pfad, der sie direkt in einen Wald aus bis zu acht Meter hohen Rhododendren und Myrten führte. Nach etwa fünfzig Metern öffnete sich der Weg unerwartet zu einer kleinen offenen Landspitze hin. Die auflaufende Flut schob glasklares Wasser in die während der letzten Eiszeit entstandenen Kanäle aus glattgeschliffenem Fels links und rechts von ihnen. Sie setzten sich auf die einzige Bank und ließen sich von der gewaltigen Szene ebenso verzaubern, wie dies offensichtlich die Seehunde taten, die sich gerade mal zwanzig Meter von ihnen entfernt auf einem aus dem Wasser ragenden Felsen sonnten.

»Es ist unbeschreiblich schön hier. Fast könnte man den Irrsinn vergessen, der uns nach Sneem geführt hat. Hier könnte ich den ganzen Tag sitzen«, meinte O'Grady.

»Ich bin oft an solchen Plätzen, wenn ich nachdenken muss oder meine Ruhe haben will«, sagte O'Sullivan, ohne den Blich vom Wasser zu nehmen. »Man kann für einige Augenblicke dem Alltag entfliehen und die Seele baumeln lassen. Allein hier auf dem Hotelareal gibt es kilometerlange Pfade, die einem immer wieder mit solchen Ausblicken überraschen, und keine davon gleichen sich. Und Menschen trifft man hier auch nur selten.«

»Ich hätte wetten können, dass die vielen Touristen solche Flecken längst in Beschlag genommen hätten. Alleine dafür lohnt sich doch die Reise nach Kerry«, wunderte sich Fiona O'Grady.

»Die ahnen nichts von diesen Kleinoden. Die wollen die großen Dinge sehen, ich eher die kleinen. Touristen machen den

Ring an einem Tag und glauben abends, sie hätten die Geheimnisse Irlands entdeckt. Solche Plätze sind übrigens einer der Gründe, warum ich nicht nach Tralee versetzt werden will.«

»Bist du immer alleine hier?«, fragte O'Grady und bereute die Frage im selben Moment. Sie könnte leicht zu Irrtümern führen.

O'Sullivan schien nicht über Interpretationsmöglichkeiten nachzudenken.

»Ja immer. Immer dann, wenn ich nachdenken muss.«

Nach einer Pause fuhr er fort: »Du musst dir mal ein paar Tage gönnen und Zeit mitbringen. Ich könnte sie dir alle zeigen, die Schönheiten der Kenmare Bay«.

Fiona war überrascht. Überrascht von der vermutlich ausgeprägten romantischen Seite des sonst eher wortkargen Peter O'Sullivan. Und wie hatte er seine Einladung gemeint? Völlig ohne Hintergedanken oder hatte sie ihn mit ihrer Frage ermuntert? Hatte er vielleicht sogar romantische Gefühle für sie? Nicht, dass es ihr unangenehm gewesen wäre, aber solche Albernheiten passten zurzeit überhaupt nicht in ihre Lebensplanung und zudem standen sie mitten in einer schwierigen Ermittlung. Aber sie ahnte schon, dass sie dieses Angebot nicht mehr loslassen würde. Sie zog es vor, nicht zu antworten.

McEagan hatte ihr erzählt, dass er mit seiner Schwester zusammenlebte. Nur zu gerne würde sie Näheres darüber erfahren. War seine Schwester eine Art Muttterersatz oder hat es sich einfach nach dem Tod der Eltern so ergeben und sie hatten sich daran gewöhnt. Sie würde ihn gerne danach fragen. Sie hielt sich aber zurück, denn sie wollte nicht noch einmal das Risiko eines Missverständnisses eingehen.

Quatsch! Ihre Neugier hatte eindeutige Motive. Sie wollte wissen, ob es in seinem Leben eine Frau gab. Oder eine Mehrzahl davon? Sie wollte nur den Eindruck von Belanglosigkeit erwecken und ertappte sich dabei, sich selbst etwas vorzumachen. Sie musste das Thema wechseln und O'Sullivan kam ihr zu Hilfe.

»Arbeitest du gerne mit McEagan zusammen?«

»Sehr gerne sogar. Keine lästigen Chefallüren und sehr menschlich, wenn du weißt, was ich meine. Ihr scheint euch ja auch seit Jahren zu kennen und wie es aussieht, auch zu mögen. Ich hatte mich anfangs sehr gewundert, dass er keinen Detective Sergeant aus Tralee mitgebracht hat, glaube aber mittlerweile, seine Gründe zu verstehen. Er scheint deine Arbeit sehr zu schätzen.«

»Das war nicht immer so«, sagte O'Sullivan und fuhr nach einer kleinen Pause fort, »ich erinnere mich an unseren ersten gemeinsamen Fall in Kenmare. Wir hatten da gewaltige Probleme miteinander, haben uns aber letztlich zusammengerauft. Auch ich schätze ihn mittlerweile sehr. Und das will etwas heißen, wenn von einem höheren Dienstgrad die Rede ist, oh Verzeihung, ich vergaß!«

»Ist schon gut«, gab O'Grady lachend zurück, »ich weiß jetzt, dass du Ausnahmen machst. McEagan hat mir von deinem bemerkenswerten Riecher erzählt. Es sei ihm aber immer ein Rätsel geblieben, wie du es machst. Er zum Beispiel kaut mit seinem Team immer wieder alles durch und sucht nach Fehlern und neuen Ansätzen. Du dagegen sprichst wenig, verschwindest ab und zu und kommst mit einer meist guten Idee zurück. Was ist dein Geheimnis?«

»Ich habe keine Geheimnisse, wenigstens keine beruflichen. Ich kenne eben die Kerry-Leute und weiß wie sie ticken, ich bin schließlich selbst einer von ihnen.«

Dann lächelte er.

»Im Gegensatz zu den meisten meiner Mitmenschen denke ich meistens laut, wenn ich alleine bin. Das hat den Vorteil, dass man sich selbst zuhören kann und dabei sehr schnell merkt, wenn man Blödsinn redet.«

O'Grady entdeckte drei Delfine, die in der vor ihnen liegenden Bucht ihre Kreise zogen und offensichtlich viel Spaß dabei hatten.

»Die machen Jagd auf Makrelen«, sagte O'Sullivan, der die Delfine ebenso bemerkt hatte. »Du musst mal mit dem Segelboot rausfahren. Wenn du Glück hast, begleiten sie dein Boot und zeigen dir Kunststücke.«

»Hast du ein Segelboot?«, fragte sie ihn.

»Nein, leider nicht, aber ich habe gute Freunde, mit denen ich oft segle. Es wäre kein Problem, dir einen Segeltörn zu arrangieren. Wir freuen uns immer über nette Gäste.«

»Darauf werde ich bestimmt zurückkommen-«

O'Grady hatte die Augen geschlossen und ihr Gesicht der Sonne zugewandt.

»Würde es dir etwas ausmachen, mich Fiona zu nennen?«

O'Sullivan antwortete nicht sofort. Etwas völlig Normales unter Kollegen, aber O'Grady stand weit über ihm und war aufregend hübsch dazu. Eine gefährliche Kombination. Warum war er von ihrem Angebot derart berührt, dass ihm das Herz bis zum Hals schlug? Er musste sich räuspern, bevor er antworteten konnte.

»Gerichch ... khhh, gerne, ich heiße Peter.«

»Ich weiß, aber jetzt lass uns an die Arbeit zurückgehen. McEagan wartet nicht gerne.«

Auf dem Rückweg hielten sie vor einem kleinen Bungalow an der Kenmare Road, der inmitten eines sehr gepflegten Gartens lag.

»Hier muss jemand mit mehreren grünen Daumen wohnen«, bemerkte O'Grady.

Dennis O'Brien, der Empfangschef vom Bay Hotel, hatte sie bereits aus dem Wintergarten entdeckt und öffnete die Tür, bevor sie läuten konnten.

»Hallo Peter, welch nette Lady bringst du mir denn ins Haus?«

»Hi Dennis, das ist Inspector Fiona O'Grady vom Kerry County Garda Department in Tralee."

»Nett, Sie kennenzulernen, Inspector. Ich muss sagen, da scheint sich bei unserer Garda doch manches zum Besseren hin geändert zu haben. Ich kannte bisher nur Inspectors mit leichter Glatze und Übergewicht. Treten Sie ein in die gute Stube. Den

Coach können Sie mitbringen oder draußen lassen, ganz wie es Ihnen beliebt. Möchten Sie Kaffee oder Ähnliches?«

»Danke, gerne Kaffee«, erwiderte O'Grady und sie folgten O'Brien in den Wintergarten.

»Scheußliche Geschichte, was da passiert ist. Ich nehme an, Ihr seid deshalb hier. Im Kerry Radio berichten sie fast stündlich darüber. Nicht zu fassen. Und ausgerechnet in Sneem! Hoffentlich schadet das dem Tourismus nicht.«

Er ging in die Küche und kehrte nach ein paar Minuten mit drei Tassen Kaffee zurück.

»Und was kann meine Wenigkeit dabei tun, oder werde ich verdächtigt?«

O'Sullivan fragte nach Fergusson, ob er sich an ihn erinnern könne und was er ihm sonst über den Gast erzählen könne.

»Natürlich kann ich mich an ihn erinnern. Ein ruhiger älterer Herr, der so gut wie mit niemandem redete. Ich hatte ein wenig den Eindruck, dass er sich auffällig unauffällig benahm, wenn du weißt, was ich meine. Er schien niemanden zu kennen und von Anfang an unbehelligt sein zu wollen. Auffällig war nur seine plötzlich Abreise. Etwas Ungewöhnliches schien passiert zu sein.«

»Hast du eine Idee?«

»Nicht im Geringsten. Familie? Geschäft? Keine Ahnung … Du denkst doch nicht etwa …?«

»Bislang denken wir gar nichts. Wir interessieren uns nur für den Grund seiner ungewöhnlichen Abreise«, bemerkte O'Grady.

»Für mich war er ein normaler Gast. Und die schweigsamen sind mir manchmal lieber als diejenigen, die dich ununterbrochen mit übertriebenen Liebenswürdigkeiten à l'américaine zuschütten. Er war auch nicht nervös oder so, es war einfach nur die Stunde seiner Abreise, die so ungewöhnlich war.«

Können Sie sein Aussehen genauer beschreiben?«, fragte O'Grady weiter.

»Nun, ich schätze ihn auf um die sechzig, volles graues, fast silbergraues Haar mit Scheitel auf der linken Seite. Er hatte meine Größe, also etwa 1,75m. Seine Figur war auffallend trainiert, breite Schultern, wenig Bauch, so um die neunzig Kilo schwer. In etwa so wie ich, wenn ich vorm Spiegel stehe, mich aufblase und den Bauch einziehe«, fügte er hinzu und grinste O'Grady an.

»Ist dir sonst noch was aufgefallen? Jede Kleinigkeit hilft, uns ein Bild von dem Mann zu machen«, fragte O'Sullivan

»Zwei Sachen sind mir schon beim Einchecken aufgefallen. Das Erste war ein ungewöhnlich großer goldener Siegelring an seiner rechten Hand. Ich kann mich nicht daran erinnern, ob da Buchstaben oder was anderes eingraviert waren, ich weiß nur, dass er sehr auffällig, ja fast protzig wirkte. Und dann seine Brille. Wenn ein Brillenträger vor dir steht und beim Sprechen den Kopf bewegt, kann man einen optischen Effekt der Brille wahrnehmen. Die Konturen hinter den Gläsern bewegen sich anders als die Konturen außerhalb. Ich weiß nicht, ob ich das allgemeinverständlich ausdrücke.«

»Wollen Sie damit andeuten, dass er eine Brille mit Fensterglas trug?«, fragte O'Grady.

»Genau! Ich bin Mitglied des Laientheaters in Sneem und kenne solche Brillen ohne optische Gläser. Und noch etwas ist mir aufgefallen. Er hatte zu niemandem Kontakt und schien seine Ruhe haben zu wollen. Aber in meiner Freistunde über Mittag mache ich oft einen Spaziergang auf dem Hotelgelände. Einmal nahm ich den Bishops Walk. Kurz vor der ersten Brücke gibt es eine kleine Anhöhe. Von dort sah ich Fergusson auf der Brücke mit jemandem aufgeregt reden. Noch mehr überraschte mich sein Gesprächspartner. Ein Mann aus dem Ort, den ich vorher noch nie auf dem Hotelgelände gesehen habe. Unwahrscheinlich, dass sie sich dort zufällig getroffen haben. Ich wollte nicht stören und nahm deshalb die Abzweigung zum Badehaus.«

O'Sullivan war neugierig geworden, aber O'Grady kam ihm zuvor.

»Ein Mann vom Ort? Wer?«

»Thomas Kinsley. Er soll Antiquitätenhändler sein und wohnt mit seiner etwas seltsamen Frau oben in Dereenavurrig.«

»Was ist Seltsames an seiner Gattin?«

»Seltsam ist vielleicht der falsche Ausdruck. Sie ist arrogant, schnippisch, unfreundlich, eben genau das, was unser Personal im Hotel so mag. Im Gegensatz zu ihrem Mann besucht sie nämlich ab und zu unser Restaurant und die Bar«.

»Alleine?«

»Hin und wieder ja, manchmal hat sie auch Herrengesellschaft zum Dinner. Fremde, keine Hotelgäste.«

»Können Sie die Art solcher Essen genauer einschätzen? Hatte es mehr geschäftlichen Charakter oder waren es eher Treffen mit Freunden oder ging es mehr in Richtung tête à tête, Sie wissen schon, was ich meine.«

»Letzteres kann ich ausschließen. Ich schätze die Treffen als Geschäftsessen ein.«

»Kannst du dich an den Tag und die genaue Uhrzeit erinnern, als du Kinsley beobachtet hast?«, fragte O'Sullivan.

»Es war am Montag, der Tag vor seiner überstürzten Abreise. Meine Pause beginnt um 13 Uhr. Bis zur Brücke benötige ich etwa fünfzehn Minuten.«

»Noch eine Frage, Mr. O'Brien«, sagte O'Grady, »wie ist Fergusson angereist? Hatte er einen Wagen?«

»Nein. Er kam mit dem Taxi und wurde bei der Abreise von einem Freund oder Bekannten abgeholt, denn das Hotel hatte kein Taxi bestellt.«

»Haben Sie den Fahrer gesehen?«

»Nein, tut mir leid. Fergusson hat etwa dreißig Minuten in der Lobby gewartet. Dann hat es draußen gehupt und Fergusson hat das Hotel verlassen. Von meinem Platz aus hatte ich auch keine Sicht auf den Wagen.«

»Wir wissen, dass er keine Kreditkarte benutzt, sondern bar bezahlt hat, und laut Gästeliste war Fergusson britischer Staatsbürger. Haben Sie den Pass gesehen oder eine Kopie davon gemacht?«

»Ich habe nur einen kurzen Blick hineingeworfen. Er schien in Ordnung.«

11

McEagan hatte die Beine auf den Schreibtisch gelegt und wippte mit dem Stuhl, um nachzudenken. Zwei Leichen, mindestens drei Täter im Fall Forrest, je ein Verdächtiger in den beiden Hotels, ein dubioser Kinsley und jede Menge Spuren, die sie noch nicht zuordnen konnten. Das war schon mehr, als sie oft sonst schon nach wenigen Tagen hatten. Es schien einfach zu werden. Noch ein paar DNA-Analysen und die Spurenauswertung abwarten, dann würde sich eines zum anderen fügen. Warum also seine Zweifel? Warum dieses dumme Gefühl, als ob es noch ein schwerer Gang werden könnte? Er beobachtete Keene, wie dieser endlos auf seine Tastatur einhackte. Dann stürmten O'Grady und O'Sullivan herein und veranlassten ihn, seine bequeme Denkstellung aufzugeben. Er folgte ihrem Bericht bis zu dem Punkt, als Fergusson Kinsley auf der Brücke traf. Er hatte es gewusst! Der Kerl hat Dreck am Stecken! Intuition oder Voreingenommenheit? Er kannte den Typen doch noch gar nicht. Warum hatte er dann von Anfang ein so dummes Gefühl, wenn die Rede auf Kinsleykam? Es war höchste Zeit, ihn kennenzulernen!

»Wenn ihr mich fragt«, meldete sich O'Sullivan, »müssen wir diesen Fergusson finden und den Grund des Treffens mit Kinsley ermitteln. Fergusson ist für mich der Schlüssel zu einer größeren Geschichte, fragt mich aber bitte nicht zu welcher. Ich glaube nicht, dass er die Flinte abgedrückt oder Forrest persönlich an den Balken geknüpft hat, obwohl er stark genug zu sein scheint. Ich sehe ihn aber eher als Teil der Geschichte, als Hintermann vielleicht. Welchen anderen Grund sollte er gehabt haben, am Mordabend um elf Uhr aus dem Hotel abzureisen? Mehrere Leute bringen zwei harmlose Bürger um. Ein Hotelgast reist zeitgleich überstürzt ab. Und Kinsley nicht zu vergessen. Noch so einer, der wenig ins Bild passt.«

McEagan spann den Faden weiter: »Wir müssen die Verbindung zwischen den Tätern, vermutlich mehr als einer, den Opfern und den beiden Herren Fergusson und Kinsley suchen. Auch über die sonst magere Ausbeute bei den Hotelübernachtungen habe ich nochmals nachgedacht. Warum suchen wir nur in den Hotels und Pensionen. Es gibt einige leer stehende Ferienhäuser, in denen eine Gang übernachtet haben kann. An eine Beteiligung von Einheimischen mag ich nämlich immer noch nicht glauben. Hier in der Gegend wohnen Schlitzohren, keine Verbrecher. Also meine These ist: Zwei Bosse, die sich heimlich getroffen haben und einer von ihnen sich überstürzt aus dem Staub gemacht hat, nachdem zwei vielleicht ungeplante Morde passierten. Weitere Akteure müssten mehrere Personen sein, die an einer uns bislang nicht näher bekannten Operation beteiligt waren, bei der einiges schieflief. An gedungene Killer, die anreisen, zuschlagen und wieder verschwinden, glaube ich nicht. Dafür passen Digger und Forrest in kein Opferprofil. Die große Frage also bleibt: Was ist hier vor sich gegangen, von dem wir noch nichts wissen?«

Nachdem McEagan von seinem Besuch im City Hotel und von dem Gast mit dem Hörgerät berichtet hatte, ging O'Grady zum Whiteboard und zeichnete vier Köpfe. Einem verpasste sie rote Haare und die Vermerke: Name? War am Tatort. Dem nächsten Kopf verpasste sie eine dicke Brille und gab ihm den Namen Fergusson. Der dritte Kopf hatte den Namen Kinsley und der vierte hieß Davitts. Unter die Köpfe zwei bis vier schrieb sie: »Tatort?«

»Im Gegensatz zum Sergeant bin ich nicht davon überzeugt, dass wir Fergusson als Täter von vorn herein ausschließen sollten. Nicht bevor wir seine DNA haben. Das gleiche gilt für Kinsley. Und der soll auch ein Boot besitzen. Und dann müssen wir uns noch mit Frau Kinsley beschäftigen.« Sie berichtete dann von den seltsamen Restaurantbesuchen der Dame.

»Ergo werden wir noch heute den Kinsleys auf den Zahn fühlen«, brummte McEagan. »Wenn wir Glück haben, sind wir einen Riesenschritt weiter. Vorher muss ich noch Einiges erledigen. Zwischenzeitlich könnt ihr die in Frage kommenden Ferienhäuser überprüfen. So viele können es ja nicht sein.«

Danach rief er die Garda-Station in Kenmare an und veranlasste, dass Kinsley überwacht wurde. Keene wies er an, wegen Fergusson eine Anfrage bei Scotland Yard zu starten.

Er gönnte seinen Beinen wieder ihren Lieblingsplatz auf dem Schreibtisch und musste feststellten, dass seine Schuhe schon Tage keine Bürste mehr gesehen hatten, geschweige denn Schuhcreme. Er schloss deshalb die Augen und fasste für sich noch einmal die Fakten zusammen. Er wusste nicht mehr, zum wievielten Mal er das schon durchgekaut hatte. Dieser Davitts aus Cork hatte ein Hörgerät. Hatte er aber auch eine Kopfverletzung? Wenn nicht, wäre seine Theorie geplatzt. Dann mussten sie entweder nach einem anderen Hörgerätebesitzer suchen oder sich erneut überlegen, wie er den Verlust des Gerätes am Tatort nicht bemerkt haben kann. Bevor es möglicherweise durch den Einsatz der Taucher neue Erkenntnisse im Fall Digger gab, würden sie sich auf den Mord an Forrest konzentrieren müssen. Auch deshalb, weil die Tat am Gleesk Pier mit hoher Wahrscheinlichkeit eine Folge der ersten Tat war. Wenn die Taucher aber tatsächlich eine Schrotflinte finden würden, was hieße das überhaupt? Nun, sie hätten eine Waffe, an der so gut wie keine Spuren mehr zu finden sein würden, es sei denn, sie wäre registriert. Aber sie als Tatwaffe zu identifizieren war fast unmöglich. Er hielt es aber für wenig realistisch, dass sie überhaupt etwas fanden. Und im Fall Forrest würde es sie keinen Schritt weiterbringen. Ergo, war der Aufwand überhaupt gerechtfertigt?

»Bertie, hast du schon ein Feedback aus Cork? Haben die den Davitts schon ausfindig gemacht?«

»Negativ. Sie beobachten seine Wohnung. Davitts selbst wurde seit Tagen nicht gesehen. Seine Mobilnummer ist bei Eircom registriert, aber sein Handy ist nicht eingeschaltet.«

Zwischendurch kam die Nachricht vom Eintreffen der Spurensicherung und des Zeichners im City-Hotel. McEagan dachte wieder an das bevorstehende Wochenende. Er suchte immer noch nach einer plausiblen Ausrede, falls ihn der Fall hier in Sneem festhielt. Andererseits müsste die Ausrede aber auch derart überzeugen, dass er zumindest bei seiner Tochter mit wohlwollendem Verständnis rechnen könnte. Sie waren es gewohnt, dass dringende Ermittlungen immer mal wieder privaten Verabredungen in die Quere kamen. Sie hatten auch meistens Verständnis gezeigt, aber die Enttäuschungen wogen im Laufe der Zeit doch schwerer. Er würde sich am Sonntag kurzfristig entscheiden müssen und schob das Problem beiseite.

Er rief den Doc in Tralee an und erfuhr weitere Details. Forrest sei heftig geschlagen worden und zum Zeitpunkt der Strangulation höchstwahrscheinlich ohne Bewusstsein gewesen. Sowohl am Körper von Forrest, als auch am Hörgerät waren fremde DNA-Spuren gefunden worden. Sonst bestätigte der Doc lediglich, was er von Patrick bereits wusste. Mit den Ergebnissen der Laboruntersuchungen würde man noch ein paar Tage warten müssen.

Erfreulicher war sein Anruf bei den Technikern. Sie hatten an der Hose des Toten vom Gleesk Pier einige Fremdfasern entdeckt. Die meisten davon waren nicht zu bestimmen. Zwei Fasergruppen, die sich hauptsächlich im Gesäßteil der Hose konzentrierten, konnten eindeutig zwei verschiedenen Autobezügen zugeordnet werden. Eine Faser stammte vom VW Passat des Opfers, die andere sei über einen langen Zeitraum ausschließlich von Volvo benutzt und im Modell C60 eingesetzt worden. Die Sitzfarbe Mokka wurde mit den Lackfarben Sahara und Schwarz kombiniert. Reifenspuren und Fußabdrücke belegten eindeutig, dass Digger bei Forrest gewesen war. Einen ausführlichen Zwischenbericht würde er heute noch bekommen.

Das könnte das Fahrzeug gewesen sein, mit dem man Digger zum Pier gebracht hat. Könnte! Könnte! Könnte! Noch ein Strohhalm mit hohem Nietenpotenzial!

»Bertie, gib die Fahndung nach dem Pkw raus. So viele Volvos von diesem Modell wird es ja hier nicht geben. Ich möchte, dass jeder Gardai in Kerry sich nach dem Volvo C60 umsieht.«

Er war ihm völlig klar, dass sie ohne ein Kennzeichen nicht weit kommen würden. Und wenn der Wagen die Gegend bereits verlassen hatte, müssten sie ohnehin in die Röhre schauen.

Dann meldete sich die Coast Guard.

»S.I. McEagan, Sie sollten schnellstmöglich hier vorbeischauen.«

»Sagen Sie nur, Sie haben die Waffe gefunden?«

»Nein, keine Waffe. Aber kommen Sie trotzdem, Sie werden sich wundern.«

Zwanzig Minuten später war er am Pier und stand vor einer mit einer blauen Plane abgedeckten Kunststoffwanne Er hob die Plane und sah ein etwa vierzig auf vierzig Zentimeter großes Paket, etwa zwanzig Zentimeter hoch und in weiße Plastikfolie eingeschweißt- Das Paket war völlig mit Wasser bedeckt. Er ahnte den Inhalt, schaute den Kommandanten aber fragend an.

»Sie haben es noch nicht geöffnet?«

»Nein, denn ich bin mir über den Inhalt ziemlich sicher. Vergangene Woche haben wir vor der Bantry Bay ein spanisches Fischerboot aufgebracht und die gleichen Pakete sichergestellt. Fünfundzwanzig Kilo reines Kokain pro Paket.«

»Könnt Ihr sagen, wie lange das Ding schon im Wasser lag?«

»Mit bloßem Auge ist kein Algenansatz zu erkennen, deshalb würde ich höchstens an ein paar Tage denken. Wir haben es nicht geöffnet und in Meerwasser gelegt. Falls Ihr es genau wissen wollt, können wir es zum Meeresbiologischen Institut in Caherceiveen mitnehmen. Die können anhand des Algenbewuchses ziemlich genau die Liegezeit bestimmen.«

»Würden Sie sich darum kümmern?«

McEagan glaubte jetzt fest an einen Zusammenhang mit seinem Fall und das würde bedeuten, dass sie die erste brauchbare Spur zu einem Motiv hätten.

»Kein Problem«, antwortete der Kommandant, »aber Sie werden sich mit Ihrem Kollegen vom Drogendezernat einigen müssen, den haben wir nämlich vorschriftsmäßig auch bereits informiert.«

Auch das noch! Zu diesen Kollegen hatte er keine besonders hilfreiche Beziehung.

»Eine Waffe habt Ihr wohl nicht auch noch gefunden?«

»Tut mir leid, damit können wir nicht dienen.«

»Trotzdem Danke, Sie waren uns eine große Hilfe, vielleicht kann ich Ihnen auch mal ein Schaf scheren.«

»Lust auf Hummer haben Sie nicht?«

»Sagen Sie nur! Ich dachte, Sie wollten mich mit den Hummern auf den Arm nehmen.«

»Keineswegs, das lassen sich meine Taucher nicht nehmen. Ideale Felsküste, richtige Tiefe, richtiger Grund. Sie haben vier Stück mit hochgebracht. Sie sagen immer, sie seien ihnen nachgelaufen.«

»Haben Sie zufällig auch 'ne schöne Flasche eisgekühlten Sancerre?«

»Mit Alkohol können wir an Bord leider nicht dienen. Unsere Leute trinken 7Up dazu.«

»Igitt! Dann verzichte ich heute wohl schweren Herzens. Trotzdem vielen Dank für Ihre Hilfe.«

McEagan rief den Chief in Tralee an und konnte ihn relativ schnell davon überzeugen, der Aufklärung des Doppelmordes den Vorrang vor dem Drogenfall zu geben.

»Ihr habt jetzt zwei Morde und glaubt, es hat etwas mit den Drogen zu tun?«

»Es ist die einzige Spur, die wir haben, und ich glaube, sie ist vielversprechend, Sir.«

Er erhielt grünes Licht, den Drogenfund in seinen Ermittlungen zu halten, was aber nicht bedeutete, dass die Drogenleute nicht auf dem Plan erschienen und sich einmischen würden. Ihre Ermittlungen würden eben nur in Abstimmung mit ihm erfolgen, so wenigsten die Theorie.

»Da ist noch was, Alan«, fuhr der Chief mit Unheil verkündender Stimme fort, »die Irish Times berichtet in einem großen Artikel über die Ereignisse in Sneem. Sie scheinen Insiderinformationen zu besitzen. Der Bericht ist zwar ausgesprochen sachlich, enthält aber Entwicklungen, die nicht mal unserem Pressesprecher bekannt waren. Einige Gazetten hegen den gleichen Verdacht und haben sich deswegen in Dublin beschwert. Die wiederum hatten natürlich nichts Besseres zu tun, als mich anzurufen und mir die Ohren auszublasen. Besonders auffallend ist, dass die Irish Times gestern auf der Pressekonferenz durch Abwesenheit geglänzt hat. Kannst du dazu etwas sagen?«

»Wundert mich nicht. Die Irish Times ist doch für eine sachliche Berichterstattung und gute Recherche bekannt.«

»McEagan, nähe mir keinen Knopf an die Backe! Der Autor des Artikels ist seit drei Jahren in Rente und lebt in Bantry, das ist bei euch um die Ecke. Und ich weiß, dass du mit ihm befreundet bist. Ich will das auch nicht weiter aufblasen, denn der Artikel war letztlich sehr hilfreich, einige sogenannte Wahrheiten der Boulevard-Presse ad absurdum zu führen. Aber ich warne dich, übertreibe es nicht und stimme dich mit dem Pressesprecher besser ab. Braucht ihr noch Unterstützung?«

»Danke, im Moment nicht, wenn sich der Fall aber noch weiter ausdehnen sollte, werde ich noch ein paar Leute brauchen. Ich melde mich dann.«

»Gut, du hast freie Hand. Wenn ihr aber in drei Tagen noch keine Fortschritte zu verzeichnen habt, müssen wir nochmals reden. Also drei Tage, McEagan.«

Das möge Gott verhindern, musste er sich ab sofort doch auch noch mit den Drogenleuten herumschlagen. Und drei Tage, das bedeutet Montag und macht seinen sonntäglichen Ausflug ins Theater noch utopischer.

Die Kollegen vom Drogendezernat trafen eine halbe Stunde später ein. Ihren Chef hatte er noch nie gesehen. Er schien neu im Hause zu sein. Groß, schlank, dunkelhaarig und sehr sportlich gekleidet. Hatte bestimmt einen Schlag bei Frauen.

»Hallo S.I. McEagan«, grüßte er mit einem kräftigen Händedruck, »ich bin »Inspector Paul Sweeny. Wir kennen uns noch nicht. Ich habe meine Abteilung erst vor drei Wochen übernommen und war vorher im gleichen Dezernat in Sligo. Ihren anscheinend guten Beziehungen zum Chief kann ich natürlich nichts entgegensetzen. Der rief mich nämlich auf dem Weg hierher an, um mir zu sagen, dass Sie hier das Sagen hätten.«

»Hallo und willkommen«, begrüßte ihn McEagan, völlig überrascht über den smarten Typen. Er schien deutlich sympathischer als sein Vorgänger, mit dem er sich regelmäßig in der Wolle hatte. Aber was hieß das schon, es war die Abteilung, mit deren Arbeitsweise er ständig in Konflikte geriet.

»Hier ist mein Vorschlag«, sagte Sweeny, »Sie ermitteln in Ihren Mordfällen und ich durchleuchte mein Klientel in der Drogenszene. Ich werde das leise tun. Unsere Ermittlungsergebnisse werden wir uns gegenseitig offenlegen. Deshalb schlage ich gemeinsame Besprechungen vor. Falls sich herausstellt, dass beide Fälle zusammenhängen, komme ich in Ihr Team und arbeite mit Ihnen zusammen. Ist das für Sie o.k.?«

»Das ist ein akzeptabler Vorschlag, Inspektor«, sagte McEagan und meinte aber etwas völlig anderes, denn die sogenannten Kollegen sah er am liebsten von hinten. Dienstgradmäßig stand der Inspektor unter ihm. Sein Leitoffizier war allerdings direkt dem Headquartier in Dublin unterstellt, das mit erheblichen Sonderrechten ausgestattet war, und das schlug nach McEagans Meinung charakterlich bis in die untersten Ränge durch. Und mit dieser Meinung stand er nicht alleine da. Er informierte Sweeny über sein Gespräch mit dem Commander der Küstenwache und verabredete sich mit ihm im Revier zum Briefing.

12

Es konnte matschig werden, und sie mussten eventuell über Mauern klettern und sich durch Hecken zwängen. Ihre sauberen Jeans würden wohl etwas leiden, dachte er, als er hinter ihr zum Wagen schritt. Und er ertappte sich nicht zum ersten Mal, dass sein Blick, länger als zur Begutachtung der Einsatztauglichkeit der Hose notwendig gewesen wäre, sich mehr von der Form und der anmutigen Bewegung ihres wohlgeformten Hintern in den engen Jeans gefangen nehmen ließ. Nicht zum ersten Mal hatte er in der vergangenen Nacht davon geträumt, diesen

»Hey Peter! Stierst du auf meinen Hintern?«, schalt sie ihn.

Er spürte, wie im das Blut ins Gesicht schoss. Verdammt! Hatte sie hinten Augen? Nach hundert Metern Fahrt vertraute er darauf, seine Stimme wieder im Griff zu haben und machte den Versuch einer Erklärung.

»Ich habe lediglich deine Hose begutachtet. Sie wird wohl bei der bevorstehenden Arbeit ihren Charme verlieren«, und schob dann noch eine kleine Lüge hinterher, »das war alles!«

»Du wirst mich eben tragen müssen, wenn es schmutzig wird.«

»Genau das habe ich befürchtet.«

»So so, gut zu wissen!«

Gleich nach der Abzweigung nach Rossdohan fuhr O'Sullivan langsam. Links und rechts der schmalen Straße konnte man einige respektable Anwesen erahnen. Von der Straße aus sah man allerdings nur Tore, hinter denen sich Zufahrtswege im Wald verloren.

Während ihrer ersten Fahrt zum Haus von Digger waren O'Grady diese Anwesen nicht aufgefallen. Privatsphäre schien hier oberstes Gebot. O'Sullivan stoppte an einer kleinen Ausbuchtung. Aus dem Kofferraum zog er eine robuste Jacke, die auf den ersten Blick auch schon bessere Tage gesehen hatte.

»Die ist für dich.«

Er selbst legte seine Uniformjacke ab und zog eine zweite Jacke aus dem Auto.

»Wir werden uns den Grundstücken besser vom Wald her nähern«, sagte er.

»Dann mal los, Sergeant Peter O'Sullivan.«

Sie betraten einen schmalen Trampelpfad hinter den Grundstücken, die alle im Wald lagen. Die erste Mauer war nur etwa einen Meter hoch, aber völlig mit Rhododendren überwachsen. Sie fanden eine Stelle, an der sie sich durch die Äste zwängen konnten. Die Rückseite eines Hauses mit einer überdimensionalen Terrasse lag nun offen vor Ihnen. Alles schien aufgeräumt und friedlich.

»Der Rasen ist gepflegt und vor höchsten vier Tagen geschnitten worden«, stellte O'Sullivan fest, »der Eigentümer hat also jemanden beauftragt, sein Grundstück in der Abwesenheit zu pflegen. Kein guter Platz für illegales Treiben.«

McEagan hatte sie telefonisch über den Volvo informiert, weshalb sie noch einen Blick auf die Garage warfen. Das Tor war durch ein massives und intaktes Vorhängeschloss gesichert und die Seitentüre ebenfalls verschlossen. Ein Blick durch das Fenster zeigte ihnen lediglich einige Gartengeräte. Sonst war sie leer. Auch die Türen und Fenster des Hauses waren unversehrt. Die linke Grundstücksgrenze zum Nachbarn wurde durch eine etwa fünf Meter tiefe und drei Meter hohe wild wachsende Hecke gebildet. Ein Trampelpfad führte sie zu einem kleinen Durchschlupf. Die beiden Nachbarn verkehrten offenbar freundschaftlich miteinander. Das Grundstück war deutlich größer als das erste und wurde von einem beeindruckenden kanadischen Holzhaus beherrscht, das mindesten über acht Zimmer verfügen musste. Etwas abseits stand ein Wirtschaftsgebäude mit drei Garagen.

»Imposant, nicht?«, meinte O'Sullivan. »Es gehört einer Familie aus Dublin, die außer den Ferien auch oft Wochenenden hier verbringt. Der hohe Rasen zeigt, dass dies aber schon längerer Zeit nicht mehr der Fall war. Ich glaube nicht, dass wir hier fündig werden, denn der Gärtner von nebenan würde zwangsläufig etwas bemerkt haben.«

Sie überprüften Türen und Fenster und machten sich zum nächsten Grundstück auf. Dieses war durch einen hohen Grenzzaun gesichert und zwang sie, zunächst den Weg zu nehmen, den sie gekommen waren. Sie erreichten das nächste Haus durch ein größeres Waldstück und mussten sich nochmals durch eine Hecke zwängen. Auch hier war alles verschlossen und zeigte keine Einbruchspuren.

»Hier in der Gegend gibt es doch Hunderte von Ferienhäusern, willst du die vielleicht alle überprüfen«, fragte O'Grady.

»Das ist nicht notwendig. Fast alle Häuser sind in der Nachbarschaft von Einheimischen gebaut. Die würden sofort bemerken, wenn Fremde auf dem Grundstück sind. Es gibt nur acht oder neun Häuser, die weit genug abgelegen und außer Sicht sind. Die meisten davon sind hier an dieser kleinen Straße gelegen.«

Sie überprüften noch zwei weitere Grundstücke, ohne auf verdächtige Spuren zu treffen. Danach fuhren sie etwa dreihundert Meter weiter und parkten an der Abzweigung zu einem Wirtschaftsweg. Dieser führte auf eine kleine Anhöhe und endete an einem schmiedeeisernen Tor. Sie waren vorsichtig an der Seite gegangen, weil jede Menge Reifenspuren den Weg markiert hatten. Das Haus war vom Tor aus, das unverschlossen war und sich leicht öffnen ließ, nicht zu sehen. Die Kette fanden sie nach wenigen Minuten durch gekniffen im Gebüsch. Sie folgten dem gepflegten Kiesweg und erblickten nach etwa hundert Metern einen modernen Bungalow inmitten eines wilden Naturgartens. Der

Rundblick über die Bay war spektakulär. Die Garage war aufgebrochen und nach dem Benutzen nicht aufgeräumt worden.

»Ich kenne die Besitzer, ein Geschäftsmann aus München und seine Frau. Ordentliche Leute, die würden ihre Garage nie so verlassen«, stellte O'Sullivan fest.

Auch die Haustüre war aufgebrochen. Sie zogen sich Überschuhe und Handschuhe an und betraten das Haus. Die Küche war sauber. Offensichtlich waren hier alle Spuren sorgfältig entfernt worden. Das Wohnzimmer schien auf den ersten Blick ebenfalls sauber, aber keine Hausfrau würde Stühle und Sessel derart ungeordnet herumstehen lassen. Im Schlafzimmer gab es weitere Hinweise. Die Tagesdecke lag zusammengerollt auf einer Kofferbank. Das Bett war nicht bezogen und zeigte nur die ungeschützten Matratzen.

»Hier hat jemand geschlafen«, stellet O'Grady fest, »kaum Bettwäsche im Schrank, da habe ich ja mehr zuhause. Vielleicht haben sie mit der Bettwäsche alles abgedeckt und sie anschließend mitgenommen.«

»Möglich«, sagte O'Sullivan, »ich habe die Visitenkarte des Besitzers in meinem Schreibtisch und werde ihn anrufen. Die Reifenspuren auf dem Wirtschaftsweg gehören dann wohl auch zu den Besuchern.«

Während sich der Sergeant nochmals die Garage vornahm, betrat O'Grady den Steingarten hinterm Haus, mehr aus Neugierde und Interesse am Gartenbau als auf der Suche nach Beweismaterial. Zwischen teils mannshohen Findlingen wuchsen ausschließlich einheimische Wildpflanzen. Sie erkannte auf einen Blick, dass diese Anlage mit viel Arbeit und Liebe angelegt und gepflegt wurde. Eine riesige Feuerstelle hinter einem mannshohen Felsen passte da überhaupt nicht hin. Hier war erst kürzlich allerhand verbrannt worden, denn die Asche hatte noch keinen Regen gesehen und man konnte kleinste Stoffreste erkennen. Sie stocherte vorsichtig mit einer Messerklinge in der Asche und fand neben einem Stückchen Pizzakarton auch einige nicht verbrannte Stoffreste. Sie stocherte weiter und förderte ein etwa handtellergroßes Stückchen weiße Plastikfolie zutage. Sie tütete die Fundstücke ein und rief McEagan an. Die Spurensicherung sollte sich um den Rest kümmern.

13

Auf dem Revier wurde es langsam eng. Sie verständigten sich, dass Sweeny und seine beiden Agenten ihr Domizil in der Garda-Station in Kenmare einrichten und nur zu den Besprechungen nach Sneem kommen sollten. Vor Tagen noch hatte McEagan das kleine Revier, in dem er kein eigenes Büro hatte verflucht, heute war er froh darüber. Zu viel Nähe zu den Drogenleuten mit ihrem sehr eigenen Verständnis von Teamwork war ihm zuwider.

Er machte die Neuankömmlinge mit seiner Crew bekannt. Auffallend befremdlich schien ihm die Begrüßung zwischen O'Grady und Sweeny. Sie ignorierte seine ausgestreckte Hand, während er ihr gegenüber fast übertrieben freundlich tat. McEagan war es sofort klar, dass sie sich kannten und keine Freunde waren. Das konnte noch heiter werden.

O'Grady zog McEagan in den Nebenraum.

»Sorry, Alan«, sagte sie, »aber da draußen ist es mir zu laut. Hier sind die Fundstücke aus Rossdohan. Ich vermute, der Stoff stammt von der Bettwäsche, die sie verbrannt haben. Das Stückchen Plastik scheint von einer Verpackungsfolie zu stammen. Im Haus war aber nichts Vergleichbares. In der Garage gab es ebenfalls Spuren reger Betriebsamkeit. Außerdem gibt es tolle Reifenspuren, nicht alt und gut ausgeprägt. Ich habe Moran bereits verständigt. Einen Volvo haben wir nicht gesehen.«

»Hm, nicht schlecht«, sagte McEagan und schnalzte mit der

Zunge, »das Stückchen Plastik passt genau zu dem Drogenpaket, das die Coast Guard aus der Bay gefischt hat. Deswegen sind übrigens auch die Drogenleute hier. Sollen sich gleich mal darum kümmern, dann sind sie beschäftigt.«

»Wer hat die überhaupt gerufen«, fragte Fiona wenig begeistert.

»Die Coast Guard. Sie meinte, es sei bei dieser Fundmenge Vorschrift. Der Chief hat aber bereits entschieden, dass die Ermittlungen in der Mordsache Vorrang haben. Also nimm es leicht.«

»Hoffentlich führen die sich nicht wieder auf wie die Cowboys«, meldete sich nun der Sergeant, der ihnen in den Besprechungsraum gefolgt war, ebenfalls wenig begeistert.

»Hört zu«, beruhigte sie McEagan, »keine Aufregung. Die schlagen ihre Zelte in Kenmare auf. Ich habe das bereits mit dem Wachhabenden besprochen. Aber Zusammenarbeit ist angesagt. Fiona, du bringst Sweeny aufs Laufende und je schneller du fertig bist, je schneller sind wir sie los.«

O'Grady bekam eine tiefe Falte zwischen den Augenbrauen, enthielt sich aber eines Protestes. McEagan registrierte auch dieses Zeichen des Widerwillens. Er wüsste zu gerne, was zwischen den beiden lief, wollte aber nicht fragen, noch nicht. Wenn der Zusammenarbeit etwas Ernsthaftes entgegenstand, musste O'Grady zu ihm kommen. Vermutlich eine schiefgelaufene Romanze oder etwas in der Richtung.

O'Grady gab Sweeny den Beweisbeutel und verschaffte sich Gehör. Wie McEagan beobachtete, schien sie nicht weiter eingeschüchtert oder befangen. Sie kam sofort und routiniert zur Sache und gab den Neuankömmlingen einen Überblick über das Wesentliche. Am Ende verteilte sie die Phantombilder der beiden gesuchten Hotelgäste und der Hörgeräteschatulle.

»Die Berichte der Spurensicherung von den beiden Hotels fehlen noch, da diese kurzfristig und ungeplant noch nach Rossdohan mussten. Wenn die Herren vom anderen Dezernat noch Fragen haben, steht ihnen Bertie Keene gerne zur Verfügung«, schloss

O'Grady das Briefing und verließ ohne weiteren Kommentar das Revier.

McEagan hatte ebenfalls sehr aufmerksam zugehört. Es gab immer Kleinigkeiten, die in Vergessenheit gerieten, wenn zu viel auf einen einstürzte. Bei jedem Rapport versuchte er, den roten Faden neu zu spinnen. Das veränderte manches Mal den Blickwinkel, oder man hatte einem Detail nicht das richtige Gewicht beigemessen. Auch das hatte er von seinem Freund und Vorgänger gelernt. Oft erkannte man auch andere Zusammenhänge, wenn ein Kollege vortrug.

Nun war es höchste Zeit, Kinsley auf den Zahn zu fühlen. Seit dem Hinweis über das heimliche Stelldichein mit Fergusson wurde er das Gefühl nicht mehr los, dass ein Gespräch mit ihm interessant werden könnte. Er wollte O'Sullivan einen Wink geben, stellte aber fest, dass dieser ebenfalls das Revier verlassen hatte. Er verabschiedete sich von Sweeny und seinen Begleitern mit dem Hinweis, ihr Büro in Kenmare sei bereit, und lud sie zur Besprechung am nächsten Tag. Er entschuldigte sich ebenfalls und verließ das Revier, denn er hatte Durst.

Der Sergeant lehnte am Kofferraum seines Streifenwagens und O'Grady stand mit trotzig verschränkten Armen einige Meter entfernt von ihm. Ihr Gesicht sprach Bände. Wut las McEagan darin. Sie würden sich unterhalten müssen, und zwar bald. Er lud beide zu einem Drink ein und ging in Richtung Pub davon, ohne ihre Zustimmung abzuwarten. In dem kleinen Pub an der Brücke löschte McEagan seinen Durst mit einer großen Flasche Cidre. O'Grady und O'Sullivan hatten Mineralwasser bestellt, sahen aber beide keine Veranlassung für ein Gespräch.

McEagan schloss sich der Sprachlosigkeit seiner beiden Begleiter an und hing seinen Gedanken nach. Ihre Ermittlungen hatten inzwischen eine ganze Reihe von echten oder vermuteten Ereignissen zutage gefördert. Aber es waren nur Fragmente eines großen Ganzen, das ihm immer noch nicht klar war. Eine Straftat im Drogenmilieu könnte durchaus ein Motiv für die Morde bergen. Aber immer noch fehlten schlüssige Beweise. Es machte einfach wenig Sinn, weiter nach Gründen im privaten oder lokalen Umfeld zu suchen. Ein versenktes Drogenpaket am Fundort der ersten Leiche, die brutale Vorgehensweise, zwei verschwundene Verdächtige von außerhalb und ein illegal benutztes Ferienhaus wiesen eindeutig in diese Richtung, aber wie um Himmels willen waren Forrest und Digger da hineingeraten? Er würde seinen Widerwillen überwinden und mit Sweeny zusammenarbeiten müssen, so schwer es ihm auch fiel. Aber er sollte jemanden als Kontaktperson abstellen, um ihn im Auge zu behalten. Aber wen? Er dachte an O'Sullivan. Er war der Einzige, der ihn unter Kontrolle halten konnte, aber er würde ihm dann an allen Ecken und Kanten fehlen, und würde Sweeny einen einfachen Sergeant vom örtlichen Revier als Kontaktperson überhaupt akzeptieren? O'Grady konnte er ausschließen. Hier gab es erst noch Klärungsbedarf. Er entschied sich, bis Montag abzuwarten. Vielleicht konnte er einen weiteren Inspector aus Tralee abziehen.

Die Aufgaben für den morgigen Tag waren zu planen. Sweeny sollte sich das Ferienhaus ansehen und sich dann um die verdächtigen Bootseigner kümmern. O'Toole und ein weiterer Kollege würden mit den Phantombildern ihr Glück versuchen. Vielleicht erkannte jemand diese Personen oder hatte sie in der fraglichen Zeit gesehen. Bertie Keene sollte die Garda in Cork über den neuesten Stand informieren und versuchen, den dortigen Ermittlungsdruck zu erhöhen. Vor einer Stunde waren die Fotos der Reifenabdrücke um Forrests Hütte auf seinem Tisch gelegen. Zwei weitere Detectives aus Tralee waren für den nächsten Tag avisiert. Sie sollten die Reifenspuren abgleichen. Vielleicht konnte man damit das Täterfahrzeug identifizieren, so hoffte er wenigstens.

Zurück auf dem Revier fand er neue Informationen vor, darunter ein Fax von Scotland Yard. Ein Phil Fergusson konnte nicht identifiziert werden, auch wurde kein Reisepass auf diesen Namen ausgestellt. Man empfahl, ein Fahndungsersuchen an Europol zu richten Die Garda in Cork meldete, dass der ebenfalls gesuchte Thomas Davitts bisher nicht angetroffen wurde.

Nun war es Zeit für Kinsley. McEagan nahm O'Grady und den Coach mit auf diesen vielversprechenden Besuch. Keene bat er noch, im benachbarten Restaurant einen Tisch für ein gemeinsames Abendessen um 20 Uhr zu bestellen. Er musste seinen Leuten wenigstens zwischendurch mal eine Auszeit gönnen. Die Sweeny-Gruppe sollte er vielleicht anstandshalber ebenfalls einladen, überlegte er, vergaß es aber dann.

»Ich hoffe, Kinsley ist zwischenzeitlich nicht ausgeflogen«, meinte O'Grady beim Einsteigen.

»Keine Sorge, ein Kollege vom Sergeant überwacht die Straße nach Hollywood und ein zweiter sonnt sich im Sneem Harbour und hat das Boot im Auge. Warum sollte er auch ausfliegen? Ich glaube, der fühlt sich absolut sicher.«

Kinsley würde vielleicht Verdacht schöpfen, dass ihm gleich drei Gardai auf die Pelle rückten. Er bat deshalb den Coach, vor dem Haus Position zu beziehen und dafür Sorge zu tragen, dass während ihres Besuchs niemand das Grundstück verließ.

»Am besten blockierst du mit dem Wagen die Ausfahrt. Falls es trotzdem jemand versuchen sollte, darfst du meinetwegen handgreiflich werden.«

In der Sea View stand der Streifenwagen, der die einzige Zufahrt nach Hollywood überwachte. Weder ein Tuareg noch ein Cayenne seien vorbeigekommen. Kinsley musste also zuhause sein.

»Sie schon wieder«, wurden sie von der Dame des Hauses wenig begeistert begrüßt. »Das ist jetzt ganz schlecht, weil wir gerade ausgehen wollen. Wir sind verabredet und schon sehr spät dran.«

»Auch Ihnen einen guten Abend, Mrs. Kinsley. Es tut uns aufrichtig leid, Sie unpassend zu stören, aber wir müssen dringend Ihren Mann sprechen, jetzt!«

»Thomas!«, rief sie ins Haus, »zwei Gardai möchten zu dir«,

machte aber keine Anstalten, sie ins Haus zu bitten, sondern ließ sie einfach stehen.

Nach etwa drei Minuten erschien der Ersehnte im dunklen Anzug mit einer roten, aber noch nicht gebundenen Krawatte um den Hals. Etwa eins achtzig groß, dunkle Haare, an den Schläfen grau meliert.

»Hat Ihnen meine Frau nicht gesagt, dass wir im Aufbruch sind und im Moment überhaupt keine Zeit haben?«

»Guten Abend, Sir, sind Sie Thomas Kinsley?«

»Ja, bin ich, und wer sind Sie?«

»Ich bin Alan McEagan, Superintendent vom Garda Headquartier in Tralee, und das ist Detective Inspector Fiona O'Grady. Wir untersuchen zwei Tötungsdelikte in Sneem und müssen dringend mit ihnen reden. Wir werden versuchen, uns kurz zu fassen.«

»Dann müssen Sie morgen nochmals vorbeischauen, jetzt geht es beim besten Willen nicht, wir sind verabredet und, wie Ihnen meine Frau schon sagte, spät dran.«

McEagan ließ sich nicht beeindrucken. Jetzt musste der Kampfring abgesteckt werden und nicht später.

»Ich bedauere, aber es muss jetzt sein. Rufen Sie Ihre Verabredung doch einfach an und verschieben Sie sie etwas. Wie lange, liegt ganz bei Ihnen.«

»Das wär ja noch schöner! Ich bin ein unbescholtener Bürger und lasse mich von niemandem daran hindern, meine Verabredungen einzuhalten. Morgen Vormittag stehe ich Ihnen zur Verfügung, aber nicht vor 11 Uhr 30, wenn ich bitten darf.«

»Sie scheinen nicht zu verstehen. Wir stehen mitten in einer Mordermittlung und unsere Fragen dulden keinen Aufschub. Wenn Sie sich weiter weigern, werde ich den Sergeant draußen bitten müssen, Sie und Ihre Gattin aufs Revier zu bringen. Sie dürfen entscheiden, uns ist beides gleich lieb.«

»Das wird ja immer besser. Mit welcher Begründung wollen Sie mich denn festnehmen?«

»Unaufschiebbare Zeugenbefragung im Zusammenhang mit

einer schweren Straftat, wenn es Ihnen gefällt. Also wie entscheiden Sie sich?«

McEagan sah ihm an, dass er seinen Widerstand im Hinblick auf die Alternative aufgab. Nicht ohne die Standarddrohung.

»Ich werde mich bei Ihren Vorgesetzten über Sie beschweren. Darauf können Sie sich verlassen«, protestierte Kinsley, trat aber beiseite und ließ sie eintreten. Er führte sie durch die Eingangshalle in eine Art Bibliothek.

»So nun sagen Sie mir erst einmal, von welcher Straftat ich Zeuge sein soll, oder war das nur ein lächerlicher Vorwand?«

McEagan war durch das überhebliche Getue bereits an der Grenze seiner Gutmütigkeit angelangt und übernahm die Befragung entgegen seiner sonstigen Gepflogenheiten selbst.

»Mr. Kinsley, wir haben einige Fragen an Sie. Die Reihenfolge und den Ablauf der Befragung müssen Sie uns überlassen. Zunächst möchte ich wissen, wo Sie sich am vergangenen Montag aufgehalten haben.«

»Montag, Montag? Da war ich den ganzen Tag hier am Grundstück. Ich hatte noch einiges im Büro zu erledigen. Sie sollten vielleicht wissen, dass ich in London mehrere Antiquitätengeschäfte besitze, um die ich mich kümmern muss.«

»Sie haben also den ganzen Tag nicht das Grundstück verlassen, auch nicht für eine kurze Zeit?«

»Nein, das sagte ich doch gerade.«

»Ich wollte nur sichergehen. Hätte ja sein können, dass Sie kurz im Village waren, um zum Beispiel Zigaretten zu holen, und es nur vergessen haben.«

Kinsley verdrehte die Augen. »Wie oft wollen Sie es denn noch hören, ich war zuhause, und so vergesslich bin ich noch nicht, dass ich mich nicht erinnern kann, was ich fünf Tage zuvor gemacht habe.«

»Das ist gut zu wissen. Kennen Sie einen Thomas Davitts?«

»Den Namen habe ich noch nie gehört. Wer soll das sein?«

»Kennen Sie einen Phil Fergusson?«

Auch Fiona schaute bei dieser Frage von ihren Notizen auf, um Kinsley genau zu beobachten. Bei Davitts hatte er nicht gezuckt, aber bei Fergusson schlugen seine Augen kurzen Alarm. Nur ganz kurz, aber für einen geübten Beobachter eben doch zu sehen. Nur ganz wenige Leute haben sich so unter Kontrolle, dass man ihnen Schrecksekunden nicht anmerkt.

»Nein, kenne ich auch nicht. Verdammt, sagen Sie mir endlich, was dies alles soll und was ich damit zu tun habe. Das ist keine Zeugenbefragung, sondern ein Verhör. Ich werde jetzt besser meinen Anwalt anrufen.«

»Ich möchte Sie nicht davon abhalten, andererseits dauert es dann nur länger und Sie wollen ja noch ausgehen.«

Kinsley gab klein bei und blieb sitzen.

»Sie haben die Unwahrheit gesagt, Mr. Kinsley. Wir wissen, dass Sie Phil Fergusson kennen und sich am Montag mit ihm getroffen haben.«

Damit hatte der nicht gerechnet. Seine Nervosität war jetzt offensichtlich, aber er setzte weiterhin auf Leugnen.

»Absoluter Blödsinn! Ich kenne keinen Fergusson und kann ihn deshalb auch nicht getroffen haben!«

»Wir haben einen Augenzeugen, der Sie am Montag auf dem Gelände des Bay Hotels mit ihm, in ein angeregtes Gespräch vertieft, gesehen hat. Wir sehen deshalb wenig Grund, Ihnen Glauben zu schenken. Sie haben mit Ihrer Behauptung, am Montag das Haus nicht verlassen zu haben, gelogen, und Sie haben die Unwahrheit gesagt, diesen Mann nicht zu kennen, mit dem Sie gesehen wurden. Möchten Sie ihre Aussage korrigieren?«

»Mein Gott, ja, ich habe am Montag jemanden getroffen, das hatte ich offen gesagt ganz vergessen. Es war für mich nicht wichtig und ist schließlich schon fast eine Woche her. Einen Fergusson kenne ich trotzdem nicht. Ich hatte mich dort mit einem Kunden getroffen, der zufällig hier in Sneem auf der Durchreise war.«

»Wie heißt Ihr Kunde und woher stammt er?«, übernahm Fiona.

»Er heißt Martin Smith und wohnt in London. Seine Adresse kenne ich nicht.«

»Dürfen wir erfahren, was der Inhalt Ihres Gespräches war?«

»Ich wüsste nicht, was Sie das angeht.«

»Mister Kinsley, Sie haben vorhin bestätigt, dass es keinen privaten Anlass gab, sondern sich um ein Kundengespräch gehandelt hat. Im Zusammenhang mit der Aufklärung eines Verbrechens haben wir durchaus das Recht, nach dem Inhalt eines nicht rein privaten Gesprächs zu fragen. Also noch mal: Über was haben Sie gesprochen?«

McEagan hielt die Luft an, denn Fiona bewegte sich juristisch auf sehr dünnem Eis. Aber es schien zu funktionieren.

»Mr. Smith ist wie gesagt ein Kunde aus London. Er möchte seit einem halben Jahr eine wertvolle Vase kaufen, will mich aber im Preis drücken. Nun hat er es wieder versucht. Das ist alles.«

»Konnten Sie diesem Mr. Smith früher schon mal etwas verkaufen?«

»Ja, hin und wieder.«

»Also ist er eine Art Stammkunde von Ihnen. Könnte man das so sagen?«

»So in etwa.«

»Dann haben Sie sicher eine Telefonnummer Ihres Herrn Smith und seine Adresse.«

Kinsley merkte, dass er einen Fehler begangen hatte.

»Nein, habe ich nicht!«

Jetzt übernahm McEagan wieder.

»Mr. Kinsley, Sie sagen, dass Sie mit diesem Kunden schon öfters Geschäfte getätigt haben und nun seit einem halben Jahr mit ihm erneut in Verkaufsverhandlungen stehen. Wollen Sie uns wirklich einreden, dass Sie weder seine Adresse noch seine Telefonnummer haben? Das muss doch auch in Ihren Ohren mehr als unglaubwürdig klingen.«

»Mir ist völlig egal, wie das in Ihren Ohren klingt. Es ist so wie ich sage und damit basta!«

»Nun, bisher haben Sie es mit der Wahrheit ja nicht so genau genommen, aber ich habe noch eine andere Frage: »Sie sollen ein respektables Motorboot besitzen, ist das richtig?«

Kinsley spürte wieder festen Boden.

»Es ist weniger ein Boot als eine Yacht. Ist das etwa verboten?«

»Natürlich nicht. Wir möchten uns nur ein umfassendes Bild von Ihnen und Ihren Lebensumständen machen. Wo liegt denn Ihr Boot, Verzeihung, Ihre Yacht und wie ist ihr Name und wann haben Sie sie das letzte Mal benutzt?«

»Und ich dachte, Sie wollten mich als Zeuge befragen. Ich habe eher den Eindruck, dass Sie mir was anhängen wollen.«

»Das sehen Sie falsch. Wir versuchen zunächst zu klären, wie es der Befragte mir der Wahrheit hält, bevor wir Zeugnis verlangen, und Sie haben ja selbst gesehen, dass wir uns da bei Ihnen gar nicht so sicher sein können. Also noch einmal: Wie ist der Name Ihrer Yacht, und wann haben Sie sie das letzte Mal benutzt?«

»Ihr Name ist Spider und sie liegt im Hafen von Sneem. Ich bin zurzeit sehr beschäftigt und benutze sie daher nur selten. Ich kann Ihnen im Moment nicht einmal sagen, wann es das letzte Mal gewesen ist, es muss Wochen her sein.«

Lange ausweichende Antwort auf eine kurze Frage. Auch hier vermutete McEagan Unrat. Er sah Kinsley lange und durchdringend an, ohne etwas zu sagen, worauf Kinsley wieder Oberwasser bekam.

»Übrigens bin ich jetzt am Ende meiner Geduld. Ich habe Ihnen bisher alle Fragen beantwortet. Wenn Sie mehr wissen wollen, schicken Sie mir bitte eine Vorladung. Mein Anwalt wird dann zugegen sein. Jetzt verlassen Sie bitte mein Haus.«

Sie hatten keine Fragen mehr. Er rückte aber in der Liste ihrer Verdächtigen nochmals um einige Plätze nach vorn. Das musste auch ihm klar sein. Wenn er etwas zu verbergen hatte, würde er jetzt aktiv werden. Dies war wenigstens ihre Hoffnung.

»Mr. Kinsley, wir haben für heute auch keine Fragen mehr. Sie sollten sich aber in den nächsten Tagen noch zur Verfügung halten, falls sich weitere ergeben sollten. Wir wünschen Ihnen und Ihrer Gattin noch einen schönen Abend und hoffen, dass Sie sich zu Ihrer Verabredung nicht allzu sehr verspäten.«

McEagan rieb sich nachdenklich das Kinn.

»Was meinst du?«, fragte er O'Grady, als sie wieder im Wagen saßen. »Irre ich mich, oder ist Kinsley Teil unserer Geschichte?«

»Er lügt und er hat mit Fergusson zu tun. Entweder haben beide was mit unserem Fall zu tun oder keiner. Möglicherweise haben sie etwas anderes am Laufen, von dem wir noch gar nichts wissen. In jedem Fall hat er etwas zu verbergen, seine Aggressivität spricht Bände. Die überstürzte Abreise von Fergusson am Mordabend legt allerdings den Verdacht nahe, dass er und damit auch Kinsley Figuren in unserem Stück sind, worauf ich wetten würde. Wir sollten uns schnellstmöglich seine DNA besorgen und mit denen am Tatort im Wald vergleichen.«

»Und noch was«, fügte sie hinzu, »der Name Smith ist mindestens ebenso falsch wie Fergusson. Für mich sah es vorhin so aus, als hätte er den Namen gerade erst erfunden.«

»Könnt ihr mich mal aufklären?«, meldete sich O'Sullivan von der Rückbank, »oder bin ich nur fürs Grobe?«

O'Grady berichtete ihm über die aufschlussreiche Unterhaltung mit Kinsley, während McEagan ausgestiegen war, um zu telefonieren. Er sprach mit Tralee und veranlasste die sofortige Überwachung der Telefonleitung, außerdem wollte er einen Beschluss für eine Hausdurchsuchung haben.

»Morgen früh 900 könnt Ihr loslegen«, meinte der Chief. »Die Verfügung sende ich per Fax. Das mit der Überwachung kann ein paar Stunden dauern, weil die Richter wahrscheinlich wieder alle auf dem Golfplatz sind, übrigens hab ich gelesen, dass am Sonntag in der Premiere am Stadttheater eine McEagan mitspielt. Ist das Ihre Tochter?«

»Ja, das ist unsere Tochter.«

»Gratuliere, McEagan, dann werden wir uns ja bestimmt sehen. Meine Frau hat schon vor Wochen Karten besorgt.«

»Tja, werden wir wohl, wenn hier nichts dazwischen kommt.«

»Papperlapapp! Ihre Tochter ist wichtig, McEagan, außerdem habt Ihr zwischenzeitlich genügend fähige Leute vor Ort. Lassen Sie die mal Verantwortung tragen. Also ich sehe Sie Sonntag.«

Der hatte gut reden, dachte McEagan. Der lässt ja sowieso keine Veranstaltung aus, auf der man gesehen werden kann. Aber er fühlte auch Erleichterung, hatte er doch jetzt den Segen von oben.

»Die Überwachung muss verstärkt werden«, ordnete er auf der Rückfahrt zum Revier an. »Darum musst du dich kümmern, Coach. Die Streife am Ende der Straße soll jetzt direkt vorm Haus Stellung beziehen. Kinsley darf ruhig merken, dass wir ein Auge auf ihn haben. Das erhöht den Druck. Rufe deinen Chef an und erkläre ihm die Situation. Wenn es personell eng wird, soll er sich Unterstützung aus Caherceiveen holen.«

Am Sea View ließ er anhalten und ließ die beiden alleine zum Revier fahren. Er nahm den Spazierweg über die Pitch und Putt Anlage zum Fluss. Es herrschte Ebbe und in dem tiefen Flussbett blieb nur das Rinnsal des Sneem Rivers, der wegen des anhaltend trockenen Wetters zu einem Bach verkümmert war. Er rief Sweeny an und berichtete ihm kurz vom Besuch bei Kinsley. Dann bat er ihn, seine beiden Kollegen wegen Fluchtgefahr zur sofortigen Bewachung der Spider abzustellen.

Eine Stunde später betrat er das Restaurant. Alle saßen bereits am Tisch, das hieß Keene, O'Grady und O'Sullivan. O'Toole war am Haus von Kinsley und die beiden Ermittler aus Tralee hatten es vorgezogen, den Abend bei Ihrer Familie zu verbringen. Was für eine bescheuerte Idee, das mit dem gemeinsamen Abendessen! Er hätte es vorher besprechen sollen.

14

Eine Stunde später betraten O'Grady, O'Sullivan und Keene die Hotelbar. McEagan hatte ihnen in der Hotelhalle eine Gute Nacht gewünscht und war direkt auf seinem Zimmer verschwunden. Keenes Augen sogen sich sofort am Großbildschirm fest. Er setzte sich mit einem »Also bis dann« in einen gerade frei gewordenen Sessel direkt vor dem Fernseher. O'Grady stand unschlüssig vor der Bar.

»Möchtest du auch das Spiel sehen?«, fragte sie O'Sullivan.

»Höchstens ersatzweise, wenn du alleine sein willst, sonst kannst du mir deine Bestellung aufgeben.«

»Ich hatte gestern einen roten Rioja, der war gut.«

Während der Sergeant sich zur völlig belagerten Theke durchkämpfte, wartete O'Grady an der Türe zur Terrasse. Sie wollte raus an die frische Luft, weg vom Lärm aus dem Fernsehkiste und dem Gejohle der Gäste. O'Sullivan kam mit zwei Gläsern und einer ganzen Flasche des gewünschten Rotweins und sie betraten die Hotelterrasse.

»Du hast ja einiges vor«, bemerkte sie mit einem Blick auf die Flasche.

»Es kommt, wie es kommt, ich habe nur wenig Lust, mich noch einmal an der Bar anzustellen«, erklärte er und füllte die Gläser.

Sie hatten sich zwei Korbsessel in Blickrichtung Fluss gedreht und ihre Beine auf die Brüstung gelegt. Es war halb elf und die Dämmerung neigte sich zur Nacht.

»Es geht mich genau genommen nichts an, Fiona, aber du scheinst gravierende Probleme mit Sweeny zu haben. Möchtest du darüber reden?«

»Ist das so offensichtlich?«

»Nun, besonderer Hellsichtigkeit bedarf es da nicht. Es ist eher so, als würdest du mit einem großen Transparent rumlaufen auf dem in Leuchtbuchstaben steht: Ich hasse Sweeny.«

Es war O'Grady unangenehm, dass er sie durchschaut hatte. Sie konnte und wollte nicht darüber sprechen, sie hatte es noch nie getan. Ja, sie hasste Sweeny abgrundtief und sie war geschockt, ihm ausgerechnet hier in Sneem wieder zu begegnen. Sie war über die Störung einer Hotelangestellten froh, die ein Windlicht an ihren Tisch brachte und sie nach weiteren Wünschen fragte. Sie registrierte sechs Pärchen auf der Terrasse, wovon zumindest die beiden, die ihnen am nächsten saßen, sich wenig Mühe gaben, ihre Gefühle zu verbergen. Für einen kurzen Augenblick beneidete sie die beiden.

»Ich kenne ihn«, sagte sie endlich, und als O'Sullivan nicht weiter fragte: »Ich kenne ihn von der Academy her.«

»Hast du mit McEagan schon darüber gesprochen?«

»Nein, warum sollte ich?«

»Das weißt du selbst. Dein Chef ist übrigens auch nicht von gestern. Er beobachtet dich. Wenn es ein ernsthaftes Problem ist, solltest du ihm reinen Wein einschenken. Wenn es etwas sehr Privates ist, dann wenigstens das Notwendigste. Wir sind ein Ermittlungsteam und es kann zu Situationen kommen, in denen absolutes Vertrauen auf Kollegen überlebenswichtig sein kann.«

Fiona schien nicht antworten zu wollen. Natürlich kannte sie Sweeny, diesen Schweinehund. Aber das ging nur sie und ihre Freundin etwas an. Peter O'Sullivan war ein selten angenehmer Kollege und er war ihr, wenn sie ehrlich war, auch als Mann nicht ganz gleichgültig. Wie gerne würde sie sich an seine Schulter lehnen und ihm alles erzählen, was ihr auf dem Herzen lag. Aber sie kannten sich definitiv nicht lange und gut genug, solche Dinge zu erörtern. Auch der Zeitpunkt mitten in einer schwierigen Ermittlung war nicht geeignet, über sehr private Angelegenheiten zu sprechen, und schon gar nicht, sich an seine Schulter zu lehnen, denn sie ahnte, dass es dabei nicht bleiben würde. Aber Peter hatte natürlich recht mit seinen Bedenken. Auch sie selbst hatte sich darüber schon mehr Gedanken gemacht, als ihr lieb war. Auch wenn Peters Frage mit dienstlichen Sorgen bemäntelt waren, konnte er sie nicht täuschen. Er hatte eindeutig ein persönliches Interesse an ihr. Die Zeichen waren eher still aber doch deutlich. Es gefiel ihr mehr, als sie sich eingestehen wollte. Sollte sie ihm wirklich von Sweeny erzählen? Würde er mit dem Wissen nicht automatisch Partei für sie ergreifen und damit auch seine Zusammenarbeit mit Sweeny belasten? Seine Sensibilität war es, was sie besonders an ihm mochte. Aber sie konnte auch störend sein. Im Moment jedenfalls passte sie ihr überhaupt nicht. Jetzt bräuchte sie eher eine Freundin.

»Peter, es tut mir leid, ich kann und will im Moment nicht darüber sprechen. Ich versichere dir aber, dass es nichts Dienstliches ist. Es betrifft auch mich nur am Rande. Genau genommen geht es um meine beste Freundin. Ich sehe keine Schwierigkeiten in der Zusammenarbeit, aber dazu muss ich ihn ja auch nicht besonders mögen, oder?«

»Mögen muss man einen Kollegen nicht, aber vertrauen muss man ihm können. Kannst du ihm vertrauen?«

»Soviel ich weiß, ist er ein guter Gardai. Die Zusammenarbeit mit privaten Problemen zu belasten, wäre nicht professionell. Ich werde deshalb an meiner Körpersprache arbeiten.«

O'Sullivan hatte bemerkt, dass sie ihm ausgewichen war, wollte aber nicht weiter bohren.

»Gut, aber sprich mit McEagan.«

Er füllte die Gläser nach und wechselte das Thema.

»Du hast mir noch nie aus deinem Leben erzählt. Leben deine Eltern noch?«

»Ja, sie leben in Cong, wo ich auch geboren bin und zur Schule ging. Mein Vater war Maitre d'Hotel im Ashford Castle, ist aber seit einigen Jahren pensioniert. Ich habe das College in Galway City besucht und anschließend die Gardai Academy in Dublin. Ich habe alle Kinderkrankheiten durchgemacht, bin ledig, kinderlos und hasse Western und Leute, die rauchen und über den Durst trinken.«

O'Sullivan hatte keine weiteren Fragen.

»Tut mir leid. Peter, das hast du nicht verdient.«

»Schon gut. Vielleicht ein anderes Mal.«

Den Rest der Flasche tranken sie schweigend.

Die Reihen an der Bar hatten sich gelichtet. Der Fernseher war abgeschaltet und einige Gäste diskutierten noch das Ergebnis. Kerry hatte Cork in der Verlängerung geschlagen und stand nun in zwei Wochen im Finale gegen Dublin.

O'Sullivan rief die Überwachungsteams an und informierte sie über die Ablösemodalitäten.

»Es ist alles ruhig geblieben. Kinsley hat seine so wichtige Verabredung sausen lassen. Wahrscheinlich ist er damit beschäftigt, Beweismaterial zu verstecken oder zu beseitigen«, sagte er zu Fiona.

»Bist du müde?«, wollte sie wissen.

»Nicht wirklich, ich gehe später nochmals nach Hollywood und weise die Ablösung ein. Richtig schlafen werde ich vermutlich erst wieder, wenn wir diesen Job erledigt haben.«

»Gehen wir dann noch ein paar Schritte?«

Auf der Rückseite des Hotels führte ein Weg hinunter zum Wasser, vorbei an einem Pier, an dem kleine Kajaks und Segelboote für die Hotelgäste lagen, und weiter bis zum Sneem River. Sie gingen schweigend und genossen das friedliche Bild des Flusses, in dem sich die Lichter der Häuser vom anderen Ufer spiegelten. Es war mittlerweile Nacht geworden und sie konnten den Weg mehr ahnen als sehen. O'Grady wollte sich gerade bei Peter einhängen, als sie über eine Bodenwelle stolperte und zu fallen drohten. Peter griff beherzt zu und zog sie an sich. Er spürte ihre Wärme durch die Jacke und wünschte sich, sie nie mehr loslassen zu müssen. Fiona verharrte ebenfalls regungslos und beide wussten, dass sich ihre Körper nach einander sehnten.

»Das ging ja gerade noch mal gut«, hauchte sie ihm ins Ohr und löste sich langsam aus seiner Umarmung. Sie nahm seine

Hand und hakte sich unter. Den weiteren Weg und gingen sie schweigend und genossen die Energie ihrer Berührung.

Sie begleitete O'Sullivan noch bis zum Wagen und trat nochmals ganz dicht an ihn heran.

»Was ich dir noch sagen wollte, dir vertraue ich, Peter.«

Sie winkte ihm noch einmal zu und verschwand im Hotel.

15

Inspektor Paul Sweeny war unterwegs zum Oysterbed Pier. In den letzten Stunden hatte er sich völlig überflüssig und ausgegrenzt gefühlt und fragte sich, warum McEagan ihm nicht früher über seinen Verdacht bei Kinsley erzählt hatte, sondern es erst in diesem Telefonat erwähnt hatte. Und dann O'Grady. Sie könnte sich noch zum Problem entwickeln. Auch dieser Sergeant von der Kenmare Station verhielt sich eigenartig. Er schien dicke mit O'Grady, ob sie ihm was erzählt hatte? Er hatte schon immer vermutet, dass O'Grady über den Vorfall in Dublin genau Bescheid wusste. Ihr Verhalten schien es zu bestätigen. Die Frage war nur, wer wusste noch davon? Hat sie es jemandem erzählt? Vielleicht sogar dem S.I.? Er würde mit ihr reden müssen. Er wischte seine Gedanken beiseite und konzentrierte sich auf die Straße. Sein Navi-System machte ihn auf die Abzweigung zum Oysterbed Pier aufmerksam, die in der Nacht kaum zu erkennen war. Ein Gutes hatte die Sache mit Kinsley aus seiner Sicht jedenfalls, es kam etwas ins Rollen.

Der große geschützte Naturhafen war gleichzeitig Mündung des Sneem River. Am Pier, auf dem gestapelte Hummerkörbe ihren Duft verströmten, lagen zwei Fischerboote. Sieben Segelboote und eine Motoryacht lagen Wind ab an ihren Bojen.

Die beiden Detectives traten ihre Zigaretten aus und erhoben sich, als sie ihren Chef sahen.

»Bisher ist alles ruhig geblieben. Außer einem Fischer, der vor einer Stunde in den Hafen zurückkam, gab es keinen Verkehr. Die Spider liegt da drüben an der zweiten Boje von links«, informierte ihn einer der beiden und deutete zu der Motoryacht.

Ein riesiges Boot! Mindestens 600 PS, schätzte Sweeny, und ideal für den Schmuggel. Hochseetüchtig und sehr schnell.

»Also passt auf, Jungs. Keiner darf sich dem Boot nähern. Wenn doch, macht Ihr notfalls von der Schusswaffe Gebrauch und gebt Sperrfeuer. Und versucht um Himmels willen, keines der umliegenden Kähne zu treffen. Wenn sich was tut, ruft Ihr mich sofort an. Zwei Uniformierte aus Kenmare müssten in etwa einer Stunde zur Ablösung eintreffen. Ihr bleibt aber in der Nähe, könnt ja abwechselnd im Auto schlafen. Wenn etwas passiert, möchte ich, dass Ihr das Kommando übernehmt. Das ist keine Aufgabe für übergewichtige Landpolizisten.«

Dann fuhr Sweeny zu seinem Hotel in Kenmare und ging sofort auf sein Zimmer, um zu telefonieren.

16

Am nächsten Morgen fühlte sich McEagan fit und ausgeschlafen wie selten. Noch vor seiner Mundpflege überflog er die Notizen vom Vorabend und überzeugte sich, dass er nichts vergessen hatte. Er bestellte Frühstück für drei in einer halben Stunde auf seinem Zimmer. Danach rief er O'Grady und Keene auf ihren Zimmern an und bat sie zum Frühstück.

Unter der Dusche erinnerte er sich an die Verabredung mit seiner Frau und seiner Tochter. Vielleicht würde alles gut werden. Er hatte seine Frau seit zwei Tagen nicht angerufen, was er sonst meistens täglich tat. Er wollte einfach der permanent abgefragten Bestätigung aus dem Weg gehen, dass er am Sonntag auch wirklich das Theater nicht vergessen würde. Wenn seine Tochter nicht gewesen wäre, ... er sollte anrufen, sonst musste er sich auch noch wegen des Nichtanrufens was anhören. Seine gute Laune war mit der Seife weggespült.

Fiona und Bertie nahmen an dem gut bestückten Frühstückstisch auf dem Balkon Platz. Bertie, der Junggeselle war, hob nacheinander die Deckel über dem gebratenen Speck, den Eiern und den Bohnen an und nickte anerkennend.

»Nicht schlecht, so ein Leben im Hotel, daran könnte ich mich gewöhnen.«

»Als Erstes werden wir um Punkt 900 eine Durchsuchung bei Kinsley vornehmen«, begann McEagan. »Die beiden Detectives von Sweeny werden sich die Spider vornehmen. Den richterlichen Beschluss erwarte ich in der nächsten halben Stunde per Fax. Der Chief musste wohl viel Überzeugungsarbeit leisten, weil nach Meinung des Richters bisher keine ausreichenden Verdachtsmomente vorlägen. Seiner Meinung nach könne ein unbescholtener Bürger so viel lügen, wie er Lust dazu hätte. Aber der Ermittlungsdruck zweier ungeklärter Morde überzeugte ihn dann doch. Wir können jetzt nur noch hoffen, dass wir uns nicht auf dem absoluten Holzweg befinden.«

Während seiner Anweisungen versuchte er sein Frühstück nicht kalt werden zu lassen, was seine Verständlichkeit zum Leidwesen seiner Zuhörer stark beeinträchtigte.

»Bertie, du wirst dich mit Europol in Verbindung setzen und bittest sie um dringende Fahndungshilfe nach unserem Freund Fergusson alias Smith. Schick ihnen alles, was wir haben. Anschließend rufst du Superintendent Flannagan von Scotland Yard an und grüßt ihn von mir. Frag ihn, ob er Neuigkeiten über unseren Antiquitätenhändler hat und entschuldige mich, dass ich nicht selbst anrufen kann. Er dürfte ab neun Uhr in seinem Büro sein.

Nun habe ich noch einen kleinen Rückschlag zu vermelden. Unseren Hörgeräteträger Thomas Davitts müssen wir vom Kreis der Verdächtigen streichen. Laut den Kollegen aus Cork ist Davitts ein selbstständiger Fotograf, der sich in Sneem mit Vertretern eines Verlags getroffen hat, um die Pläne für einen neuen Bildband zu besprechen. Es hatte etwas länger gedauert, ihn ausfindig zu machen, weil er von hier aus direkt nach Kilkenny gereist und erst gestern nach Hause kam. Er hat weder eine Kopfwunde, noch vermisst er seine Hörhilfe. Seine Befragung konnte jeden Zweifel ausräumen. Wäre auch zu schön gewesen.«

Dann machte er wieder eine Pause und pflegte seinen sodbrandgefährdeten Magen mit zwei weiteren Scheiben gebratenem Speck.

O'Grady konnte sich eine Bemerkung nicht verkneifen.

»Schwarzer Kaffee und gebratener Speck! Was hältst du von ein paar Reißnägeln als Zugabe?«

»Mach du nur deine Witze. Ich bekomme heute kein Sodbrennen und ich brauche keine Pillen. Ich habe Adrenalin, das hilft noch besser!«

»Mit anderen Worten«, kam Fiona O'Grady wieder auf das Thema zurück, »wir müssen uns ab sofort wieder auf die Suche nach einem Hörgeräteträger mit Kopfwunde machen. Wir haben seine DNA und wissen von seiner Beule. Das ist nicht viel, aber es sollte helfen. Er wäre aber bisher der Einzige, dem wir eine Beteiligung am Mord von Forrest hätten nachweisen können.«

»Vielleicht führt uns Kinsley zum Mörder«, versuchte McEagan durch den Speck zu sprechen, »wir haben jetzt anscheinend doch mehrere Enden einer ganzen Geschichte. Lasst uns jetzt erst mal am dicksten Ende ziehen und sehen, was passiert.«

O'Grady lachte. »Ich stelle mir gerade vor, dass am Ende jeder mit einem anderen Ende dasitzt und wir keine passende Geschichte dazu haben. Aber du hast Recht, wir sollten erst mal Kinsley auseinandernehmen.«

McEagan hatte sein Frühstück beendet und wischte sich die letzten Fettspuren ab.

»Tralee wird seit heute von drei zusätzlichen Technikern unterstützt. Bertie, lass sie als Erstes alle Ärzte, Apotheken und Krankenhäuser anrufen und nach der Behandlung einer Kopfverletzung fragen. Setze sie ein, wie es dir richtig erscheint, aber bring mir bitte Ergebnisse. Und gib die Fotos der Reifenabdrücke in die Suchmeldung des Volvos und schreibe ihn landesweit zur Fahndung aus. Bitte Belfast um Mithilfe. Du solltest die örtlichen Fischer ausfindig machen, die ihr Boot am Oysterbed Pier liegen haben. Versuche rauszukriegen, ob einer am Dienstag die Spider beim Aus-oder Einlaufen gesehen hat.«

McEagan überflog seine Notizen und pulte sich ein Stück Speck aus einer Zahnlücke, bevor er fortfuhr.

»Ein Schnellboot der Coast Guard hat seit acht Uhr Stellung vor Castlecove bezogen, um uns notfalls vom Wasser her zu unterstützen, falls Kinsley türmen sollte. Moran von der Spurensicherung ist seit gestern Abend ebenfalls mit zwei Mann hier im Hotel und wird uns zur Hausdurchsuchung begleiten. Moran bleibt bis auf Weiteres bei uns im Team. Er hatte wegen der der Hin- und Herfahrerei gedroht zu kündigen. Material wird per Kurier nach Tralee gebracht und von den Dubliner Kollegen untersucht. Nun ist es Zeit für den Ausflug nach Hollywood.«

Es musste klappen. Er hatte jetzt alles auf eine Karte gesetzt und wollte anschließend nicht mit leeren Händen dastehen. Nicht vor seinem Team und schon gar nicht vor Sweeny. Mein Gott, lass sie was finden. Er rief Sweeny nochmals an und verabredete sich mit ihm am Haus der Feuerwehr.

Zum x-ten Mal ging er nochmals alles durch. Es war immer dieses blöde Gefühl, etwas Entscheidendes übersehen zu haben. Ein Gedanke schoss ihm durch den Kopf. Wenn Forrest und Digger getötet wurden, weil sie etwas am Gleesk Pier gesehen haben, war das lange kein Grund, vierundzwanzig Kilo Heroin über Bord zu werfen. Die Schmuggler mussten noch von etwas anderem gestört worden sein. Neben dem Paket, das sie ins Wasser befördert hatten, mussten sie andere Pakete schon an Land gebracht haben, worauf der Plastikfund in Rossdohan hinwies. Waren sie in dem Chaos überhaupt in der Lage, die Ware abzutransportieren? Oder haben sie sie nur irgendwo zwischengelagert, bis die Luft rein war?

Er durfte sich jetzt nicht mit Fragen verrückt machen. Jetzt war Konzentration bei der Hausdurchsuchung gefragt. Er schrieb noch schnell eine SMS an seine Frau: »Mir geht es gut. Grüße. Alan« Dann fühlte er sich besser.

Kurz vor neun waren alle Beteiligte vor dem Feuerwehrhaus versammelt und eingewiesen. Für die zwei Kilometer lange und sehr schmale Anliegerstraße benötigten sie etwa fünfundzwanzig Minuten. Keiner hatte mit der störrischen Herde junger Kühe gerechnet, die einen Weg durch den alten Zaun gefunden hatten und nun die Straße versperrten. Drei Gardai waren damit beschäftigt, sie auf ihre Weide zurückzutreiben. Einen halben Kilometer weiter kam ihnen dann eine ältere Dame mit ihrem Fiesta entgegen, die trotz mehrfacher Versuche den Rückwärtsgang nicht fand. O'Sullivan musste das Steuer übernehmen und das Fahrzeug aus dem Weg schaffen.

»Hoffentlich war das kein schlechtes Omen«, brummte McEagan, als sie ihr Ziel erreichten hatten.

Kinsley öffnete unrasiert in einem chinesischen Morgenmantel.

Sie überreichten den Durchsuchungsbefehl und forderten Kinsley auf, sich zusammen mit seiner Frau ins Wohnzimmer zu begeben. Kinsley war schockiert und es dauerte einige Sekunden, bis er reagieren konnte.

»Unverschämt! Sie haben dazu weder einen begründeten Anlass noch das Recht. Ich werde sofort meinen Anwalt kontaktieren und bis dahin werde ich nicht zulassen, dass Sie mein Haus betreten.«

»Mr. Kinsley, Ihren Anwalt dürfen Sie anrufen, sonst aber niemanden. Und jetzt machen Sie bitte Platz und lassen uns unsere Arbeit tun. Sollten Sie unseren Anordnungen nicht sofort Folge leisten, lasse ich Sie vorläufig festnehmen.«

Kinsley gab schimpfend klein bei und ließ die Truppe ins Haus. O'Grady leitete die Durchsuchung im Obergeschoss und musste zuerst Mrs. Finley aus dem Bett komplimentieren, was nicht ohne lautstarken Disput vonstattenging.

Sergeant O'Sullivan machte sich mit einem Techniker an die Durchsuchung der Nebengebäude und McEagan überwachte die Durchsuchung im Erdgeschoss. Ein Gardai blieb bei dem Ehepaar. Sweeny sollte sich das Bootshaus vornehmen und sonst freie Hand haben.

Nach zwanzig Minuten standen sie immer noch mit leeren Händen da, wenn man vom Computer und diversen Aktenordnern absah, die zur Routineuntersuchung bereits in die Fahrzeuge verladen waren. Kinsley und seine Frau hatten kein weiteres Wort gesprochen. Er saß mit hochrotem Kopf auf dem Sofa und sie, ebenfalls im Morgenmantel, am Fenster, ihrem Mann demonstrativ den Rücken zugekehrt. Er hatte seinen Anwalt angerufen, welcher allerdings bisher nichts von sich hören ließ.

Dann wurden sie fündig. O'Grady meldete aus dem Obergeschoss den Fund von einem guten halben Kilo Kokain im Spülkasten einer Toilette und im Erdgeschoss, hinter Büchern versteckt, fand ein Techniker den Safe. Erst nachdem sie mit dem Schweißbrenner gedroht hatten, verriet ihnen Kinsley den Code. Die Aufforderung, alle Handys herauszugeben, nahm Kinsley erneut zum Anlass, Schwierigkeiten zu machen. Nach einem vergeblichen Versuch, mit seiner Frau Blickkontakt herzustellen, lächelte er herablassend und sagte: »Nur Domestiken besitzen Handys, wir telefonieren ausschließlich über das Festnetz.«

Einer der Techniker lächelte ebenfalls und verließ den Raum. Zwei Minuten später kam er mit einem Funkdetektor zurück. Kinsley verging das Lächeln.

Im Safe lagen die Pässe der beiden, ein Notizbuch und etwa fünftausend Euro in bar.

»Wofür brauchen Sie denn so viel Bargeld, Mr. Kinsley?«, fragte McEagan.

»Ohne meinen Anwalt gebe ich keine Auskünfte.«

»Das ist Ihr gutes Recht. Dann müssen wir das Geld bis zur Klärung der Herkunft vorläufig in Verwahrung nehmen. Selbstverständlich erhalten Sie für alles eine ordnungsgemäße Quittung.«

Fünf Minuten später rief der Techniker mit dem Detektor den McEagan in die Wirtschaftsküche. Er grinste und zeigte auf die seitliche Holzverkleidung eines Küchenschranks.

»Dumm gelaufen, würde ich sagen. Ein Telefon war eingeschaltet und hat auf meinem Gerät sofort angeschlagen.«

Das Seitenteil war nicht wie üblich fest angebracht, sondern ließ sich mittels verdeckter Scharniere nach vorne aufklappen. Zum Vorschein kam ein etwa zehn Zentimeter tiefer Hohlraum hinter der Rückwand. Volltreffer! Sie sammelten vier moderne Handys, etwa zwanzig neue und unbenutzte SIM-Karten, einen umfangreichen Schlüsselbund, ein etwas abgegriffenes, aber umso dickeres Notizbuch und als krönenden Abschluss sage und schreibe fünfzigtausend Euro in gebündelten Fünfzigern ein. Allein schon wegen des Rauschgiftes hatten sie bereits einen ausreichenden Grund für eine Festnahme. Nun konnte man ihn im Verhörraum weichklopfen.

Sergeant O'Sullivan war in der Garage ohne Erfolg geblieben, ebenso wie Sweeny, der im kleinen Bootshaus nichts übereinander gelassen hatte.

Eine halbe Stunde später fand sich das Pärchen in den beiden Arrestzellen des Reviers wieder und das Team begann mit der Sichtung des beschlagnahmten Materials.

Moran und zwei Kollegen blieben vor Ort und nahmen Fingerabdrücke und DNA-Abstriche, während ein Techniker sich auf dem Revier die Mobiltelefone und die SIM-Karten vornahm.

Ein Kurier war mit den Bürounterlagen und den Computern, in

einem der Gästezimmer hatten sie ein weiteres Notebook gefunden, unterwegs nach Tralee. Sollten die Sonderermittler aus Dublin ihre Reisekosten amortisieren.

McEagan nahm sich zunächst das dünne Notizbuch aus dem Safe vor. Nur nichtssagende private Einträge, wie Geburtstage, Essen mit Freunden und so fort. Er hatte nicht mehr erwartet. Der geringe Widerstand gegen die Öffnung des Safes hatte ihn schon vermuten lassen, dass es hier nichts Belastendes zu finden gab.

Das dicke Notizbuch aus dem Versteck war ebenfalls ein Kalendarium und im Unterschied zum ersten vollgeschrieben. Er blätterte sofort auf die aktuelle Woche. Alle Einträge bestanden aus Abkürzungen, meistens nur zwei oder drei Buchstaben, manchmal auch Zahlenkombinationen. Das würde Überstunden für die Spezialisten bedeuten. Er sah unter dem fraglichen Montag nach. Da gab es drei Einträge:

09KONT-MM, MT13, PD16,

Am Dienstag zwei Einträge:

12MM, W1030N5140

McEagan fing an zu knobeln und versuchte, die unzähligen Abkürzungen zu entziffern, was ihm nicht gelang. Völlig entnervt schob er das Buch zu Keene und bat ihn, sein Glück zu versuchen.

Er besuchte Kinsley in seiner Zelle. Der hatte anscheinend zu seiner alten Widerborstigkeit zurückgefunden und schien erst mal einen weiteren Dämpfer zu benötigen.

»Mr. Kinsley, haben Sie Ihren Anwalt schon angerufen? Wie Sie wissen, haben Sie nach Ihrer Festnahme noch einen Anruf frei. Sie können Ihrem Anwalt auch gleich sagen, die Menge des gefunden Kokains würde schon mal für mindestens zwei Jahre reichen.«

»Das gehört mir nicht und meiner Frau auch nicht. Wir nehmen dieses Zeugs nicht. Sie können gerne eine Haut- oder Haarprobe von uns entnehmen, wir bestehen sogar darauf, Sie werden nichts finden«, sagte er anklagend.

»Wollen Sie uns damit sagen, dass Sie kein User, sondern Dealer sind?«

»So ein Quatsch! Das muss einer unserer Partygäste versteckt haben. Ich habe das Zeug jedenfalls noch nie gesehen.«

»Mr. Kinsley, für wie bescheuert halten Sie mich eigentlich? Welcher Gast schleppt ein halbes Kilo Kokain auf eine Party und versteckt es dann in Ihrem privaten Badezimmer? Wenn überhaupt, wäre da eine Gästetoilette, wovon ja zwei im Erdgeschoss vorhanden sind, nicht naheliegender? Wenn Sie mich beeindrucken wollen, sollten Sie sich etwas anspruchsvollere Ausreden ausdenken. Damit Sie Ihre Lage richtig einschätzen können, habe ich noch ein paar Informationen für Sie, die ich Ihnen nicht vorenthalten möchte. Wir ermitteln gegen Sie wegen bandenmäßigen Schmuggels und Handel mit Drogen. Darüber hinaus wegen Mordes ersten Grades, oder mindestens der Beihilfe, zum Nachteil von Sean Galvin aus Rossdohan und Richard Foley aus Sneem. Möchten Sie sich dazu äußern?«

Kinsley war nochmals um einige Grade blasser geworden, soweit das überhaupt möglich war. Seine Hände zitterten unkontrolliert und sein linkes Augenlid zuckte mit seinem Mundwinkel um die Wette.

»Jetzt seid Ihr ja völlig übergeschnappt! Ich habe keinen umgebracht, ich kenne den einen noch nicht einmal. Wer soll denn das sein?«

»Aber Sie räumen den bandenmäßigen Schmuggel von Drogen ein?«

»Ich räume gar nichts ein«, schrie Kinsley völlig außer sich. Es schien langsam zu ihm vorzudringen, dass er tief, sehr tief in der Tinte saß.

»Denken Sie einfach darüber nach. Und vergessen Sie nicht, dass Sie bisher alles andere als glaubwürdig waren. Dazu haben

Sie zu oft gelogen. Übrigens, ein umfassendes Geständnis würde nicht nur Ihnen helfen, sondern auch Ihrer Frau, die wegen vermutlicher Mittäterschaft ebenfalls in Haft bleibt. Und sollten Sie schon heute an strafmildernde Umstände denken, da würde ohnehin nur ein frühzeitiges Geständnis und eine umfassende Kooperation helfen. Alles was wir vorher ermittelt haben, zählt dann nicht mehr. Und gehen Sie davon aus, dass unsere Ermittlungen schon sehr weit fortgeschritten sind. Lassen Sie mir einfach Bescheid sagen, wenn Sie es sich überlegt haben. Andernfalls sehen wir uns heute Abend zu einer umfassenden Befragung. Einer meiner Mitarbeiter wird Ihnen jetzt ein Telefon bringen, damit sie Ihren Anwalt anrufen können. Oder wollen Sie darauf verzichten?«

Kinsley schüttelte nur den Kopf.

»Noch was«, wandte sich McEagan unter der Türe nochmals um, »bis zum Beginn der Befragung sollten Sie mir schon mal die Namen ihre Partygäste aufschreiben, sagen wir mal, von den letzten beiden Veranstaltungen. Ist ja auch in Ihrem Interesse, dass wir die unverschämte Person finden, die Ihr Badezimmer als Drogenversteck missbraucht.«

Kinsley war mit Sicherheit in die Drogengeschichte am Pier verwickelt. Aber was hatte er mit den Morden zu tun? Bisher basierte der Verdacht nur auf ihre Theorie. Die Festnahme erfolgte vorläufig wegen des Besitzes von Rauschmitteln in erheblichem Umfang. Jetzt mussten sie dringend nacharbeiten und die Verbindungen aufdecken. Eines hatten sie mit seiner Festnahme allerdings sicher erreicht. Sie hatten bei weiteren, ihnen bislang unbekannten Personen viel Staub aufgewirbelt. Die fünfzigtausend Euro Bargeld waren bestimmt kein Notgroschen, sondern ein wichtiges Steinchen in dieser Aktion. Zur Bezahlung der Drogen war es zu wenig, vielleicht war es zur Bezahlung der Helfer vorgesehen. Die würden dann unruhig werden, wenn das Geld ausblieb. Und nichts würde sie wütender und unvorsichtiger machen als ausbleibende Bezahlung.

Zunehmend Kopfzerbrechen bereitete ihm die Tatsache, dass ihre Ermittlungen in den Mordfällen zwischenzeitlich fast zum Erliegen gekommen waren und sie sich der Hoffnung hingaben, das eine würde auch das andere klären.

Wo war der Volvo abgeblieben? Hatte wirklich niemand in Sneem etwas gesehen oder gehört, was ihnen helfen könnte? Wenn Forrest am Pier etwas gesehen hat, warum ist er dann nicht gleich dort getötet worden? Hatte ihn wirklich niemand gesehen, als er vom Pier mit seinem Fahrrad die nahezu dreizehn Kilometer nach Hause gefahren war? War Forrest überhaupt am Pier? Und wo war sein Fahrrad? Im Meer hatten sie es jedenfalls nicht gefunden. Er schrieb eine Aufgabenliste und drückte sie den beiden Sonderermittlern in die Hand. Sie mussten alles noch einmal überprüfen und alle Anwohner auf dem Weg vom Pier bis zur Waldhütte befragen. Immer mehr Fragen anstatt weniger und immer noch keine schlüssigen Hinweise auf die Zusammenhänge. Er hatte Hunger und sollte etwas essen.

Keene trat an seinen Tisch. Der sollte mal sein Hemd wechseln, dachte McEagan. Sie alle brauchten frische Wäsche. Niemand hatte mit einer größeren Sache gerechnet und mehr eingepackt, als für zwei Tage nötig gewesen wäre.

»Bertie, wenn ich dich so ansehe, erinnert es mich, dass ich frische Wäsche und frische Hemden brauche, und meine Hose mit dem Fettfleck vom Fisch gefällt mir auch nicht mehr. Tralee soll einen Gardai losschicken, der bei uns allen zuhause neue Sachen holt und herbringt. Kannst du das arrangieren? Und eine Frau soll das machen. Kann mir nicht vorstellen, dass O'Grady begeistert wäre, wenn ein Kollege an ihren Wäscheschrank geht.«

»Na klar, dann muss ich meine Unterhosen auch nicht mehr im Waschbecken auswaschen. Ich wollte aber etwas ganz anderes.«

McEagan deutete auf den Stuhl.

»Einer der Techniker ist leidenschaftlicher Knobeler. Mit dem zusammen habe ich versucht, die codierten Eintragungen zu knacken.«

McEagan wurde hellhörig.

»Und?«

»Na ja, sehr weit sind wir nicht gekommen, da muss in jedem Fall noch ein Spezialist ran.«

»Wie weit, Bertie?«

»Also, wir sind uns einig, dass die Kombination zweier Buchstaben wahrscheinlich Initialen sind. Zahlen können Uhrzeiten oder Geldsummen bedeuten. Die Uhrzeiten sind leicht auszumachen, da sie alle in logischer Folge auf einer Uhrenskala liegen. Die anderen Zahlen werden wir mit den Kontobewegungen abgleichen.«

»Und die Initialen, passen die zu Leuten, die wir kennen?«

»Vielleicht. Wenn unsere Theorie stimmt, dann hat sich Kinsley am Montag um 13 Uhr mit einem M.T. getroffen. Genau der Zeitpunkt, als er mit Fergusson alias Smith auf dem Hotelgelände gesehen wurde. Hinter M.T. dürfte sich der richtige Name von Fergusson verstecken.«

»Du meinst M.T. alias Fergusson alias Smith? Gut möglich, gib diese Initialen ergänzend zur Fahndung an den Yard und Europol.«

»Da ist noch was, Alan. Wir denken, dass wir den Zahlencode vom Dienstag geknackt haben. Unserer Meinung nach ist es eine Positionsbeschreibung und bedeutet:

10 Grad, 30 Min. westliche Länge und
51 Grad, 40 Min. nördliche Breite

Dies beschreibt eine Position ziemlich genau auf der Mitte zwischen den Skellig Islands und Dursey Island.«

»Da wird sich Sweeny aber freuen, dass wir so erfolgreich an seinem Fall arbeiten«, sinnierte McEagan, »dort könnten die Drogen von einem Frachter oder Trawler umgeladen worden sein. Nur eben immer noch keine Hinweise auf unsere Mordfälle.«

McEagan wollte gerade Sweeny anrufen, als ein in der Gegend nicht ganz unbekannter Mann ins Revier stürmte. Wie immer viel zu schrill gekleidet, gelb karierte Mütze, rot karierte Hosen, mindestens dreißig Kilo Übergewicht und einen hochroten Kopf, der einen bevorstehenden Schlaganfall anzukündigen drohte. Es war Neil O'Maille, der Abgeordnete aus dem Wahlkreis Kerry-Süd, wie er leibt und lebte.

»Das hat uns gerade noch gefehlt, dass nach den Reportern auch noch die Politiker auftauchen«, raunte McEagan Keene zu.

Mit großer Geste kam er auf McEagan zu.

»Sie haben hier den größten Schreibtisch, also müssen Sie der Boss sein. Habe ich richtig geraten?«

»Haben Sie, TD O'Maille, ich bin Superintendent Alan McEagan vom County Garda Department in Tralee. Was können wir denn für Sie tun?«

»Nun, es geschehen offensichtlich schreckliche Dinge in unserem schönen Kerry und die Bevölkerung ist, wie Sie sich denken können, äußerst beunruhigt. Ich möchte mich zum einen davon überzeugen, dass Ihnen alle Ressourcen zur Verfügung stehen, die zu einer schnellen Aufklärung notwendig sind, und Ihnen auf der anderen Seite meine Hilfe anbieten, denn wir haben doch beide die gleichen Interessen, nicht wahr Superintendent?«

»Mein Interesse gilt der Aufklärung zweier Mordfälle. Ihr Angebot ist ausgesprochen freundlich, Sir, aber wir haben alles, was wir benötigen, und was Ihre Hilfe angeht, wüsste ich nicht, was Sie für uns tun könnten.«

»Nun S.I., unterschätzen Sie meinen Einfluss nicht. Ich könnte zum Beispiel die Bevölkerung und die Presse zu einer engagierten Mitarbeit animieren.«

»Wie gesagt, TD, wir kommen sehr gut zurecht und würden es vorziehen, wenn die Ermittlungen Polizeiarbeit blieben, Sir.«

»Kommen Sie schon, McEagan, wir haben es hier doch mit einem in Kerry bisher nicht gekannten Fall von höchster Brutalität zu tun, da sollten wir uns nicht mit Formalitäten aufhalten, und Unterstützung bei der Presse scheinen Sie offensichtlich bitter notwendig zu haben, oder irre ich mich da, McEagan?«

»Sir, erstens sprechen Sie mich bitte mit meinem Dienstgrad an und zweitens, wenn Sie zu diesem Fall eine hilfreiche Aussage machen können, werde ich meinen Sergeant bitten, diese zu Protokoll zu nehmen. Wenn nicht, muss ich Sie sehr höflich bitten, uns jetzt wieder an die Arbeit gehen zu lassen. Wir stecken mitten in einer schwierigen Phase und unter enormem Zeitdruck, wie Sie selbst schon bemerkten.«

»Ich glaube, Sie machen einen schweren Fehler, Superintendent McEagan. Einem Abgeordneten sollte man ein Hilfsangebot nicht einfach ausschlagen. Überlegen sie doch …«

»TD O'Maille, dies ist keine Frage der Höflichkeit oder des Respekts. Wir haben einfach keine Zeit, für Sie PR zu betreiben, und ich fordere Sie nochmals auf zu gehen. Sergeant, begleiten Sie den TD hinaus!«

»O'Mailles Gesichtsfarbe war noch etwas dunkler geworden und er folgte O'Sullivan ohne weitere Kommentare.

»Was zum Teufel war das denn?«, wollte O'Grady wissen.

»Nach was sah es denn aus? Dies war der hiesige Abgeordnete, der sich vor seinen Wählern wichtigmachen will und nach der Aufklärung des Falles den Erfolg auf seine Fahne geheftet hätte. Ich sehe schon die Schlagzeilen vor mir: *O'Maille zeigt unfähiger Garda, wie man Morde aufklärt!* Es wäre nicht das erste Mal.«

»Aber du hast ihn mehr oder weniger rausgeschmissen. Glaubst du nicht, dass er Freunde in Tralee hat?«

»Du meinst, er könnte mir Schwierigkeiten machen? Damit rechne ich weniger. O'Maille hat keine Freunde in Tralee, es würde mich jedenfalls mehr als wundern. Ich könnte mir vorstellen, dass ich ihm nach diesem Auftritt mehr schaden könnte als er mir.«

O'Sullivan kam feixend zurück

»Du kennst ihn?«, fragte McEagan.

»Jeder kennt ihn und keiner nimmt ihn für voll. Und wenn man die Leute fragt, hat ihn auch keiner gewählt.«

»Leute, lasst uns an die Arbeit gehen, wir haben wirklich viel zu tun«, beendete McEagan die Diskussion und wandte sich wieder Berties Unterlagen zu. Es war der Bericht der Spurensicherung über das Haus in Rossdohan. In der Asche waren tatsächlich identische Reste von Plastikfolien gefunden worden, mit denen auch das sichergestellte Paket aus der Bay verpackt gewesen war. Das hieß, dass zumindest ein weiteres Paket im Spiel war und bereits angelandet worden war. Sonst bestand die Asche aus verbranntem Papier, Pizzakartons und überwiegend aus verbrannter Baumwolle. Dies klärte den Verbleib von acht Betttüchern im Ferienhaus, deren Verschwinden der zwischenzeitlich angereiste Besitzer angezeigt hatte. Nicht schlecht, dachte er, alles mit Betttüchern abzudecken, aber sie anschließend nicht mitzunehmen, war dämlich.

Im Haus selbst waren keine fremden Fingerabdrücke gefunden worden. Die Täter waren offensichtlich sehr gründlich gewesen und schienen in diesen Dingen nicht ungeübt. Eines hatten sie aber übersehen. Am Lichtschalter in der Garage wurden zwei vollständige Fingerabdrücke und am Boden ein Abdruck eines grobstolligen Schuhs Größe dreiundvierzig gefunden. Man musste nur genau hinschauen. Einen Fehler machen sie immer! Sein Herz schlug höher, als er weiterlas. Das Reifenprofil einer auf dem Zufahrtsweg in Rossdohan gefundenen Spur war identisch mit einem Profil, das sie vor Forrests Haus gefunden hatten. Die Leute vom Ferienhaus waren also in der Hütte von Forrest. War das der Volvo?

McEagan hatte Hunger. War er der Einzige? Warum stand denn niemand auf und fragte, ob jemand Pizza wollte? Oder Ähnliches!

Sweeny kam herein und setzte sich mit einem zufriedenen Grinsen vor McEagans Schreibtisch.

»Mein Kollege beim Yard hat wegen der Antiquitätengeschäfte des Herrn Kinsley angerufen. Kinsley besitzt drei Läden im Großraum London und einen in Liverpool. Es handelt sich um relativ unbedeutende Läden, die in der Antiquitätenszene keine oder eine eher untergeordnete Rolle spielen. Völlig unpassend sind die vermuteten Umsätze im Vergleich zum Lebensstil des Inhabers. Es gibt nur männliche Angestellte, von denen mindestens vier vorbestraft sind. Die Läden standen in der Vergangenheit mehrfach unter Beobachtung. Nachweisen konnte man bislang aber nichts. Mein Kollege ist an einer Zusammenarbeit mehr als nur interessiert und würde gerne aktiv werden. Was halten Sie davon?«

»Sehr viel. Eine Observierung der Läden könnte uns helfen herauszufinden, ob die angelandeten Drogen Irland bereits verlassen haben oder hier noch versteckt sind. Auf keinen Fall sollen sie großen Lärm schlagen oder gar die Läden durchsuchen, solange ich mir über die Rolle von Kinsley noch nicht im Klaren bin. Können Sie das arrangieren?«

»Kein Problem, Sie sind der Boss. Übrigens habe ich das Boot von Kinsley an den Pier bringen lassen. Wir stellen es gerade auf den Kopf.«

McEagan gab ihm einen Überblick über die neuesten Entwicklungen. Als er an die Stelle mit den Koordinaten kam, schnalzte Sweeny mit der Zunge und sagte: »Sie denken wohl das Gleiche, dort haben sie die Drogen übernommen. Jetzt ist er fällig!«

»Hm, wird nicht einfach werden. Er ist alles andere als kooperativ und lügt wie gedruckt«, entgegnete McEagan.

»Die sind die Einfachsten. Wie sieht das weitere Vorgehen aus?«

»Ich möchte Kinsley noch heute Abend verhören, er soll aber noch ein paar Stunden weichkochen, danach lassen wir ihn nach Tralee in Ihre Obhut schaffen. Keene gibt den aktuellen Untersuchungsbericht mit.«

»In Ordnung. Ich habe inzwischen einige Bootsbesitzer am Blackwater Pier und am Pier in Castle Cove befragt. Alle scheinen eine reine Weste zu haben und keiner konnte Tipps geben. Niemand hat am fraglichen Tag die Spider außerhalb des Hafens gesehen. Wenn Sie keine speziellen Aufgaben mehr für uns haben, werden wir unsere Zelte hier abschlagen und uns nach Tralee zurückziehen. Ich werde Sie von dort aus auf dem Laufenden halten.«

»So machen wir das«, sagte McEagan und gab ihm zum Abschied freudig die Hand.

Er musste jetzt bald etwas zu essen haben, dachte er, und sah bereits ein übergroßes blutiges Steak vor seinen Augen, als mit viel Getöse Kinsleys Anwalt ins Revier schneite. O'Sullivan fing ihn ab und bat ihn, im Nebenraum Platz zu nehmen.

»Sie verstehen wohl nicht richtig«, brauste der Anwalt auf, »ich möchte zuerst meine beiden Mandanten sprechen, und zwar alleine, und anschließend den verantwortlichen Leiter dieser komischen Veranstaltung.«

Der Sergeant blieb gelassen.

»Ich bin nicht schwerhörig, Sir, und verstehe Sie durchaus. Ich werde das auch schnellstmöglich in die Wege leiten. Aber hier sind Sie jetzt im Wege und deshalb werden Sie sich hier im Nebenraum ein klein wenig in Geduld üben. Möchten Sie eine Tasse Kaffee oder etwas zu lesen?«

Schnaubend gab er nach, verzichtete aber auf den angebotenen Service. McEagan hatte den Auftritt beobachtet. John Moroney war Anwalt in Cork City, etwa in McEagans Alter und trug eine sehr poppige Brille, die eher seinem minderjährigen Sohn gestanden hätte, aber wie sollte er das beurteilen können? Er stammte ja aus Tralee, das unzweifelhaft provinziell geprägt war. Der Anzug des Anwaltes war ziemlich zerknittert, was nicht nur mit der zweistündigen Autofahrt von Cork zu erklären war und ganz und gar nicht zum Eindruck passte, den er mit der Brille zu erzeugen suchte.

Hunger!

Er machte dem Anwalt seine Aufwartung und stellte sich kurz und knapp vor, ließ sich aber auf keinerlei Diskussionen ein. Er wies einen Gardai an, den Anwalt zu Kinsley zu bringen, und ging ohne weiteren Kommentar zum Schreibtisch zurück.

O'Sullivan erbarmte sich.

»Du siehst hungrig aus, S.I. Soll ich uns was holen?«

»Das wäre sehr nett, Peter. Nur schon gestern, wenn's geht.«

»Burger?«

»Egal!«

»Chips?«

»Extra groß!«

Der Burger kam fünf Minuten später, zusammen mit dem Anruf vom Chief in Tralee, der auf den neuesten Stand gebracht werden wollte. Das Gespräch dauerte eben so lange, wie Burger und Chips zum Erkalten benötigten. Auf die kalten Chips verzichtete er. Auf den Burger nicht. Als Nachtisch nahm er Kaffee und zwei Pillen gegen das zu erwartende Sodbrennen.

Kurz danach stürmte Moroney an McEagans Schreibtisch, was auch nicht zur Verbesserung seiner Laune beitrug.

»Die Vorwürfe gegen meinen Mandanten sind ungeheuerlich und entbehren jeder Grundlage. Ich verlange deshalb die sofortige Freilassung und eine glaubhafte Entschuldigung. Eine Beschwerde und die Prüfung einer Schadenersatzforderung behalten wir uns selbstverständlich vor.«

McEagan zwang sich zur Ruhe und bat ihn höflich, zunächst einmal an seinem Schreibtisch Platz zu nehmen. O'Sullivan hatte, während sich der Anwalt in der Zelle aufhielt, ungefragt den bequemen Stuhl vor dem Schreibtisch gegen einen kleinen niederen Hocker ausgetauscht, der normalerweise einer nahezu blattlosen Birkenfeige verhalf, aus dem Fenster zu schauen. McEagan hatte die Absicht des Coachs erahnt und zunächst für unangebracht gehalten, jetzt im Nachhinein genoss er den Anblick des zu ihm aufschauenden Anwaltes sehr.

»Sie haben doch sicher eine Geschäftskarte dabei und eine Vertretungsvollmacht dürften Sie inzwischen auch vorlegen können«, eröffnete McEagan die Partie.

Nachdem Moroney beides auf den Tisch gelegt hatte, begann der von Neuem: »Ich sehe schon, Sie spielen auf Zeit, weil Sie nicht den geringsten Beweis gegen meinen Mandanten in der Hand haben.«

McEagan fuhr ungerührt fort: »Mr. Moroney, wir stehen mitten in umfangreichen Ermittlungen und haben noch viel Arbeit vor uns, und Zeit haben wir am allerwenigsten. Und Fernsehkameras sind hier auch keine in Betrieb. Sie können deshalb mit dem Getue aufhören und sich auf die Sache beschränken. Wie Ihnen Ihre Mandanten sicher erzählt haben, ermitteln wir gegen sie wegen unerlaubten Drogenbesitzes in erheblicher Größenordnung, was bereits bewiesen ist, und darüber hinaus wegen Drogenhandels und zweier Morde. Alle Indizien sprechen gegen Ihre Mandanten. Eine Freilassung steht deshalb nicht zur Debatte.«

»Dann verlange ich umgehend Akteneinsicht, Superintendent!«

»Sie können selbstverständlich alles Mögliche verlangen. Akteneinsicht erhalten sie aber frühestens bei unserem Termin beim Haftrichter. Heute Abend werden wir Ihre Mandanten umfassend befragen. Ich schätze, das wird so gegen 20 Uhr sein. Daran können Sie gerne teilnehmen. Anschließend werden die beiden nach Tralee ins Headquartier überführt und dem Drogendezernat überstellt. Dort werden sie weiter vernommen und am Montag dem Haftrichter vorgeführt. Das ist alles, was ich Ihnen im Moment sagen kann, Mr. Moroney.«

»Es ist jetzt vier Uhr. Sie glauben doch nicht, dass ich hier vier Stunden herumsitze und warte, bis Sie Ihren Hintern erheben wollen und mit der Befragung anfangen.«

»Hier können Sie ohnehin nicht herumsitzen, denn wir haben zu tun und sind räumlich sehr beschränkt. Entweder Sie verbringen die Zeit mit Ihrem Mandanten in der Zelle oder Sie schauen sich zwischenzeitlich die Gegend an, was ich nur empfehlen kann. Sneem ist wirklich sehenswert.«

»Ihren Sarkasmus können Sie sich sparen. Ich werde jetzt andere Geschütze auffahren und Sie von Ihrem hohen Ross holen, verlassen Sie sich darauf!«, schimpfte der Anwalt und stürmte aus dem Revier.

O'Grady kam rüber. »Der wird vielleicht noch unangenehm

werden. Soll ich vielleicht mal unseren Staatsanwalt anrufen und fragen, ob er ihn kennt?«

»Gute Idee. Ich habe jetzt noch einen Außentermin und bin in etwa einer Stunde zurück. Anschließend möchte ich mit dir und dem Sergeant noch mal zum Gleesk Pier fahren. Sag ihm bitte Bescheid.«

17

Officer James Neehan von der Sligo Garda fuhr heute schon zum zweiten Mal zum Sligo General Hospital. Ein kalter Nordwestwind blies von See her über die Stadt und schob regenschwangere Wolken vor sich her. Trotz der gerade mal dreizehn Grad war Neehan schon wieder völlig durchgeschwitzt. Seine fünfzig Kilo Übergewicht machten ihm schon beim sonst üblichen geruhsamen Dienst zu schaffen, aber dieser Stress forderte seinen Körper doch erheblich und trieb ihm das Wasser aus allen Poren. Hin und her und rauf und runter.

Als er glücklich einen Parkplatz am Krankenhaus gefunden hatte, glaubte er noch, endlich die Identität des Patienten geklärt zu haben, der seit drei Tagen auf der Intensivstation im Koma lag. Ein Spaziergänger hatte ihn schwer verletzt unterhalb der Küstenfelsen gefunden. Vermutlich war er von der oberen Kante neun Meter tief auf das Geröllufer gestürzt. Ob ein Unfall vorlag oder nachgeholfen wurde, konnte bislang nicht geklärt werden. Da der Verletzte keinerlei Papiere bei sich trug, konnte er zunächst nicht identifiziert werden, ebenso rätselhaft war, wie er zu dem Unglücksort gekommen war, der immerhin fünf Kilometer vor der Stadtgrenze lag. Der zuständige Detective Sergeant hatte es vorgezogen, die Untersuchung vom Schreibtisch aus zu leiten, die

Fußarbeit hatte er Neehan übertragen. Der Officer hatte sich telefonisch mit Doctor Ramesi verabredet und wurde sofort empfangen.

»Hallo Officer«, begrüßte ihn der Arzt freundlich und fügte nach einem Blick auf den schwer atmenden und schwitzenden Officer hinzu, »Sie hätten auch den Fahrstuhl am Ende des Gebäudes nehmen können.«

»Man muss in Bewegung bleiben, das sollten Sie doch am besten wissen«, schnappte Officer Neehan und nahm sich gleichzeitig fest vor, nächstes Mal den Rat des Arztes zu befolgen.

»Schon, aber nicht übertreiben. Ich entnehme der Tatsache Ihres Besuches, dass Ihr Aufruf in der heutigen Ausgabe der Sligo News von Erfolg gekrönt war. Wer ist denn nun unser Patient?«

»Er hat sich vor vier Tagen als Paul O'Sullivan aus Listowel in einem B&B in der Innenstadt eingetragen. Wundern Sie sich also nicht, wenn er aufwacht und Sie ihn nicht verstehen, es sind keine Sprachstörungen, es ist nur der Kerry-Dialekt. Die Wirtin des B&B hat ihn auf dem Bild in der Zeitung sofort erkannt und uns angerufen. Leider haben wir auch bei seinen Sachen keine Papiere gefunden. Wir werden also am Wohnort erst noch rückfragen müssen, um ganz sicherzugehen. Seine wenigen Habseligkeiten habe ich im Wagen. Darunter eine ganze Packung von diesen kleinen Batterien, aber kein dazu passendes Gerät. Ich frage mich, ob sie möglicherweise für eine Uhr benutzt werden, aber als man ihn gefunden hat, trug er keine. Kein Geld, keine Papiere, keine Uhr, möglicherweise wurde er beraubt.«

Doctor Ramesi betrachtete die Knopfzellen eine Weile.

»Nein, eine Uhr haben wir bei seinen Sachen auch nicht gefunden, das wüsste ich. Die Batterien könnten auch in ein Hörgerät passen, aber das haben wir auch nicht. Tut mir leid, mit dem Problem kann ich Ihnen nicht helfen.«

»Einen Versuch war es wert«, sagte Officer Neehan resigniert und fügte dann zögerlich hinzu, »ich will ja nicht nerven, aber Sie können wohl immer noch nicht abschätzen, wie lange das noch dauern kann, das mir dem Koma, meine ich?«

»Nein, tut mir leid. Es hat sich im Laufe des Tages keine Veränderung ergeben, was auch uns etwas Sorge bereitet. Zum jetzigen Zeitpunkt können wir noch nicht einmal sagen, ob er überhaupt nochmal aufwachen wird. Er hat ein erhebliches Schädelhirntrauma und konnte durch die Notoperation lediglich am sofortigen Exitus gehindert werden. Jetzt können wir nur abwarten und hoffen. Zu ihrer Frage von gestern, ob es aus ärztlicher Sicht Hinweise für ein Fremdverschulden gibt, kann ich auch nichts berichten. Notarzt und Chirurg meinen unisono, dass sich das aus medizinischer Perspektive nicht beantworten lässt. Aber nicht den Kopf hängen lassen, Sergeant, vielleicht hilft Ihnen etwas anderes. Vor zwei Stunden habe ich den OP-Bericht bekommen. Darin beschreibt der Chirurg eine noch nicht verheilte Verletzung am Kopf. Keine Fraktur, aber eine Verletzung der Kopfhaut, wie sie oft bei Unfällen im Straßenverkehr oder durch einen Schlag mit einem harten Gegenstand entsteht. Drei bis vier Tage älter als die Verletzung durch den Klippensturz.«

»Sagen Sie nur«, meinte Officer Neehan und massierte sich das Kinn, was ihm aber auch nicht zu neuen Erleuchtungen verhalf.

»Und noch etwas, Sergeant, wenn wirklich die Möglichkeit besteht, dass er mit Tötungsabsicht gestoßen wurde, dann machen mir die beiden anonymen Anrufe von heute Vormittag Sorgen, in denen sich nach dem Befinden des Patienten erkundigt wurde.«

Neehan sah den Doktor nachdenklich an und fühlte, wie sein Schwitzen wieder zunahm. Auch das noch, dachte er und sagte in der Hoffnung, dass er damit nicht seine Kompetenzen überschritt: »Da mögen Sie recht haben, Doktor. Können Sie den Mann sofort in ein Einzelzimmer verlegen?«

»Das wird sich innerhalb einer Stunde einrichten lassen, aber Sie wissen ja, etwas Schriftliches müssten wir schon haben, wegen der Rechnung und so. Wollen Sie jemanden zur Bewachung einsetzen?«

»Ja, ein Gardai wird in einer halben Stunde hier sein«, und er dachte mit einem flauen Gefühl im Magen an die bevorstehenden Diskussionen mit diesem Arsch von Detective Sergeant.

Neehan überlegt, ob er den Doktor bitten sollte, ihm etwas gegen sein Schwitzen zu verschreiben, entschied sich dann aber dagegen. Er wollte sich nicht noch einen der gewöhnlich dummen Ratschläge einfangen, die mit Abnehmen oder Sport oder etwas in der Art zu tun hatten. Er erhob sich ächzend und bedankte sich.

18

Stepanowsky war etwa eine viertel Stunde vor der verabredeten Zeit am City Hotel und hatte seinen Wagen etwas abseits geparkt, aber so, dass er das Eintreffen von McEagan beobachten konnte. Als dieser das Hotel betrat, wartete er weitere zehn Minuten und rief ihn dann an.

»Stepanowsky hier. Ist die Luft sauber?«

»Alles klar. Hast du jemanden gesehen?«

»Nur zwei Anfänger vom Kerry Daily, die kennen mich aber nicht.«

»Gut, komm nach oben.«

McEagan informierte den pensionierten Redakteur über den Stand der Dinge, verschwieg aber auch ihm wichtige Details. Stepanowsky sollte etwas mehr wissen als die anderen Zeitungsleute, aber eben auch nicht alles. Das war der Deal.

»So wie es für mich aussieht, geraten eure Mordfälle immer mehr in den Hintergrund einer Drogengeschichte. Macht dir das nicht Sorgen?«, fragte Stepanowsky.

»Ja, es sieht leider so aus, dass wir zuerst den Drogenschmuggel aufklären müssen, um an die Mörder zu kommen, aber wir machen Fortschritte.«

»Heiß heute.«

»Magst du ein Bier?«

»Ich dachte, du fragst nie.«

Fünf Minuten später brachte der Zimmerservice zwei frisch gezapfte Guinness und sie gaben sich wortlos dem erfrischenden Genuss des dunklen Bieres hin. Danach hatte es Stepanowsky eilig, denn er musste noch seinen Artikel schreiben und ihn rechtzeitig vor Redaktionsschluss abliefern.

Das kleine Hafenbecken von Gleesk lag etwa zweihundert Meter schräg unterhalb der Terrasse des letzten Hauses. Von hier hatte McEagan einen guten Überblick über die Felsen, die das Ufer der Kenmare Bay säumten. Er konnte sogar einige Felsspalten und Minibuchten auf der dem Wasser zugewandten Seite erkennen. Einige der Buchten leuchten gelb und waren voller Kaltwasserkorallen beziehungsweise deren abgestorbener Skelette, was ihn an den Franzosen erinnerte, der ihretwegen zum Pier gekommen war. Auch er hatte schon von diesen seltenen Buchten gelesen, meterhoch gefüllt mit den goldgelben Überresten, die vom weltgrößten Kaltwasserriff angespült wurden, das sich etwa siebzig Kilometer vor der irischen Westküste befand und sich von den Kanaren bis fast nach Island erstreckte.

Nach Westen lag der Steinbruch. Der Wind wehte Bruchstücke der Geräusche herüber, die von den Maschinen herrührten. Einziger Wermutstropfen in der Idylle. Das Wasser lief auf und hatte das kleine Hafenbecken schon zu einem Viertel gefüllt.

In den Träumen der beiden letzten Nächte war er immer wieder über den Tatort gegangen. Und er erinnerte, dass er jeweils Hinweise gefunden hatte, die zur Aufklärung führten. Leider konnte er sich am nächsten Morgen aber nie an diese Hinweise erinnern. Jetzt versuchte er, diese Hinweise im Wachzustand zu finden.

»Hier gibt einige gute Versteckmöglichkeiten«, meinte Sergeant O'Sullivan und wies in Richtung der kleinen Betonruinen, die sich etwas abseits befanden. »Zum Beispiel diese ehemaligen Unterstände vom Militär.«

»Gut möglich«, nickte McEagan, »groß genug für ein bis zwei Mann, Türöffnung zur Landseite, Fensteröffnungen zur Seeseite, und ein Dach hatten sie früher bestimmt auch. Lass ein paar deiner Leute alle Unterstände und die Felsnischen auf der Wasserseite durchsuchen. Wenn Forrest regelmäßig hierherkam, hatte er seinen privaten Platz mit Spuren und Hinterlassenschaften. Wenn wir diesen Platz finden, kennen wir auch seine Einsichten auf die Szene.«

»Dort in der großen Bucht mit den Korallen ist möglicherweise die Stelle, an der sie die Drogen angelandet haben«, sagte O'Grady, die das Gelände mit einem Feldstecher abgesuchte.

McEagan entschied, diesen Ort sofort in Augenschein zu nehmen. Aus der Nähe waren die Felsformationen doch etwas unzugänglicher als erwartet. Ein Trampelpfad wand sich durch die ufertypische Vegetation und führte langsam auf den Felsrücken. Unmengen von Ziegenkot lagen herum und sie versuchten den Tretminen auszuweichen, gaben es aber irgendwann auf.

War vielleicht doch keine gute Idee, selbst hier herumzutappen, dachte McEagan beim Anblick der Ziegenscheiße an seinen Schuhen. Möglicherweise hatte O'Grady recht mit der Bucht als Abladestelle. Der kleine Hafen war bei Ebbe nicht zu nutzen und die Fundstelle des Paketes lag genau zwanzig Meter vor dieser kleinen Bucht. Falls es Spuren gegeben haben sollte, dann hatte die Tide, deren Hub hier etwa drei Meter betrug, bereits in der Nacht nach der Tat ganze Arbeit geleistet. Bei Hochwasser war die Bucht nämlich völlig überflutet. Ihre Schuhe waren jetzt schon völlig verdreckt und so kletterten sie weiter bis zu einem etwas abgelegenen Unterstand auf der östlichen Seite. Ein Unterstand, von dem man eine gute Einsicht in die fragliche Bucht hatte. Im Innern der dachlosen Ruine fanden sie eine alte Militärplane und einen rostigen Spirituskocher. In kleinen Nischen ringsum waren weitere Gegenstände deponiert, die man bei gutem Willen als Campingausrüstung bezeichnen konnte, leere Konservendosen, ein Messer, eine volle Flasche Spiritus und jede Menge Angelzubehör.

McEagan sah durch das kleine Fenster aufs Meer hinaus. Man hatte einen bemerkenswert guten Überblick, ohne gesehen zu werden. Sergeant O'Sullivan hing bereits am Mobiltelefon und forderte die Spurensicherung an, die eine halbe Stunde später die Arbeit aufnahm.

Ein alter Handfeger aus dem Streifenwagen und Wasser aus dem Hafenbecken mussten herhalten, um ihre Schuhe von den klebrigen Anhaftungen zu befreien.

Auf dem Rückweg meldete sich O'Sullivan: »Ich weiß ja nicht, wie die höheren Ränge das handhaben, aber Sergeants brauchen hin und wieder feste Nahrung. Jetzt ist so ein Moment.«

O'Grady stimmte ihm spontan zu. »Dies trifft ausnahmslos auch auf Inspectors zu, Sir!«

»Dann führ uns mal in einen netten Pub, Sergeant«, ließ sich McEagan gerne überreden, »ich könnte auch noch eine Kleinigkeit vertragen.«

O'Sullivan hatte wieder sein Mobiltelefon am Ohr.

»Hallo Moira, hast du was im Ofen?« Und nachdem er eine Weile gelauscht hatte: »Das hört sich fantastisch an. Kann ich noch jemanden mitbringen, genau genommen zwei? ... Du bist ein Schatz, in zwei Minuten sind wir da.«

»Ich kann leider nur einen frisch gefangenen Wildlachs anbieten. Ist das genehm?«, fragte O'Sullivan, erntete aber erwartungsgemäß begeisterte Zustimmung.

Sergeant O'Sullivan ging voraus und sie betraten die Küche von Moira Kelly, der Gattin des Fischereiaufsehers.

»Mein Mann ist noch unter der Dusche und kommt gleich. Wir haben einen schönen Wildlachs, den er vor einer Stunde einem Angler ohne Lizenz am Blackwater abnehmen musste. Kartoffeln und etwas Gemüse sind auch gleich fertig.«

»Was sollte ein Fischereiaufseher mit einem beschlagnahmten Lachs denn sonst anfangen, als ihn schnellstmöglich selbst zu essen?«, ging es McEagan durch den Kopf, ihn verkaufen oder als Beweismittel abheften konnte er schlecht. Er verspürte auch wenig Lust, weiter darüber nachzudenken oder sich gar Gedanken darum zu machen, ob er als Superintendent überhaupt wissentlich von einem illegal erbeuteten Lachs essen durfte, hätte es aber noch lieber vorgezogen, erst gar nicht davon zu erfahren.

Moira schnitt handtellergroße dünne Scheiben und servierte sie roh auf zuvor im Ofen stark erhitzten Tellern, auf denen je ein Stückchen Butter brutzelte. Der Fisch garte so während des Essens von außen nach innen. Köstlich!

»Sind Sie mit Ihren Ermittlungen schon weitergekommen, oder dürfen Sie nicht darüber reden?«, fragte Kelly, als Kaffee und Jameson serviert wurden.

»Ja, leider dürfen wir nicht darüber sprechen, nur so viel: Wir stehen nicht mehr am Anfang, kennen aber noch nicht die Lösung. Die uns bekannten Fakten lassen Zusammenhänge erahnen. Ich nehme an, der Coach hat auch Ihnen bereits alle relevanten Fragen gestellt.«

O'Sullivan rutschte unruhig auf seinem Stuhl hin und her. Sollte er ruhig etwas braten, dachte McEagan, der schon beim letzten Fall vor zwei Jahren vermutete hatte, dass der Coach und sein Freund die Fälle bei Wein oder Whiskey zu erörtern pflegten.

»Sir«, sagte O'Sullivan, »John Kelly ist in gewisser Weise ein hoher Beamter des County Council und darüber hinaus ein vertrauenswürdiger Freund. Ich bespreche hin und wieder ein paar Details mit ihm. Er sieht die Dinge oft anders, als ein Gardai dies tut. Hat mir schon oft geholfen.«

»Willst du damit andeuten, dass du mit Außenstehenden über laufende Ermittlungen sprichst?«, tat McEagan überrascht.

»Ab und zu, wenn mir die Ideen ausgehen und ich an einem toten Punkt angelangt bin, ja. Kelly hat immer die ausgefallensten Ideen und seine Fantasie zeugt zumindest von einer guten Portion krimineller Energie, die ich auf diese Weise versuche, unter Kontrolle zu halten«, gestand O'Sullivan und erntete großes Gelächter.

»Ich hätte gewettet, dass die Kochkünste Ihrer Gattin der Hauptgrund für seine Besuche bei Ihnen sind«, sagte McEagan an Kelly gewandt, »die würde ich nämlich auch nicht verachten.«

Er gab nun selbst einige Informationen preis und erzählte von der Verhaftung Kinsleys und von dem kurz zuvor gefundenen Unterstand, der offensichtlich von Forrest benutzt wurde.

»In Ihrer Haut möchte ich nicht stecken«, meinte Kelly, »auch die Fernsehberichte sind wenig hilfreich. Gestern hat einer der Journalisten darüber spekuliert, dass mit Sicherheit noch mehr Leichen zum Vorschein kämen. Was wissen die eigentlich über die Drogengeschichte?«

»Ich hoffe, nichts. Wir haben das bisher unter Verschluss gehalten. Nachdem wir heute aber Kinsley festgesetzt haben, wird sein Anwalt schon dafür sorgen, dass sich das ändert, obwohl er sich darüber im Klaren sein müsste, dass dies seinem Mandanten nur schaden kann.«

»Kinsley ist ein unangenehmer Bursche, dem ich alles zutraue«, sagte Kelly. »Ich hatte mit ihm wegen seines Bootsstegs zu tun, den er ohne Genehmigung errichtet hatte. Der Mündungsteil des Sneem Rivers steht unter strengem Naturschutz und Kinsley musste den größten Teil eines betonierten Stegs wieder entfernen. Das war nicht lustig, sag ich Ihnen.«

»Mr. Kelly, wir gehen von der Möglichkeit aus, dass der Großteil der Drogen noch in der Gegend versteckt ist. Ich möchte mich mal Ihrer vorhin angesprochenen kriminellen Fantasie bedienen und Sie fragen, wo zu Lande oder zu Wasser, und Letzteres wäre ja Ihr Metier, würden Sie etwa fünfzig bis zweihundert Kilo Drogen verstecken?«

Kelly dachte nach, bevor er antwortete.

»So, dass Sie sie nie finden würden! Aber Spaß beiseite, da gibt es viele Möglichkeiten, vielleicht zu viele. Denken Sie allein an die Boote zwischen Blackwater und Derrynane, die alle ein gutes Versteck bieten. Niemand kontrolliert die je. Aber auch an Land, die vielen Ruinen ehemaliger Auswanderer oder die leer stehenden Gebäude, wie zum Beispiel das alte Hostel in Sneem. Meine Favoriten wären aber Privathäuser von Mitwissern, oder wer sagt denn, dass einer der Bande nicht hier in der Gegend wohnt und als unbescholtener Bürger gilt? Dagegen spricht eigentlich nur, dass sich einige der Täter in einer Ferienwohnung eingemietet hatten. Das Versteck liegt also am wahrscheinlichsten in der Nähe dieser Ferienwohnung oder nahe beim Rossdohan Pier. Am wenigsten glaube ich allerdings an fantasievolle Verstecke außerhalb von festen Gebäuden. Dazu ist die Ware zu wertvoll. Außerdem sind die Pakete schwer und erfordern eine gute Zufahrtsmöglichkeit zum Versteck.«

»Tja«, sagte McEagan, »das haben wir im Prinzip auch schon alles erwogen. Ich gebe ihnen aber insofern recht, dass ein Privatgrundstück sicher die beste Möglichkeit bietet, den Stoff zwischenzulagern. Aber bisher fehlt uns dazu jede Idee. Kinsleys Grundstück scheidet aus, und er ist bisher der Einzige, den wir mit der Sache in Verbindung bringen können.«

Viel Neues hatte die Unterhaltung nicht zutage gefördert, aber Lachs und Whiskey hatten den Besuch mehr als gerechtfertigt. Sie verabschiedeten sich, weil das Verhör auf sie wartete.

Moira zupfte den Sergeant beim Hinausgehen am Ärmel und raunte ihm zu: »Bist du eigentlich bei dem Goldfisch schon weitergekommen?«, und machte dabei eine leichte Kopfbewegung in Richtung O'Grady.

Warum merken Frauen immer schneller, was einen umtreibt, als man es selbst tut, schoss es ihm durch den Kopf, und er spürte, dass er rot wurde.

19

Auf dem Revier spuckte Rechtsanwalt Moroney wieder Gift und Galle, weil sie sich fünfzehn Minuten verspätet hatten. McEagans Laune hatte sich nach dem ausgezeichneten Essen erheblich verbessert und er hatte nicht die Absicht, sie sich wieder nehmen zu lassen. Er bat den Anwalt ausgesucht höflich, schon mal im Nebenzimmer Platz zu nehmen, sie würden mit der Vernehmung in ein paar Minuten beginnen können, was diesen aber auch nicht wesentlich beruhigen konnte.

Bertie legte ihm noch alle eingegangenen Infos vor, und das war ein ganzer Stapel. Der Yard hatte gemailt, dass sie auch mit Fergussons zweitem Namen Smith wenig anfangen konnten. Die Techniker der Spurensicherung hatten eine Übereinstimmung eines Fingerabdrucks an der Garage in Rossdohan mit einem Abdruck an der Oberseite eines Schuhs von Forrest festgestellt. Bingo! Der Abdruck war in der Zentralkartei einem Mel Flatley, zuletzt wohnhaft in Cork, zugeordnet. Die Fahndung war bereits eingeleitet worden.

Der Verbindungsnachweis vom Zimmertelefon zeigte zwei Anrufe, die über lokale Sendemasten mit Handys geführt wurden, leider mit nicht registrierten PrePaid-Karten. Auch auf dem Boot von Kinsley hatte man nichts gefunden. Es war offensichtlich mit einem Hochdruckreiniger und Seewasser gesäubert worden.

Zur Vernehmung waren Kinsley und seine Frau in den Nebenraum gebracht worden. O'Grady sollte zunächst die Vernehmung durchführen. Moroney wiederholte seine Forderung nach sofortiger Freilassung und seine Meinung über ungerechtfertigte Übergriffe auf seinen Mandanten. Für McEagan ein Ritual, dem Mandanten gegenüber das Honorar zu rechtfertigen. O'Grady ging nicht darauf ein, auch sie hatte das Spiel durchschaut.

»Herr und Frau Kinsley, diese Befragung erfolgt in Anwesenheit Ihres Anwaltes und wird aufgezeichnet«, begann Fiona und benannte neben Datum und Uhrzeit ihren eigenen und die Namen der anderen anwesenden Personen.

»Mr. Kinsley, seit wann kennen Sie Phil Fergusson, den Sie angeblich unter Martin Smith kennen?«

»Hab ich Ihnen bereits gesagt. Es ist ein Kunde von mir.«

»Mr. Kinsley, dies ist eine offizielle Befragung, die protokolliert wird. Ich werde Ihnen noch mehr Fragen stellen, die wir heute Vormittag bereits gestellt haben. Im Unterschied dazu werden Ihre jetzigen Antworten bei einer Anklage, wovon Sie ausgehen dürfen, von erheblichem Gewicht sein. Bitte überlegen Sie also sehr genau, was Sie antworten. Wenn sich zum Beispiel Ihre Aussagen als Lügen herausstellen sollten, nachdem wir Mel Flatley verhört haben, sieht es ganz schlecht für Sie aus.«

McEagan hatte sich etwas abseits platziert und konnte Kinsley ungestört beobachten. Als dieser den Namen eines der mutmaßlichen Komplizen hörte, erschrak er erkennbar. Jetzt war er aufgewühlt und es würde schwer für ihn werden, ruhig und gelassen sein weiteres Vorgehen zu kontrollieren. Die Nennung des Namens, den O'Grady selbst erst kurz zuvor erfahren hatte, war nicht abgesprochen. Sehr clever, dachte er, jetzt haben wir die Verbindung.

»Wer soll denn Mel Flatley sein?«, ereiferte sich Moroney.

»Fragen Sie Ihren Mandanten, ich komme später darauf zurück. Mr. Kinsley, nochmals, seit wann kennen Sie Fergusson alias Smith?«

»Ich weiß nicht genau. Ein oder zwei Jahre vielleicht.«

»Sie haben vorher ausgesagt, dass Sie weder die Adresse noch die Telefonnummer von Fergusson alias Smith kennen, obwohl er seit längerer Zeit Kunde bei Ihnen ist. Möchten Sie sich korrigieren?«

»Ich sagte bereits, dass mich Smith, und ich kenne ihn nur unter diesem Namen, ein paar Mal wegen Antiquitäten aufgesucht hat. Es gab bisher keinen Anlass, Adressen und Telefonnummern auszutauschen. Ich nehme aber an, er wohnt im Raum London.«

»Bitte antworten Sie auf meine Frage. Kennen Sie die Telefonnummer?«

»Verdammt noch mal, nein!«

»Sie haben auch ausgesagt, dass er schon von Ihnen gekauft hat. Haben Sie denn keine Kundenkartei, in der Sie die Adressen Ihrer Kunden festhalten?«

»Mein Mandant hat bereits ausgesagt, dass er weder Adresse noch Telefonnummer kennt, und wird dazu nichts mehr sagen«, schnappte der Anwalt dazwischen.

»Gut, wie Sie meinen. Mr. Kinsley, wo haben Sie sich am Dienstag dieser Woche aufgehalten? Bitte schildern Sie uns Ihren kompletten Tagesablauf.«

»Am Dienstag? Woher soll ich denn das noch so genau wissen, ich schreibe ja kein Tagebuch.«

Er sah nach einer kurzen Pause aber wohl selbst ein, dass er besser antworten sollte.

»Dienstag? Dienstag? … Also vormittags war ich in meinem Büro und nachmittags war ich in Kenmare und habe einiges erledigt. Stimmt doch, Schatz?«, fragte er an seine Frau gewandt, die bis dahin völlig unbeteiligt vor sich hingestarrt hatte.

»Ich kann mich nicht erinnern. Du gehst und kommst ja ohnehin, wie es dir gefällt. Ich weiß nur, dass ich Dienstag beim Frisör war.«

»Mr. Kinsley, ich möchte schon etwas genauer wissen, wo Sie überall waren. Bitte geben Sie uns genau an, was Sie in Kenmare getan haben und wen Sie getroffen haben, wir möchten das nämlich nachprüfen.«

»Ich war erst im Recycling Center, Flaschen und Papier wegbringen, anschließend im Supermarkt Obst kaufen und beim deutschen Bäcker wegen Brötchen. Auf dem Rückweg hab ich noch getankt. Sonst war nichts.«

»Haben Sie jemanden getroffen, der das bestätigen könnte?«

»Nein, aber ich habe Quittungen von der Tankstelle und vom Recycling Center.«

»Gut, wir werden das prüfen. Waren Sie an dem fraglichen Tag auch westlich von Sneem, also auf der Straße Richtung Waterville unterwegs?«

»Nein, was sollte ich da?«

»Waren Sie am Dienstag am oder in der Nähe vom Gleesk Pier?«

»Da war ich schon lange nicht mehr.«

»Das ist keine Antwort auf meine Frage, Sir.«

»Nein, war ich nicht.«

»Waren Sie am Dienstag in North Gerrack?«

»Wo ist denn North Gerrack? Noch nie gehört!«

»North Gerrack ist ein Gemeindeteil von Sneem und erstreckt sich vom Friedhof bis zum Ende des Tals. Erinnern Sie sich?«

»Nein, da war ich noch nie im Leben.«

»Sie haben bei Ihrer ersten Befragung behauptet, Ihr Boot Spider aus Zeitgründen seit Wochen nicht benutzt oder betreten zu haben. Bleiben Sie dabei?«

»Ja«

»Denken Sie nochmals darüber nach.«

»Mein Mandant hat die Frage mit einem klaren Ja beantwortet«, sagte Moroney leicht genervt.

»Wie erklären Sie sich, dass Ihr Boot erst kürzlich gereinigt wurde? Donnerstag vor einer Woche hat es geregnet. Ihr Boot wurde mit Salzwasser gereinigt. Salzrückstände werden durch kräftigen Regen aber vollständig abgespült, was bei Ihrem Boot nicht der Fall ist. Das Großreinemachen muss also nach dem fraglichen Donnerstag erfolgt sein. Können Sie das erklären?«

»Ich verstehe nicht, was Sie mit dieser Frage bezwecken. Ich erinnere mich nicht, innerhalb der letzten paar Wochen am Boot gewesen zu sein. Das Salz kommt bestimmt vom Wind. Wir hatten ja reichlich davon. Außerdem haben Sie mir immer noch nicht gesagt, was Sie mit dieser ganzen Fragerei überhaupt bezwecken.«

O'Grady schaute fragend zu McEagan, der mit den Schultern zuckte und nickte.

»Was wir mit solchen Fragen bezwecken, wollen Sie wissen? Das ist einfach zu beantworten. Wir wollen die Wahrheit wissen. Es ist eine erhebliche Drogenanlandung erfolgt und im Zusammenhang damit wurden zwei Menschen ermordet. Die Namen einiger der Beteiligten kennen wir bereits. Wir wissen, wo auf See die Drogen übernommen wurden und dass sie am Gleesk Pier angelandet wurden. Wir kennen das Ferienhaus, in dem einige Täter gehaust und unzählige Spuren hinterlassen haben. Und Sie dürfen darauf wetten, dass wir den Rest auch noch erfahren werden. Haben Sie da irgendwelche Zweifel? Deshalb auch die Frage nach Ihrem Boot. Unsere Techniker nehmen das Schiffchen gerade auseinander. Deshalb ist es mir auch relativ gleichgültig, ob Sie gestehen oder nicht. Wir verdächtigen Sie, die Drogen mit Ihrem Boot angelandet zu haben und werden es Ihnen beweisen. Beantwortet das soweit Ihre Frage, Mister Kinsley?«

McEagan erwartete wieder eine Verbalattacke von Moroney, aber der schwieg. Ihm schien langsam aufzugehen, dass sie mehr in der Hand hatten, als er zunächst vermutet hatte.

»Mr. Kinsley, kennen Sie Sean Galvin, möglicherweise auch unter seinem Namen Digger, und Richard Foley, auch Forrest genannt?«

Und so ging es die nächste Stunde weiter. Der Anwalt war kurz vor dem Einschlafen. Die Frau von Kinsley hatte keine weitere Bemerkung gemacht und schien mit ihren Gedanken sehr weit weg zu sein. Auch Kinsley zeigte erste Ermüdungserscheinungen. O'Grady wusste, dass sie jetzt nicht mehr viel erfahren würden, und versuchte noch einen Bluff, der erste hatte ja so gut geklappt.

»Wann haben Sie mit Michael Mansfield das letze Mal telefoniert?«, fragte sie fast beiläufig.

Jetzt war es aus mit seiner Selbstkontrolle. Er schlug mit der Faust auf den Tisch und sprang auf.

»Ihr könnt mich mal! Mit schwirrt schon der Kopf vor lauter Personen, die ich angeblich kennen soll. Ich sage jetzt nichts mehr. Kein Wort.«

»So geht das doch nicht«, vernahm man nun den Anwalt in bemerkenswert ruhigem Ton. »Mein Mandant hat Ihnen nahezu alle Fragen beantwortet. Wenn er sich das eine oder andere Mal nicht mehr richtig erinnern kann, ist das doch verständlich, und dass Sie ihm ein- oder zweimal vorwerfen, die Unwahrheit zu sagen, na gut, das ist schließlich sein gutes Recht. Wo steht denn geschrieben, dass er Ihnen die Wahrheit sagen muss? Wir sollten das hier jetzt beenden. Sie können meine Mandanten ja unter Hausarrest stellen, bis sich die Angelegenheit geklärt hat. Für mich ist Mr. Kinsley unschuldig, bis Sie Fakten auf den Tisch legen können.«

»Schuldig oder nicht schuldig, wird das Gericht entscheiden, Sir«, meldete sich nun McEagan zu Wort. »Für uns steht Mr. Kinsley unter dringendem Tatverdacht. Die Befragung hat den Verdacht des Drogenhandels nicht ausräumen können, denn so weit sind wir ja bisher nicht gekommen. Den unerlaubten Drogenbesitz haben wir bereits nachgewiesen. Und mit der absurden Idee von einem Hausarrest wird es wohl nichts werden«, fuhr er mit bedauerndem Unterton fort, »draußen wartet nämlich ein Streifenwagen, der Ihre Mandanten ins Headquartier nach Tralee überführen wird und zwar zu weiteren und wesentlich unangenehmeren Vernehmungen durch die Kollegen vom Drogendezernat.«

Er überreichte Moroney den Durchschlag des Haftbefehls gegen seinen Mandanten, den Keene ihm vor einigen Minuten hereingereicht hatte.

»Und was ist mit der Ehefrau«, fragte Moroney, sichtlich resignierend.

»Wir verdächtigen sie nach wie vor mindestens der Beihilfe, werden aber Ihre Idee des Hausarrests aufgreifen. Wenn Sie wollen, dürfen Sie gerne noch ein paar Minuten bleiben und ihr erklären, was damit gemeint ist. Ihre Befragung werden wir in den nächsten Tagen durchführen.«

Kinsley wurde nach Tralee überstellt und O'Sullivan brachte die Frau zurück nach Hollywood.

»Was passiert jetzt mit ihm?«, fragte sie unterwegs ziemlich kleinlaut.

»Was in einem solchen Fall immer passiert. Er wird nächste Woche dem Haftrichter vorgeführt, der bei dieser Sachlage Haft bis zur Verhandlung anordnen wird. Was dann geschieht, entscheidet der Richter. Ich glaube, Sie werden längere Zeit auf Ihren Gatten verzichten müssen.«

»Und was passiert mit mir?«, wollte sie noch wissen.

»Das ergeben die weiteren Untersuchungen. Sollte man Ihnen eine Beteiligung oder eine duldende Mitwisserschaft nachweisen können, werden Sie wohl auch zur Verantwortung herangezogen.«

»Aber ich wusste doch wirklich nichts von den Machenschaften meines Mannes. Von dem Versteck im Schrank wusste ich, aber nichts von den Drogen, das müssen Sie mir glauben, Sergeant.«

O'Sullivan schwieg.

»Wir sind vor vier Jahren nach Irland gezogen«, fuhr sie fort. »Mein Mann hatte es einfach so entschieden. Aus steuerlichen Gründen, wie er behauptete. Ich wollte aus London nie weg und langweile mich hier entsetzlich. Meine Familie und alle meine Freunde sind in England. Seit damals ist es auch aus mit Honeymoon und wir streiten uns nur noch. Ich werde wohl nach England zurückkehren.«

»Ein Weilchen werden Sie wohl oder übel noch bleiben müssen. Bis zum Ende der Untersuchungen, vielleicht sogar bis zum Ende des Prozesses, werden Sie sich hier zur Verfügung halten müssen, und denken Sie daran, Sie dürfen ihr Grundstück nicht verlassen.«

O'Sullivan setzte sie am Haus ab und fuhr zurück zum Revier. heim. Die Rolle dieser Frau war ihm ein Rätsel und deshalb hielt sich sein Mitleid für diese unglücklich und enttäuscht wirkende Frau in Grenzen.

Er war nicht ausgestiegen, weil es spät geworden war und es für ihn heute nichts mehr zu tun gab. Immer wieder hatte ihn im Laufe des Tages die Erinnerung an den gestrigen Abend eingeholt. Dieses unbeschreibliche Glücksgefühl, als er Fiona für eine kleine Ewigkeit in den Armen gehalten hatte, ihre Wärme spürte und ihren Duft atmete. Er konnte nicht mehr sagen, welcher dieser Erfahrungen er seine schlaflose Nacht verdankte. Er hatte Sehnsucht nach ihr. Eine Sehnsucht, die er im Dienst nicht stillen konnte, im Gegenteil, die Zurückhaltung steigerte sie ins schmerzhafte. Er schlug mit der Faust auf das Lenkrad und löste den Knoten in seiner Brust mit einem lauten Schrei, worauf er sich für einen sehr kurzen Augenblick besser fühlte.

»Michel Mansfield, wo hast du denn diesen Namen ausgegraben?«, fragte McEagan, nachdem im Revier wieder Ruhe eingekehrt war.

»In seinem Kalender ist mir unter den Einträgen der letzten Wochen mehrfach das Kürzel MM aufgefallen. Im Namensregister fand ich dann einen dazu passenden Namen. Es war ein Schuss ins Blaue.«

»Tolle Idee, und hat wirklich gut funktioniert. Keene soll sich mal dahinterklemmen, ob er zu diesem Namen was rausfindet.«

»Ich habe mir auch die Flatley-Akte durchgelesen«, fuhr O'Grady fort, »dabei sind mir einige Dinge aufgefallen. Mel ist mehrfach vorbestraft. Raub, Einbrüche, Körperverletzung, das ganze Programm eben. Interessant dabei ist, dass er einen Zwillingsbruder mit dem Namen Tom hat, der an nahezu allen Straftaten beteiligt war. Weiter geht aus den Akten hervor, dass bei zwei Einbrüchen in Juweliergeschäfte auch ein Michel Mansfield beteiligt gewesen sein soll, es bei ihm aber nie zu einer Verurteilung gereicht hatte. Angenommen, die hängen immer noch zusammen, dann hat dieser Mansfield vielleicht auch hier seine Finger im Spiel.«

»Nicht schlecht«, sagte McEagan und strich sich dabei versonnen über seine Bartstoppeln, »die Reaktion von Kinsley scheint dir recht zu geben. Wo ist das Notizbuch jetzt?«

»In Tralee bei den Spezialisten, aber die Seiten der letzten vier Wochen hat Bertie kopiert.«

»Gut, dann soll er eine Liste aller vermutlichen Namenskürzel, geordnet nach Häufigkeit, erstellen, aber morgen, für heute machen wir Feierabend.«

20

Bertie Keene war schon sehr früh im Büro erschienen. Es war viel liegengeblieben und sein Whiteboard musste er ebenfalls auf Vordermann bringen. Fahndungen mussten eingeleitet und Berichte geschrieben werden. Er checkte nochmals seine Infokanäle zum Yard und zu Europol, erhielt aber immer noch keine brauchbaren Hinweise. Auch von Sweeny war nichts zu hören. Seine Sucheingaben im Intranet der Garda nach einem verletzten Schwerhörigen hatten nichts gebracht. War ja auch nur ein Versuch gewesen. Bei den Verletzten, die polizeiintern erfasst wurden, handelte es sich um die üblichen Körperverletzungen nach Schlägereien, wobei Dublin und Cork traditionell die Listen anführten, außerdem Verletzte durch Verkehrsunfälle. Vier Bewohner eines Hauses in Omagh waren einem nächtlichen Brand zum Opfer gefallen. Warum ausgerechnet Omagh? Hatten die Einwohner dort nach dem Blutsonntag nicht wirklich eine längere Periode der Unversehrtheit verdient? Ein bisher nicht identifiziertes Opfer eines Klippensturzes bei Sligo war dabei und ein wegen Fahrerflucht gesuchter Motorradfahrer aus dem County Wexford. Aber nichts Auffälliges in Kerry oder im angrenzenden County Cork. Aber er war zuversichtlich. Heute mussten Antworten kommen. Gegen halb neun trafen die Kollegen ein und schoben ihm ihre Berichte hin.

McEagan telefonierte eine gute halbe Stunde mit Sweeny und berichtete ihm vom Verhör. Danach ging er zum inzwischen auf über sechs Meter Länge angewachsenen Whiteboard mit den Fotos, der Zeittabelle und den Notizen der Ermittler. Er schrieb in großen Lettern die Namen Galvin und Foley auf und versah sie mit großen Ausrufezeichen.

»Unsere Aufgabe ist es, die Mörder von Galvin und Foley zu finden. Es ist zwar offensichtlich, dass die Motive zur Tötung der beiden mit der Drogengeschichte zusammenhängen und nicht im lokalen oder familiären Umfeld der beiden zu suchen sind. Trotzdem handelt es sich um zwei getrennte Straftaten. Wir sind für die Tötungsdelikte zuständig und werden uns ab sofort auf diese konzentrieren. Die Drogengeschichte gibt uns Hinweise auf mögliche Motive, die mich im Moment aber nur noch zweitrangig interessieren. Wir haben einen Verdächtigen, der nachweislich im Ferienhaus und in der Waldhütte war. Und wir haben zwei vermutlich Verdächtige neben jeder Menge Spuren. Ich denke, dass uns das Labor in Kürze noch weitere Fakten liefern wird. Also, lasst uns die Zwillinge schnappen, dann sehen wir weiter. Zeigt die Bilder der beiden im Ort, vielleicht erinnert sich jemand oder kennt sie sogar. Und versucht, mehr über diesen Michel Mansfield zu erfahren. Ich werde unser Ermittlungsteam auf diese Aufgabe anpassen. Unsere beiden Kollegen aus Tralee werden deshalb vorläufig wieder auf ihre Dienststellen zurückkehren. Drei Gardai aus Kenmare werden ebenfalls auf ihr Revier zurückkehren. Ich bedanke mich für die Unterstützung und ihren Einsatz.

Bertie Keene, Sergeant O'Sullivan, Detective Inspector O'Grady und ich werden hier bleiben und die Sache zu Ende zu bringen. Sergeant O'Sullivan wird sich zusammen mit seinen uniformierten Kollegen und den Fotos in Marsch setzen. Viel Glück.«

Eine halbe Stunde später waren sie noch zu dritt. Bertie hatte Kaffee und die neuesten Zeitungen organisiert. Sie saßen schweigend um den Tisch von McEagan und lasen die einschlägigen Artikel. Die Yellow Press hatte ihre Beschimpfungen der Garda erheblich ausgeweitet und zweifelte offen an deren Fähigkeiten. Darüber hinaus versuchte man, sich gegenseitig in den wildesten und verrücktesten Spekulationen über mögliche Hintergründe oder Täter zu übertreffen. Einzige Ausnahme bildete der Artikel in der Sonntagsausgabe der Irish Times, was nicht anders zu erwarten war. Der Artikel war sachlich und verzichtete völlig auf Polemik gegen das Ermittlungsteam, welches unter der Leitung des sehr erfahrenen S.I. Allen McEagan Tag und Nacht im Einsatz sei. Man habe fundierte Erkenntnisse über die möglichen Hintergründe, müsse sich aber aus taktischen Erwägungen mit einer Veröffentlichung zurückhalten. Als einzige Zeitung berichtete sie über die Verhaftung eines Verdächtigen. Stepanowsky hatte versprochen, den Namen erst am Montag zu veröffentlichen. Vom Zwischenfall mit dem Abgeordneten war nichts bekannt geworden.

McEagan lehnte sich zufrieden zurück. Die Aufgaben waren verteilt. Fiona O'Grady brütete wieder über den Akten und Bertie Keene war abwechselnd am Computer und am Whiteboard beschäftigt.

Vergangene Nacht hatte McEagan kaum geschlafen, weil er immer versuchte, die vielen losen Enden dieses Falles zu verknüpfen. Aber wie er es auch anstellte, es ergab keinen logischen Faden. Es fehlten einfach immer noch ein paar Stückchen dazwischen. Sie hatten noch einige Fingerprints, die sie noch nicht zuordnen konnten. Gab es einen vierten Mann? Und falls ja, war der mit dem Volvo und den Drogen auf und davon? Es gab wohl keine Alternativen. Sie mussten diese Flatley-Brüder finden und ausquetschen. Und dann dieser Mansfield! Die Reaktion von Kinsley auf O'Gradys geniale Idee beim Verhör, ihn mit diesem Namen zu konfrontieren, ließ doch nur einen Schluss zu: Mansfield war ebenfalls beteiligt. War er möglicherweise derjenige, der mit den Drogen abgetaucht war?

Bertie Keene legte ihm die aktuelle Ermittlungsakte auf den Tisch, die inzwischen den Umfang zweier Dubliner Telefonbücher angenommen hatte, und riss ihn aus seinen Gedanken.

»Nicht jetzt«, erklärte er dem verdutzten Kollegen, »ich bin mal für 'ne Weile weg.«

Er ging zu Fuß in Richtung Ortsmitte, ohne wirklich ein Ziel oder einen Plan zu haben. Auf der Brücke, die beide Ortsteile voneinander trennte, blieb er neben einer Gruppe Touristen stehen und betrachtete den Wasserfall darunter, der sich heute wieder von seiner besten Seite zeigen konnte, weil es in der Nacht kräftig geregnet hatte. Er konnte die Begeisterung der anderen Zuschauer verstehen, sie aber im Moment nicht wirklich teilen. Was er brauchte, war ein Ort ohne Ablenkung, ein Ort der Besinnung vielleicht. Er verließ die Brücke und steuerte auf die Kirche zu. Eine Treppe führte auf das Felsplateau, auf dem der nicht wirklich schöne Sakralbau auf die Gläubigen herabschauen konnte. McEagan betrat die Kirche durch eine Seitentüre und wurde sich der Stille bewusst, die ihn plötzlich umgab. Zwei ältere Damen saßen in der Nähe des Altars ins Gebet versunken. Der Innenraum war schlicht und verzichtete völlig auf den in vielen katholischen Kirchen gezeigten Prunk, was wohl eher auf die frühere Armut der Gemeinde hinwies als auf ein gewolltes Stilmittel. McEagan setzte sich in eine der hinteren Bänke und ließ die Ruhe auf sich wirken.

Er hatte die Augen geschlossen und sah sich den völlig konfusen Film hinter seinen Lidern an. Er wollte nicht eingreifen, sondern überließ Bildmaterial und Schnitte völlig seinen grauen Zellen. Die Tatorte wirbelten durcheinander, die Leiche am Pier, der nette Franzose, dem es den Urlaub verhagelt hatte, Forrest am Strick, die vielen Fliegen, Drogenpakete und Hummer im Wasser, die Frau des Holländers mit den reifen Reizen einer Endvierzigerin, ein Mann ohne Gesicht mit Hörgerät und einer Kopfwunde, sein Chief in einem Volvo, ein Sergeant, der Lachse ohne Lizenz angelte, und eine hübsche Ladyinspector, die ihm dabei verliebt zuschaute, und dann noch eine schallend lachende Blondine in einem Porsche Cayenne, die eine verdammte Ähnlichkeit mit Frau Kinsley besaß, wiederum gefolgt von einem Volvo Kombi, in dem vier dunkle Gestalten saßen.

Da war der Flash. Er war dabei, seinen ersten Fehler zu machen. Er verließ die Kirche und rief den Stationsleiter in Kenmare an.

»Für den Fall, dass die Drogen wider Erwarten noch nicht abtransportiert, sondern hier in einem Versteck sind, werden die Gangster nach der deutlichen Verminderung der Präsenz an Personal und Fahrzeugen möglicherweise aus ihrer Deckung kommen. Für uns bedeuten die Drogen aber den Honigtopf, an dem wir sie einsammeln könnten. Das Dumme ist nur, wir wissen noch nicht, wo sie versteckt sein könnten.«

Er erläuterte ihm seinen Plan. Weniger Gardai in Sneem, mehr Gardai im Umland. Damit hätten sie auf der einen Seite noch etwas Zeit gewonnen, das Versteck zu finden, auf der anderen Seite kämen die Gangster vielleicht langsam aus ihrem Versteck gekrochen und würden unvorsichtiger werden. Er forderte, auf allen Knotenpunkten am Ring einen Streifenwagen zu postieren. Er hörte seinen Gesprächspartner tief Luft holen, kam ihm aber zuvor.

»Ich weiß, dass Sie nicht genügend Streifenwagen haben. Sie müssen sich das mit Ihren Kollegen in Waterville und Caherceiveen aufteilen. Ich denke, Sie können diese Aktion mit je zwei Fahrzeugen aus den beteiligten Stationen bewerkstelligen. Ich denke dabei an Waterville, Kenmare, Killorglin, Clencar und das Molls Gap. Was meinen Sie dazu?«

Ein längerer Disput über Personalmangel, Krankenstand und Überstunden folgte. McEagan überzeugte aber letztlich.

»Sollen Personenkontrollen durchgeführt werden?«

»Um Himmels willen, nein«, entgegnete McEagan, »ich

möchte nicht, dass sich Ihre Leute in Gefahr bringen. Die Gangster sind im Gegensatz zu den uniformierten Kollegen bewaffnet und haben bereits zwei Leute ermordet. Sie sollen nur die Augen offen halten und sich so postieren, dass sie nicht zu übersehen sind. Verdächtige Personen oder Fahrzeuge sollen sie an uns melden. Sollte etwas Unvorhergesehenes oder gar Bedrohliches passieren, sollen sie die District Station in Killarney informieren. Dort wird sich eine bewaffnete Einheit in Bereitschaft halten, die das dann übernimmt.«

»In Ordnung, Sie können sich auf uns verlassen.«

»Was ich noch sagen wollte«, ergänzte McEagan, »ich halte es für erforderlich, dass Sergeant Peter O'Sullivan bewaffnet wird. Lassen Sie eine Waffe durch einen Streifenwagen herbringen.«

McEagan hatte während des Telefonats das Revier erreicht. Er sollte jetzt die Berichte lesen, irgendwann würde er es ja doch tun müssen, aber er legte die Beine auf den Tisch und versuchte es nochmals mit dem Augenkino. Bald sah er sie wieder, die Bilder. Sie glichen Werbespots, aber schon nach kurzer Zeit lief der Hauptfilm und handelte von Kinsleys Verhör. Er versuchte noch mal, Kinsleys Reaktionen zu deuten, und kam zu keinem anderen Schluss. Dieser Mann war tief in die Geschichte verstrickt. Aber welche Rolle spielte er? Täter, Mittels- oder Hintermann? Es lag jetzt an Sweeny, Kinsley weichzuklopfen. Und er hatte keine Zweifel daran, dass er dies auch schaffen würde. Nicht, weil er ihn besonders gut leiden konnte, sondern eher, weil er ihn für einen harten Hund hielt, der auf seiner neuen Dienststelle einen Erfolg in der zu erwartenden Größenordnung für seine Karriere gut gebrauchen konnte.

Dann hatte er wieder das Bild der etwas verhärmt wirkenden Blondine vor Augen. Blond vom Friseur natürlich, denn der brünette Haaransatz war überdeutlich zu sehen gewesen, auch die tiefen Falten um die Mundwinkel, die auch das etwas zu dicke Make-up nicht verbergen konnten, sprachen für ein unglückliches Dasein. Die Frau musste schon einiges erlebt haben und viel Frust in sich hineingefressen haben. Dann erinnerte er sich an die völlig andere Frau, die er im letzten Film gesehen hatte. Lachend und eindeutig mit Oberwasser. Hatte sie ihn ausgelacht? Hatte sie ihm bei den bisherigen Begegnungen etwas vorgespielt? Sollte er nur glauben, dass sie eine zutiefst frustrierte Ehefrau an der Seite eines ungeliebten Mannes war? Wusste sie nicht vielmehr Bescheid über die Geschäfte ihres Göttergatten? War sie seine Partnerin? Ihr Telefon wurde seit ihrer vorübergehenden Festnahme überwacht. Sie hatte seither nur einmal mit einer Freundin in Liverpool telefoniert. Der Inhalt war rein privat und beschränkte sich mehr oder weniger auf eine Beschreibung ihres unglücklichen Lebens in Irland und ihrer Sehnsucht nach den alten Freunden. Sie erwähnte mit keinem Wort ihre Festnahme und die Verhaftung ihres Mannes. Seltsam, wenn man mit seiner Freundin telefoniert! War das untergebutterte Hausmütterchen vielleicht nur Maskerade? Mitleid wollte sich jedenfalls bei ihm nicht so richtig einstellen. Vielleicht sollte man sie noch einen Tag mürbe werden lassen und sie dann noch mal zu einem Verhör laden. O'Grady könnte da sicher noch was rausholen.

Bertie Keene schlug mit der Faust auf den Tisch und riss O'Grady aus ihren Gedanken und McEagan fast vom Stuhl.

»Ich glaube, ich hab da was Interessantes. Wird euch mit Sicherheit gefallen.«

Sein Drucker begann zu arbeiten.

»Sag schon, was los ist«, drängte O'Grady und sprang auf.

»Ich hab mir schon wiederholt die aktuellen Intranet-Seiten angesehen. Heute in der Frühe hab ich noch einen Eintrag der Garda in Sligo gelesen. Dort ist ein bis jetzt nicht identifizierter Mann aus nicht geklärten Umständen von den Klippen auf den Strand gestürzt. Er trug schwerste Schädelverletzungen und gebrochene Beine davon und liegt in kritischem Zustand im Sligo Hospital. Vor einer halben Stunde wurde der Eintrag ergänzt. Die Garda hat das B&B gefunden, in dem er abgestiegen war. Keine Papiere, keine Brieftasche. Sie wissen immer noch nicht, wer es ist.«

»Mann, komm endlich zum Wesentlichen«, schaltete sich nun ungeduldig McEagan ein.

»Ihr müsst genau zuhören, sonst versteht ihr vielleicht die Pointe nicht«, erwiderte Keene und genoss es sichtlich, die Kollegen auf die Folter zu spannen. »Wo war ich stehen geblieben? Ach ja. Auch die zweite Untersuchung des Unfallortes konnte die Unfallvermutung nicht erhärten oder belegen. Man schließt deshalb einen Mordversuch nicht mehr völlig aus. Die Person wurde deshalb im Krankenhaus in ein bewachtes Einzelzimmer verlegt.«

Keene bemerkte sehr wohl, dass sich die Geduld seiner Zuhörer dem Ende zuneigte.

»Bemerkenswert findet es der zuständige Officer, dass er unter den Sachen des Verletzten, die zurzeit bei der Spurensicherung untersucht werden, einen größeren Vorrat an Batterien gefunden hat, die, wie ebenfalls festgestellt wurde, ausschließlich in Hörgeräten ihren Einsatz finden. Umso bemerkenswerter deshalb, weil weder bei seinen Sachen im B&B noch in der Kleidung noch am Unfallort noch im Ohr des Verletzten ein Hörgerät gefunden wurde.«

Jetzt war Ruhe im Revier. Jeder überlegte, ob es das bedeuten konnte, nach was es klang oder was sie glaubten, hören zu wollen.

»Es wird noch besser«, fuhr Keene nach einer taktischen Pause genüsslich fort. »Im Operationsbericht des Krankenhauses ist vermerkt, dass neben den massiven Kopfverletzungen, die durch den Sturz herrühren, eine weitere oberflächliche Verletzung der Kopfhaut festgestellt wurde, die zum Zeitpunkt des Sturzes bereits drei bis vier Tage alt gewesen sei.«

Die Stimmung auf der Station war völlig umgeschlagen. Die Aussicht auf einen ersten realen Fortschritt wirkte wie eine frische Brise in ihrer brütenden Niedergeschlagenheit.

»Mach mir eine Verbindung mit Sligo«, wies McEagan Keene an, »und jemand soll noch Kaffee besorgen.«

Der ermittelnde Officer war im Büro und nach einer Minute an der Strippe. Er schien über den Anruf sehr erfreut, bedeutete er doch auch für ihn eine mögliche Lösung seines Falles. Und wenn schon ein Superintendent anrief, handelte es sich möglicherweise um eine große Sache und man würde nicht umhin kommen, seinen wichtigen Beitrag zur Kenntnis zu nehmen.

McEagan schilderte, um was es ging, bat ihn, Fingerabdrücke und DNA zu sichern, und vergaß nicht, den Officer wegen seiner Umsicht bezüglich der Bewachung zu loben.

»Ich kann mir sehr gut vorstellen, dass er beseitigt werden sollte, denn bei der Drogenoperation in Sneem hat er sich offensichtlich Feinde gemacht.«

»Die DNA ist noch in der Bestimmung. Fingerabdrücke haben wir ebenfalls und in der Personalie sind wir vor einer viertel Stunde fündig geworden. Unser Mann ist in der Kartei, heißt Peter Daly und war zuletzt in Macroom, Co. Cork wohnhaft«, berichtete der Officer unter schwerem Atmen.

»Ich möchte euch nicht vorschreiben, was Ihr tun sollt, aber ich würde dringend eine Doppelbewachung empfehlen. Und noch was: Die im Krankenhaus sollen einen Abdruck vom rechten Ohr machen. Den benötigen wir dringend und möglichst schon gestern per Kurier.«

Dann bat er ihn noch, nach einem Volvo Ausschau zu halten, denn wenn der Gesuchte sich nach Sligo abgesetzt hatte, dann konnte auch der Wagen dort in der Nähe sein. Er gab ihm die genaue Beschreibung des Modells, die Lackfarbe …

»Hm, einen Volvo sucht Ihr also«, unterbrach ihn der Officer am anderen Ende, »nun, wir hätten da einen anzubieten. Nicht mehr ganz neu und nicht mehr fahrbereit zwar, aber sonst in einem guten ausgebrannten Zustand.«

Er schien sich über seinen Scherz sehr zu amüsieren.

»Ein Jäger fand ihn gestern in einer abgelegenen Schlucht, immer noch leicht warm. Unsere Leute vor Ort haben berichtet, dass gute Arbeit geleistet wurde. Spuren sind da nicht mehr zu finden. Nummernschilder gab es nicht. Wenn Sie wollen, bitte ich den leitenden Sergeant, die Spurensicherung zu schicken, vielleicht können die noch die Nummern von Motor und Fahrgestell rausfinden.«

»Gute Idee, macht das. Und vielleicht findet ihr auf dem Weg dahin noch brauchbare Reifenspuren, und jetzt geben Sie mir bitte noch ihren diensthabenden Superintendent. Das wird Ihnen große Erklärungen ersparen.«

McEagan berichtete dem Kollegen in Sligo, was er mit dessen Officer besprochen hatte, und vergaß nicht, ihn zu seinem fleißigen und aufmerksamen Mitarbeiter zu beglückwünschen. Er ließ auch durchblicken, dass seiner Auffassung nach das Leben des Patienten im höchsten Grad bedroht war, und bat ihn, für seine absolute Sicherheit zu sorgen.

»Sie haben es schon einmal versucht und nur teilweise Erfolg gehabt, sie werden es mit Sicherheit wieder versuchen«, sagte McEagan voller Sorge, »und sie könnten damit wirklich Erfolg haben.

»Sie können sich auf uns verlassen«, sagte der Kollege und legte auf.

Keene, O'Grady und der zwischenzeitlich eingetrudelte O'Sullivan standen um seinen Tisch und hatten das Gespräch aufmerksam verfolgt. Fiona O'Grady strahlte McEagan jetzt plötzlich auf ihre völlig entwaffnende Art an und sagte: »Ich habe Hunger, Boss!«

Zustimmendes Gemurmel ringsum und er bot alternativ an: »Pappe oder Porzellan?«

Blöde Frage, die anstelle einer Antwort mit einem mitleidigen Lächeln quittiert wurde. Sie gingen ins Bay Hotel und fanden einen schönen Tisch im Wintergarten mit Blick über das spiegelglatte Wasser der Kenmare Bay. Einzig O'Sullivan in seiner Uniform unterschied die Gruppe von den übrigen Gästen, die in Mehrheit aus gutbetuchten Hausgästen bestand. Sie hatten auch keine Hemmungen, sich zu den Jakobsmuscheln eine Flasche Sancerre zu genehmigen, erstens weil Sonntag war, und zweitens, weil es einen Durchbruch zu feiern gab.

Sie vermieden es, auch aus Rücksicht auf die anderen Gäste, sich über dienstliche Angelegenheiten zu unterhalten, im Gegenteil, sie sprachen über ihre Familien und über ihre Hobbys. So unbefangen waren sie seit über einer Woche nicht mehr gewesen. O'Sullivan tat, was er am besten konnte, er erzählte Anekdoten über Touristen. Eine handelte von zwei Deutschen, die man beim illegalen Lachsfischen am Blackwater River erwischt hatte. Als sie von einem Farmer, der die Aufsicht über einen Teil des Flusses hatte, nach der Tagesgenehmigung gefragt wurden, hatten sie behauptet, von der staatlichen Fischereiaufsicht in Dublin zu sein um den Bestand und den Zustand des Gewässers zu begutachten. Einer der beiden hätte dann einen deutschen Führerschein aus der Tasche gezogen und ihn dem Aufseher direkt unter die Nase gehalten. Das sichere Auftreten der beiden und der hochoffiziell anmutende Ausweis ließen den Aufseher völlig verunsichert abziehen. Wer wollte sich schon mit der Obrigkeit anlegen? Die beiden Angler hätten ihre Story am Abend in der Bar zum Besten gegeben und großes Gelächter und Schulterklopfen geerntet, denn für gute Geschichten seien die Kerry- People immer zu haben.

McEagan beobachtete nicht zum ersten Mal, dass O'Grady förmlich an den Lippen von O'Sullivan hing und jeder seiner Geschichten mit besonderer Hingabe lauschte. Ob sich O'Grady in den Sergeant verliebt hat, fragte er sich. Passen würden sie ja gut zueinander, aber eine Verbindung zwischen einem erdverbundenen Typen wie dem Sergeant und seiner karrierebewussten Fiona O'Grady konnte er sich beim besten Willen nicht vorstellen. Aber was ging ihn das eigentlich an und was verstand er schon noch von Hormonen und solchen Sachen? Eines aber gestand er sich ein: Wäre er zwanzig Jahre jünger und nicht verheiratet, würde er es dem Sergeant nicht so einfach machen. Ganz bestimmt nicht!

Kaffee und Kuchen nahmen sie auf der Terrasse ein. Das Gespräch war abgerissen, denn der überwältigende Blick über die Bay lähmte jeden Ansatz zu profanem Geplapper. Jeder verspürte die Wucht, mit der sich diese Schönheit auf die Seele legte.

Bertie Keene sprach als Erster.

»Ich kenne Irland nun wirklich in- und auswendig, habe aber selten so etwas Beindruckendes und gleichzeitig Friedliches gesehen. Hier könnte ich bis ans Ende meiner Tage sitzen. Ich verstehe jetzt auch unsere Premierminister, die hier ihren Urlaub verbringen, um sich vom Nichtstun in Dublin zu erholen. Habt ihr die Gästetafel in der Lobby gesehen? Charles de Gaulle hat hier zwanzig Jahre lang seinen Urlaub verbracht und die Fürsten von Monaco waren auch mehrfach hier. Aber ich werde im Polizeidienst wohl nie das nötige Kleingeld dazu haben.«

»Kommt alle mal wieder runter«, unterbrach McEagan die Tagträumereien, »und lasst uns mal resümieren. Sergeant, du fängst an.«

»Die Akten haben nur meine bisherige Meinung bestätigt. Jede Menge Schauplätze, dazu mittlerweile vier Verdächtige, dass wir aber in Sachen Motive immer noch auf Spekulationen angewiesen sind. Und falls der Kerl in Sligo nicht mehr aufwacht oder einen Dachschaden behält, können wir nach wie vor nur auf einen Fahndungserfolg bei den beiden Flatleys und diesem MM hoffen. Da war ein Ferienhaus, in dem einige Mitglieder der Bande gehaust haben und mindestens einen Teil der Drogen umgepackt haben. Ich gehe immer noch davon aus, dass der überwiegende Teil des Stoffs hier in der Gegend versteckt sein muss, und würde die Suche danach verstärken. Warum? Nun die Kerle müssen das Zeugs irgendwann abholen. Wenn wir vor ihnen da sind, brauchen wir sie nur einzusammeln.«

O'Grady nickte.

»Du hast bestimmt recht. Auch ich neige zu der Vermutung, dass wenigstens ein Teil der Ware hier irgendwo versteckt ist. Warum? Denen kam einfach zu viel dazwischen. Ein Paket haben sie versenkt. Mindestens zwei vermutliche Zeugen mussten beseitigt werden, dann kam das Großaufgebot der Garda nach

Sneem. Das war wahrscheinlich auch der Startschuss, die Zelte im Ferienhaus abzubrechen. Hatten sie wirklich Zeit genug, alles ordentlich umzupacken und wegzuschaffen? War es nicht sicherer, den Teil der Ware, der sich noch in großen unhandlichen Paketen befand, in einem sicheren Versteck zu lassen, bis sich die Lage beruhigt hat? Sie mussten außerdem mit verstärkten Straßenkontrollen rechnen. Wer will da schon mit einer viertel Tonne Stoff unterwegs sein. Ich sehe den Abzug weniger als geordnet, sondern als völlig chaotisch an. Auch der offensichtliche Versuch, ein Mitglied der Bande zu beseitigen, spricht eher für aufgeregte und wütende Hintermänner, und was macht solche Leute am ehesten wütend? Ich denke, weil sie den Stoff oder einen Großteil davon nicht haben. Wir sollten uns nochmals ernsthaft daranmachen, mögliche Verstecke zu suchen.«

»Wir haben doch überall schon gesucht«, sagte Keene. »Das alte Motel, die verlassene Hippiesiedlung, zwei Kirchenruinen und jede Menge alte verlassene Häuser. Wir würden Hunderte von Gardai und Monate benötigen, um jeden Stein umzudrehen.«

McEagan hatte schweigend zugehört. Er machte sich Sorgen darüber, dass alle in dieselbe Richtung spekulierten. Es könnte der richtige Weg sein, aber auch ein großer Irrtum.

Auf dem Weg zum Parkplatz stieß Fiona ihren Chef an. »Denkst du noch an dein Date?«

Ein Grunzen war die Antwort.

Vor dem Revier wartete der Kollege vom Coach mit der angeforderten Waffe. Der hatte zwar eine ausgeprägte Abneigung gegen Schusswaffen, zeigte sich aber einsichtig.

Gegen 16 Uhr machten sie Schluss für den Tag und McEagan brach doch noch nach Tralee auf, um sein Versprechen einzulösen. Keene nahm das Angebot der Mitfahrgelegenheit an und wollte sein Leben mal wieder mit den Besuchen verschiedener Pubs in einer größeren Stadt bereichern.

O'Grady lehnte ab.

»Auf mich wartet ohnehin niemand, und frische Klamotten habe ich heute auch bekommen. Ich werde den Rest des Tages die Schönheiten der Gegend genießen.«

Wenn eine dieser Schönheiten mal nicht Peter O'Sullivan hieß, ging es McEagan durch den Kopf. Am Montag um neun wollten sie sich wieder treffen. Er fuhr noch kurz am Hotel vorbei, um Stepanowsky zu treffen.

»Das war unser letztes Treffen, mein Freund, wir müssen aufhören, bevor mir in Tralee alles um die Ohren fliegt. Du hast mir sehr geholfen und ich bedanke mich sehr herzlich dafür. Exzellente Arbeit.«

»Wir hatten beide was davon«, sagte Stepanowsky.

21

»Da bist du ja endlich! Ich hatte dich schon abgeschrieben«, hörte er seine Frau aus dem Schlafzimmer im Obergeschoss rufen. Sie hatte gehört, als er die Haustüre geöffnet hatte.

Es fiel McEagan nichts ein, was er darauf hätte antworten können. Woher war sie sich so sicher, dass er es war, der zur Haustüre hereingekommen war? Es hätte genauso gut ein Fremder oder gar ein Einbrecher sein können. Der hätte nach der Begrüßung wenigstens noch die Chance einer Flucht gehabt.

»Ist ja schrecklich, was da in Sneem passiert ist. Hast du den Fall schon gelöst? Die Zeitungen haben sich ja fast überschlagen und unsere Freunde und Nachbarn wollten von mir ständig Näheres wissen«, und dann ohne Übergang, »Isabella wird sich riesig freuen.«

»Ist sie zuhause?«, rief McEagan nach oben.

»Sie wollte noch was mit dem Regisseur besprechen und ist vorausgefahren, trifft uns aber anschließend im Restaurant. Du solltest dich jetzt auch beeilen, es ist höchste Zeit.«

»Und wo ist die Verwandtschaft?«, wollte McEagan wissen, während er seine Jacke über den Haken warf und sich seiner Schuhe entledigte, die er wie üblich mitten im Flur stehen ließ und dann nachdenklich anschaute, als warte er auf sein schlechtes Gewissen. Er spürte nichts. Er war wie versprochen nach Hause gekommen, das sollte genügen. Den Inhalt seiner Hosentaschen entleerte er in die ihm zugewiesene Schublade der Kommode. Da war er pingelig.

»Die sind in Dublin spät weggekommen und fahren direkt zum Restaurant.«

Ohne die sonst üblichen Rügen befürchten zu müssen, ließ er sich unter der Dusche viel Zeit und verbrauchte vermutlich wieder den ganzen Vorrat an Warmwasser. Er rasierte sich zum zweiten Mal an diesem Tag, denn seine Tochter sollte stolz auf ihren Daddy sein. Er betrachtete sich dabei ausgiebig im Spiegel und hatte für wenige Augenblicke das Gefühl, als betrachte er einen Fremden. Mehr und mehr graue Haare, vor allem an den Schläfen, und tiefe Falten um den Mund. Ob das von seinen Magenproblemen kam? Eines Tages würde er in den Spiegel schauen und sich nicht mehr erkennen. Ihm fiel seine Liste wieder ein und er nahm …

»Alan! Bist du endlich fertig? Es ist höchste Zeit!«

… sich vor, morgen damit zu beginnen, oder heute Nacht noch, wenn seine Stimmung anhielt. Die Mahnrufe seiner Frau wurden drängender. Er drückte die Tür zum Bad ins Schloss und genoss die Ruhe.

Eine gute halbe Stunde später waren die McEagans auf dem Weg zu ihrer Verabredung. Nachdem er noch einen Rüffel wegen seiner Schuhe im Flur eingesteckt hatte und sich die Ermahnung anhören musste, er solle nicht wieder so eklig zu seiner Schwägerin sein, war es jetzt ruhig im Wagen und er konnte sich auf den Verkehr konzentrieren.

Nach dreimaligem Umrunden des Blocks fand er dann doch noch einen Parkplatz. Weg von Tralee und der ewigen Suche nach Parkplätzen musste unbedingt auf seine Liste! Sie waren etwa zehn Minuten über der vereinbarten Zeit wie immer die Letzten. Isabella, seine Tochter, hatte wohl die ganze Zeit die Türe im Auge behalten, denn sie bemerkte ihr Eintreffen als Erste und stürmte auf ihn zu und umarmte ihn innig.

»Daddy, ich bin ja so froh, dass du kommen konntest.«

Er hielt sie länger fest als üblich, denn er war ebenso froh, sie zu sehen.

»Du hattest doch wohl keine Zweifel?«, sagte er verwundert tuend und scheinheilig.

Sie nahm ihn bei der Hand und führte ihn zu seinem Platz. Ihre feuchten Augen waren ihm nicht entgangen. Sie hatte wohl doch ihre Zweifel gehabt. Er müsste unbedingt einen Platz für seine Tochter auf der Liste finden. Er begrüßte seinen Bruder mit einem kräftigen Klaps auf die Schulter und anschließend ausgesucht artig seine Schwägerin, denn er hatte sich vorgenommen, heute untadelig nett zu ihr zu sein. Seiner Tochter wegen. Seine Frau hatte zur Feier des Tages Champagner für alle bestellt, während McEagan sich im Lokal umsah und seinen Chief mit Gattin entdeckte, die ihre Gläser erhoben hatten und ihm zunickten, was ihn auf der Stelle wieder in die Wirklichkeit zurückbrachte. Seine Frau hatte die beiden nun ebenfalls bemerkt und prostete ihnen übertrieben lächelnd zu, obwohl sie diese Kuh, wie sie die Frau des Chiefs nannte, auf den Tod nicht ausstehen konnte. Diese hatte sich schon anfangs der Karriere ihres Gatten sehr schnell im gehobenen Mittelstand heimisch gefühlt und sich in dessen Kreisen auch unentbehrlich gemacht. Im Frauenkreis, der sich um Benachteiligte kümmerte, im literarischen Kreis, im Golfclub, in dem sie es bis heute nicht überwunden hatte, nie zur Lady Captain gewählt worden zu sein. Sie musste sich um nichts wirklich bemühen, sie hatte seit ihrer Jugend zu den oberen Zehntausend gehört und hatte neben einem guten Namen auch Geld mit in die Ehe gebracht. Und zu allem Überfluss hatte Harris eine steilere Karriere hingelegt als ihr eigener Mann. Sie war sich aber bis heute nicht darüber im Klaren, wem sie dafür mehr die Schuld geben sollte, ihrem diesbezüglich wenig ambitionierten Gatten oder dem Einfluss dieser Kuh.

Die Aufführung des modernen Stückes schien ein Riesenerfolg zu sein und wurde mit mehreren Vorhängen belohnt. McEagan hatte zwar die Szenen seiner Tochter mit großer Aufmerksamkeit und Stolz verfolgt, konnte aber den roten Faden der Handlung nicht wirklich erkennen, teils, weil er sich nicht konzentrieren konnte, und teils, weil er sich noch nie wirklich die Mühe gegeben hatte, diese modernen Stücke verstehen zu wollen. Nach der Vorstellung konnte er sich auch beim besten Willen nicht mehr an den Titel des Stücks erinnern. Aber nochmals danach fragen verkniff er sich dann doch.

Während der Pause hatte ihm sein Chief zu verstehen gegeben, dass er seiner Tochter zu ihrem heutigen Erfolg gerne gratulieren würde, sie könnten sich doch nach der Vorstellung bei Joe zu einem kleinen Umtrunk treffen. Noch eine Schaufel Sand im Getriebe seiner guten Laune, wollte er doch heute Isabella für sich alleine haben. War das egoistisch? Es war schließlich ihr Tag und nicht seiner, und deshalb hatte er Begeisterung heuchelnd zugestimmt.

Rotweinschwanger fiel er später im Bett sofort in tiefen Schlaf und hörte nicht mehr die Frage seiner Gattin: »Was denkst du eigentlich wirklich über dieses Stück?«

22

O'Sullivan schloss das Revier ab. Das Telefon hatte er auf die Dauerwache in Tralee umgestellt, die sie im Notfall über Handy erreichen konnte. Was hatte Fiona damit gemeint, sie wolle die Schönheiten der Gegend ansehen? Wollte sie alleine sein oder erwartete sie Vorschläge für gemeinsame Unternehmungen? Sie stand am Wagen und wartete auf ihn. Sollte er ihr einen Ausflug mit Abendessen vorschlagen? Würde sich im grün-gelb-weißen Streifenwagen bestimmt gut machen.

Sie machte es ihm einfach.

»Kannst du noch schnell im Hotel vorbeifahren? Ich möchte mich nur kurz frisch machen und mich umziehen.«

Er verstand einfach zu wenig von zielgerichteter Kommunikation mit Frauen und war froh, dass Fiona für ihn mitentschieden hatte.

»Aber sicher, kein Problem«, antwortete er mit etwas belegter Stimme, wie er selbst feststellte.

»Vielleicht war es unhöflich, vorher nicht zu fragen, ob du überhaupt Lust und Zeit hast. Entschuldige bitte. Sag es ruhig, wenn es dir ungelegen kommt. Ich kann mich auch im Spa vom Bay Hotel verwöhnen lassen.«

Mein Gott, Frauen. Erst machen sie alles klar, um dann wieder alles in Frage zu stellen und dich wieder in die aktive Rolle drängen, der man schon entkommen zu sein glaubte.

»Wir machen es so, wie du gesagt hast, Fiona. Prima Idee, und ich freue mich schon. Während du dich umziehst, mache ich mich hier auf dem Revier frisch. Und mach dich nicht zu fein, ich habe nur meine Uniform dabei.«

Sie hatten sich auf eine Stunde geeinigt und O'Sullivan wartete mit Kribbeln im Bauch auf dem Parkplatz ihres Hotels. Er hatte seine Krawatte abgelegt und die Uniformjacke gegen einen hellgrauen Pullover getauscht, den er immer im Auto hatte. Er wollte wenigstens nach außen hin etwas ziviler wirken und er musste sich endlich wie ein Mann benehmen. Er wollte heute ein guter Gesellschafter sein und er musste herausfinden, ob seine Gefühle für sie in gleicher Weise erwidert wurden.

Fiona O'Grady sah umwerfend aus in ihrem schwarzen Hosenanzug. Dazu trug sie ein weißes Top und eine Halskette mit opalfarbenen Steinchen, die genau zu ihrer Augenfarbe passten. Und sie war dezent geschminkt. Ihr Auftritt warf ihn in seiner Kommunikationsfähigkeit wieder in die Steinzeit zurück. Er war sprachlos. Er sollte ihr wenigsten sagen, dass sie toll aussah. Aber seine Kehle war wie zugeschnürt.

»Was hast du geplant?«, fragte Fiona, nachdem sie Castle Cove passiert hatten und O'Sullivan bis dahin beharrlich geschwiegen hatte.

»Das sollte eine Überraschung werden«, antwortete er.

»Bist du eigentlich sehr schüchtern, Peter, oder bist du privat immer so wortkarg?«

»Schüchtern? Hmm nein, nicht unbedingt oder vielleicht ja. Ich bin solche Situationen einfach nicht gewohnt. Irgendwie fühle ich mich in solchen Sachen hilflos, und das entspricht überhaupt nicht meiner Wesensart. Vielleicht brauche ich noch etwas Übung.«

»Welche Situationen und Sachen meinst du?«

Schon wieder! »Nun ich meine ... ich habe einfach keine Erfahrung im Umgang mit schönen Frauen.«

»Mit hässlichen?«

»Weder noch.«

»Na, dann musst du einfach üben. Erzähl mir doch einfach etwas über die Gegend, wenn dir das lieber ist.«

In der Rolle des Reiseleiters fühlte sich O'Sullivan wieder auf festem Boden und begann, auf die Sehenswürdigkeiten links und rechts der Straße hinzuweisen, und das konnte er gut.

»Was ist das denn«, fragte Fiona leicht entsetzt und deutete auf ein paar hässliche Betonruinen, die auf der linken Seite die Küste verschandelten.

»Das war eine britische Kaserne. Von hier aus wurde der Zugang von See in die Kenmare Bay überwacht. Später wurde sie als Hospital genutzt. Als die Briten endgültig abgezogen waren, hat die Bevölkerung die Gebäude in Brand gesteckt. Die Keller sind teilweise noch gut erhalten und die betonierten Außenmauern werden leider wohl auch in hundert Jahren noch stehen.«

»Und warum wird das nicht abgerissen?«

»Tja, wir sind zwar in Irland, aber das Grundstück gehört nach wie vor den Briten. Der Verbleib von offiziell genutzten Grundstücken in der Hand der Krone ist ein Relikt früherer Zeiten. Heute versteht das niemand mehr, ebenso die Tatsache, dass die Lachsfangrechte in den Flüssen Irlands nach wie vor in britischen Händen liegen.«

»Nicht zu fassen«, bemerkte Fiona, ich hasse die Engländer.«

Sie unterhielten sich noch angeregt über das eine und andere Überbleibsel aus der Zeit achthundertjähriger Herrschaft der Briten, bis Peter kurz vor der Passhöhe zur Waterville Bay anhielt. Fiona stieg aus und ließ sich von dem weltweit wohl einzigartigen und millionenfach fotografierten Panorama einfangen. Links die Mündung der Kenmare Bay in den Atlantik mit den vorgelagerten Inseln und direkt unter ihnen der Derrynane Nationalpark mit seinen einladenden Stränden. Rechts die riesige Waterville Bay mit der namensgebenden Stadt.

Nach einer Weile berührte Peter ihre Schulter.

»Es wird Zeit, sonst ist unser Tisch weg.«

»Hallo Coach, nett, dich mal wieder zu sehen«, wurde er von der Wirtin begrüßt, »oh, und wie ich sehe, bist du heute in netter Begleitung.«

Peter machte die beiden Frauen miteinander bekannt. Warum er verschwieg, dass es sich um eine Kollegin handelte, konnte er sich selbst nicht erklären. Der Tisch am Fenster bot einen grandiosen Blick über die Bay, die durch die sich langsam dem Horizont nähernde Sonne in ein biblisches Licht getaucht war.

Sie bestellten Crab Claws á la Maison und anschließend eine gegrillte Seezunge. Dazu tranken sie einen eisgekühlten Pouilly Fumé, welchen ihm der Ober, nach einem anerkennenden Blick auf seine Begleitung, augenzwinkernd ans Herz gelegt hatte. O'Sullivan hatte wenig bis keine Ahnung von Wein. Er wusste nur, dass es drei verschiedene Farben gab und zwei Geschmacksrichtungen, süß und sauer. Er staunte deshalb sehr über sich selbst, als er zum ersten Mal in seinem Leben die Köstlichkeit eines guten Weines erfuhr und die perfekte Harmonie des Weines zum Fisch und der Gesellschaft einer wunderschönen Frau wahrnehmen konnte.

Sie genossen diese Abwechslung von der Arbeit, und nachdem Peter etwas lockerer geworden war, erzählten sie sich Episoden aus ihren Leben. Es müssen lustige Geschichten dabei gewesen sein, denn an den Nachbartischen hörte man sie des Öfteren lauthals lachen.

Später, die Sonne war bereits untergegangen und das Dämmerlicht hatte das Wasser der Bay in flüssiges Blei verwandelt. Fiona wollte noch ein paar Schritte am Strand entlanggehen. Sie zog ihre Schuhe aus und hakte sich bei Peter unter.

»Du wolltest wissen, was zwischen mir und Sweeny gewesen ist«, begann Fiona nach einer Weile. »Ich war mit Sweeny zusammen auf der Garda Akademie in Dublin. Er war ein Jahr über mir, aber man kannte sich eben von gemeinsamen Lehrgängen und vom Sport. Sweeny galt allgemein als untadelig, war aber ständig in Frauengeschichten verwickelt. Auch innerhalb der Akademie, was als absolutes Tabu galt. Gegen Ende seiner Ausbildung veranstaltete man eine große Party in der Innenstadt. Meine beste Freundin und Zimmerpartnerin Anne, mit der ich schon gemeinsam das College besuchte, und ich waren auch eingeladen. Wir kannten alle Teilnehmer sehr gut und hatten uns auf die willkommene Abwechslung sehr gefreut. Gegen Mitternacht hatte sich dann bei einigen der Alkohol stark bemerkbar gemacht. Vor allen Dingen bei Sweeny. Er machte ständig anzügliche Bemerkungen und hatte seine Finger nicht mehr unter Kontrolle. Wir beschlossen deshalb zu gehen. Anne wollte vorher noch zur Toilette gehen und dann die Mäntel von der Garderobe mitbringen. Der Studienkollege neben mir war ein sehr netter Kerl, der aber immer von Prüfungsangst geplagt war. Als Anne ging, nahm er diese Gelegenheit war, mich noch in ein Gespräch über den bevorstehenden Test zu ziehen und so bemerkte ich nicht, das Sweeny Anne gefolgt war.

Vielleicht zehn oder fünfzehn Minuten später ist mir dann aufgefallen, dass Anne überfällig war. Ich fand sie völlig aufgelöst und heulend auf der Toilette. Ihre Bluse und ihre Strümpfe waren zerrissen. Es war offensichtlich, was passiert war, aber weder ich noch die von mir gerufene Garda konnten Anne zu einer Aussage bewegen. Anne hatte sich innerlich zurückgezogen und wurde nie wieder die Alte. Sie hat lange geschwiegen. Erst sechs Monate nach meinem Abschluss hat sie mir gebeichtet, dass Sweeny ihr gefolgt sei und sie bedrängt habe. Als er nicht sofort zum Ziel kam, drängte er sie mit Gewalt in eine Kabine und vergewaltigte sie. Aus Scham darüber hat sie so lange geschwiegen.

Ich nehme an, er hat sogar damit geprahlt, denn das Verhalten einiger Kollegen mir gegenüber hatte sich ebenfalls geändert. Nicht negativ oder positiv, es war einfach anders. Aber vielleicht hatte ich mir das auch nur eingebildet. Sicher ist nur, dass Sweeny vermuten kann, dass ich Bescheid weiß.«

Das war mehr, als O'Sullivan erwartet hatte, und er verstand nun Fionas Reaktion, als Sweeny bei ihnen eingetroffen war.

»Wie geht es deiner Freundin heute?«

»Sie ist ein anderer Mensch geworden. Vier Tage nach dem Vorfall hat sie die Polizeiakademie verlassen, obwohl sie zu den Besten ihres Jahrgangs zählte. Sie ist nach Kinsale gezogen und hat dort ein kleines Blumengeschäft eröffnet. Sie geht kaum unter Menschen und hat außer mir nur wenige Freunde. Und was mich verrückt macht, ist die Tatsache, dass ein Mensch wie Sweeny ungestraft davonkommt und heute leitender Polizeioffizier ist.«

Fiona drehte sich zu O'Sullivan um und sah ihm in die Augen. »Du bist der Erste, dem ich davon erzählt habe, und ich bin froh darüber.«

Auf der Rückfahrt nach Sneem schwiegen sie lange Zeit.

»Ich würde gerne noch einen Drink nehmen«, unterbrach Fiona seine Gedanken, »wird aber wahrscheinlich schwierig werden, da du noch nach Hause fahren musst.«

»Ich schlafe heute bei Moira. Die weiß schon Bescheid und ich weiß, wo der Schlüssel liegt. Lass uns in Sneem in einen netten Pub gehen, dann haben wir es beide gleich weit.«

Die Schüchternheit dieses keineswegs introvertierten Mannes, der mit beiden Beinen im Leben stand und sich daneben nicht seiner romantischen Gefühle schämte, war O'Grady als Erstes an diesem Mann aufgefallen. Seine Vitalität und die dunklen Augen hatten dann ihr Interesse an ihm in etwas verwandelt, was sie bisher nicht gekannt hatte. Verwirrung war seither ihre Selbstdiagnose. Dann, vor zwei Tagen, hatte sie Glück und Sehnsucht zur gleichen Zeit empfunden. Sie hatte sich aus der Umarmung lösen müssen, um nicht völlig die Kontrolle zu verlieren. Und heute würde sie aufpassen müssen, nahm sie sich vor.

»Einverstanden«, sagte sie und freute sich auf eine unbeschwerte Stunde im Pub.

Sie gingen ins North Square und steuerten auf einen Tisch am hinteren Teil des Pubs zu, da vorne drei Musiker eine Unterhaltung unmöglich machten. Die Hälfte der Gäste waren Einheimische, die alle den Coach grüßten und ihm mit einem Blick auf seine Begleitung anerkennend zunickten.

»Wie weit musst du eigentlich fahren, um unerkannt ein Bier zu trinken oder eine junge Dame auszuführen?«, fragte Fiona scherzend.

»Keine Ahnung, Bantry vielleicht. Was möchtest du trinken?«

Sie strahlte ihn an und entschied: »Mit einem Baileys on the Rocks würde ich mich vorerst zufrieden geben.«

Sie nippten an ihren Drinks und beobachteten die anderen Gäste.

»Was glaubst du, was uns der morgige Tag bringen wird?«, fragte er, nachdem ihm nichts noch Einfältigeres eingefallen war.

»Bin ich Delphi? Aber im Ernst, morgen wird sich einiges entscheiden. Die letzten überfälligen Spurenberichte dürften eintreffen. Die Fahndung wird vermutlich auch erste Ergebnisse zeigen, Du weißt schon, letzte Aufenthaltsorte, Umgang und so. Sweeny hat vielleicht Kinsley übers Wochenende zum Reden gebracht und ihm Neuigkeiten entlockt. Außerdem sind wir an einem Punkt angelangt, an dem McEagan im Normalfall zur Hochform aufläuft.«

»Und wenn nichts dergleichen geschieht?«

»Dann wird McEagan nach Tralee verlegen. Die Fahndung kann er auch vom Büro aus leiten. Die Drogen wird er Sweeny überlassen. Aber so weit wird es wohl nicht kommen, hoffe ich wenigstens.«

»Das gefällt mir nicht.«

»Natürlich nicht. Aber wie gesagt, man wird das Ermittlungsteam in Sneem auflösen. Vor Ort ist nichts mehr zu holen. Jetzt ist Fahndung angesagt.«

»Und was ist mit den Drogen?«

»Das ist dann der Job von Sweeny, aber noch ist nichts entschieden. Ich gehe davon aus, dass Alan noch was einfallen wird. Immerhin hat er im Theater reichlich Muße, darüber nachzudenken.«

O'Sullivan konnte nicht ausmachen, was ihm weniger gefiel, eine Mordermittlung in seinem Revier ungelöst und ohne seine weitere Mitarbeit in die Zentrale zu verlegen, oder dass Fiona damit wieder aus seinem Leben verschwinden würde. Aber Letzteres würde auch passieren, wenn sie den Fall in den nächsten Tagen lösen würden. Er musste der Tatsache einfach ins Auge sehen und etwas unternehmen, aber was? Er hatte überhaupt keine Erfahrung auf diesem Gebiet. Und wie sollte er es anstellen? Was sollte er sagen? Sollte er einfach ehrlich sein und ihr erzählen, dass er nicht mehr schlafen kann, seit er sie das erste Mal gesehen hatte? Dass er seine Augen nicht mehr von ihr lassen konnte. Und damit meinte er nicht nur ihren Busen und ihren Hintern. Aber auch. Sollte er ihr einfach sagen, dass er sie gerne anfassen und küssen würde? Und wie würde sie überhaupt auf solche Annäherungsversuche regieren? Vielleicht mochte sie ihn nur als netten Kerl. Vielleicht würde er alles nur zerstören, wenn er ihr offen Avancen machte. Er könnte vielleicht mit McEagan reden, ob sein Angebot, nach Tralee zu kommen, noch gilt. Nein, das war keine gute Idee. Er musste es in der ihm verbleibenden Zeit regeln, in der sie noch so nah zusammen waren.

»Peter, wo bist du denn mit deinen Gedanken?«, fragte ihn Fiona und schaute ihm, so schien es ihm, besonders tief in die Augen. Dann setzte sie wieder ihr K.o.-Lächeln auf und fragte: »Oder bist du meiner Gesellschaft etwa schon überdrüssig?«

Peter spürte, wie ihm das Blut ins Gesicht schoss.

»Alles andere als das. Mir ist nur eingefallen, dass damit auch unsere Zusammenarbeit dem Ende zugehen wird.«

»Die Zusammenarbeit ja, Peter. Aber wir könnten uns doch weiter treffen, natürlich nur, wenn du willst.«

Er hätte schreien können und nach dem Schrei vielleicht sogar den Mut besessen, sie in den Arm zu nehmen, aber sie kam ihm zuvor.

»Aber für heute sollten wir es dabei bewenden lassen, ich bin ehrlich gesagt ziemlich müde. Es war ein wunderschöner Abend und wir sollten das gelegentlich unbedingt wiederholen, oder was meinst du?«

O'Sullivan brachte Fiona ins Hotel. Zum Abschied küsste sie ihn flüchtig genau zwischen Mund und Wange, genug Wange, um es eventuell als Versehen durchgehen zu lassen, und genug Mund, um ihm den Gnadenstoß zu geben. Es war zum Verrücktwerden.

Auf dem Weg zu John und Moira überlegte er, ob er jemals in seinem Leben derart durcheinander war und sich doch gleichzeitig in einer kaum zu beschreibenden euphorischen Stimmung befand.

23

Montag um neun Uhr war die Besprechung angesetzt. McEagan verspätete sich eine halbe Stunde.

»Der Chief hat mich unterwegs angerufen. Er wird um elfhundert hier eintreffen und am Meeting teilnehmen. Also verschieben wir. Bertie, du kannst uns zwischenzeitlich aufklären, was über deinen Computer reingekommen ist, viel wird es nach dem Wochenende ja nicht sein.«

»So kann man sich irren, Chef. Die im Labor müssen Überstunden gemacht haben. Soll ich schon mal loslegen, oder sollen wir warten, bis der Tenno kommt.«

»Gib uns schon mal die Kurzfassung.«

»Da ist zunächst die Analyse des Kokains, das wir bei Kinsley gefunden haben. Es hat in etwa einen ähnlichen Reinheitsgrad, wie das aus der See geborgene, unterscheidet sich aber in markanten Details. Es stammt also nicht aus dieser Lieferung.«

McEagan unterbrach: »Was bedeutet das für uns?«

»Für uns ist es völlig belanglos«, sagte O'Grady. »Wir hatten aufgrund der gefundenen Verpackungsfolien bisher angenommen, dass die verschwundenen Drogen in Rossdohan mindestens teilweise umgepackt wurden und Kinsley aus dieser Lieferung bedient wurde. O.k. Nach dieser Analyse stammen die Drogen von Kinsley also nicht aus dieser Lieferung. Aber was soll's? Für mich ändert sich rein gar nichts.«

»Bin der gleichen Meinung«, warf O'Sullivan ein, »soll sich Sweeny den Kopf darüber zerbrechen, wo er den Stoff her hat.«

»Das sehe ich anders«, sagte McEagan. »Wenn die Drogen, die wir bei ihm gefunden haben, eindeutig aus der Anlandung am Gleesk Pier gestammt hätten, wäre es der erste Beweis gewesen, dass er an dieser Geschichte direkt beteiligt war. Damit wäre er auch direkt in die Morde verwickelt gewesen. Nun noch zu den Drogen selbst: Ich bin inzwischen der festen Überzeugung, dass die Drogen, umgepackt oder nicht, längst aus der Region verschwunden und auf dem Markt sind. Wir hatten uns da wohl in die Hoffnung verbissen, der Stoff müsse noch in der Gegend sein, weil wir darin eine gute Chance sahen, die Täter beim Abtransport überraschen zu können. Wir sollten aber der Realität ins Auge sehen. Der Deal ist abgewickelt und in Sneem sind zwei Leichen zurückgeblieben.«

»Warum so schnell?«, fragte O'Sullivan und nestelte an seinem Krawattenknoten. »Der Abtransport erfolgte mit Sicherheit nicht nach Mittwoch 11.00 Uhr. Ab diesem Zeitpunkt beherrschte die Garda mit vielen Einsatzfahrzeugen die Szene. Viel zu gefährlich für die Bande. Bliebe nur die Zeit von Dienstag etwa ab 17.00 Uhr bis zum besagten Mittwoch um 11.00 Uhr, das sind gerad mal achtzehn Stunden. Wenn man am Dienstag noch mal fünf Stunden abzieht, nämlich die Zeit bis 22.00, in der sie mit der Beseitigung von Zeugen beschäftigt waren, sind es realistisch nur noch dreizehn Stunden.«

»Das ist Zeit genug«, meinte Keene, »wenn man unterstellt, dass sie das versenkte Paket bereits abgeschrieben oder die Bergung auf einen späteren Zeitpunkt verschoben hatten. Auch mein Bauch sagt mir, dass die Ware längst verschwunden ist.«

O'Sullivan blieb hartnäckig.

»Wenn wir uns darüber einig sind, dass für den Abtransport nur die von mir genannte Zeitspanne in Frage kommt, dann habe ich ein paar Neuigkeiten. Ich hatte die Woche vor dem Vorfall Urlaub und war in Cork beim Segeln. Ich bin erst seit vergangenem

Montag wieder im Dienst und habe mir deshalb heute Morgen noch das Wachbuch in Kenmare für die fragliche Zeit angeschaut. Zwei wesentliche Ereignisse sind mir aufgefallen, die für unseren Fall relevant sein können.

Erstens: Am Dienstagabend um 22.05 Uhr ereignete sich in Caherdaniel ein schwerer Verkehrsunfall mit einem Toten und zwei Schwerverletzten. Garda, Feuerwehr und Rettungsdienste beherrschten die Szene bis etwa gegen 01.00 Uhr. Also sehr viel Trara und Blaulicht auf der Straße, die bis Mitternacht in beiden Richtungen gesperrt war und damit jede Fluchtmöglichkeit in Richtung Caherceiveen unmöglich machte.

Zweitens: Am gleichen Tag um 15:00 Uhr fand im hiesigen City-Hotel eine vom County Council veranstaltete Bürgeranhörung wegen des eskalierten Streits über die alten Wegerechte statt. Ihr wisst schon, auf der einen Seite die Grünen und Naturfreunde als Befürworter der Wiedereinführung des alten Rechts, auf der anderen Seite die Grundstückseigentümer, die sich vehement dagegen wehren, dass dieses auch auf privaten Grundstücken gelten soll. Aus Erfahrung hatte man mit der Möglichkeit gewaltsamer Ausschreitungen gerechnet und drei Streifenwagen mit je vier Mann Besatzung in Sneem stationiert. Der Abzug erfolgte erst nach 2 Uhr am nächsten Morgen. Das konnte den Tätern nicht entgangen sein, und da sie den wirklichen Grund der Anwesenheit nicht kannten, waren sie wohl eher vorsichtig. Mit anderen Worten: Am Dienstag gab es ebenfalls eine außergewöhnliche Präsenz der Garda in Sneem und Caherdaniel.«

»Aber sie sollen kaltblütig genug gewesen sein, Digger zu kidnappen und spazieren zu fahren?«, unterbrach McEagan. »Mussten sie dabei nicht auch mit Entdeckung rechnen?«

»Darüber habe ich mir auch Gedanken gemacht«, fuhr O'Sullivan fort, »ein Telefonat mit meinem Stationsleiter brachte dann aber die Lösung. Die Fahrzeuge standen in Bereitschaft. Eines hinter der Tankstelle oberhalb des Hotels, eins hinterm alten Gemeindehaus an der Killarney Road und eines vor dem Revier. Auf dem Weg vom Gleesk Pier zur Waldhütte oder umgekehrt kam man nur am Wagen vor dem Revier vorbei, dessen Besatzung sich nicht im Fahrzeug, sondern hier drin aufgehalten hat. Ein betroffener Kollege hat mir das am Telefon bestätigt. Für die Täter bedeutete ein einzelner Streifenwagen vor dem Revier zu dem Zeitpunkt noch kein Alarmzeichen, denn hier stehen regelmäßig Streifenwagen. Die anderen Fahrzeuge und deren Besatzungen müssen sie erst später bemerkt haben.«

»Du bist also nach wie vor davon überzeugt, dass die Drogen, oder zumindest ein großer Teil davon, noch in der Gegend sind?«, fragte O'Grady.

»Darauf möchte ich wetten. Versetzt euch doch einfach in die Lage der Kerle. Alles, aber auch wirklich alles ist schiefgelaufen. Erst die Störung am Pier, als sie ein Paket über Bord werfen mussten, dann die Zeugen, deren Beseitigung schon von höchster Nervosität zeugt, und zuletzt überall Garda, wohin man schaut. Ich an ihrer Stelle wäre in Deckung gegangen.«

Alle schwiegen einige Minuten, um diese Theorie gedanklich zu prüfen. Es klang irgendwie plausibel.

McEagan setzte zum Sprechen an. Es dauerte dann aber doch noch eine halbe Minute bis er seine Gedanken formuliert hatte: »Vielleicht hast du recht. Es besteht also immer noch eine Chance, dass die Drogen noch hier sind. Wir werden deshalb mit beiden Optionen arbeiten. Dann müssen wir uns aber auch wieder mit der leidigen Frage beschäftigen, wo die Drogen versteckt sein können.«

»Das wiederum könnte man doch Sweeny und seiner Drogenkavallerie aufs Auge drücken. Die haben reichliche Ressourcen für eine größere Aktion«, warf Bertie Keene ein, der sich der allgemeinen Meinung über den Verbleib der Drogen angeschlossen zu haben schien.

»Genau das will ich vermeiden«, entgegnete McEagan. »Wenn wir überhaupt eine Chance haben, die Mörder beim Abtransport zu fassen, müssen wir sie in relativer Sicherheit wiegen. Ein

Großaufgebot der Drogenleute wäre in dem Fall kontraproduktiv. Sweeny soll sich in Tralee um die Hintermänner kümmern und uns hier aus dem Weg bleiben.«

O'Sullivan war sichtlich zufrieden und ließ auch seine Krawatte wieder in Ruhe.

»Bertie, was gibt es sonst noch?«, fragte McEagan.

»Einiges, aber das wird warten müssen, draußen ist der Chief vorgefahren.«

Chief Superintendent Michael Harris kam alleine, wenn man von seinem Fahrer absah. Das war in den Augen McEagans schon mal positiv. Die Begrüßung fiel erwartungsgemäß in militärischer Knappheit, aber nicht unfreundlich aus. Nach dem obligatorischen Kaffee zogen sie sich gemeinsam in den Besprechungsraum zurück.

McEagan übernahm das ausführliche Briefing und endete mit den aktuellen Überlegungen bezüglich dem vermutlichen Verbleib der Drogen. Bertie ergänzte anschließend mit den Informationen, die vorher nicht mehr angesprochen werden konnten.

»Laut einer Nachricht des Labors konnte das Hörgerät eindeutig dem Patienten in Sligo zugeordnet werden. Demnach war dieser Mann am Mord von Forrest, Entschuldigung Richard Foley, beteiligt. Das Ergebnis der DNA-Analyse steht zwar noch aus, dürfte aber nur noch ergänzenden Charakter haben. Laut Auskunft des behandelnden Arztes befindet sich der Patient nach wie vor im Koma, sein Zustand habe sich aber stabilisiert. Was immer das heißt. Die Information der Garda in Sligo über seine Identität wurde zwischenzeitlich offiziell bestätigt. Es handelt sich um den einunddreißigjährigen Peter Daly, geboren in Sligo, wohnhaft in Macroom, Co. Cork. Die Vergleichsabdrücke stammen aus der Zentraldatei und wurden vor sechs Jahren anlässlich einer Straftat in Cork City genommen.

Weiter konnte das Labor zwei Fingerabdrücke in der Garage des Ferienhauses in Rossdohan auswerten. Ein Abdruck stammt vom rechten Mittelfinger eines achtundzwanzigjährigen Mel

Flatley, früher wohnhaft in Baltimore, Co. Cork. Seine Abdrücke sind ebenfalls in der Zentralkartei. Laut Auskunft der Garda in Baltimore ist der derzeitige Aufenthaltsort nicht bekannt. Der dortige Revierleiter hat übrigens bestätigt, was Inspector O'Grady schon aus den Akten ermittelt hat, dass nämlich Mel Flatley einen Zwillingsbruder mit dem Namen Tom hat und beide in der Vergangenheit wiederholt zusammen Straftaten begangen haben.

Der zweite Abdruck konnte nicht identifiziert werden. Er stammt nicht von Mel Flatleys Zwillingsbruder Tom, dessen Abdrücke ebenfalls in der Zentralkartei sind, und nicht vom Hauseigentümer oder seiner Frau. Er muss also von einem vierten Mann stammen, möglicherweise von diesem Michel Mansfield. Das wird erkennungsdienstlich noch geprüft.

Wegen Mansfield habe ich mir nochmals den Bericht der Spurensicherung angesehen. In der Waldhütte wurden jede Menge Haare gefunden, die meisten von Forrest. Einige ganz wenige unterschieden sich gravierend vom Rest. Sie waren rot, ein seltenes Rot. Schließt man von der Menge im Vergleich zu allen anderen Haaren auf die Verweildauer der Person im Haus, muss man von einem einmaligen und kurzen Besuch ausgehen. Eine DNA-Bestimmung ist leider nicht möglich, da die Haarwurzeln fehlen. Unser Mann in Sligo hat keine roten Haare und die beiden Zwillinge laut unseren Akten ebenfalls nicht. Aber die Haare von Mansfield sollen rot sein.

Der Chief hatte bis jetzt geschwiegen.

»Na, das war ja ordentliche Arbeit. Jetzt scheint es doch Licht am Ende des Tunnels zu geben. Wie gedenkt Ihr weiter zu verfahren?«

Die Frage war an McEagan gestellt, das Problem war nur, dass er die eben gehörte Entwicklung noch nicht gedanklich verarbeitet hatte und noch keinen fertigen Plan hatte.

»Wir werden die Fahndung verstärken. Zunächst werden wir aber noch die DNA-Analysen abwarten müssen, denn mit den neuen Erkenntnissen werden wir nur eine Beteiligung an der

Ermordung von Richard Foley nachweisen können, wissen aber immer noch nicht, wer von den vieren letztlich den Mord verübte oder bei Digger abgedrückt hat. Dieser Daly in Sligo könnte es uns auch etwas einfacher machen, wenn er endlich ansprechbar wäre. Ich mache mir übrigens nach wie vor größte Sorgen um seine Sicherheit. Wenn sein angeblicher Unfall tatsächlich ein versuchter Mord war, wird man es mit Sicherheit noch einmal versuchen.«

Dann informierte er den Chief über seine Strategie, die Bande aufzuscheuchen, und was er deswegen mit der Station in Kenmare vereinbart hatte.

»Sie wollen vor Sweeny ans Ziel kommen, stimmt's?«, fragte der Chief mit einem leichten Grinsen um die Augen.

»Das war nicht meine Intension, aber ich nehme es notfalls in Kauf, Sir.«

McEagan begleitete den Chief zum Wagen, als der ihn nochmals zurückhielt.

»Da ist noch was, es sollte aber vorerst unter uns bleiben. Sweeny hat Kinsley weichgeklopft und der will jetzt aussagen, fordert aber zuerst Sicherheiten für sich und seine Frau. Wahrscheinlich hat dabei auch nachgeholfen, dass Unbekannte eines seiner Geschäfte in London in Brand gesteckt haben. Sollte ihm wohl als Warnung gedient haben.«

»An welche Sicherheiten denkt er dabei? Er muss doch wissen, dass man in Irland kein Zeugenschutzprogramm kennt.«

»Deswegen muss es ja unter uns bleiben. Wir haben bereits mit dem Deputy Commissioner in Dublin gesprochen. Wenn wir ihm beweisen können, dass wir mit seiner aktiven Hilfe wirklich ein großes Netz ausheben können, denken sie über ein Zeugenschutzprogramm für die beiden nach.«

»Ein Programm, das gar nicht existiert? Und ein Programm, für dessen Realisierung Irland bekanntermaßen geografisch viel zu klein ist?«

»Nun, in Irland leben ungefähr sechs Personen aus dem

U.S.-Zeugenschutzprogramm. Mehr kann ich dir leider nicht dazu sagen.«

Das hatte McEagan nicht gewusst. War es möglich, dass es mit den Staaten ein bilaterales Abkommen gab und man sich gegenseitig zu schützende Straftäter zuschob? Warum nicht? Denen da oben ist alles zuzutrauen. Und er wusste von schlimmeren Dingen, die in der Vergangenheit gelaufen sind. Im Grunde sollte es auch nicht sein Problem sein. Er wollte die Mörder von Digger und Forrest hinter Schloss und Riegel bringen.

»Chief, was immer die da oben für richtig erachten. Und grüßen Sie Sweeny.«

»Gut, McEagan, ich wünsche noch viel Erfolg. Rufen Sie mich an, falls Sie etwas brauchen oder ich etwas wissen sollte. Übrigens, die Geschichte mit der Irish Times hätte auch verdammt in die Hose gehen können!«

»Hat er dich wegen deiner Presseeskapaden zur Minna gemacht«, fragte O'Grady, als der Chief gegangen war.

»Nicht die Bohne. Er fragte mich lediglich, ob ich ein zweites Paar Hosen dabei gehabt hätte, was immer er damit gemeint hat.«

»Ich kann es mir vorstellen.«

»Gibt es immer noch keine Ergebnisse von den Festplatten?«, wollte er von Keene wissen.

»Hab ich total vergessen. Der Laptop ist außer einigen Windows-Standardprogrammen völlig leer und der PC wurde nur für Spiele benutzt. Sie versuchen aber heute noch, gelöschte Dateien zu finden und wiederherzustellen.«

McEagan saß an seinem Tisch und grübelte. Er versuchte, die neuen Informationen in sein Bild einzubauen. Die beiden Morde wurden offensichtlich von vier Tätern begangen. Aber er hatte immer noch keinen Schimmer, was Kinsley mit der ganzen Sache zu tun hatte. War Kinsley der Mann mit dem Boot? Waren er und dieser ominöse Fergusson oder Smith, oder wie er sonst noch gerufen werden wollte, die Hintermänner? Hatte einer von beiden die Beseitigung der Zeugen angeordnet? Kinsley kannte mindestens einen der Täter, das schien nach seiner Reaktion im Verhör ziemlich sicher. Und wenn er mit Dealen sein Geld verdiente, wusste seine Frau wirklich nicht, was ihr holder Gatte so trieb? Er wollte das jetzt genau wissen. Ende mit den Samthandschuhen!

»Peter, schaff mir diese Mrs. Kinsley her.«

»Hast du neue Informationen«, wollte O'Grady wissen und schob sich den Stuhl an seinen Schreibtisch.

»Kinsley soll kurz vorm Reden sein. Wenn die Hintermänner das mitbekommen, und das werden sie garantiert, ist Mrs. Kinsley vielleicht in höchster Gefahr. Außerdem habe ich so meine Zweifel, ob die Dame wirklich so einfältig ist, wie sie uns glauben machen will.«

»Und der Anwalt, traust du ihm?«

»Nicht von hier bis da. Den haben sie bestimmt auch längst in der Mangel. Ich weiß übrigens nicht, ob Moroney noch in Diensten ist. Und wer garantiert, dass sie keinen Informanten im Drogendepartment haben? Soll ja in der Vergangenheit schon mal vorgekommen sein. Bertie soll sich bei Sweeny mal erkundigen, ob sich auf der Anwaltsseite etwas getan hat.«

Er überlegte, wie er die Dame wohl am ehesten zum Sprechen bringen könnte. Sollte er ihr rundheraus sagen, dass er ihr nicht glaubt, und ihr mit der Festnahme drohen oder sollte er es auf die sanfte Tour probieren. Sie bemitleiden und langsam zu unbedachten Äußerungen verleiten? Und wenn sie tatsächlich in Gefahr sein sollte, wie sollte er sie dann schützen? Während er zurückgelehnt nachdachte, beobachtete er eine Fliege, die um seine Lampe kreiste und immer wieder versuchte, mit dem Kopf voran durch das hell erleuchtete Glas zu fliegen. Es erinnerte ihn beängstigend an seine Tätigkeit. Manchmal glaubte man einfach, es müsse so und so gelaufen sein, und konzentrierte seine Anstrengungen auf die Beweisfindung, die zur Theorie passte. Der Fliege könnte er vorschlagen, mal einen großen Bogen zu fliegen und sich der

Lampe von oben zu nähern, da, wo sie offen war. Sollte er auch mal einen Bogen fliegen und einen neuen Ansatz suchen?

O'Grady hatte eingesehen, dass von McEagan keine weiteren Informationen zu erwarten waren, und sich an ihren Tisch zurückgezogen. Was er Interessantes an der Fliege fand, blieb ihr ein Rätsel.

McEagans Handy summte.

»McEagan! ... Was sagst du, weg? ... Haben deine Kollegen von der Überwachung denn geschlafen? ... du meinst, sie ist mit dem Boot weg?« Er hörte noch eine Weile zu und legte dann auf.

»Wenn sie mit dem kleinen Boot weg ist«, meinte Keene, der ebenfalls zugehört hatte, »kann sie doch nur zum Hafen gefahren sein und versucht haben, auf die Yacht zu kommen.«

»Da ist sie nicht aufgetaucht. O'Sullivan hat das schon abgeklärt. Sie kann höchstens direkt nach Sneem gefahren sein und das Boot am alten Pier an der Kirche verlassen haben. Bleibt nur die Frage: Wann? Sie kann längst über alle Berge sein!«

Fiona hing schon am Telefon und sprach mit der Coast Guard. Die letzte Flut hatte ihren Scheitelpunkt um 4:00 in der Nacht. Um an den alten Pier zu gelangen, musste sie die Flut nutzen, denn der Sneem River selbst hatte seit Wochen extremes Niedrigwasser und machte bei Ebbe das Anlegen am alten Pier unmöglich.

»Sie hatte kein Auto«, stellte McEagan fest, »also muss sie in Sneem den Bus oder ein Taxi genommen haben oder es hat sie jemand erwartet. Die ersten beiden Möglichkeiten können wir überprüfen. Nachts fahren keine Busse. Also Taxen und Mietwagenunternehmen anrufen.«

Bertie Keene telefonierte bereits. Fiona rührte sich nicht und sah ihren Chef nachdenklich an.

»Wer sagt denn, dass sie heute Morgen geflohen ist? Es kann genauso gut gestern Nachmittag gewesen sein, und wenn man die mittleren Wasserstände mit einbezieht, an denen ein Anlagen am Pier gerade noch möglich ist, wird der Zeitraum einer möglichen Flucht fast nicht mehr einschätzbar.«

»Mal den Teufel nicht an die Wand, Fiona. Ich glaube fest, dass es nachts gewesen ist. Die beiden Gardai, die das Haus beobachtet haben, schwören, dass vergangene Nacht das Licht im Haus durchgehend gebrannt hat. Damit hat sie ihre Flucht verschleiert. Ich halte sie nicht für so clever, dass sie bei einer Flucht am Tage vorausschauend schon das Licht eingeschaltet hat.«

»Sie hat heute Morgen um fünf einen örtlichen Mietwagenunternehmer aus dem Bett geklingelt und sich nach Waterville bringen lassen«, rief Bertie.

»Wohin genau in Waterville, Herrgott noch mal«, fragte McEagan ungeduldig.

»Zum Golfplatz. Und um deiner nächsten Frage gleich zuvorzukommen: Nein, sie hatte kein Golf-Bag dabei, nur eine graue Reisetasche.«

Was wollte sie um Himmels willen in Waterville? Warum hat sie nicht den Weg ins sichere Landesinnere gesucht? McEagan hatte sich die Krawatte gelockert. Ein untrügliches Zeichen höchster Nervosität.

»Es gibt auch in Waterville Mietwagen. Vielleicht ist sie nur umgestiegen, um ihre Spuren zu verwischen, also weiter anrufen«, ordnete er an und lief dabei aufgeregt in dem kleinen Revier umher, als ob man dabei besser denken könnte. Was, wenn nicht? Kannte sie jemanden in Waterville, der ihr helfen könnte? Hatte sie nicht ausgesagt, sie hätte in Irland keine Freunde?

Keine der Mietwagenfirmen hatte sie gesehen. Keene hatte vorsichtshalber auch die Firmen in Caherceiveen angerufen. Möglicherweise war sie ja wirklich clever und hat sich von dort abholen lassen. Auch hier liefen sie ins Leere. Von Sneem nach Waterville fährt man eine gute halbe Stunde. Wo war sie seit heute um 5 Uhr 30 abgeblieben?

O'Sullivan stürmte ins Revier.

»Ihr Boot liegt am Sneem Pier.«

»Das haben wir angenommen. Sie hat von da einen Mietwagen nach Waterville genommen«, informierte ihn O'Grady.

McEagan traf eine Entscheidung.

»Fiona, Bertie soll ein Bild von ihr aus dem Pass kopieren, der hier irgendwo bei den Unterlagen sein muss. Dann fahren du und der Sergeant zur Garda Station nach Waterville und macht denen Beine. Die sollen alles aufbieten und mit dem Bild von Haus zu Haus marschieren. Die Frau befindet sich in höchster Lebensgefahr! Ich werde euch avisieren.«

»Und noch was«, fügte er hinzu, »ab sofort sind Waffen und Westen angeordnet.«

Auf dem Revier machte sich lähmende Ohnmacht breit. Als das Telefon klingelte, riss McEagan den Hörer förmlich vom Apparat. Der Diensthabende in Tralee meldete, dass Peter Daly, der Patient im Sligo Hospital, heute Vormittag aus dem Koma erwacht und mittlerweile gesundheitlich einigermaßen stabil sei. Der Chief teile die Bedenken McEagans wegen der Sicherheit des Patienten. In Zusammenarbeit mit Dublin hätte man sich deshalb entschlossen, ihn ins Militärhospital nach Galway City zu verlegen. Die Überführung per Hubschrauber sei bereits im Gange.

McEagan informierte im Gegenzug über das Verschwinden von Kinsleys Ehefrau.

24

»Was der Chief dem Boss wohl sonst noch alles erzählt hat? Er scheint um die Dame wohl echt besorgt zu sein«, meinte O'Grady und sah O'Sullivan von der Seite an.

Dieser hatte bis jetzt geschwiegen und konzentrierte sich auf die Straße vor ihnen. Trotz Sondersignal musste er immer wieder entgegenkommenden Bussen ausweichen und dazu manchmal sogar eine Lücke in den Hecken suchen. Die Busse, welche

Touristen über den Ring chauffierten, fuhren wegen der teilweise engen Straßen im Einbahnverkehr und kamen ihnen nun alle entgegen. Heute waren es besonders viele.

»Ich kann mir gut vorstellen, dass sie bei den Drogenbossen ein gutes Pfand abgibt. Die wissen bestimmt längst, dass wir Kinsley hopsgenommen haben, und fürchten nun, dass er plaudert.«

»Dann war es vielleicht gar nicht so dumm gewesen, sich in Sicherheit zu bringen. Und es zeigt uns, dass sie sehr wohl von den Umtrieben ihre holden Gatten weiß«, erwiderte Fiona, immer versucht, ihren linken Arm so weit als möglich von der Türe fernzuhalten. Peters Fahrstil, ständig im Zentimeterabstand an den Hecken entlang, bereitete ihr langsam Sorge.

»Was ist, wenn sie nichts von all dem weiß?«, fragte O'Sullivan, »welchen Grund hätte sie dann? Dann bleibt doch wohl nur noch eine Option.«

»Entführung?«

»Hast du eine bessere Idee?«

Der Sergeant vom Dienst der Waterville Station war bereits bestens informiert und hatte alle Gardai alarmiert und aus ihren Sonntagsvergnügungen geholt. Insgesamt drei Mann.

»Ist das die ganze Mannschaft?«, fragte O'Grady entsetzt.

»Nein, einer ist in Urlaub. Was denken Sie? Wir sind nur eine kleine Nebenstation von Caherceiveen und nächstes Jahr wird die Station ganz geschlossen. Sparmaßnahmen. Von Caherceiveen sind aber noch drei Fahrzeuge und sechs Kollegen hierher unterwegs, müssen gleich eintreffen.«

O'Grady reichte ihm die Fotokopien aus dem Pass. »Diese Frau müssen wir finden.«

»Und wer sagt, dass sie immer noch hier ist?«, fragte der Sergeant mit skeptischer Miene.

»Heute ist noch kein Linienbus gefahren und die hiesigen Mietwagenunternehmen, haben wir schon angerufen. Sie muss hier sein«, sagte O'Sullivan wider seiner Befürchtung.

»Wir tun, was wir können, haben aber insgesamt nur neun Mann an Bord. Das wird dauern, bis wir alles abgeklappert haben.«

»Wir helfen Ihnen«, entschied O'Grady, »Sie sagen uns, wo sie uns haben wollen, möglichst nicht außerhalb.«

Die linke Seite der Hauptstraße nach Caherceiveen vom Strandhotel bis zum Golfplatz war ihnen zugeteilt worden. Zwei Stunden später waren sie erfolglos zur Station zurückgekehrt. Überall nur Kopfschütteln. In einigen wenigen Häusern hatten sie niemanden angetroffen. Auch die uniformierten Kollegen kehrten nacheinander erfolglos zurück, bekamen aber umgehend neue Suchgebiete in den Außenbezirken zugeteilt. O'Grady zog sich einen Stuhl an den Schreibtisch des Diensthabenden.

»Was würden Sie an ihrer Stelle tun? Die Frau ist allem Anschein nach von hier aus nicht weitergefahren. Geografisch ist Waterville das Ende der Welt. Von hier aus gibt es nur drei Optionen: den Weg zurück, den Atlantik oder ein Versteck. Wo würden Sie sich verstecken?«

Er lächelte verschmitzt.

»Ganz ehrlich? Mich würden Sie hier nie finden. Im Unterschied zu Ihrer Lady bin ich hier aufgewachsen. Aber im Ernst: An der Nordseite der Bucht liegen nochmals Berge mit dem Ring of Skellig. Pure Einsamkeit, sage ich Ihnen. Dann gibt es hinter Ballinskelligs hoch über den Klippen noch das alte Künstlerdorf, das aus den Ruinen einer verlassenen Siedlung entstanden ist. Dort ist das wirkliche Ende der Welt mit sehr guten Verstecken. Aber keine Sorge, soweit wird die Vermisste ohne fahrbaren Untersatz nicht gekommen sein. Sie müssen sich jetzt einfach in Geduld üben. Wenn sie sich hier nicht auskennt oder keine Hilfe hat, können wir sie finden, aber ob es Ihnen gefällt oder nicht, wir werden Glück oder den Zufall brauchen.«

»Kommen Sie! Sie müssen doch bessere Ideen haben«, sagte O'Grady.

»Nein. Kennen Sie die kleine Straße, die entlang des Inny River in die Berge führt? Fast dreißig Kilomater Einsamkeit allein bis Glencar. Von dieser Straße gehen noch zwei Wege ab, die hinunter zur Dingle Bay führen, noch mehr Einsamkeit. Und mindestens sechs Straßen links und rechts, die im Nirgendwo enden. Es würde Wochen und Hundertschaften brauchen, sie dort zu suchen.«

O'Grady realisierte, dass sie wirklich nur geringe Chancen hatten, während O'Sullivans Gedanken bereits weit abgeschweift waren. Er fuhr mit O'Grady den besagten Inny River entlang und hielt Ausschau nach einem stillen romantischen Plätzchen.

»Angenommen, sie hat sich hier ein Fahrrad geklemmt, dann könnte sie doch schon bis Killorglin gekommen sein, bevor wir mit der Suche überhaupt begonnen haben?«, bohrte O'Grady weiter.

»Wäre möglich«, stimmte der Sergeant zu.

O'Grady lehnte sich zurück und starrte an die Decke. Warum sind hier keine Fliegen, dachte sie, vielleicht hätte ich dann auch Eingebungen wie Alan. Und wenn O'Sullivan mit der Entführung recht hatte? Dann könnten sie suchen, bis sie schwarz werden.

O'Sullivan erwachte aus seinem Tagtraum und räusperte sich.

»Lass uns gehen, die Kollegen haben alles im Griff.«

Im Wagen meldete sich der Hunger bei O'Grady und sie verlangte nach Atzung. Mit je einem Riesenburger inklusive Zubehör fuhren sie zum großen Parkplatz am Skellig Bay Golfplatz.

»Wenn sie gekidnappt wurde, wie sollen sie es angestellt haben?«, brachte O'Grady mühsam und halbwegs verständlich zwischen großen Mengen gebratenen Hackfleischs hervor. »Niemand kam zum Haus und es war ihr Boot, das wir am Pier gefunden haben.«

»Sie können sie unter einem Vorwand nach Waterville gelockt haben.«

O'Grady dachte eine Weile darüber nach.

»Dann hätten sie auch gleich in Sneem zuschlagen können.«

»Ich denke, in Waterville waren sie sicherer vor Entdeckung.

Außerdem musste der Treffpunkt Teil einer überzeugenden Geschichte gewesen sein.«

»Wie sollen sie mit ihr Verbindung aufgenommen haben? Das Haus wurde Tag und Nacht bewacht und ihr Telefon seit Samstag abgehört.«

»Darauf habe ich noch keine Antwort, aber ich bin sicher, dass es eine gibt. Vielleicht hat sie noch ein Handy, von dem wir nichts wissen, dann gibt es da noch Morsezeichen oder Brieftauben, was weiß ich. In jedem Fall scheint mir eine Entführung am wahrscheinlichsten.«

»Mag sein«, sagte O'Grady, »ich glaube aber immer noch, dass sie sich versteckt hat, weil sie um ihr Leben fürchtet.«

»Warum sollte sie sich ein Versteck suchen? Gab es für sie einen behüteteren Platz als ihr von der Garda bewachtes Haus?«

Darauf wusste Fiona keine Antwort. Sie fragte sich stattdessen, was wohl in ihr vorging, dass sie sich nun größte Sorgen um eine Person machte, der sie noch Tage zuvor am liebsten Gift gegeben hätte.

»Peter, manchmal frage ich mich, wie wir Polizisten eigentlich ticken. Als ich Mrs. Kinsley das erste Mal traf, hatte ich sie als Schlampe eingeordnet, beim zweiten Mal hatte sich mein Eindruck weiter gefestigt. Sie ist ein Kotzbrocken ersten Ranges. Sie hat weder Charme noch Manieren, und wirklich hübsch ist sie auch nicht, was zumindest das Interesse ihres Mannes an ihr hätte erklären können. Und nun sitzen wir hier und haben Angst um sie. Wären notfalls sogar bereit, sie mit Leib und Seele zu beschützen. Wie kommt das? Ist das ein spezifisches Gen von Polizisten oder ist das eher eine allgemeine menschliche Prägung aus grauen Vorzeiten?«

»Haben wir jetzt Philosophiestunde?«

O'Sullivan streckte sich und wischte sich die Krümel seines Burgers vom Schoß.

»Es ist so, wie es ist. Vielleicht sind es Prägungen, vielleicht spezielle Gene. Vielleicht sind diese Gene bei allen Menschen vorhanden, nur bei Polizisten etwas ausgeprägter, möglicherweise zu Lasten des Vernunftgens. Wie hätten wir sonst diesen Beruf wählen können?«

»Hast du dir schon manchmal einen anderen Beruf gewünscht?«

»Schon«, erwiderte Peter, lachte und stieg aus dem Wagen, um die letzten Spuren seiner Mahlzeit zu beseitigen.

»Welchen anderen Beruf könntest du dir noch vorstellen?«

»Playboy.«

Nun bog sich O'Grady vor Lachen.

25

McEagan war sichtlich nervös. Noch eine Showbühne! Auftakt zu einem weiteren Akt oder nur eine Episode am Rande? Er rief nacheinander die Besatzungen der Streifenwagen an, die für die Überwachung der Zufahrtsstraßen eingeteilt waren. Es wurden keine Auffälligkeiten gemeldet. Was sollte ihnen auch auffallen. Sinn der Operation war ja, dass sie selbst auffielen und erhöhte Aufmerksamkeit signalisierten. Was sagte ihm das Verschwinden von Mrs. Kinsley? Er sollte der Sache auf den Grund gehen.

Da er keine Schlüssel hatte, versuchte er es über die Terrassentür. Alles zu. Dann entdeckte er ein gekipptes Fenster im Obergeschoss. Eine Leiter! Einer der Gardai, die immer noch das Haus bewachten, war froh, etwas tun zu können Er fand das Gewünschte in der Garage und lehnte die Leiter an die Hauswand. Nach ein paar Minuten gelang es ihm, den Fenstergriff umzulegen und das Fenster zu öffnen.

McEagan zwängte sich durch das schmale Fenster und stand

im Badezimmer. Toilettenschrank mit dem üblichen Kram, sorgfältig getrennt nach Männlein und Weiblein. Anlässlich der Hausdurchsuchung war er auch im Obergeschoss gewesen und erinnerte sich an den Grundriss. Auffallend war, dass bei Weiblein viele der sonst üblichen Dinge fehlten. Hat wohl alles mitgenommen. Im Mittelteil war die Hausapotheke untergebracht. Üblicher Kram. Der nächste Raum war wohl ein Ankleidezimmer. Er wusste nicht wirklich, wonach er suchen sollte. Schränke von Wand zu Wand mit Türen und unzähligen Schubladen. Besonders imposant waren die Schränke mit den Schuhen. Wenn er dabei an seinen Schuhschrank daheim dachte! Höchstens ein Zehntel der hier gestapelten Herrenschuhe nannte er sein Eigen und die hier waren alle geputzt. Die meisten seiner Schuhe hingegen schrien nach Schuhcreme, die anderen nach dem Schuhmacher. Und was hieß da Schuhschrank. Die meisten seiner Schuhe standen im Treppenhaus und waren regelmäßig Anlass zu Diskussionen.

Das nächste Zimmer war wohl das eheliche Schlafzimmer. Die Betten waren gemacht und alles schien aufgeräumt. Normalerweise überließ er die Durchsuchung von Nachttischschubladen seinen weiblichen Mitarbeiterinnen. Jetzt musste es wohl sein. Handschuhe an. Fensterseite zuerst. Vier teure Armbanduhren, eine Schatulle mit Manschettenknöpfen in allen Preisklassen, eine Biografie von Barak Obama, wenig Krimskrams. Das war offensichtlich der Nachttisch des Hausherrn. Andere Seite. Überraschung, völlig leer.

Über den Flur lagen zwei Gästezimmer mit einem gemeinsamen Bad in der Mitte. Er betrat das nächstgelegene Zimmer und hatte seine erste Überraschung. Das Bett war nicht gemacht und es lagen diverse weibliche Kleidungsstücke im Zimmer verstreut. Sie schliefen also getrennt. Das musste nichts bedeuten, aber so wie er das Pärchen erlebt hatte, sprach es für Beziehungsprobleme. Ein Schrank stand offen, Shirts und Pullover waren darin gestapelt. Einige Stapel waren etwas verschoben, gerade so, als hätte man in Eile ein paar Sachen aus den Stapeln gezogen. Sah so aus, als hätte es jemand mit dem Packen sehr eilig gehabt. Die Schubladen enthielten das übliche Untendrunter für die Frau von heute. Auf dem Nachttisch lag ein aufgeschlagenes Buch neben einem gerahmten Foto von der Dame des Hauses. Offensichtlich aus jüngeren Tagen. Die Haare waren damals rot gefärbt. Er nahm das Foto aus dem Rahmen und steckte es ein. Dann öffnete er die erste Schublade vom Nachttisch und wusste schlagartig, warum er dies normalerweise seinen Damen überließ. Er kippte den Inhalt der Schublade aufs Bett und schob alles beiseite, über dessen Verwendungszweck er lieber nicht nachdenken wollte, meinte aber, es in einschlägigen Katalogen schon gesehen zu haben. Übrig blieben zwei kleine schwarze Lederetuis. Er setzte sich und öffnete vorsichtig den ersten Reißverschluss und schloss ihn sogleich wieder. Noch so ein Ding, nur viel kleiner. Dann die Überraschung im zweiten Etui. Vier USB-Sticks. Da hatte O'Grady, als sie das Etui bei der Hausdurchsuchung in der Hand hielt, wohl falsch getippt. Die zweite Schublade enthielt nichts, was ihn im Entferntesten interessierte.

Die Treppe führte nach unten in die ihm bekannte große Diele. Außer zwei Paar Schuhen, die hier am Boden lagen und ihn wieder an zuhause erinnerten, gab es keine Besonderheiten.

Die Küche war sauber und aufgeräumt. In der Spüle stand eine gebrauchte Tasse mit Spuren von Kaffee und Lippenstift. Die Topfpflanzen auf der Fensterbank schienen in den vergangenen Tagen nicht im Aufmerksamkeitsfokus der Hausherrin gelegen zu haben. Im angrenzenden Esszimmer fiel es ihm sofort auf. Ein Brief auf dem Tisch und der aufgerissene Umschlag ohne Briefmarke daneben. Beide handgeschrieben.

Liebe Frau Kinsley,
ich schreibe Ihnen, da Ihr Telefon wahrscheinlich abgehört wird. Ihr Gatte hat mich gebeten, Sie herzlich von ihm zu grüßen. Es geht ihm den Umständen entsprechend gut und er ist sich sicher, die Angelegenheit in Kürze klären zu können. Er macht sich aller-

dings die größten Sorgen um Sie. Er befürchtet, dass man Sie als Druckmittel gegen ihn benutzen könnte. Sie wüssten schon, wen er damit meint. Er hält es für absolut erforderlich, dass Sie für ein paar Tage bei einem vertrauenswürdigen Freund Unterschlupf suchen. Er trug mir folgende Anweisungen für Sie auf: Nimm Sonntagnacht das kleine Boot und fahre nach Sneem. Von dort rufst du dir einen Mietwagen und lässt dich nach Waterville zum Golfplatz bringen. Versuche, spätestens um sechs Uhr da zu sein. Pack dir ein paar Sachen für drei oder vier Tage ein. Länger wird es bestimmt nicht dauern. Mein Freund wird dich dort erwarten und in Sicherheit bringen. Sein Name ist Thomas. Sei vorsichtig, dass dich niemand sieht und man dir nicht folgt. Soweit die Anweisungen.

Ich verbleibe Ihr ergebener
John Morony,
Rechtsanwalt

McEagan wusste, was geschehen war, und er würde einen Besen fressen, wenn Kinsley von diesem Brief wusste. Auch für Moroney wäre es geradezu gefährlich dumm, einen solchen Brief zu schreiben. Es war eine Fälschung und typisch Drogenmafia. Man hatte sie einfach gekidnappt, um ihren Mann am Auspacken zu hindern. Warum hatte sie den Braten nicht gerochen? Eine völlig zerrüttete Ehe und dann liebe Grüße aus dem Knast! Sie war anscheinend doch einfältiger, als er ohnehin schon angenommen hatte. Der Umschlag war ebenfalls handgeschrieben und trug keinen Absender und war nicht abgestempelt. Wie kam der Brief ins Haus? Zweimal hatte sie im Dorf angerufen und sich Lebensmittel bringen lassen. Hatte man mit einer der Lieferungen den Brief eingeschmuggelt? Wie hätte das gehen sollen?

Einen Beweisbeutel hatte er nicht dabei. Ein Gefrierbeutel, den er in der Küche fand, tat es auch. Er nahm sich einen Hausschlüssel vom Brett und verließ das Haus durch den Vordereingang.

Die beiden Gardai erwarteten ihn neugierig.

»Wer hat von Samstagabend zweiundzwanzighundert bis heute sechshundert das Grundstück betreten?«, bellte er die beiden an.

»Wir haben erst seit heute zwölf Uhr Dienst. In dieser Zeit war nur Sergeant O'Sullivan hier. Aber wir haben das Wachbuch im Fahrzeug, Tom, geh und hol es«, sagte der Ältere von beiden.

McEagan bedauerte seine Schroffheit und entschuldigte sich, »Schon gut«, erwiderte der Gardai ohne Überzeugung.

Nach wenigen Minuten kam der Jüngere mit einem Notizblock zurück. Schien ihr Wachbuch zu sein.

Samstag:

22:17	Sergeant O'Sullivan bringt Mrs. Kinsley
22:18	Licht im Flur, Wohnzimmer und Küche
22:59	Lichter im EG werden gelöscht
	2 Lichter im OG. (Bad, Schlafzimmer?)
23:25	Alle Lichter werden gelöscht
23:50	Wachablösung. Hallisay und O'Toole übernehmen

»Mach schneller«, sagte McEagan ungeduldig.

Sonntag:

06:14	Wachablösung. Fooly und Teahan
10:20	Lieferwagen vom Supermarkt. Insasse 1 Fahrer,
12:02	Wachablösung, M. O'Sullivan und S. O'Sullivan
12:45	Lieferwagen vom Metzger. Insasse 1 Fahrer
15:05	Mrs. Kinsley geht auf dem Grundstück spazieren.
15:40	Ende Spaziergang
18:00	Wachablösung, Hallisay und O'Toole
20:00	Alle Lichter im Haus werden eingeschaltet
23:00	Lichter bis auf ein Zimmer im OG werden gelöscht.
24:00	Wachablösung. Fooley und Teahan übernehmen.
00:30	Licht im OG brennt noch
03:00	Licht im OG brennt immer noch

05:00	Licht im OG brennt immer noch
06:00	Licht im OG brennt immer noch

»Stopp! Das genügt. Ich nehme das Buch mit und ihr könnt abrücken, aber vorher räumt ihr noch die Leiter in die Garage.

Er gab Keene den Brief und den Umschlag.

»Bertie, mach uns hiervon eine Kopie und schicke eine Ausfertigung per Mail an den Chief. Das Original soll eine Streife nach Tralee ins Labor bringen, vielleicht gibt es Fingerabdrücke.«

McEagan rief den Chief an.

»Hi Chief, hier McEagan. Es gibt Neuigkeiten.« Er berichtete von seiner Entdeckung bat um die Einleitung einer landesweiten Fahndung. Weiter bat er, Sweeny zu informieren.

»Eine Kopie des Briefes und ein Fahndungsfoto erhalten Sie in einer Minute per Mail.«

»Und wie, glauben Sie, ist der Brief ins Haus gekommen?«, wollte der Chief wissen.

»Das untersuchen wir noch, mit anderen Worten: keine Ahnung.«

Er wollte noch sagen, dass er die Lady für absolut bescheuert hielt, auf einen solchen Brief hereinzufallen, aber er konnte sich im letzten Moment bremsen.

»Genau genommen sehe ich ziemlich schwarz für die entführte Lady. Wir haben es hier mit eiskalten Profis zu tun. Es müssen die gleichen Leute sein, die Daly in Sligo von den Klippen gestoßen haben. Wir tun, was wir können. Sweeny sollte sich deswegen mal mit Kinsley unterhalten.«

Er hörte den Chief noch grunzen, bevor dieser auflegte. Das Drogendezernat würde die Entführung an sich ziehen wollen, was in der Sache vermutlich richtig war, trotzdem würde es den Chief wurmen. Das Drogendepartment war nicht dem Chief, sondern direkt einem Assistent Commissioner in Dublin unterstellt. Das begründete nicht zuletzt die nachgesagte Arroganz der Mitarbeiter dieses Dezernats.

Der nächste Anruf galt dem Sergeant vom Dienst in Waterville. Er ließ die Suche nach der Mrs. Kinsley einstellen. Danach informierte er O'Grady und den Sergeant.

Er erinnerte sich der USB-Sticks, kramte sie aus seiner Hosentasche und gab sie Bertie.

Er zog sich in seine bevorzugte Denkposition am Schreibtisch zurück. Wie war der Brief ins Haus gekommen? Die Post konnte er ausschließen. Erstens wurde keine Post zugestellt, die sie nicht kontrolliert hatten, und zweitens war der Brief nicht frankiert. Hatte man die Lieferung der Lebensmittel dazu benutzt? Kaum möglich, dann hätte der Absender über die Bestellungen Bescheid wissen müssen und die Händler hätten mit dem Absender gemeinsame Sache machen müssen. Völlig absurd, so beliebt wie die Kinsleys waren. Blieb nur noch der direkte Weg. Hatte sich jemand trotz der Bewachung dem Haus nähern können? Und wie? Vom Standort des Überwachungsfahrzeugs waren das Tor zum Grundstück und die Eingangstüre zu beobachten. Hatten die Gardai geschlafen oder gab es eine Zugangsmöglichkeit von einem Nachbargrundstück? Er griff zum Telefon, als sich ein weiterer Gedanke formte, aber da nahm Frau van Meeren bereits den Hörer ab.

»Hallo Frau van Meeren, S.I. Alan McEagan am Apparat, erinnern Sie sich?«

»Welche Frage, Superintendent! Sie sind mir sogar in guter Erinnerung. Was kann ich denn für Sie tun oder möchten Sie zum Kaffee kommen?«

McEagan verspürte große Lust, jetzt ein paar Minuten mit ihr zu flirten, aber verdammt, er hatte keine Zeit.

»Kaffee wäre jetzt genau das Richtige, aber leider fehlt mir die Zeit. Ich habe eine dringende Frage an Sie.«

»Schade, wirklich schade. Was möchten Sie denn gerne wissen?«

»Gibt es von Ihrem Grundstück eine Möglichkeit, zum Haus

der Kinsleys zu kommen, ohne dass man von der Straße aus gesehen werden kann?«

Es blieb fast eine halbe Minute still.

»Wenn man etwas sportlich ist, schon. Von unserem Nachbarn Sean O'Shea, dem Farmer unterhalb unseres Hauses, gibt es einen alten Trampelpfad, der etwa fünfzig Meter von unserer Terrasse entfernt durch den Ginster bis zum Berg führt. Von diesem Pfad kommt man bestimmt ohne Schwierigkeiten zur Hinterseite von Kinsleys Haus. Heute wird er nur noch von Jägern benutzt. An der Grenze zum Nachbarn gibt es einen halbhohen Viehzaun, der aber nicht wirklich ein Hindernis darstellt.«

Es war zum Verrücktwerden, da sitzen sich zwei Gardai die ganze Zeit ihre Hintern platt und keiner kommt auf die Idee, das Gelände zu inspizieren.

»Sind Sie noch da Mr. McEagan?«

»Tut mir leid, ich musste Ihre Information erst verarbeiten. Sie haben mir sehr geholfen, Frau van Meeren. Es könnte sein, dass ich mir das eventuell noch selbst ansehen muss. Ich würde mich dann bei Ihnen melden.«

Sie schien enttäuscht, sagte ihm aber, er solle vorher anrufen, dann hätte sie bestimmt einen leckeren Kuchen zum Kaffee. Er rief seinen Kollegen in Cork an und bedankte sich nochmals für die Hilfe mit dem schwerhörigen Fotojournalisten. Dann erzählte er ihm vom Brief des Anwalts.

»John Moroney heißt der Mann, ziemlich unangenehmer Zeitgenosse. Ich glaube zwar nicht, dass er den Brief geschrieben hat, man sollte ihm aber trotzdem auf den Zahn fühlen. Könnt ihr schnellstmöglich einen fähigen Mann dort hinschicken? … Danke, wäre ganz toll. Und ihr gebt mir dann Bescheid? … Danke, ich putz dir auch mal die Schuhe.«

Bertie stand am Schreibtisch,

»Die Sticks sind randvoll, aber leider passwortgeschützt. Da müssen Fachleute ran.«

»Schick sie per Kurier nach Tralee. Was gibt es sonst noch?«

»Nicht viel. Die Fahndung nach den Flatley-Zwillingen läuft landesweit und die Verlegung von Daly nach Galway ins Marine Hospital ist vollzogen. Soll ich uns mal was zu essen holen?«

»Gute Idee, Bertie. Jetzt ahne ich auch, warum ich mir vorhin in den Hintern beißen wollte. Aber ein Burger wäre mir entschieden lieber, und schnell sollte es gehen.«

26

Sie näherten sich den Kasernenruinen von Castle Cove. O'Sullivan hatte die Idee gehabt, sich da mal umzuschauen. Er bog vom Ring auf die kleine Seitenstraße ein, die hinunter zu einem Pier führte. Zwei kleinere Anwesen hinter Hecken, dann tauchten links die Ruinen auf. Es gab keine direkte Zufahrt mehr. Die Natur hatte sich die ehemalige Straße zurückerobert und sie vollkommen überwuchert. Ein schmaler Wirtschaftsweg führte zu einem Viehunterstand, etwa zweihundert Meter rechts der Ruinen, der aber ebenfalls seit Jahren nicht mehr benutzt wurde. Das Dach war zur Hälfte eingestürzt.

O'Sullivan parkte sein Fahrzeug neben dem Unterstand. O'Grady beobachtete ihn, wie er das Areal um den Wagen sorgfältig absuchte und sich wiederholt bückte, um den Boden zu untersuchen. Vor dem Unterstand war der Weg auf eine Fläche von etwa zehn auf zehn Meter erweitert und zeigte in dem weichen Untergrund viele Reifenspuren.

»Ich nehme an, dass hier Leute parken, die zum Baden gehen«, sagte er und deutete auf den kleinen Trampelpfad, der hinunter zum Ufer der Kenmare Bay führte. Wahrscheinlich Jugendliche. Lagerfeuer und jede Menge Sixpacks. An den öffentlichen Stränden an der Kenmare Bay ist das verboten.«

»Oder verliebte Pärchen, die unbeobachtet sein wollen«, warf O'Grady grinsend ein.

»Das ist nicht verboten«, gab Peter zurück.

Nach links ging ein weiterer Trampelpfad in Richtung der Kasernenruinen ab. Sie folgten ihm bis zur ersten Ruine. Auch hier waren deutlich Spuren von Trinkgelagen. Flaschen, Bierdosen und auffällig viele benutzte Kondome lagen herum. Die Gebäudereihe zum Ufer hin war teilweise unterkellert, wie sie auf ihrem Rundgang feststellten. Einer der Keller war mit einer stabilen Eisentüre verschlossen und durch ein mächtiges Vorhängeschloss gesichert.

»Was könnte da drin sein?«, fragte Fiona.

»Keine Ahnung. Ich war noch nie hier. Vielleicht züchtet jemand Champions oder ein Fischer lagert darin seine Reusen. Ich werde das prüfen lassen. Mit dem Auto kann man jedenfalls nicht direkt zu den Gebäuden fahren.«

»Du meinst, es scheidet als Drogenversteck aus«?

»Ja. Sie hätten die schweren Pakete fast hundert Meter weit tragen müssen. Schwere Jungs tun das nicht. Und zu viel Verkehr, wie man überall sehen kann. Außerdem habe ich mir das Schloss angesehen. Es sieht nicht so aus, als wäre es kürzlich benutzt worden. Lass uns zurückfahren.«

Er drehte sich zum Ausgang und stieß mit Fiona zusammen, die sich nicht rührte, sondern ihn nur ansah. Dann fasste er Mut, nahm ihr Gesicht in beide Hände und küsste sie. Sie öffnete ihre Lippen und alle seine Zweifel und Unsicherheiten waren wie weggefegt.

Einen Kilometer nach Castlecove meldete sich O'Gradys Handy. McEagan informierte sie, dass die Suche nach Mrs. Kinsley eingestellt ist.

»Sie ist entführt worden. Zeit, dass ihr hier erscheint«, sagte er und legte auf.

»Lass es dir nicht zu Kopf steigen. Aber ich muss schon wieder deinen Riecher bewundern«, sagte sie nachdenklich, »die Lady ist tatsächlich entführt worden.«

Auf dem weiteren Weg schwiegen sie.

27

McEagan nahm gerade ein Gespräch vom Chief an, als O'Grady und der Sergeant eintraten.

»McEagan, es bewegt sich was. Der operative Deputy Commissioner in Dublin möchte Sie sprechen. Er erwartet uns beide morgen um elfhundert. Wir werden also die Frühmaschine um achthundert in Faranfore nehmen.«

McEagan musste sich erst sortieren, bevor er antworten konnte.

»Worum geht es?«

»Mich hat nur die Sekretärin angerufen. Ich kann mir nur vorstellen, dass wir eventuell einen Deckel vom falschen Topf genommen haben. Oder es hat damit zu tun, dass Kinsley nicht mehr kooperiert, weil er von der Entführung seiner Frau weiß. Fragen Sie mich nicht, woher er das wissen kann. Wird wohl ein Fall für die Innere. Machen Sie sich keine Sorgen und lassen es einfach auf sich zukommen«, und fuhr nach einer kurzen Pause fort, »geköpft wird außerdem immer vertikal, nämlich von oben nach unten, also erst der Commissioner mich und dann erst ich Sie.«

Er lachte fast eine halbe Minute über seinen eigenen Witz. Er hatte McEagan damit aber keinesfalls beruhigt.

»Schlage vor, wir treffen uns um siebenhundert in der Cafeteria und frühstücken noch zusammen.«

Das war kein Vorschlag, wie McEagan wusste, es war eine Anweisung, denn der Chief hatte, ohne eine Antwort abzuwarten, aufgelegt. Dann kam der nächste Anruf und McEagan meldete sich hörbar genervt. Es war der Kollege aus Cork.

»Stör ich, McEagan?«

»Entschuldige, natürlich nicht. Ich hatte nur gerade einen äußerst lästigen Anruf. Hast du Neuigkeiten?«

»Mein Sergeant kommt gerade von Moroney zurück. Er musste mit einer Festnahme wegen Beteiligung an einer Entführung drohen, bis sich der Typ überhaupt herabließ, zu einem Vorgang um seine Mandantschaft Stellung zu beziehen. Nun schwört er Stein und Bein, von diesem Brief nichts zu wissen. Sollen wir ihn trotzdem vorladen? Mein Sergeant brennt förmlich darauf, ihn noch mal auf heimischen Boden zu befragen.«

»Kann ich nachvollziehen. Es genügt aber, wenn er die Aussage protokollieren und unterschreiben lässt. Vielen Dank auch.«

Keene, O'Grady und der Sergeant hatten ihre Stühle vor McEagans Schreibtisch gerückt. Sie ahnten, dass entscheidende Dinge anstanden. Der S.I. sah schweigend von einem zum andern. Sie erwarteten jetzt wichtige Worte vom großen Vorsitzenden. Aber er war heute nicht fähig oder in Stimmung, Weisheiten zu verbreiten. Er fühlte sich eher in der Rolle eines total überforderten Menschen, der sich ständig mit neuen Komplikationen auseinandersetzen muss. Und so schwieg er weiter, was ihm aber auch nicht weiterhalf, denn sein Publikum wartete geduldig.

O'Grady half ihm.

»Ich hätte gerne berichtet, was wir in Waterville getan haben, aber das hat sich ja inzwischen erübrigt. Dann waren wir noch in den Ruinen ehemaliger britischer Kasernen und haben Bierdosen und Kondome gezählt und keine Drogen gefunden. Mein Gott, Alan, mir fällt nichts mehr ein, erzähl schon!«

McEagan atmete tief durch und berichtete ihnen dann, wie er auf die Entführung gekommen war und vom Brief und seinem rätselhaften Weg ins Haus, und er endete mit der Nachricht über einen bevorstehenden Rapport beim Deputy Commissioner in

Dublin. Während er geredet hatte, blitzte wieder für den Bruchteil einer Sekunde der leider nicht zu Ende gesponnene Gedanken auf, den er am Telefon hatte, kurz bevor Frau van Meeren den Hörer abgenommen hatte. Leider nicht lange genug, um sich zu erinnern.

»Jetzt möchte ich, dass ihr unter euch nochmals alles durchgeht und diskutiert. Überlegt euch, was ihr übersehen habt. Verändert die Perspektiven. Oft sieht das zunächst Gleiche aus einem anderen Betrachtungswinkel völlig neu aus. Und dann schaut euch den Brief an und Sergeant O'Sullivan soll sich mal das Wachbuch der Observation anschauen. Ich könnte mir gut vorstellen, dass er in Kenmare Neuerungen einführen wird. Ich gehe zwischenzeitlich nochmals rauf nach Hollywood.«

Er ging zu Fuß und versuchte sich nochmals an den vergessenen Gedanken zu erinnern. Zwanzig Minuten hatte er sich für den Weg ausgerechnet. Als er von der Hauptstraße nach Hollywood abbog, rief er nochmals Ingrid van Meeren an.

»Ohne Kuchen, dafür in fünfzehn Minuten, oder ist das ungelegen?«, fragt er ohne weitere Einleitung, als sie sich gemeldet hatte,

»Ich freue mich«, antwortete sie und legte auf.

Es dauerte ein paar Minuten länger als geplant, nicht zuletzt, weil er immer wieder stehen blieb, um diese pittoreske Flusslandschaft zu genießen, aber auch um darüber nachzudenken, was er da oben überhaupt wollte. Keine Frage, er wollte den Weg des Briefes finden, vielleicht verriet ihm der Hinweise auf den Boten. Vielleicht hätte er besser die Spurensicherung rufen sollen, bevor er alles zertrampelte. Aber er hatte Frau van Meeren mehr oder weniger signalisiert, dass er wegen ihres Angebots eines Plauderstündchens mit Kaffee und Kuchen angerufen hat. Vielleicht wollte er nur mal ein anderes Gesicht sehen, und wenn das rein zufällig nicht hässlich war, konnte er darin keinen Nachteil erkennen. Er ignorierte erfolgreich seine innere Stimme, die ihn unentwegt »Heuchler« schimpfte. Als er an der Haustüre stand, war er so weit, nochmals anzurufen und seinen Besuch abzusagen. Aber es war zu spät. Ingrid van Meeren öffnete dir Tür, bevor er läuten konnte.

»Hallo Superintendent, kommen Sie rein, ich freue mich sehr über Ihren Besuch«, rief sie ihm strahlend entgegen.

»Hallo Frau van Meeren, die Freude ist ganz auf meiner Seite.«

Sie ging ihm voraus ins Wohnzimmer, wo der Kaffeetisch bereits gedeckt war, und bat ihn, schon mal Platz zu nehmen, während sie in der Küche den Kaffee zubereitete.

»Wie kann ich Ihnen denn heute helfen, Superintendent?«, rief sie von der Küche herein.

»Soll ich ganz ehrlich sein?«

»Das erwarte ich von einem aufrechten Gardai, oder sollte ich das besser nicht tun?«, entgegnete sie und brachte den Kaffee zum Tisch.

McEagan druckste etwas herum und suchte verkrampft nach dem Motiv für den Besuch. Er konnte sich nicht mehr an einen vernünftigen Grund erinnern. War es der Trampelpfad? Wenn ja, was machte er dann hier?

»Ich wollte mir eigentlich nur den Trampelpfad ansehen, konnte aber letztlich Ihrer Einladung zum Kaffee nicht widerstehen.«

»Dann ist es doch eher ein privater Anlass und Sie müssen mich Ingrid nennen.«

»Gerne, ich bin Alan.«

Es war ihr nicht entgangen, dass McEagan heute nicht der strahlende und souveräne Mann des vergangenen Besuchs war. Er schien eher verkrampft und bedrückt zu sein.

»Alan, ich habe einen alten Blackbush hier. Sollen wir uns ein Gläschen genehmigen?«, fragte sie in der Hoffnung, seine Stimmung damit etwas aufzuhellen.

»Prima Idee, ich glaube das ist genau das, was ich jetzt brauche.«

Er schloss die Augen und ließ sich den herrlichen alten Whiskey über die Zunge rinnen

»Sie scheinen große Probleme bei Ihrem Fall zu haben. Ist es das, was Sie bedrückt, Allen?«

»So kann man sagen. Der Fall wuchert wie ein Krebsgeschwür. Wir können täglich wichtige Fragen klären, aber auf der anderen Seite kommen täglich doppelt so viele neue hinzu. Und die Dimensionen sind immer schwerer zu überschauen. Mein Besuch bei Ihnen ist sozusagen ein Versuch, der ganzen Sache für einige Augenblicke zu entfliehen.«

Als er nicht weiterredete, versuchte sie es mit einem Themenwechsel.

»Mein Mann und ich interessieren uns sehr für Konzerte und Theater. Heute habe ich in der Zeitung die Kritik eines englischen Stückes gelesen, das am Wochenende in Tralee erfolgreich Premiere hatte. Eine junge Schauspielerin mit dem Namen Isabella McEagan spielte darin die Hauptrolle. Ich habe mich gefragt, ob Sie wohl mit ihr verwandt sind. Sind Sie es?«

»Isabella ist meine Tochter. Wie es sich für einen Vater gehört, war ich natürlich bei ihrem großen Auftritt dabei. Und stellen Sie sich vor, es war ihre erst Rolle überhaupt, sie hat erst vor Kurzem die Schauspielschule beendet.«

»Sie müssen sehr stolz auf sie sein, Alan. Ich muss mir das Stück unbedingt ansehen«, sagte sie, heilfroh, dass sie ein Thema weit weg von der Polizeiarbeit gefunden hatte.

Er erzählte ihr von seiner Tochter, dass sie das Wichtigste in seinem Leben sei und wie sehr er sie liebte. Sie würde ihn immer noch Daddy nennen, was ihn heute noch genauso anrührte wie damals, wenn sie aus dem Kindergarten heim kam und schon im Treppenhaus nach ihm rief. Es fielen ihm noch viele Dinge ein, die er mit seiner Tochter erlebte, und plötzlich wurde ihm bewusst, dass er mindestens seit einer viertel Stunde geredet und geredet hatte.

»Oh, tut mir schrecklich leid, ich habe mich anscheinend total vergessen und meine guten Manieren offensichtlich auch.«

»Nein, Alan, das war sehr spannend für mich. Leider habe ich keine Kinder und in solchen Augenblicken werde ich mir immer bewusst, dass ich etwas Wichtiges im Leben vermisse.«

»Nochmals, tut mir leid, Ingrid. Haben Sie noch andere Hobbys neben den musischen?«

»Nun, ich schriftstellere ein wenig, das heißt, ich habe vier Reisebücher geschrieben und bin gerade dabei, für einen irischen Reiseführer zu recherchieren. Aktuell arbeite ich mich durch die Geschichte des Landes, denn meine Bücher sollen sich vom Üblichen unterscheiden.«

»Das scheint mir eine Menge Zeit zu beanspruchen.«

»Die Recherchen kosten die meiste Zeit. Neben den vielen Werken, in denen versucht wird, die Geschichte mehr oder weniger objektiv zu beschreiben, wie zum Beispiel von Beckett, ziehe ich aber auch zeitgenössische Literatur heran, wie Böll, Giordano, aber auch Romanwerke wie beispielsweise von Frank McCourt.«

Sie unterhielten sich angeregt und merkten nicht, wie die Zeit verflog. McEagan hatte seine Depression überwunden und bekam einen Schreck, als er auf die Uhr schaute. Fast zwei Stunden waren verstrichen, und er hatte sich wohlgefühlt wie seit Langem nicht mehr.

»Ingrid, ich bin Ihnen so dankbar für die Zeit, die ich mit Ihnen verbringe durfte. Ich hatte das wirklich gebraucht. Psychologin könnten Sie auch noch werden, wenn es mit der Schriftstellerei nicht mehr läuft, was ich Ihnen natürlich von Herzen wünsche. Aber jetzt ist es höchste Zeit zu gehen. Man wird mich sicher schon vermissen.«

»Sie sollten uns unbedingt mal zum Dinner besuchen«, meinte sie unter der Haustüre. »Würde mich sehr freuen, Ihre Gattin kennenzulernen und, wenn es möglich ist, natürlich auch Ihre Tochter. Rufen Sie uns doch einfach an, wenn die Geschichte vorbei ist und es Ihnen passt.«

Scheiß auf den Trampelpfad, das soll sich der Coach ansehen, entschied er und spürte auf dem Rückweg neuen Tatendrang. Auf dem Revier bat er umgehend zum Gespräch im Besprechungsraum. Er wollte heute nicht mehr an seinen Schreibtisch sitzen, so als fürchtete er sich, dieser könnte ihm wieder allen Saft aus den Knochen saugen.

»So, jetzt erzählt mir mal, zu welchen Erleuchtungen ihr in der Zeit meiner Abwesenheit gekommen seid«, lud er sie ein und dachte nicht die Bohne daran, Ihnen zu erklären, mit was er sich inzwischen beschäftigt hatte.

»Fiona, du zuerst.«

»Mir ist keine Erleuchtung zuteil geworden. Wir kennen die vermutlichen Täter bis auf einen. Die Fahndung läuft landesweit auf Hochtouren und wenn der Mann in Galway vernehmungsfähig ist, werde ich ihm die ganze Geschichte schon zu entlocken wissen. Nur bei Kinsley kommen wir nicht weiter. Sein Boot wurde für die Drogen benutzt, aber können wir es ihm beweisen? Ebenso unklar ist seine Rolle bei den Morden.«

»Bertie.«

»Nun ich habe zum hundertsten Mal alle Fakten nachgeprüft und verglichen und auf Plausibilität abgecheckt. Wir haben nichts übersehen und können anhand unserer Beweise die Täter überführen, vorausgesetzt, wir werden ihrer habhaft. Reizvoll wäre es für mich allerdings, wir könnten sie selbst schnappen, und dazu bietet der Abtransport der Ware aus einem möglichen Versteck hier in der Gegend die beste Chance.«

»Peter.«

»Bin der gleichen Meinung und nach wie vor für die Suche nach den Drogen. Für mich ist entscheidend, beide Delikte zusammenzuhalten und nicht nach Zuständigkeiten zu sortieren. Ich bin Sergeant in Kenmare und genau hier sind beide Verbrechen begangen worden. Ich überlege auch, ob es nicht zu früh war, Kinsley nach Tralee zu schicken. Vielleicht hätten wir ihn selbst noch eine Weile in die Mangel nehmen sollen.«

McEagan hatte während der ganzen Zeit an seinem Kugelschreiber gekaut, den er jetzt langsam aus dem Mund nahm.

»Mit anderen Worten, nichts Neues«, sagte er nachdenklich. »Bertie mach mir eine Verbindung mit dem verantwortlichen Arzt im Militärhospital von Galway und du, Peter, schaust dir mal den Trampelpfad an, der von O'Sheas Grundstück über das der van Meerens zur Terrasse von Kinsley führt. Das ist der einzige Weg, über den der Brief zu Kinsley gelangt sein kann. Vielleicht findest du was.«

Als er mit O'Grady alleine war, sagte sie: »Mir fällt auf, dass du seit deiner Rückkehr neue Energie getankt hast. Hast du Geheimnisse?«

»Wer ich oder du?«, fragte er.

Beide lachten, O'Grady etwas lauter als üblich.

»Ja, die habe ich tatsächlich«, entspannte McEagan die Situation, »Ich hatte einen hervorragenden Whiskey und ein inspirierendes Gespräch über Kinder, Literatur und irische Geschichte mit einer äußerst netten Lady.«

»Nette Lady? Darf ich raten?«

»Wenn's zur Förderung deiner kriminalistischen Fähigkeiten dient, nur zu.«

»Ingrid van Meeren!«

McEagan nickte anerkennend, gab aber keine weiteren Erläuterungen, weil in dem Augenblick die Verbindung zum Military Hospital in Galway durchgestellt wurde. Es dauerte nur kurz, bis er den zuständigen Arzt, Major Harris, am Ohr hatte. Er stellte sich vor und erkundigte sich nach dem Befinden des Patienten.

»Er macht gute Fortschritte, S.I. Er ist verständlicherweise noch sehr müde und schläft viel, aber abgesehen von leichten Lähmungserscheinungen an seinen linken Extremitäten macht er sensationelle Fortschritte. So wie es aussieht, haben sie in Sligo gute Arbeit geleistet und ich rechne nicht mit bleibenden Schäden. Anders, als zu erwarten war.«

»Glauben Sie, dass wir ihn schon vernehmen können, selbstverständlich nach Ihren Regeln, Major?«

»Da haben Sie ein Problem, S.I. Wir haben eine Anweisung

vom Drogendezernat in Tralee, dass der Patient nur von deren Angehörigen besucht und vernommen werden darf. Tut mir leid.«

»Würde Sie ein Anruf vom Chief S.I. aus Tralee vom Gegenteil überzeugen, oder wäre Ihnen ein Anruf aus dem Büro des Commissioners in Dublin genehmer, Major?«

Der Major gluckste ins Telefon und bemerkte: »Genau wie bei uns. Zuerst muss um die Zuständigkeiten gestritten werden. Wenn Sie von Ihrem Chief avisiert werden, sind Sie herzlichst eingeladen. Und rufen Sie mich vorher nochmals an, damit ich Ihnen bei uns Quartier schaffen kann.«

Nach dem Austausch einiger Höflichkeiten war das Gespräch beendet. Der nächste Anruf galt dem Chief, der ihm grünes Licht gab. Er wandte sich wieder an O'Grady.

»Fiona, du und der Sergeant werden das erledigen, da ich nach Dublin muss. Wenn O'Sullivan von Hollywood zurück ist, werden wir noch die Vernehmungsstrategie planen. Mit dem Zug benötigt Ihr von Killarney fast sechs Stunden, mit dem Auto seit der neuen Unterführung in Limerick höchsten vier und eine halbe, also werdet ihr mit dem Wagen fahren. Falls sich die Befragung hinzieht, könnt ihr in der Kaserne übernachten. Ruf den Major an und avisiere eure Ankunftszeit. Der Chief müsste inzwischen mit ihm gesprochen haben.« Dann fügte er noch süffisant lächelnd hinzu: »Und vergiss nicht die Zimmer, Männlein, Weiblein und so, nicht dass er euch in ein Doppelzimmer sperren will. Das könnte ich nicht verantworten.«

O'Grady errötete leicht.

28

Sie passierten den Checkpoint vor dem Headquartier ohne weitere Kontrolle. McEagan hatte beobachtet, dass die Schweißperlen auf der Stirn vom Chief, seit man sie mit einem Dienstwagen der Garda vor etwa zwanzig Minuten am Dublin Airport abgeholt hatte, ständig zugenommen hatten. Auf dem Flug war er noch ziemlich lebhaft gewesen und hatte ihm vom letzten Golfturnier der Irish Chief Superintendenten in Ballybunnion vorgeschwärmt.

McEagan hatte gestern vor dem Einschlafen lange Zeit über den Grund ihrer Einladung gegrübelt, war allerdings zu keinem plausiblen Ergebnis gekommen. In Erinnerung an den Spruch des Chief, »geköpft wird immer vertikal«, hatte er sich beruhigt umgedreht und war dann doch eingeschlafen. Diese Gelassenheit hatte sich bis jetzt gehalten und so schaute er sich in der historischen Eingangshalle um und betrachtete die Konterfeis der neunzehn Commissioner seit 1922, dem Gründungsjahr der heutigen Garda.

Wenige Augenblicke nach ihrer Anmeldung am Empfangstisch kam ein freundlicher junger Beamter die Treppe herab, hieß sie willkommen und lud sie ein, ihm in die erste Etage zu folgen. Er öffnete die Tür zu einem Besprechungsraum, an dessen linker Seite ein Tisch mit Kaffe, Säften und Snacks aufgebaut war.

»Bitte bedienen Sie sich, meine Herren. Sie haben sicher sehr früh aufstehen müssen.«

»Und wenn Sie sich frisch machen wollen, hier die rechte Türe führt in den Waschraum. Der Assistant Deputy Commissioner lässt Sie herzlich grüßen und bittet noch um zehn Minuten Geduld.«

McEagan ging in den Waschraum und staunte nicht schlecht. Alles vom Feinsten. Nachdem er sich die Hände gewaschen und den Sitz seiner Krawatte geprüft hatte, ging er schnurstracks zu dem kleinen Frühstückstisch und bediente sich.

Der Chief lehnte eine Stärkung mit der Begründung ab, er sei noch satt vom Frühstück. Wahrscheinlich war er nur zu aufgeregt, dachte McEagan. Es fiel ihm nicht zum ersten Mal auf, dass der Chief, der sich im Alltag meist souverän und ruhig gab, immer dann in Stress geriet, wenn er es seinerseits mit einem Vorgesetzten zu tun hatte. Besonders mit der Zentrale in Dublin hatte er seine Schwierigkeiten. Nicht, dass McEagan sich einen Grund dafür hätte vorstellen können, nein, er schien einfach den Umgang mit Untergebenen vorzuziehen.

Zwei Uniformierte und zwei Zivilisten betraten den Raum. Der Kleinste mit dem meisten Lametta war Assistant Commissioner Philipp Ahern, Chef der Kripo, den McEagan vom Fernsehen und vom Foto im Büro des Chief her kannte. Der zweite Uniformträger war ihm ebenso bekannt, es war Assistant Commissioner Leam Murphy, Chef der Abteilung für organisiertes Verbrechen, dem auch das Drogendepartment unterstand. Die beiden Anzugträger wurden als Tom Hussey vom Justizministerium und als Sheene Powers, Profiler im Department der Kripo, vorgestellt.

McEagan war mächtig beeindruckt, wenngleich sich bei ihm, im Gegensatz zu seinem Chief, keinerlei Lähmungserscheinungen einstellten. Irgendwie amüsierten ihn die Stressattacken seines Vorgesetzten sogar ein wenig. Die Schweißdrüsen waren offensichtlich die einzigen Organe bei ihm, die nicht von Lähmungen betroffen waren.

»Lassen Sie uns gleich beginnen«, sagte A.C. Ahern ein und lud ein, Platz zu nehmen.

Und er kam gleich zur Sache: »Meine Herren, wir haben eine außergewöhnliche Situation. Die Aufklärungsarbeit anlässlich zweier Mordfälle im County Kerry hat möglicherweise eine Verbindung zu einem großen Drogenring aufgezeigt, hinter dem wir seit Jahren her sind. Nach unserer Einschätzung bietet sich damit die einmalige Chance, diesen Ring international tätiger Dealer mit Sitz in Irland zur Strecke zu bringen, inklusive seiner Köpfe. Aber wir müssen es schlau anstellen und unsere Aktionen genau abstimmen. Deshalb sitzen wir hier. Wie ist die Ausgangsposition? Nun, wir haben es einem klugen S.I. in Kerry und seiner erstklassigen Ermittlungsarbeit in zwei Mordfällen zu verdanken, dass diese Zusammenhänge erkannt wurden. Das Drogendezernat in Dublin wird die Ermittlungen auf der Drogenseite von Tralee nach Dublin verlegen und die Kripo Tralee unter der Leitung von Superintendent McEagan weiter die Mordfälle bearbeiten. Neu ist eine enge und fein abgestimmte Zusammenarbeit beider Ermittlungsbehörden mit dem Ziel, beide Angelegenheiten mit einem Schlag zu einem erfolgreichen Ende zu bringen. Dabei darf uns kein Fehler unterlaufen, denn wir wollen dem Kopf dieser Organisation eine direkte Beteiligung an einem oder mehreren Schwerverbrechen nachweisen und ihm nicht wegen Steuervergehens einen Kurzurlaub mit Bewährung verschaffen. Wir sind dem Mann seit über zehn Jahren auf den Fersen, ohne dass wir ihm bisher wirklich etwas Handfestes anhängen konnten, das clevere Anwälte nicht zerrissen haben. Ich spreche von Mike Teahan.«

Ahern fuhr fort und fasste die wichtigsten Punkte von McEagans Ermittlungen zusammen und wies dabei besonders auf den Hotelgast im Bay Hotel hin, dessen einziger Fehler darin bestand, durch eine überstürzte Abreise aufzufallen. Ein Indiz dafür, dass er um die Morde mindestens Bescheid wusste und deshalb das Weite gesucht hat. Möglicherweise hat er sie selbst angeordnet. Die gute Personenbeschreibung und ein perfektes Phantombild hatten die Ermittler in Dublin auf die entscheidende Spur gebracht.

McEagans Chef hatte zwischenzeitlich wohl eingesehen, dass ihm kein Unheil drohte, was sich darin zeigte, dass seine Stirn merklich trockener geworden und seine Brust mittlerweile deutlich angeschwollen war. Mit offenem Mund hing er förmlich an den Lippen seines obersten Chefs. Man sah ihm geradezu an, dass er sich als Chef von McEagan auch einige wärmende Sonnenstrahlen auf seine Karrierechancen ausmalte.

Dann übernahm der Leiter des Drogendepartments, Leam

Murphy, dessen Gesicht McEagan spontan an das eines Schweinchens aus einer Zeichentrickserie erinnerte. Er wiederholte das einleitende Blablabla und berichtete dann, wie sie in Zusammenarbeit mit Europol das Phantombild zweifelsfrei Mike Teahan zuordnen konnten.

»Bei uns steht er seit längerem unter Verdacht, einen Drogenring zu unterhalten, und wird seit Jahren, leider unregelmäßig, wie ich zugeben muss, observiert. Europol verdächtigt ihn darüber hinaus, in ein Tötungsdelikt in der belgischen Hauptstadt verwickelt zu sein.«

Endlich kam er zum Punkt: »Auf den Banderolen des bei Kinsley gefundenen Bargelds haben Techniker neben vielen einen einzelnen Fingerabdruck gefunden, der eindeutig Teahan zugeordnet werden konnte. Damit haben wir die Verbindung zwischen ihm und Kinsley. Und Letzter ist wahrscheinlich der zweite Mann im Syndikat, den wir immer vermuteten, bislang aber nicht identifizieren konnten.«

McEagan hatte neben der Identifizierung von Teahan alias Fergusson bislang nicht viel Neues erfahren und begann sich zu langweilen. Er beobachtete Ahern, der ihm gegenüber saß und offensichtlich eingeschlafen war. Nun gut, er wusste jetzt, dass er mit seinem Verdacht gegen den Gast aus dem Bay Hotel richtig gelegen hatte. Er kannte seine Täter und konnte den Fall bald abschließen. Oder gaben Teahan oder Kinsley den Befehl, die Zeugen zu beseitigen. Damit wären sie auch in seinen Mordfällen Täter.

Als A.C. Murphy von einem Ereignis in einem Dubliner Hotel berichtete, wurde McEagan wieder hellhörig. Man hatte im Rahmen der kürzlich wieder ausgenommenen Beschattung Teahan bei einem Treffen mit einem ihnen zunächst unbekannten Mann beobachtet.

»Unsere Leute konnten dort die Fingerabdrücke der beiden sicherstellen. Der Unbekannte wurde als Michel Mansfield identifiziert, dessen Fingerabdrücke sich sowohl in unserer Kartei befinden als auch an einem Tatort in Sneem aufgetaucht sind. Sein auffälligstes Merkmal sind seine feuerroten Haare.«

»Bingo«, brach es aus McEagan heraus.

»Sieht wohl so aus«, fuhr der A.C. fort. »Sie bekommen nachher die Akte und ein Foto dieses Herrn. Ein Foto von Teahan ist ebenfalls beigefügt. Es wäre sinnvoll, wenn Sie dessen Identität von Ihrem Augenzeugen ...«, er blätterte kurz in seinen Unterlagen, »Dennis O'Brien, dem Empfangschef des Hotels, bestätigen lassen würden. Gibt es Ihrerseits noch Aktuelles zu berichten, das uns bisher nicht bekannt ist, S.I. McEagan?«

»Zwei Dinge«, antwortete McEagan, »da gibt es die Entführung von Kinlsleys Frau ...«

»Darauf komme ich gleich noch«, unterbrach der A.C., gibt es sonst noch was?«

»... und zweitens«, fuhr McEagan fort, »Peter Daly, einer der Täter, der im Militärhospital von Sligo liegt, ist gestern aus dem Koma erwacht und befindet sich in einem passablen Zustand. Wegen meiner Reise nach Dublin, wird er gerade von Inspector O'Grady und Sergeant O'Sullivan verhört.«

»Wir kennen und vertrauen O'Grady«, schaltete sich nun A.C. Ahern ein, der bisher abwechselnd geschlafen oder gelächelt hatte, »können Sie das auch von diesem Sergeant sagen, McEagan?«

»Wenn mein Leben davon abhinge, würde ich nur diesen beiden vertrauen, Sir.«

»Das genügt mir«, sagte Ahern und lehnte sich wieder zurück.

Dann fuhr A.C. Murphy fort.

»Die Entführung von Frau Kinsley war für uns ein weiterer Entscheidungsgrund, die Leitung der Ermittlungen nach Dublin zu verlegen. Am Mittag des Entführungstages hat Kinsley in Tralee nämlich schon Bescheid gewusst. Wir haben seinen neuen Anwalt, ein übler Bursche aus Dublin, im Verdacht, ihm die Nachricht überbracht zu haben, können aber ein Leck in den eigenen Reihen nicht völlig ausschließen. Es ist eine reine Vorsichtsmaßnahme. Im Übrigen wissen wir immer noch nicht, wo sich die Frau aufhält. Einige unserer Agenten kümmern sich darum.

McEagan räusperte sich vernehmlich.

»Ich kann mir nicht helfen, aber wir sollten uns nicht voreilig auf eine Entführung festlegen.«

Der verlorene Gedanke hatte sich auf dem Flug nach Dublin wieder in sein Bewusstsein gedrängt.

»Es gibt eine weitere Option. Sie kann die Entführung selbst inszeniert haben und aus eigenem Antrieb untergetaucht sein.«

Alle Anwesenden außer seinem Chief dachten darüber nach. Der meinte stattdessen: »Ich glaube, unser S.I. befindet sich da auf einem Irrweg. Die Spurenlage spricht meiner Meinung nach eindeutig von einer gut geplanten und gekonnt durchgeführten Entführung.«

Sheene Powers, der Profilier, zog dagegen die Brauen hoch und fragte McEagan, ohne auf die Bemerkung des Chiefs einzugehen.

»Was ist es genau, was Sie zu dieser interessanten Theorie veranlasst hat?«

»Nun, eine Theorie ist vielleicht zu viel gesagt, es ist mehr eine Ahnung, die mich nicht loslässt. Ich stolpere ständig über diese aufwändige Inszenierung, diesen völlig überflüssigen und geheimnisvollen Umweg über Waterville zum Beispiel. Ich meine, es ist einfach zu früh, eine Entführung als Fakt anzusehen.«

»Was glauben Sie, könnten die Motive der Frau zu einer solchen Komödie sein?«

»Da kann ich leider nur spekulieren. Wir hatten bisher angenommen, dass sie von den Umtrieben ihres Gatten nichts wusste. Sollten wir uns da geirrt haben, würde ihr Abtauchen aber Sinn machen. Neben der Befürchtung einer Entführung, um ihren einsitzenden Mann am Reden zu hindern, hätte sie sich mit dem Abtauchen auch einer drohenden Strafverfolgung entzogen. Uns hätte sie mit einer vorgetäuschten Entführung auf eine falsche

Fährte gesetzt und die Drogenmafia in Verwirrung. Das könnte ihr den entscheidenden Vorsprung sichern, den sie für die Umsetzung ihrer Pläne braucht, wie immer die aussehen mögen.«

»Ich glaube, es lohnt sich, darüber nachdenken, S.I. McEagan, ich halte ihren Einwand für hoch interessant«, meinte Powers, nickte lächelnd zu Schweinchengesicht und lehnte sich wieder zurück.

»Interessant«, bemerkte auch Schweinchengesicht und fuhr fort, »lassen Sie mich zu Ihrem Verdächtigen im Galway kommen. Der wird Ihnen bestimmt bei der Aufklärung Ihrer beiden Morde behilflich sein können. Der Mordversuch an ihm selbst könnte ihn gesprächig machen. Lassen Sie ihm halt ein bisschen Zeit, bis wir das Syndikat eingekreist haben.«

Danach erinnerte er nochmals an die strenge Vertraulichkeit und begann, über das Syndikat und was sie bislang darüber wussten zu referieren. Neben Teahan vermutete man einen zweiten Kopf, der entweder der Vertraute Teahans oder ihm gleichgestellt ist. Dies ergäbe sich aus Vermutungen einer langjährigen Überwachung und blablabla. Dann wurde es wieder interessant. Zum Syndikat gehörten nach Erkenntnis der Behörden zurzeit etwa vier »Soldaten«, also Leute für die Drecksarbeit. In der Vergangenheit seien es etwa zehn bis zwölf Personen gewesen, bei einem Zugriff des Dezernats im vergangenen Jahr in Cork seien jedoch sechs dieser Gangster für längere Zeit aus dem Verkehr gezogen worden. Teahan habe demnach Personalprobleme, was offensichtlich auch den Einsatz einer Gruppe kleiner Gangster in Kerry, quasi als Subunternehmer, erklärte.

»Lassen Sie uns deshalb in aller Besonnenheit und ohne riskante Schnellschüsse weiter vorgehen, denn unser Ziel ist es, ausnahmslos alle einzubuchten. Von diesem Krebsgeschwür darf keine Zelle übrig bleiben. Zu den wichtigsten Maßnahmen gehört deshalb aus Sicherheitsgründen eine enge Kommunikation, die ausnahmslos nur noch unter den hier anwesenden Personen stattfinden darf. Bitte lassen sie die heutigen und zukünftigen

Erkenntnisse mit großem Bedacht in Ihre Entscheidungen einfließen, besprechen Sie sie aber in keinem Fall mit Ihren Mitarbeitern.«

McEagan und sein Chief sollten im Anschluss ein spezielles Satellitentelefon mit Sprachverschlüsselung zur Kommunikation mit dem anwesenden Stab erhalten. Die autorisierten Gesprächspartner seien auf den Kurzwahltasten hinterlegt.

»Eine der Kurzwahltasten ist einem Notruf vorbehalten«, erklärte er weiter, »der alle Teilnehmer alarmiert und automatisch eine Ortung aktiviert. Die SIM-Karte Ihres normalen Handys können Sie zusätzlich einlegen, so dass Sie für Ihre Mitarbeiter unter Ihrer bekannten Nummer erreichbar sind. Noch irgendwelche Fragen?«

»Nun eine ganze Menge«, meldete sich McEagan. »Wie soll es in der Praxis denn jetzt für uns weitergehen und was meinten Sie vorhin präzise damit, wir sollten dem Mann im Krankenhaus Zeit lassen?«

»Das wollen wir nach dem Essen im Rahmen der taktischen Planung besprechen«, sagte Schweinchengesicht Murphy und lud sie ins Casino ein.

29

Eine Ausfahrt vor dem Shannon Airport verließ O'Sullivan die Autobahn und parkte vor dem ehrwürdigen und weithin sichtbaren Bunratty Castle, einer Touristenattraktion mit Museum, Geschäften und Restaurants.

»Etwas spät für ein Frühstück«, meinte er, »aber genau die richtige Zeit für einen ausgiebigen Brunch.«

»Noch eine Meile weiter und ich wäre aus dem Auto gesprungen«, quengelte O'Grady, die den größten Teil der Strecke geschlafen hatte.

Anfangs der Fahrt hatten sie sich angeregt unterhalten, waren aber beide krampfhaft bemüht, ihr nach dem Vorfall an der alten Kaserne komplizierter gewordenes Verhältnis auszublenden. O'Sullivan wusste, dass er ihr das Tempo überlassen musste, und O'Grady benötigte noch Zeit, sich mit ihren für sie völlig neuen Gefühlen auseinanderzusetzen. Sie war sich aber absolut sicher, dass es nur eine Frage der Zeit war, bis ihr Verstand und vor allen Dingen ihr Körper den letzten Widerstand aufgeben würden.

Als sie den Kerry Airport in Faranfore passiert hatten, rollte sie sich eine Wolldecke zusammen und legte ihren Kopf damit gepolstert an die Scheibe. Nach etwa zehn Minuten war sie eingeschlafen und Peter O'Sullivan hatte die nächsten beiden Stunden damit zu kämpfen, sie zu betrachten und gleichzeitig die Straße und den Verkehr im Auge zu behalten.

»Wir haben noch eineinhalb Stunden bis Galway und ich habe mir gedacht, dass wir uns aus Zeitgründe vielleicht das Mittagessen sparen sollten. Vielleicht schaffen wir dann noch den Rückweg, eine Übernachtung in einer Kaserne gehört nämlich nicht zu meinen unerfüllten Wünschen.«

O'Grady schaute wieder etwas zufriedener drein und fragte: »Aber ein Abendessen hast du doch hoffentlich noch eingeplant?«

Nach einer guten halben Stunde waren sie wieder auf der Autobahn in Richtung Galway. Kurz vor ein Uhr erreichten sie ihr Ziel, das etwas außerhalb von Galway City auf einem Kasernengelände lag. An der Pforte hatte man sie schon erwartet, ihnen je einen Besucheranhänger ausgehändigt und sie gebeten, sich im Ärztezimmer im 1. OG zu melden.

In Major Harris, nur etwa 1,65 groß, mit langen grauen Harren und Nickelbrille, vermutete man eher einen Landarzt am Amazonas als einen Soldaten im Range eines Majors. Er begrüßte sie herzlich und seine tiefen Lachfalten um die Augen formten sich zu ansehnlichen Runzeln und verliehen ihm einen sehr verschmitzten Ausdruck. Mit dem Mann könnte man Spaß haben, dachte O'Sullivan, der den kräftigen Händedruck freudig erwiderte.

»Willkommen auf meiner Station. Ihr Kunde hat seine Verletzungen und die OP gut überstanden und befindet sich auf dem Weg der Besserung, wenn es auch noch ein paar Wochen dauern wird, bis er wieder völlig auf den Beinen ist. Seine Lähmungen machen mir noch etwas Sorgen, denke aber, das wird schon wieder. Dies nur zu Ihrer noch nicht gestellten Frage, wann Sie ihn denn mitnehmen können«, bemerkte er mit einem unnachahmlichen Schalk in den Augen.

Daly machte nicht gerade den frischesten Eindruck. Er hatte nach wie vor einen dicken Verband um den Kopf, zwei Beine in Gips, eine Infusion am linken Arm, und ein Überwachungsmonitor piepste monoton.

»Ich werde einen Kollegen schicken, der den Zustand des Patienten während der Befragung überwacht«, sagte Major Harris. Ich gebe Ihnen vorerst eine Stunde, dann sehen wir weiter.«

O'Grady wollte gerade widersprechen, denn sie wollte keine Außenstehenden beim Verhör dabei haben, überlegte es sich dann aber, denn sie ahnte schon, dass es mit dem Major keine Diskussionen geben würde. Sie hatten sich entschlossen, das Aufnahmegerät noch im Auto zu lassen, um Daly nicht mehr als nötig zu erschrecken. O'Grady befragte Daly zunächst zur Person und Herkunft, dann zum Geschehen in Sligo.

»Erzählen Sie, wie es zu dem Unfall kam«, begann O'Grady.

»Ich kann mich nicht erinnern, muss wohl abgerutscht sein.«

»Was war der Grund Ihres Aufenthaltes in Sligo, Mister Daly?«

»Urlaub, ich wollte ein paar Tage Urlaub machen.«

»Und was haben Sie zuvor in Sneem getan, auch Urlaub?«

»Sneem? Ich war seit Jahre nicht in Sneem.«

Sie unterbrach, weil ihr Handy summte, und ging auf den Flur.

McEagan war am Apparat und informierte, dass sie mit dem vierten Mann, dem rothaarigen Michel Mansfield, richtig gelegen hätten.

»Wie geht es voran?«, fragte McEagan.

»Grade erst angefangen, bis jetzt lügt er.«

»Dann viel Erfolg, wir sehen uns morgen in Sneem«, sagte McEagan und legte auf.

»Mister Daly, haben sie eine Großmutter in Timbuktu?«, setzte sie die Befragung fort.

Daly schaute sie völlig irritiert an.

»Was ist das denn für eine blöde Frage? Verstehe ich nicht.«

»Die Frage ist nicht dümmer, als es ihre bisherigen Antworten waren. Wir sollten uns darauf verständigen, dass Sie unsere Fragen besser wahrheitsgemäß beantworten, denn Sie können davon ausgehen, dass wir ohnehin schon das meiste wissen.«

Das Piepsen des Monitors beschleunigte seinen Rhythmus ein wenig. Fast so gut wie ein Lügendetektor, dachte O'Grady. »Also Daly, versuchen wir es noch einmal. Wer hat Sie von der Klippe gestoßen?«

»Weiß ich nicht. Die ganze Geschichte an der Klippe ist nach wie vor wie im Nebel. Etwas sagt mir aber, dass ich von hinten gestoßen wurde. Aber richtig erinnern kann ich mich wirklich nicht.«

»Gut und was haben Sie in Sligo gemacht«?

»Hab ich doch gesagt, Urlaub.«

»Wie heißt nochmal Ihre Großmutter in Timbuktu?«

Er schwieg. Dafür piepste der Monitor wieder schneller.

»Na, dann versuchen wir es einmal anders. Ich sage Ihnen, was Sie dort gemacht haben, und Sie sagen uns dazu Ihre Meinung. Sie haben den Volvo mit einem Teil der Drogen, die Sie und Ihre Kollegen in Sneem angelandet haben, nach Sligo gebracht und den Wagen in einer Schlucht angezündet, um Ihre Spuren zu verwischen.«

Der Monitor lief zur Hochform auf.

»Hallo Daly«, erinnerte O'Grady an ihre Anwesenheit, als sich der Monitor wieder beruhigt hatte.

»Ich sage nichts mehr ohne einen Anwalt.«

»Wenn das Ihr Ernst ist, können wir Ihnen helfen. Einen Anwalt können wir Ihnen binnen einer halben Stunde besorgen. Ich weiß nur nicht, ob das eine gute Idee wäre. Wollen Sie sich wirklich der Gefahr aussetzen, dass die Leute, die Sie von der Klippe gestoßen haben, Ihre Fährte aufnehmen? Sie sollten nämlich wissen, dass wir es waren, die Sie in aller Heimlichkeit zum Schutz vor einem weiteren Anschlag ins sichere Militärhospital verlegen ließen. Im Sligo Hospital waren sie Ihnen nämlich bereits auf den Fersen. Ich versuche mal, Ihnen Ihre Situation begreiflich zu machen, danach können Sie über Optionen entscheiden.

Angenommen, Sie leugnen alles und hoffen auf eine Freilassung. Was würde Ihnen das nützen? Nichts, denn binnen einer Woche wären Sie tot. Wetten dass?

Zweite Option, Sie werden verurteilt, und das werden Sie, weil wir bereits genug wissen, und kommen dann ins Gefängnis. Das Ergebnis wäre das Gleiche. Nach einer Woche dort drin wären Sie tot. Wetten dass?

Dritte Option. Sie arbeiten mit uns zusammen, sprechen offen über Ihre Straftaten und helfen uns, die Hintermänner zu fassen und deren Organisation zu zerschlagen, dann würden Sie am Leben bleiben, zwar im Gefängnis, aber immerhin in einem von uns ausgesuchten. Inwieweit man Ihnen wegen Mithilfe bei der Aufklärung die Haft zusätzlich etwas angenehmer gestalten könnte, wird natürlich von Ihrer direkten Beteiligung an den beiden Morden in Sneem abhängig sein. Denken Sie daran. Wir sind Ihre einzige Lebensversicherung. Wir haben einen zweiten Anschlag im Sligo Hospital verhindert und Sie hierher in Sicherheit gebracht. Es mag sich für Sie komisch anhören, aber wir sind jetzt Ihre einzigen Freunde.«

Der Monitor hatte in den letzten beiden Minuten wieder einen beschleunigten Puls angezeigt. O'Grady bot eine viertelstündige Denkpause an.

»Was meinst du, wie er sich entscheiden wird?«, wollte O'Grady wissen, als sie im Casino bei einer Tasse Kaffee saßen.

»Wenn seine Kopfverletzung keinen bleibenden Dachschaden hinterlassen hat, wird er singen. Vielleicht wird er sich anfangs noch etwas zieren, aber du machst das schon. Ich hole mal das Aufnahmegerät aus dem Wagen. Übrigens, warst du schon mal in Timbuktu? Du scheinst da Leute zu kennen.«

Sie lachten beide und schauten sich dabei etwas länger in die Augen, als notwendig gewesen wäre.

»Wann wirst du ihm erzählen, dass wir die Namen aller seiner Freunde bereits kennen?«, fragte O'Sullivan.

»Immer einen nach dem anderen, wenn er ins Stocken gerät. Mehrere kleine Schocks machen mehr mürbe als ein großer.«

»Dir möchte ich nicht in die Finger geraten.«

»Schade. Ich könnte mir das sehr aufregend vorstellen.«

»Hat Alan sonst noch was erzählt?«, versuchte O'Sullivan, das Thema zu wechseln.

»Nein, er hat mir nur kurz den Namen des vierten Mannes mitgeteilt. Die scheinen drüben in Dublin doch erstaunlich gut informiert zu sein.«

»Irgendetwas müssen die ja für ihre Gehälter tun«, bemerkte Peter achselzuckend, als er sich aufmachte, das Tonbandgerät und die Videokamera zu holen.

»Haben Sie sich entschieden, Daly?«, eröffnete O'Grady die zweite Runde, nachdem sie zuvor den anwesenden Arzt fragend angeschaut und dieser zustimmend genickt hatte.

»Fragen Sie«, kam es leise vom Bett her.

»Haben Sie den Mann erkannt, der Ihnen den Stoß an der Klippe versetzt hat, oder wenigstens teilweise gesehen, zum Beispiel welche Schuhe er getragen hat, oder haben Sie vielleicht eine Armbanduhr gesehen oder ein Auto oder eine andere Kleinigkeit?«

»Ich verstehe Sie sehr schlecht, könnten Sie bitte etwas lauter sprechen?«

»Sie vermissen wohl Ihr Hörgerät? Tut mir leid, aber das ist noch bei der Spurensicherung. Ich komme wieder etwas näher, ist es besser so?«

Als er nickte, wiederholte sie ihre Frage.

»Nein, ich kann mich doch kaum erinnern. Alles ist wie verschwommen. Ich träume nur oft, dass ich über der Klippe fliege.«

»Wie viel Kokain haben Sie nach Sligo transportiert?«

»Ein Paket, etwa 25 Kilo.«

»Und wo haben Sie das Kokain deponiert?«

Er brauchte sehr lange, um zu antworten, und rang offensichtlich immer noch mit sich, wie weit er gehen sollte. Aber dann entschied er sich wohl, zu leben.

»Ich habe es in meinem Elternhaus versteckt. Es steht in Sligo, wo ich geboren bin. Meine Eltern sind vor Jahren gestorben und das Haus steht leer.«

»Und wo da genau?«

»Im Pumpenhaus.«

Während Daly erzählte, wie sie die Drogenpakete an Land gebracht hatten, verließ O'Sullivan das Krankenzimmer, um mit Sligo zu telefonieren und eine Durchsuchung des Elternhauses zu veranlassen.

Daly berichtete von insgesamt vierzehn Paketen, wovon sie eines hätten über Bord werfen müssen.

»Wo sind die restlichen zwölf Pakete, Daly?«

»Ich weiß es nicht, ganz bestimmt nicht. Als ich losgefahren bin, um den Wagen zu entsorgen, waren sie noch in einer Garage in Rossdohan.«

»Was wollten Sie mit dem einen Paket in Sligo?«

»Hhmm.«

»Bitte, ich habe Sie nicht verstanden.«

»Ich wollte mich absetzen, deshalb bin ich nach Sligo gefahren. War wohl ein Fehler.«

»Sie meinen, niemand außer Ihnen wusste, dass Sie nach Sligo wollten?«

»Niemand.«

»Ich denke, die Hintermänner schon. Die müssen euch nämlich beobachtet haben.«

Daly nickte resigniert.

»Erzählen Sie mir, was am Gleesk Pier noch passiert ist«, setzte O'Grady das Verhör fort.

Man sah Daly förmlich an, dass er spürte, wie die Einschläge näher kamen, und er sich immer noch sträubte, offen zu reden.

»Hab ich doch schon. Wir haben dort die Pakete an Land gebracht.«

»Erzählen Sie bitte in allen Einzelheiten, was dort sonst noch passiert ist. Wir haben zwar eine gute Vorstellung davon, möchten es aber von Ihnen hören. Wie sollen wir sonst Ihre Bereitschaft zur Kooperation beurteilen können?«

Dann beichtete er, erst zögerlich, dann ausführlich. Er bestätigte ihre Vorstellungen des Hergangs in vollem Umfang. Er erzählte von einem schnellen Boot, das sich von See her genähert hätte. Es sei direkt aus der Sonne gekommen und sie dachten, es sei die Coast Guard. Der Mann auf ihrem Boot hätte das letzte Paket über Bord geworfen, und er selbst sei mit den bereits verladenen Paketen auf und davon. Seine Stimme war zunehmend schleppend geworden, weshalb der anwesende Arzt das Verhör unterbrach.

»Tut mir leid, das reicht für den Augenblick. Der Patient braucht jetzt eine längere Pause. Probieren Sie es in zwei Stunden noch mal. Kennen Sie unsere Altstadt? Lohnt sich!«

Sie konnten einen kleinen Tisch in einem Straßencafé ergattern und setzten sich der Sonne zugewandt.

»Ich hatte gehofft, wir könnten das durchziehen und heute noch zurückfahren«, sagte Fiona nachdenklich und nach einer kleinen Kunstpause fügte sie verschmitzt lächelnd hinzu, »jetzt müssen wir wohl das Angebot vom Major annehmen und in der Kaserne übernachten, oder möchtest du lieber in ein kleines schnuckeliges Hotel?«

Sie kann es nicht lassen, dachte Peter. Er selbst träumte seit Langem von einem ersten wirklichen Stelldichein mit ihr, mit oder ohne Hotelzimmer. Hoffentlich war diese Geschichte hier bald zu Ende. Dann würde er sie endlich in die Arme nehmen können. Er wusste, es würde alles gut werden. Aber in einem von der Garda bezahlten Hotelzimmer sollte es nicht stattfinden. So sah er es wenigstens. Sie schien den gleichen Gedanken zu hegen und sie beschlossen, in der Kaserne zu übernachten.

Von Westen zogen sehr schnell dunkle Regenwolken auf, die auch eine merkliche Abkühlung brachten. Eine Serviette flog davon und tanzte mit anderen Papierschnipseln die Straße hinauf. Es wurde ungemütlich. Sie zahlten und eilten zum Taxistand.

Eineinhalb Stunden waren seit der ersten Befragung vergangen und O'Grady startete einen neuen Versuch.

»Ihre Freunde haben den Unterschlupf in Rossdohan offenbar kurz nach Ihnen verlassen. Haben Sie eine Vorstellung, wohin sie von dort aus gegangen sind?«

»Das weiß ich nicht. Ich hatte keinen Kontakt mehr.«

»Daly, jetzt erzählen Sie uns bitte, wie es am Pier weiterging. Und erzählen Sie uns die ganze Geschichte. Wenn es zu sehr anstrengt, machen wir gerne mehr Pausen dazwischen, nur lassen Sie sich nicht alles aus der Nase ziehen, und Sie sollten darauf achten, dass sich Ihre Geschichte mit der Ihrer drei Kollegen deckt. Sie wissen ja, das Zauberwort heißt Kooperation.«

Daly schwieg eine Weile, so als würde er erst noch darüber nachdenken müssen, welchen Teil seiner Geschichte er unbemerkt unter den Tisch fallenlassen könnte. O'Grady war gespannt, wann er auf Digger und Forrest zu sprechen käme. Am Ende aber, das sagte ihr Gefühl, würden sie den oder die Mörder kennen. Je mehr Ausflüchte er bei dieser Geschichte suchen würde, je höher war die Wahrscheinlichkeit seiner direkten Beteiligung. Besonders gespannt war sie auf die Vorgänge in der Waldhütte.

Dann fing Daly an zu erzählen, erst stockend, dann immer flüssiger, gerade so, als wolle er es sich von der Seele reden. Hin und wieder legte er eine kleine Pause ein, nicht um zu überlegen, sondern um Kräfte zu sammeln. Er berichtete, dass sie den Stoff noch am gleichen Abend nach Macroom bringen sollten, er ihn aber zunächst in der Garage des Ferienhauses zwischengelagert hatte, um seinen Kollegen am Pier zur Hilfe zu eilen. Die seien schon ganz verrückt gewesen, weil er so lange ausgeblieben war. Das Boot, das sich genähert hatte, sei blinder Alarm gewesen. Jugendliche mit einem Speedboat ihres Vaters offensichtlich. Seine Kollegen hätten zwischenzeitlich den Penner entdeckt, der sie die ganze Zeit aus einem Versteck heraus beobachtet haben musste und die Gelegenheit des Durcheinanders nutzend mit dem Fahrrad geflüchtet sei.

Sie hätten sich dann mit dem Volvo auf die Suche nach ihm gemacht und ihn tatsächlich kurz vor dem Ortseingang von Sneem gesichtet. Wegen einem Streifenwagen vor der Garda Station hätten sie ihn nicht gleich gestoppt, sondern seien ihm mit Abstand bis zu einer Bretterbude im Wald gefolgt. Sie hätten dem Mann wirklich nichts Böses tun, sondern ihn nur einschüchtern wollen, aber der sei völlig von der Rolle gewesen, worauf man ihn fesseln und beruhigen wollte.

»Einer hatte ein Seil aus dem Auto geholt und wollte gerade anfangen, ihn am Stuhl festzubinden, als der Alte völlig den Verstand verlor. Er hatte plötzlich eine Eisenstange in der Hand und schlug sie mir auf den Kopf. Danach bin ich erst im Auto auf der Rückfahrt nach Sneem wieder aufgewacht.«

»Haben Ihnen Ihre Kumpel erzählt, was in der Hütte weiter passiert war?«, unterbrach ihn O'Grady.

»Die haben heftig gestritten und ich habe nichts verstanden, so hat mir der Schädel gebrummt. Erst später, als ich mein Hörgerät vermisst habe und zurück in die Hütte wollte.«

»Wann hat … Verzeihung, erzählen Sie weiter.«

Seine Kumpane seien wegen des Hörgerätes außer sich gewesen und hätten sich zunächst geweigert, nochmals zurückzufahren. Dann hätten sie ihm erzählt, dass sie den Alten nicht bändigen konnten und sie ihn aufgeknüpft hätten. Er hätte sie aber überzeugen können, dass er das Hörgerät nur durch den Schlag in der Hütte hätte verlieren können und sie deshalb nochmals dahin fahren mussten. Sie seien also nochmals raus zum Wald gefahren. Etwa einen halben Kilometer vorm Waldrand sei ihnen dann ein ungewohnt schnelles Auto entgegengekommen, dessen Fahrer offensichtlich den Toten bereits entdeckt haben musste. Sie wollten verhindern, dass er die Bullen alarmieren konnte, bevor sie die Gegend verlassen hatten. Außerdem hätten sie auf der schmalen Straße einander langsam ausweichen müssen, und dabei konnte er ihre Gesichter erkennen. Sie hätten den Kerl deshalb gestoppt und ihn in ihren Wagen gezwungen.

Bereits auf dieser zweiten Fahrt in den Wald hätten sie hinter der Tankstelle an der Kenmare Road zwei weitere Streifenwagen und jede Menge Cops bemerkt. Sie hielten es deshalb für zu gefährlich, mit dem Gekidnappten dort vorbei zu ihrer Unterkunft zu fahren, und sie hätten sich deshalb für den einsamen Pier entschieden.

Dann machte er wieder eine Pause. Niemand stellte eine Frage, man wollte ihm ein bisschen Zeit geben, denn seine zunehmende Erschöpfung blieb nicht verborgen.

»Es gab wieder heftigen Streit, was mit ihm geschehen sollte. Ihn umbringen wollte zunächst niemand, ihn laufenlassen konnte man aber auch nicht. Einer holte dann eine Schrotflinte aus dem Wagen und erschoss ihn, einfach so.«

»Wer?«, fragte O'Grady.

Daly hatte die Augen geschlossen und antwortete nicht. Es sah aus, als sei er eingeschlafen.

»Wer?«, fragte O'Grady eindringlicher. »War es einer der Zwillinge.«

O'Grady hatte bisher noch keinen Namen genannt, aber sie signalisierte ihm damit, dass sie über die Zwillinge Bescheid wusste. Dies war Teil ihrer Strategie, ihm mit kleinen Häppchen über seine Redehemmungen hinwegzuhelfen, und es half, denn er nickte.

»Mel oder Tom?«

»Mel.«

O'Grady gab ihm etwas Zeit und drängte ihn nicht. Aber es kam nichts mehr, er war eingeschlafen. Der Arzt bedeutete jetzt, dass für heute Schluss sei. Das war ja auch schon mehr, als sie erwartet hatten. Ihre bisherigen Vermutungen über den Hergang wurden voll bestätigt. Mel Flatley, war der Mörder von Digger. Dalys Geschichte über die Ereignisse in der Waldhütte schien glaubhaft zu sein und deckte sich mit ihren Vermutungen. Sie entlasteten vorläufig auch ihn als Täter in den Mordfällen. Seine Schuld als Mittäter würden andere beurteilen müssen. Und wer letztlich Forrest den Strick um den Hals gelegt hatte, war ein Detail, das sich auch noch klären ließ.

30

Die beiden Zivilisten hatten sich nach dem Lunch verabschiedet.

»Sie sehen aus, als lägen ihnen noch jede Menge Fragen auf der Seele, nur zu«, wandte sich Deputy Commissioner Ahern nun an McEagan.

»Ich habe im Großen und Ganzen begriffen. Sie wollen, dass wir keine Alleingänge unternehmen und Dublin die Regie überlassen sollen. Ich habe aber keine Ahnung, wie das in der Praxis funktionieren soll.«

»Sie sind zurzeit eindeutig im Vorteil«, schaltete sich Murphy ein. »Sie kennen Ihre Mörder und können sie bald festnageln. Aber wer führt uns dann zu Teahan und den Drogen? Vielleicht sollten Sie die Täter nur einkreisen und an die lange Leine nehmen. Immerhin besteht ja, Ihrer Einschätzung zufolge, noch die Chance, dass sie uns zu den Drogen führen und damit auch zum Syndikat. Wir müssen Teahan und seine Mannen bei der Übergabe erwischen, sonst geht er wieder als freier Mann. Es sei denn, Sie können ihm noch eine Beteiligung an den Morden nachweisen. Mit der vorzeitigen Festnahme Ihrer Täter würde die Situation vielleicht außer Kontrolle geraten. Das Leben von Frau Kinsley wäre danach auch keinen Pfifferling mehr wert. Wir müssen das Syndikat in dem Irrglauben lassen, sie hätten das Heft noch selbst in der Hand, verstehen Sie was ich meine?«

»Schon, aber nehmen Sie damit notfalls in Kauf, dass ein oder zwei Mörder abtauchen könnten?«, fragte McEagan.

»Zunächst müssen wir den Ring um Teahan schließen und Frau Kinsley befreien, und zwar möglichst lebend. Immer unter der Voraussetzung, sie ist entführt worden, wovon wir nach wie vor ausgehen sollten. Wir beschatten Teahan seit Tagen rund um die Uhr. Teahan hat sich seither schon zweimal mit Mansfield in Dublin getroffen. Sie schienen dabei keine Freundlichkeiten ausgetauscht zu haben. Also können wir immer noch davon ausgehen, dass die Drogen noch nicht bei Teahan angekommen sind. Mansfield wird auch beschattet. Er hat sich anschließend mit zweien seiner Leute in Killarney getroffen. Ihrer Beschreibung zufolge müssten es die Zwillinge gewesen sein. Pikanterweise wurden sie bei diesem Treffen von einer weiteren Person observiert, die vermutlich auf Teahans Gehaltsliste steht. Also warten wir ab. Sobald Mansfield uns zu Teahan und den Drogen geführt haben, können Sie Ihre Mörder eintüten. Und sollte wirklich einer abtauchen, müssen wir diese Kröte schlucken. Aber wo sollte er denn hin? Die Welt ist klein mit unseren heutigen Möglichkeiten.«

»Ich habe da so meine Zweifel.«

»Ich verstehe Ihre Ungeduld und Ihre Zweifel, McEagan, aber wir sind uns hier alle sicher, dass Frau Kinsley vorläufig nicht in Gefahr ist, sonst hätte Teahan kein Druckmittel mehr in der Hand. Auch unser Profiler war davon überzeugt, jetzt denkt er allerdings auch über Ihre Theorie nach.«

»Was hatte eigentlich dieser Mister Hussey vom Ministerium heute hier zu schaffen?«

»Wir prüfen vorsorglich für Kinsley die Aufnahme in einem Zeugenschutzprogramm. Die wollen deshalb genau wissen, was Sache ist. Kostet schließlich eine Stange Euros. Wenn wir Glück haben, werden wir das nicht in Anspruch nehmen müssen.«

»Das hoffe ich sehr«, sagte McEagan, »Kinsley gehört nicht in ein Schutzprogramm, sondern in den Knast. Auch sein Ansinnen, seiner Frau Schutz zu gewähren, halte ich für vorgeschoben. Den interessiert das Schicksal seiner Frau nicht die Bohne. Der versucht nur seine Haut zu retten, egal was mit ihr passiert. Das war jetzt Profiling nach Kerry-Art und kostet Sie leinen Cent.«

»Interessant, wir werden sehen«, meinte Murphy, während Chief Harris, der bisher noch nichts beigetragen hatte, McEagan mit einem tadelnden Seitenblick bedachte.

Sie besprachen noch Details der Zusammenarbeit. Keinen

Schritt auf beiden Seiten ohne gegenseitige Information, hieß die Devise.

Am nächsten Morgen betrat McEagan zusammen mit Keene das Revier in Sneem. Er informierte, dass eine lückenlose Abstimmung mit Dublin angesagt war. Mehr durfte er nicht sagen, was ihm überhaupt nicht behagte. Keene war sein bester Innenermittler und absolut loyal. Sollten sie das Leck doch besser in Sweenys Umgebung suchen. Er fühlte Unbehagen, Keene solche Dinge zu verschweigen.

»O'Grady hat noch einen Tag länger in Galway zu tun«, sagte Keene, »und hat bereits die Hälfte eines gerichtsverwertbaren Geständnisses auf Band. Sie hat das gestrige Verhör mitgeschnitten und bereits auf unseren Rechner geschickt.«

Sie verfolgten dreieinhalb Stunden gebannt die Vernehmung und lehnten sich nach dem letzten Bild entspannt zurück. Es war ein Beweis ihrer Theorien gewesen und einen Mörder hatten sie auch, sie mussten ihn nur noch fassen.

»Bertie, was hältst du von einem anständigen Mittagessen? Wir können es zusammen mit der Geschichte verdauen. Nach dem Lunch benötige ich dann eine schriftliche Zusammenfassung des Verhörs, nur die Fakten, maximal zwei Seiten, verstehst du?«

»Für wen oder was brauchst du diese Zusammenfassung, wir haben doch die Aufzeichnung?«, fragte Keene, nachdem sie im Green Duck ihr Essen bestellt hatten.

»Hm, muss ich nach Dublin schicken.«

»Mir will immer noch nicht in den Kopf, wo die Drogen abgeblieben sein sollen«, wechselte McEagan das Thema. »Entweder sie müssen ein zweites Auto besessen haben, was dafür sprechen würde, dass die Drogen längst über alle Berge sind, oder sie haben sie weggetragen, was eher unwahrscheinlich ist. Wir sollten uns nicht weiter verrückt machen und uns auf die Fahndung nach den Flatley-Zwillingen und diesem rothaarigen Michel Mansfield konzentrieren, der vermutlich ihr Anführer ist.«

Er sah keine andere oder vernünftige Möglichkeit und entschied trotz gegenteiliger Anweisung, Keene in den Kern des Dubliner Gesprächs einzuweihen.

»Lass uns die Fahndung im Stillen aber weiterhin mit Hochdruck fortführen. Ich befürchte nämlich, dass uns das Syndikat zuvorkommt und ihnen den Lagerungsort abpresst und sie dann als lästige Zeugen beseitigt. Wir sollten die Bande wenigstens ausfindig machen und im Auge behalten. Sie sind übrigens in Killarney gesehen worden. Lass doch mal deine Verbindungen nach dort spielen. Sie sollen die Augen offen halten. Keine Festnahmen, nur beobachten und Kontakt halten.«

»Mir ist da in Sachen Drogenversteck noch was eingefallen«, sagte Keene. »Ich habe mich mal über Google Maps hergemacht. Leider ist die Auflösung hier in der Gegend mehr als beschissen, trotzdem sind mir einige Objekte aufgefallen, die ich mit Sergeant O'Sullivan gerne beraten will. Zum Beispiel eine große Insel in Privatbesitz, die über eine Brücke erreichbar ist. Neben einer Ruine gibt es dort intakte Gebäude. Die Immobilie ist unbewohnt und steht zum Verkauf. Eigner ist eine Immobiliengesellschaft in Dublin. Außerdem gibt es laut Katasteramt jede Menge intakte und verlassene Häuser, die sehr abgelegen sind. Vielleicht würde sich eine Überprüfung doch noch lohnen. Ich meine, wir sollten einfach nicht voreilig die Flinte ins Korn werfen. Außerdem scheinst du neuerlich gute Verbindungen nach Dublin zu haben. Vielleicht haben die sogar gestochen scharfe Luftaufnahmen.«

Das war eine Idee, aber wie sollte McEagan in Dublin an Luftaufnahmen kommen, ohne Rückfragen zu riskieren? Innerlich hatte er ja bereits mit der Suche nach dem Stoff nahezu abgeschlossen. Es hätte aber deutliche Vorteile, wenn er das Versteck fände, denn wo die Drogen sind, sind auch seine Mörder. Würde er die Drogen finden, könnten sie in Lauerstellung gehen. Eine unbestritten komfortablere Position und Dublin hätte auch nichts meckern.

»Wenn ihr euch auf einige Objekte einigen könnt, beschaffe

ich die Luftaufnahmen«, sagte McEagan und fügte in Gedanken »irgendwie« hinzu.

Beide aßen schweigend ihre große Portionen Crab Claws mit Salat.

Kurz nach fünf trudelten O'Grady und O'Sullivan ein und sie sahen sich die nächsten beiden Stunden das Video vom Vormittag an. Hauptsächlich ging es dabei um die Personalien der Zwillinge und von Mansfield, übliche Aufenthaltsorte, Freunde und Freundinnen und letztlich deren Gewohnheiten. Dann hatte O'Grady das Gespräch auf Kinsley gebracht. Sie musste ihn beschreiben, denn diesen Namen kannte er nicht. Erst als sie sein Boot erwähnte, wusste er Bescheid.

»Mansfield kennt den. Der ist auch mit ihm rausgefahren und hat die Drogen geholt. Super Boot ist das, und unheimlich schnell.«

O'Grady hatte ihm ein Foto aus den Ermittlungsakten gezeigt, worauf er ihn sofort erkannte. Er kenne seine Namen nicht, aber er könne auf alles schwören, was ihm heilig sei, dass er das größte Riesenarschloch auf Gottes Erde sei. Außerdem könnte der nicht normal reden, nur herumbrüllen.

Auch die verbrannte Folie war aufgeklärt. Ein Paket war beim hektischen Abladen aufgeplatzt und sie mussten die Kilopäckchen in drei Müllsäcke umpacken.

»Eine Amsel auf Brautschau kann nicht besser singen«, bemerkte McEagan anerkennend. Er hat wohl kapiert, dass eine Kooperation in der Tat seine einzige Chance bedeutet. Was sie wert ist, wird sich noch herausstellen, denn seine Geschäftspartner werden es nicht vergessen und können auch aus dem Gefängnis heraus operieren. Ich gebe keinen Penny auf sein künftiges Leben.«

»Gut möglich«, meinte O'Grady, »aber er war neben seinen unzähligen Straftaten an zwei Morden beteiligt. Mein Mitleid hält sich deshalb in Grenzen.«

O'Sullivan war aufgestanden und schaute gedankenverloren aus dem Fenster. Gegenüber hatte ein Campingbus angehalten, aus dem gerade die Passagiere ausstiegen. Er hatte mitgezählt. Sieben Erwachsene und zwei Kinder um die zwölf oder dreizehn. Er versuchte das deutsche Kennzeichen zu entziffern. B, müsste für Berlin stehen. Neun Personen in einem Camper für maximal vier Personen. Und so fahren die durch halb Europa. Er wäre jetzt verpflichtet, einzuschreiten und dem Leichtsinn ein Ende zu bereiten. Und den Leuten den Urlaub zu versauen? Er konnte sich selbst nicht erklären, warum er wie gelähmt untätig am Fenster stehen blieb. Er sah zu, wie die Gruppe fröhlich lärmend im benachbarten Restaurant verschwand. Sollten sich heute andere darum kümmern.

Die Hände tief in seinen Hosentaschen vergraben, erinnerte er sich an den Anruf der Kollegen aus Sligo, der sie unterwegs erreicht hatte, und wandte sich wieder den Kollegen zu.

»Die Durchsuchung von Dalys Elternhaus ist übrigens negativ verlaufen. Das Haus war aufgebrochen und offensichtlich gründlich durchsucht worden. Da war eindeutig jemand schneller gewesen. Die Kollegen aus Sligo haben aber die Spurensicherung beauftragt, sich die Sache mal anzusehen."

Es war wieder spät geworden. Keene sprach O'Sullivan noch auf seine Idee an, das mögliche Drogenversteck auf Google Maps zu suchen.

»Morgen, mein Lieber, heute hat es sich ausgegoogelt. Inspector O'Grady und ich sind zum Abendessen eingeladen.«

»Braucht ihr Verstärkung?«, fragte Keene hoffnungsvoll.

»Vergiss es.«

31

Sie betraten das Haus durch den Wintergarten auf der Rückseite des Hauses. Ein ungewöhnlich großer Wintergarten, wie Fiona O'Grady feststellte. Ein riesiger weiß lackierter Tisch, an dem gut acht Personen Platz hatten, beherrschte den Raum. Er war an der Stirnseite für drei Personen gedeckt und mit Kerzen beleuchtet. Am anderen Ende des Raumes, eingerahmt von großen Pflanzenkübeln, stand ein kleinerer Tisch mit drei Korbsesseln. Bevor Fiona den Raum weiter bewundern konnte kam eine bemerkenswert hübsche junge Frau mit einer bunten Schürze und leicht gerötetem Gesicht aus der angrenzenden Küche gestürmt. Noch bevor O'Sullivan auch nur im Ansatz Gelegenheit bekam, sie einander vorzustellen, streckte sie Fiona die Hand zur Begrüßung hin.

»Hallo Fiona, herzlich willkommen, ich bin Helen, Peters Schwester. Ich freue mich riesig, dich endlich kennenzulernen.« Dabei streifte sie ihren Bruder mit einem anerkennenden Seitenblick.

»Ich freue mich auch sehr, dich kennenzulernen, Helen, und vielen Dank für die Einladung.«

»Komm mit, ich zeige dir, wo du dich frisch machen kannst, danach kommst du zu mir in die Küche und wir trinken schon mal ein Gläschen, während wir meinem Bruder Gelegenheit geben, sich für uns angemessen zu kleiden.«

Fiona war hin- und hergerissen von Helens Charme. Die Ähnlichkeit mit Peter war frappierend. Sie verstanden sich auf Anhieb und hatten sich viel zu erzählen. O'Sullivan war noch schweigsamer als sonst und hatte fast das Gefühl, er sei hier überflüssig. Und was verstanden die Ladys wohl unter »angemessen«?

Fiona schloss aus Helens Verhalten, dass Peter sich ihr gegenüber offensichtlich über sein Interesse an ihr geäußert haben musste. Nicht dass es sie störte, aber sie hätte zu gerne gewusst, was genau er ihr erzählt hatte. Sie würde es noch rauskriegen. Sie vertraute da völlig auf ihre Verhörtaktiken.

Helen hatte eine Lammschulter im Ofen zubereitet, die himmlisch schmeckte. McEagan hatte also nicht übertrieben. Dazu gab es feines Gemüse und Kartoffelgratin. Zur Feier des Tages hatte Peter eine Flasche Gigondas geöffnet, die er auf Anraten eines Weinhändlers in Kenmare erstanden katte. Die anerkennenden Blicke der Damen bestätigten ihm, dass er gut beraten wurde.

Fiona hatte ihre anfängliche Scheu völlig abgelegt und fühlte sich wie unter guten alten Freunden. Peter hatte seine anfänglichen Befürchtungen überwunden, die beiden Frauen könnten sich vielleicht nicht mögen. Helen brachte das Gespräch schnell auf ihren Bruder und gab Geschichten aus Peters Kindheit zum Besten. Keiner erwähnte auch nur mit einem Wort den aktuellen Fall.

Helen und Fiona hatten das Geschirr in die Küche gebracht und machten den Abwasch.

»Ich glaube, mein lieber Bruder hat sich schwer in dich verliebt«, sagte Helen unerwartet, »er hat sich, seit ich ihn kenne, und das ist, seit er als kleiner Knirps eingeschult wurde, noch nie so seltsam benommen. Du brauchst dazu nichts sagen, ich will nur, dass du es weißt, weil ich dich gut leiden kann, Fiona.«

»Ich weiß es. Es beruht auf Gegenseitigkeit. Ich muss mir aber selbst erst noch darüber klar werden, was ich will. Eine kurze Liaison kommt für mich nicht in Frage und etwas Ernstes hat bislang nicht in meine Lebensplanung gepasst. Im Moment, und damit meine ich die Dauer unserer Ermittlungen, wäre es ohnehin keine besonders gute Idee. Aber ich kann dir sagen, dass ich auch nicht mehr schlafen kann.«

»Ich vertraue dir, Fiona. Was hältst du davon, wenn wir Peter jetzt ins Bett schicken und uns dann noch einen genehmigen. Du kannst übrigens in meinem Gästezimmer schlafen. Alles was du benötigst, kannst du von mir haben.«

»Du meinst ein richtiges Frauengespräch? Ich bin begeistert

und dann können wir morgen noch alle zusammen frühstücken«, strahlte Fiona.

32

In der Nacht hatte es anhaltend und kräftig geregnet. Die letzten grauen Wolken zogen in Richtung Kenmare und im Westen zeigte sich bereits das Blau eines weiteren schönen Tages.

Keene und O'Sullivan saßen am Bildschirm und googelten die Umgebung von Sneem. Sie hatten sich drei Objekte markiert, die es sich ihrer Meinung nach zu untersuchen lohnte. Ihr Favorit war die von Keene bereits ins Auge gefasste Insel Rossdohan, die über eine etwa sechs Meter lange Brücke mit dem Festland verbunden war und nur etwa sechshundert Meter von dem Ferienhaus entfernt lag, in dem sich die Bande eingenistet hatte.

O'Sullivan kannte die Insel und erzählte ihre Geschichte. Das kleine versteckte Schloss hatte ein englischer Adliger während der britischen Unterjochung gebaut. Kurz vor der Unabhängigkeit hatten die Einwohner von Kerry ihre Peiniger bereits von ihren Landsitzen vertrieben und die meisten der sogenannten Herrenhäuser niedergebrannt. Dieses Schicksal hatte auch das Schlösschen ereilt, von dem heute nur noch die Grundmauern standen. Die nachfolgenden irischen Besitzer hatten den Park öffentlich zugänglich gemacht und vier Familien Brot und Arbeit mit der Pflege der Anlagen gegeben.

Anfang der Neunziger wurde die Insel an einem hohen Beamten des Geheimdienstes der ehemaligen DDR verkauft, der ein paar Millionen zu verstecken hatte. Einige ehemalige Armeelaster, deren Beschriftungen nur überlackiert waren, wurden auf die Insel gebracht und das Tor auf der Brücke mit Stacheldraht gesichert.

»Wie an der Berliner Mauer«, schimpften die Einheimischen damals, denen der Zutritt von da an verwehrt war. Die Lastwagen seien dort ebenso versauert wie die kleine Gruppe Bediensteter, welche im völlig intakten Gerätehaus auf der Südseite der Insel untergebracht war. Der Eigentümer selbst hätte wenig von seiner Trauminsel gehabt, denn er sei kurze Zeit später im vereinten Deutschland vor Gericht gestellt worden. Nach dem Prozess sei die Insel mit hohen Verlusten wieder an den Makler zurückverkauft worden und sei seither unbewohnt.

O'Sullivan machte sich Vorwürfe.

»Rossdohan Island! Warum habe ich mir diese Insel nicht angesehen? Wahrscheinlich wegen der Zufahrt. Die reinste Mausefalle. Aber du hast recht. Wir sollten das überprüfen.«

»Wo ist denn diese Brücke?«, fragte Keene, »ist hier nicht zu sehen.«

»Hier, wo die Straße zum Rossdohan Pier endet. Du musst dann nur noch über das Grundstück des letzten Hauses, erst dann kann man das Tor auf der kleinen Brücke sehen. Das Schild »Kein Zutritt – Streng Privat« hängst da immer noch. Seit die Iren nicht mehr hin durften, haben sie die Insel anscheinend vergessen.«

»Na dann weißt du als Ire ja, warum du nicht daran gedacht hast«, lachte Keene.

Die anschließende Besprechung befasste sich zunächst mit den bislang negativen Fahndungsergebnissen und war entsprechend kurz.

Dann berichteten Keene und O'Sullivan, welche Grundstücke ihnen aus Weltraumsicht aufgefallen waren.

»Nummer eins«, sagte O'Sullivan, »das alte Schloss bei Templenoe, unbewohnt, aber trocken, Aktivitäten von der Straße aus nicht auszumachen, aber zu weit, mindestens zwanzig Minuten mit dem Auto. Nummer zwei, die verlassene Hippiesiedlung bei Tahilla. Einsam in jeder Beziehung, ist aber nur Einheimischen bekannt. Hätte die lausige Bande davon gewusst, würden sie sich dort von Beginn an eingenistet haben und nicht in einem

Ferienhaus in Rossdohan, wo sie doch eine gewisse Gefahr liefen, entdeckt zu werden. Nummer drei, und das ist unser Favorit, Rossdohan Island!«

Er erzählte nochmals, was er über die »vergessene Insel« wusste und wies auf die kurze Entfernung zum Ferienhaus hin.

»Sie können die Insel zufällig bei der Erkundung ihrer Nachbarschaft entdeckt haben. Es gäbe aus meiner Sicht nur ein Problem für die Gangster. Es ist eine Mausefallc. Kluge Leute würden dort nichts verstecken. Nach meiner Einschätzung scheint aber Intelligenz keine markante Eigenschaft der Bande zu sein.« Gestern noch wäre McEagan von einer Durchsuchung der Hippiesiedlung und der Insel begeistert gewesen. Heute konnte er dem deutlich weniger abgewinnen. Er war sich unschlüssig. Eine gute Chance wahrnehmen, oder an seinem beim Frühstück gefassten Entschluss festhalten? Nach langem Ringen, und während sich seine Mannschaft zunehmend beunruhigte, traf er die für einige von ihnen folgenschwere Entscheidung.

»Wir schließen unser Büro in Sneem. Bertie ruft Kenmare an und lässt die Straßenkontrollen aufheben. Alle Uniformierten können zurück auf ihre Dienststellen. Dann fangt ihr schon mal an zu packen. Inspector O'Grady und Sergeant O'Sullivan können sich in der Zeit noch die Insel anschauen. Um 1400 Lunch im Green Duck und um 1500 wird abgerückt.«

Ratlosigkeit und Schweigen.

»Was schaut Ihr so? Der Fall ist geklärt! Wir kennen die Täter, ihre Motive und die Tathergänge. Jetzt ist Fahndung angesagt, und das können wir von Tralee aus besser erledigen. Schluss jetzt.«

O'Grady und O'Sullivan waren auf dem Weg zur Insel, nur Keene rührte sich nicht.

»Was ist geschehen, von dem ich vielleicht wissen sollte? Du drehst dich im Wind wie ein Wetterhahn. Erst willst du nicht nach den Drogen suchen, weil das Sweeny tun soll. Gestern bist du plötzlich wieder ganz heiß drauf und hast sogar überzeugende Argumente dafür. Und heute, nur ein paar Stunden später, willst du einpacken und die Drogen wieder den anderen überlassen. Entschuldige, da komme ich nicht mehr mit.«

McEagan schaute Keene lange an. Er hatte ja recht. Er wusste selbst nicht mehr genau, in welche Richtung er laufen sollte. Sollte er ihm erzählen, was er heute beim Frühstück gesehen hatte? Dann würde eines zum anderen führen und er müsste ihm die ganze Dubliner Geschichte erzählen und würde damit die strikte Anweisung missachten. Er verfluchte nachträglich den Besuch im Hauptquartier. Er hätte sich krankschreiben lassen sollen.

»Bertie, manchmal verstehe ich mich selbst nicht. Aber heute beim Frühstück bekam ich neue Eingebungen, wenn du mit diesem Ausdruck was anfangen kannst. Gib mir bitte noch etwas Zeit, dann werde ich dir die ganze Chose erklären. Ein oder zwei Stunden, bitte.«

»Na gut, du bist der Boss. Ich werde dann schon mal packen.«

McEagan saß lange Zeit und scheinbar völlig teilnahmslos an seinem Schreibtisch. Fliegen an der Lampe gab es heute keine. Der Kaffee im Büro schmeckte nie sonderlich gut, war aber heute ausgesprochen widerlich. Er hatte seinen Fall aufgeklärt und durfte trotzdem nicht, wie er wollte. Und dann spielte obendrein jemand ein falsches Spiel.

»Diese Hurensöhne!«, platzte es aus ihm heraus und neues Leben erwachte in ihm.

Er rief Chief Harris in Tralee an und erklärte ihm unumwunden, dass er den Fall jetzt abschließen und das Büro in Sneem schließen würde.

»Und was sagt Dublin dazu?«

»Keine Ahnung, Sir. Ich wollte Sie zuerst informieren.«

»Aber wir hatten doch strikte Anweisung, nur das Tempo rauszunehmen und jede einzelne Aktion mit denen abzusprechen. So geht das nicht, McEagan!«

»Ich habe das anders in Erinnerung. Nicht nur wir sollten unsere Aktionen absprechen, sondern auch die andere Seite ihre Aktivitäten mit uns. Gegenseitige Information war angesagt. Ich fühle mich verschaukelt, oder wurden Sie darüber informiert, dass die Dubliner Sheriffs bereits hier vor Ort sind?«

Er gab Keene ein Zeichen mitzuhören und erzählte dem Chief, dass er beim Frühstück zwei von ihnen bemerkt hatte. Und wie sauer er darüber sei.

»Das ändert die Situation natürlich nur wenig«, erwiderte der Chief, »denn dafür kann es Gründe geben. Sie sollten Dublin in jedem Fall über Ihre geplanten Schritte informieren. Denken Sie an die Schwierigkeiten, die sie uns machen können.«

»Sie können sich darauf verlassen«, sagte McEagan und legte auf.

Warum sollte ich mir Sorgen machen, fragte er sich und erinnerte sich an den Spruch mit dem Köpfen. Ein breites Grinsen zog über sein Gesicht, als er auf dem Sondertelefon die Taste des Deputy Commissioner Murphy drückte. Nach dem zweiten Läuten hatte er Schweinchengesicht am Apparat.

»Was gibst, McEagan?«

Wenigstens das klappte.

»Nun, ich wollte Sie gemäß unserer Absprache darüber informieren, dass ich gerade meine Zelte in Sneem abbreche, um die Fahndung nach meinen Tätern von Tralee aus zu leiten, Sir.«

»Wir hatten nicht vereinbart, dass Sie uns über bereits getroffene Entscheidungen informieren, sondern diese vorher mit uns absprechen«, kam es mit unüberhörbarer Schärfe vom anderen Ende. Nichts mehr von dem kollegialen Getue mit Kaffee und Kuchen.

»Danke gleichfalls. Ich wurde gebeten, die Stellung zu halten, bis Ihr Ring um die Dealer enger gezogen sei. Ihr Ring ist in Sneem angekommen. Wie viel enger soll's denn noch werden, Sir? Und wahrscheinlich hat man einfach nur schlichtweg vergessen, den Einzug Ihrer Leute hier in Sneem mit mir abzusprechen. Oder habe ich da was übersehen?«

»Woher haben Sie diese Information?«

»Das ist, mit Respekt gesagt, nicht der Punkt, Sir. Der Punkt ist, warum ich nicht informiert wurde.«

»Da ist vielleicht was schiefgelaufen. Ich weiß es nicht. Nochmals: Woher haben Sie diese Information?«

»Von niemandem. Ich bin Gardai und weiß, was um mich herum passiert. Ihre Leute sind dummerweise im selben Hotel wie ich abgestiegen. Habe sie beim Frühstück gesehen.«

Keene schüttelte langsam den Kopf. Auch er schien einige Dinge klarer zu sehen.

»Und woher wollen Sie wissen, dass es unsere sind? Haben Sie mit ihnen gesprochen?«

»Das war nicht nötig, Sir. Ich kann Ihre Leute zwar nicht riechen, wie dies in der Szene allgemein behauptet wird, aber ich erkenne sie ohne Brille. Gleicher Haarschnitt, gleicher Schneider, gleiches Dubliner Getue, gleiche Beule im Heckler&Koch Design unter der linken Achsel, übertrieben hochglanzpolierte Schuhe und alle fünf Minuten prüfen, ob die Fingernägel sauber sind. Die erkenne ich überall.«

Pause.

McEagan hörte Schweinchengesicht förmlich denken und sah ihn vor sich, wie er von Rosa auf Dunkelrot wechselte. Dann kam die Reaktion in einer nochmals gesteigerten Schärfeklasse. Jetzt musste man dem Landei wohl zeigen, wo sein Platz war.

»McEagan, hören Sie gut zu. Sie unternehmen gar nichts. Wir werden das hier im Hause erst nachprüfen und besprechen, dann melden wir uns wieder. Bis dahin bleibt …«

»Sorry Sir, wenn Sie das erst nachprüfen müssen, scheint es mit Ihrer internen Informationsstruktur in Dublin auch nicht weit her zu sein. Unterstellt man tatsächlich, dass Sie als Verantwortlicher keinen Schimmer von diesem Einsatz haben, dann weiß Ihre Linke nicht, was die Rechte tut. Darauf möchte ich meine Arbeit nicht aufbauen, das ist mir und meinen Leuten offen gesagt zu riskant. Wir werden deshalb abschließen und abrücken. Der Umzug ist bereits organisiert und mit dem County Department abgestimmt. Ihre Leute sind vor Ort und unsere Arbeit hier ist beendet. Oder wollen sich Ihre Jungs nur nicht die gewienerten Schuhe schmutzig machen und uns lieber mit einem Drink in der Hand von der Hotelterrasse aus bei der Arbeit beobachten, die die ihre wäre? Empfehlen Sie ihnen, sich anständiges Schuhwerk anzuziehen und sich an ihren Job zu machen.«

»McEagan, Sie vergreifen sich im Ton und Sie überschreiten Ihre Kompetenzen. Wir werden uns mit Ihrem Vorgesetzten in Verbindung setzen«, war das Letzte, was aus dem Hörer kam.

Keene schaute ihn ziemlich entsetzt an.

»Wer war das denn?«, wollte er wissen.

»Das, mein lieber Bertie, war Ihre Gnaden Schweinchengesicht Assistant Deputy Commissioner Murphy, verantwortlich für die nationale Drogenbekämpfung, der es nicht fassen kann, dass wir ohne seinen Segen hier einpacken. Komm mit raus und gib mir eine Zigarette.«

»Seit wann rauchst du wieder?«

»Seit eben.«

»Hast du eigentlich schon einen neuen Job?«

McEagan zog ohne Genuss an seiner Zigarette und ärgerte sich mal wieder über sich selbst. Er hatte sich, wie so oft, nicht unter Kontrolle gehabt. Heute hatte er den Bogen überspannt. Er hatte sich ins eigene Fleisch geschnitten und fühlte sich doch irgendwie wohl dabei. Eine masochistische Veranlagung? War seine mangelnde politische Klugheit der Grund dafür, dass er nie zum Chief S.I. befördert wurde? Dafür wäre eindeutig mehr Geschmeidigkeit erforderlich. Geschmeidig wie sein Chief. Und möglichst ohne Rückgrat. Aber was sollte ihm mit seinen vielen Dienstjahren, außer dem vorzeitigen Ruhestand vielleicht, schon passieren? Er sollte jetzt unbedingt an seiner Liste weiterarbeiten. Er bemerkte, dass ihn Keene mit sorgenvollem Ausdruck beobachtete, und versuchte, ihn mit einem noch breiteren Grinsen zu beruhigen.

Sie lehnten an der Mauer, die das Revier umgab, und schauten den drei Bussen nach, die zum Abschluss ihrer Tagestour über den Ring ihre Fahrgäste hier in Sneem noch einmal für eine halbe

Stunde aussteigen ließen. Dort konnten sie den Wasserfall unter der Brücke bestaunen, der Sneem in zwei Hälften teilte, oder sich in der Apotheke Tabletten gegen Seekrankheit besorgen, weil ihnen nach der langen und kurvenreichen Fahrt doch noch schlecht geworden war. Andere setzten sich einfach in ein Straßencafé, um sich ein Bier in der Sonne zu gönnen, nicht ohne vorher in der öffentlichen Toilette dafür ausreichend Platz geschaffen zu haben. In Sneem war an der Oberfläche die Beschaulichkeit zurückgekehrt. Fragen der Touristen, die von der Bluttat gehört hatten, wurden von den Einheimischen meist nur mit einem bedauernden Schulterzucken beantwortet. Die Touristen sollten andere Erinnerungen mitnehmen und irgendwann mal wiederkommen. Mord war schließlich schlecht fürs Geschäft.

33

O'Grady saß am Steuer ihres neutralen Dienstwagens und sie näherten sich im Schritttempo Rossdohan Pier.

»Hier am letzten Haus links in die Hofeinfahrt«, dirigierte sie Peter, »am Ende des Grundstücks kommt die Brücke.«

Im ungepflegten Hof lagen drei Bootskörper auf verrosteten Trailern. Die Boote hatten auch schon bessere Tage gesehen. Ein Hund lag vor seiner Hütte und strafte ihren Zutritt mit völliger Missachtung. Nach weiteren zwanzig Metern endete der Hofweg an einer kleinen Steinbrücke. Auf der anderen Seite, hinter einem etwa 1,20 Meter hohen Eisentor, führte eine schmale Straße in den Wald der Insel. Das Tor ließ sich leicht öffnen, denn die Kette mit Schloss hing ohne Aufgabe über dem Pfosten

»Sieht aus wie im Märchenwald«, sagte O'Grady, »und die Natur scheint sich den Park wieder zurückzuholen.«

»Märchen hin oder her, es ist eine Schande. Dieser deutsche Kommunist hat die Arbeiter entlassen und den Park völlig verwildern lassen. Heute würde es Unsummen kosten, ihn wieder herzurichten«, knurrte O'Sullivan.

»Ich find ihn auch so schön, nicht so künstlich.«

An einer Weggabelung bedeutete ihr der Sergeant, sich rechts zu halten und langsam zu fahren. Nach weiteren zweihundert Metern blieb der Wald zurück und gab den Blick auf den Strand frei.

»Hier sollten wir den Wagen abstellen«, bedeutete Ihr O'Sullivan und erinnerte an die Schutzwesten. O'Grady nahm das Funkgerät und prüfte den Empfang und folgte dem Sergeant auf dem Weg zum Strand, der nach ein paar Metern nach rechts abbog. Dann sahen sie die Stirnseite eines langgestreckten Gebäudes. O'Sullivan erklärte ihr kurz den Grundriss. Links, auf der dem Wasser zugekehrten Seite, gab es drei Tore, die zu Lager- und Geräteräumen führten. Anschließend der Gesindetrakt, mit dem Zugang ebenfalls zum Meer hin. Ein eingestaubter Pick-up stand neben dem Lager, offenbar seit Tagen oder Wochen nicht benutzt. Aber was hieß das schon, O'Grady zog und entsicherte ihre Dienstwaffe.

»Zu viel freies Feld«, entschied O'Sullivan, der dem Frieden wenig zu trauen schien. »Lass uns zurückgehen und uns von oben durch den Wald nähern.«

Der Wald machte ihnen Mühe, vorwärtszukommen.

»Eine Astschere wäre jetzt gut«, war einer der gesellschaftsfähigeren Beiträge von O'Sullivan. Etwa sechs Meter vor der Gebäuderückseite endete der Wald. Sie blieben ein paar Minuten gedeckt stehen und versuchten, die Situation zu erfassen. Bewegungen, Geräusche? Dann rutschten sie den letzten Meter hinunter auf das Kiesbett. Sie wandten sich nach rechts, um den Personaltrakt als Erstes zu untersuchen. Ein Blick durch die Fenster bestätigte ihnen, dass niemand anwesend war. Auf der Vorderseite betraten sie das Gebäude durch die angelehnte Türe. Jemand hatte sie eingetreten und jetzt ließ sie sich nicht mehr schließen.

Eine Art Aufenthaltsraum mit zwei großen Tischen. Bänke an den Längs- und Stühle an den Stirnseiten. Und Dreck, viel Dreck, darunter unzählige leere Flaschen und Dosen. Der Schrank gegenüber war leer. Eine Tür hing nur an einer Angel. Sie gingen weiter und fanden einen Raum, der wohl als Küche gedient hatte. Ein Herd und eine zusammengebrochene Spüle deuteten darauf hin. Daneben gab es einen großen teilgefliesten Duschraum mit drei Duschplätzen und zwei Toilettenkabinen. Drei Zimmer zum Strand, die man als Schlafzimmer ansehen konnte, vervollständigten die Räumlichkeiten. Metallene Bettgestelle mit der Aufschrift »Eigentum der Nationalen Volksarmee der DDR« waren noch vorhanden.

O'Grady sicherte ihre Waffe und meinte: »Scheint niemand zuhause zu sein. Lass uns jetzt mal die Lagerräume anschauen.«

Auf dem Weg nach draußen hielt sie O'Sullivan am Ärmel fest.

»Peter, ich muss mal für kleine Polizistinnen. Tut mir leid. Ich geh hinten im Wald. Scheint mir hygienischer.«

O'Sullivan grinste. »Sei vorsichtig, da gibt es haufenweise Elfen und Trolle. Ich gehe schon mal vor. Rufe mich, wenn du Hilfe brauchst.«

Ein Boxhieb in seine Rippen war die Antwort.

Niemand hatte sie gestört. Auch keine Fabelwesen. Aber als sie zurück an den Waldrand kam, gefror ihr das Blut in den Adern. Zwei Männer kamen von der Stelle her, an der sie den Wagen geparkt hatte. Sie liefen gebückt über den Strand auf das Gebäude zu und jeder schien eine Waffe in der Hand zu halten. Verdammt, wo war Peter? Hat er sie ebenfalls bemerkt oder ist er bereits im Lager und völlig ahnungslos? Panik überkam sie. Angst um Peter. Sie wusste, selbst wenn sie rannte, wären die beiden vor ihr bei Peter und sie selbst würde ihnen direkt vor die Waffen laufen. Sie kannte ihre Lektion. Erst das Funkgerät und Hilfe holen. Aber das könnte zu spät für Peter sein. Es war diese Angst um ihn, die sie davon abhielt, das Richtige zu tun. Erst musste sie Peter helfen. Die beiden Bewaffneten waren bereits außer Sicht und mussten bei Peter angekommen sein. Sie sprang auf das Kiesbett und lief rechts um den Wohntrakt. Sie entsicherte ihre Waffe und schaute vorsichtig um die Hausecke. Das Lagergebäude war etwa zwei Meter zurückgesetzt und sie konnte niemanden sehen. Peter und die Besucher waren wohl im Lager. Sie schlich vorsichtig an der Türe zur Wohnung vorbei bis zur Hausecke und streckte ihren Hals vorsichtig, um einen Blick auf das Lager zu werfen. Dann spürte sie noch den fürchterlichen Schlag auf den Kopf.

Peter hatte das erste Tor geöffnet. Es war unverschlossen. Und es ging auffallend leicht. Die Angeln schienen gut geölt. Er trat vorsichtig ein. Nur ein kleines Fenster auf der Rückseite zum Wald. Trotzdem wartete er einen Moment, um seine Augen an die Dunkelheit zu gewöhnen. Der Raum schien bis auf ein paar rostige Gartengeräte und einem Stapel Holzkisten an der Rückseite leer zu sein. Als sich seine Augen an das Dämmerlicht gewöhnt hatten, untersuchte er die Kisten. Alle leer. Er hörte Schritte und sagte: »Na, haben dich die Trolle in Ruhe gelassen?«

»Dreh dich nicht um, wenn du leben willst«, sagte eine Stimme hinter ihm, und er spürte, wie eine Waffe an seinen Hinterkopf gedrückt wurde.

»Wen sollen die Trolle in Ruhe gelassen haben und was machst du hier?« Dann sprach er mit jemand anderem: »Geh ums Haus, da muss noch einer sein.«

O'Sullivan stand still, während seine Gedanken rasten. Ist Fiona noch im Wald? Hat sie die Kerle kommen sehen? Konnte sie Hilfe anfordern? Mein Gott mache, dass sie nicht ebenfalls in die Falle läuft. Es war sein Fehler. Sie hätten sich besser sichern sollen. Er war nur der Sergeant, aber er fühlte sich plötzlich für Fiona verantwortlich. Er wollte sie beschützen. Was konnte er jetzt tun? Die Antwort wurde ihm abgenommen. Er bekam einen Schlag an den Kopf und verlor das Bewusstsein.

Sein Schädel pochte und es dauerte einige Minuten, bis er sich an das Geschehen erinnerte, und eine weitere, bis er die Augen öffnen konnte. Er lag auf der Seite und spürte nun auch den Schmerz, den seine Fesseln an den Hand- und Fußgelenken verursachten. Trotz seiner hämmernden Kopfschmerzen und seiner Übelkeit versuchte er, die Augen offen zu halten und seinen Blick zu fokussieren. Zwei Meter von ihm entfernt lag Fiona, ebenfalls gefesselt. Er konnte nicht sehen, ob sie bei Bewusstsein war, sah aber das feine rote Rinnsal Blut, das sich von ihrer rechten Stirnseite über die Wange bis zum Ohr ausgebreitet hatte. Er wollte sich nicht bewegen oder sprechen. Erst musste er die Situation klären, in der sie sich befanden. Nur eines wusste er schon, sie war beschissen. Wie viel Zeit war vergangen? Die eine Torhälfte war offen und nach der Schattenlinie auf dem Fußboden schätzte er den Sonnenstand auf grob elf Uhr. Also war er etwa eine halbe Stunde weg gewesen. Wenn Fiona noch einen Notruf absetzen konnte, musste die Hilfe bereits in Stellung gegangen sein. Aber es sah eher danach aus, dass sie ebenfalls überrascht wurde. Und dann konnten sie noch lange liegen. Man würde frühestens nach ihnen suchen, wenn sie nicht zum Lunch erschienen. Das könnte noch Stunden dauern. Bis dahin wären die Gangster, und es mussten mindestens zwei sein, längst über alle Berge. Mit den Drogen? Waren die hier versteckt?

Er versuchte, die Geräusche zu analysieren. Stimmen. Draußen waren undeutliche Stimmen zu hören. Auch im Nebenraum, der nur durch eine Bretterwand getrennt war, vernahm er hin und wieder Geräusche, die er aber nicht deuten konnte. Auch was die Stimmen sagten, verstand er nicht. Aber es waren nur die Stimmen von zwei Männern, so viel stand fest. Nun erinnerte er sich an ein weiteres Geräusch, das er gehört hatte, während er aufwachte. Es war ein Fahrzeugmotor gewesen. Oder hatte er geträumt? Wie hätten sie mit einem Auto zum Haus kommen sollen? Ihr Dienstwagen versperrte doch die Zufahrt.

Einer der Männer, mindestens 1,90m groß und athletische

hundert Kilo schwer, betrat den Raum. Er hatte eine Skimaske übergezogen und hielt einen schweren Revolver in der Hand. Eine Heckler&Koch! Womöglich seine eigene Dienstwaffe. Der Hundertkilomann sah eine Weile auf den Sergeant herab, bevor er ihm kräftig in die Seite trat.

»Was treibt ihr hier auf dem Privatgelände?«

O'Sullivan wusste wirklich nicht, was er auf diese blöde Frage antworten sollte, und schwieg. Dafür bekam er einen weiteren Tritt in die Nierengegend. Es tat höllisch weh und er schrie auf vor Schmerz.

»Wir überprüfen leer stehende Gebäude, wie wir das regelmäßig tun. Was glauben Sie sonst, was Polizisten hier zu tun haben? Und was machen Sie hier? Glauben Sie etwa, dass der Übergriff auf zwei Gardai für Sie ohne Folgen bleiben wird?«

»Darüber mache ich mir im Moment die geringsten Sorgen.«

Der Mann legte seinen Kopf auf die Seite und schien nachzudenken. Mit der linken Hand, die tief in seiner Hosentasche steckte, spielte er mit etwas. Kleingeld? Ein Schlüsselbund oder ein Feuerzeug oder spielte er mit sich selbst? Auf jeden Fall schien es ihm beim Denken zu helfen.

»Ihr seid in einem Spezialeinsatz, sonst würdet Ihr keine Kanone tragen, Mann. Also noch mal: Was habt Ihr hier gewollt? Und wenn wir schon dabei sind, wie viele Bullen sind noch hier in Sneem?«

»Was treibt Sie eigentlich, einen Gardai zu verhören? Glauben Sie wirklich, dass Sie Antworten bekommen«, erwiderte O'Sullivan.

»Ja das glaube ich in der Tat«, sagte der Mann, hob die Waffe und schoss dem Sergeant ohne Vorwarnung ins linke Bein.

O'Sullivan schrie vor Schmerzen auf. Nie zuvor hatte etwas annähern so wehgetan. Und noch jemand schrie auf. Aus den Augenwinkeln sah er, dass sich O'Grady versuchte aufzurichten. Die Wunde am Kopf schien wieder heftig zu bluten. Es lief ihr jetzt am Mund vorbei und tropfte vom Kinn. Jetzt konnte er auch sehen, dass ihre Haare völlig mit Blut verklebt waren. Sie musste eine große Wunde am Kopf haben. O'Sullivan wusste nicht, ob ihm dieser Anblick oder sein Bein mehr wehtaten.

»Also denke bei der nächsten Antwort besser nach, noch hast du ein gesundes Bein. Wie viele Bullen sind noch hier in Sneem?«, fragte der Mann erneut.

Ein eiskalter Hund, dachte O'Sullivan. Es wird wohl ernst werden. Wie konnte er Fiona retten? Anscheinend hat sie keine Hilfe mehr rufen können. Die Schmerzen im Bein waren nahezu unerträglich. Er musste den Knochen getroffen haben. Sein Handy vibrierte in der linken Hosentasche. Gott sei Dank hatte er es immer auf stummen Alarm gestellt. Hoffentlich versuchte McEagan ihn zu erreichen. Er würde sich vielleicht Sorgen machen, wenn er nicht abnahm. Warum rief er sie nicht über Fionas Funkgerät, das wäre doch …

»Keine Antwort?«, fragte der Mann und schoss ein zweites Mal, diesmal in die Schulter. O'Sullivan verlor das Bewusstsein.

Das blanke Entsetzen sah aus Fionas Augen. Sie schrie und schimpfte ohne Pause, seit sie mit ansehen musste, wie Peter vom zweiten Schuss getroffen wurde. Sie wusste, dass sie nun an der Reihe war. Sie zerrte an ihren Fesseln und versuchte sich hinüber zu Peter zu schieben. Sie wollte bei ihm sein, ihm helfen, ihn trösten, ihm endlich sagen, dass sie ihn liebte. Er wusste es, aber sie hatte es ihm noch nie gesagt.

Er zielte jetzt auf Fiona und schien kurz zu überlegen, ob es nicht angenehmere Methoden der Bestrafung geben würde, als ihr eine Kugel ins Fleisch zu schießen. Von draußen rief jemand. Der Mann zögerte und senkte dann die Pistole.

»Komme gleich wieder. Ich hoffe, du bist nicht so dumm wie dein Kollege.«

Sie wälzte sich in Richtung Peter und kam neben ihm zu liegen. Er blutete stark aus der Schulter und war sehr blass. Angst ergriff sie. Angst um diesen Mann, den sie erst wenige Tage kannte und der ihr Leben völlig aufgewühlt hatte. Als sie Peter endlich erreicht hatte, legte sie ihren Kopf auf seine unverletzte Schulter um seinem Gesicht nahe zu sein, welches in ihren Tränen langsam zerfloss.

»Hörst du mich, Peter? Du musst durchhalten. Es wird Hilfe kommen. Ich weiß es. Bitte, bitte halte durch. Tu es für mich, tu es für uns! Bitte! Wir haben doch zusammen noch so viel vor. Wir lieben uns doch und haben noch gar nicht richtig angefangen. Bitte bleib bei mir.«

Sie hatte die Augen geschlossen und lauschte seinem Atem. Dann kamen wieder die Bilder von Galway. Bilder, die sie seither nie mehr losgelassen hatten. Bilder von der Nacht in Galway, die ihr Leben veränderten. Einer Nacht, die ihr nur eine Ahnung davon geschenkt hatte, was die Liebe noch für sie bereithielt.

In stillem Einvernehmen hatten sie sich gegen ein Hotel entschieden und sich im Krankenhaus eingerichtet. Sie bekamen zwei Einzelzimmer auf der Personaletage zugewiesen. Nach dem Abendessen in einem Fischlokal in der Innenstadt, bei dem sie nochmals das Verhör analysierten, beschlossen sie, frühzeitig ins Hospital zurückzukehren. Für beide war es ein langer Tag gewesen.

Ihre Zimmer lagen einander gegenüber und sie sagten sich auf dem Flur Gute Nacht. Danach sahen sie sich noch lange an, unfähig etwas zu sagen oder zu tun. Beide sehnten sich nach einer Berührung, widerstanden aber aus unerfindlichen Gründen. War es Angst vor dem Unausweichlichen oder Angst, etwas zu zerbrechen. Sie würden wohl nie eine wirkliche Antwort darauf finden. Fiona brach den Bann zuerst, küsste ihn flüchtig auf den Mund und verschwand in ihrem Zimmer.

Beide lagen lange wach. Sehnsucht raubte ihnen den Schlaf. Fiona stand wieder auf und stellte sich, in der Hoffnung, danach Schlaf finden zu können, zum zweiten Mal unter die Dusche. Nach dem Abtrocknen betrachte sie sich im Spiegel und sah Dinge, die sie vorher so nicht gesehen hatte. Sie hatte einen schönen Körper und war immer stolz darauf gewesen, aber heute sah sie auch die Lust, die aus ihrem Körper sprach. Ihre Brüste schienen praller als sonst und die leicht nach oben zeigenden Brustwarzen schienen ihr etwas sagen zu wollen. Sie streichelte langsam darüber und weckte damit eine nie gekannte Heftigkeit ihres Verlangens. Sie schloss ihre Augen und spürte Peters Hand auf ihren Brüsten. Das war mehr, als ihre Disziplin im Zaum halten konnte. Sie brach wie ein Damm bei Hochwasser.

Nur im Morgenmantel gekleidet, war sie leise in Peters Zimmer getreten. Peter hatte auch nicht geschlafen. Er saß in kurzen Hosen auf dem Sofa und sah auf die Lichter der Stadt hinunter. Er wollte aufstehen, doch sie legte den Finger an ihren Mund und bedeutete ihm, sitzen zu bleiben. Langsam öffnete sie den Gürtel ihres Morgenrocks und setzte sich rittlings auf seinen Schoß. Ihr beider Atem ging stoßweise. Ihre Lippen und Zungen trafen und erforschten sich. Peter schob ihren Morgenmantel von den Schultern und betrachtete ihre überwältigende Nacktheit. Er fasste an ihre Brust mit dieser weichen und glatten Haut und wusste nun, was ein irischer Dichter mit Milch und Honig meinte, als er die Haut irischer Frauen beschrieb. Er küsste diese herrlichen glatten Brüste und spürte, wie sein Verlangen unerträglich wurde. Fiona erhob sich etwas, befreite sein pulsierendes Glied und ließ es langsam in sich hinein gleiten. Ein nie gekanntes Gefühl nicht zu überbietender Nähe in dieser Vereinigung ließ ihnen fast die Sinne schwinden. Sie spürten einander und die Hitze in ihrem Schoß. Ihr Atem verschmolz, während sie sich bewegungslos auf die Vollendung dieses Wunders vorbereiteten. Nach vielen Minuten nicht enden wollenden süßen Schmerzes begann Fiona sich langsam zu bewegen und mit ihrem gemeinsamen Aufschrei kam es, das Wunder der einzigen, großen Erfüllung.

Sie saßen noch lange so, ohne zu sprechen, nur ihre Hände wurden nicht müde, sich in großer Zartheit weiter zu erforschen und zu lieben. Peter wollte etwas sagen, aber Fiona legte ihm sofort ihre Hand auf den Mund und schüttelte langsam den Kopf. Sie wollte nicht, dass dieser nahezu sakrale Akt, der in ihrem gemeinsamen Lustschrei geendet hatte, durch Worte entweiht wurde. Sie küsste ihn und glitt von ihm. Dann zog sie ihren Morgenmantel wieder über die Schultern und verließ glücklich lächelnd das Zimmer.

Beim Frühstück verloren sie kein Wort darüber. Aber ihre Augen machten keinen Hehl daraus, dass sie etwas Wundervolles erlebt hatten und dass Liebe über sie gekommen war. Die Liebe, die sie zu Beginn nicht wahrhaben wollten. Die Liebe, die ihn so schüchtern gemacht hatte. Jetzt konnte dieses Band niemand mehr zerreißen. Auch nicht, wenn sie sich unausgesprochen darin einig waren, ihre erste gemeinsame Nacht fern der jetzigen Arbeit zu genießen. Gestern, das war nur ein Versprechen darauf.

Fiona riss sich aus ihrem süßen Tagtraum, dem sie sich seither immer wieder hingab. Sie weinte jetzt hemmungslos in ihrer Angst um Peter, dessen Atem deutlich flacher geworden war.

34

McEagan lehnte sich zurück und streckte sich. Er hatte alles erledigt. Da waren noch einige Anrufe gewesen. Auch mit Stepanowsky hatte er noch telefoniert und ihm berichtet, dass der Fall geklärt war. Er würde ihm die Fahndungsfotos mailen und hatte ihn gebeten, diese zu veröffentlichen. Schweinchengesicht sollte sich noch wundern.

Wo waren O'Grady und der Sergeant abgeblieben? Man braucht doch keine Stunde, um ein Haus auf einer Insel zu überprüfen. Er griff zum Funkgerät und rief O'Grady. Keine Antwort. Nach ein paar Minuten versuchte er es erneut. Keine Antwort. Dann versuchte er es auf dem Mobiltelefon vom Sergeant und hörte das Rufzeichen. Also kein Funkloch. Warum ging O'Grady dann nicht ans Funkgerät. Aber der Sergeant meldete sich auch nicht. Seltsam. Er fühlte das Kribbeln im Magen, das ihn meistens befiel, wenn er Gefahr witterte.

Keene kam rüber zu ihm.

»Du, da war gerade ein Anruf vom Revier in Kenmare, ein Anwohner von Rossdohan hat sich gemeldet. Er sei besorgt, dass in der letzten halben Stunde zwei Pkw und ein Van über die Brücke zum Rossdohan Island gefahren seien. Kurze Zeit später hätte er zwei Schüsse gehört. Er könne sich natürlich täuschen, hielt es aber für besser, wenn die Garda mal nachsehen würde.«

Dem ersten Teil des Berichts hatte McEagan noch aufmerksam zugehört. Während des letzten Teils war er bereits am Telefonieren. Den Revierleiter in Kenmare wies er an, alle verfügbaren Streifenwagen nach Rossdohan zu beordern und dort alle Straßen zu sperren. In Killarney alarmierte er das Sondereinsatzteam. Wo bekam er auf dem schnellsten Weg einen Heli her? Tralee war zu weit. Die Coast Guard in Caherceiveen versprach Hilfe, sie müssten sich aber etwas gedulden, der Heli käme erst in zwanzig Minuten von einem Einsatz auf See zurück.

Keene hatte das Steuer von O'Sullivans Streifenwagen übernommen. McEagan drückte die Taste neun an seinem Spezialhandy, die SOS auslösen sollte. Wenigstens ist es doch noch zu etwas nütze, dachte er und atmete dreimal tief durch, um sein flaues Gefühl in der Magengegend zu verscheuchen. Was, wenn er sich irrte? Wenn gar nichts passiert war. Er hatte auf ein Gefühl hin eine Armee in Bewegung gesetzt. Und wieder hatte er Schweinchengesicht am Apparat.

»Sir, zwei meiner Beamten sind in Not. Sie haben wahrscheinlich Kontakt mit den Tätern auf Rossdohan Island. Wir haben in einer Stunde dreißig Gardai vor Ort, aber ich brauche jetzt Ihre Kavallerie. Und organisieren Sie bitte zwei Rettungswagen.«

»Was bedeutet wahrscheinlich, McEagan?«

»Wir gehen jetzt auf die Insel Sir und Ende.«

Keene fuhr wie der Teufel. An der Abzweigung nach Rossdohan kam ihnen bereits ein Streifenwagen entgegen. Er bog hinter ihnen ab und blockierte die Zufahrt. McEagan beschlichen schlimme Ahnungen. Wenn das Leben der beiden in Gefahr war, trug er die Hauptschuld. Er hatte die Ahnungen von O'Sullivan wider besseres Wissen nicht ernst genommen. Er hatte ihn machen lassen, damit er beschäftigt war. Er hätte wissen müssen, dass der Gegner viel zu gefährlich war, um die Überprüfung eines so großen Geländes zwei Personen ohne Deckung zu überlassen. Fast ebenso schlimm, wenn er die Hinweise falsch interpretiert hatte und die beiden vergnügt am Ufer saßen und die Beine im Wasser baumeln ließen. Das wäre, wenn er Schweinchengesicht richtig einschätzte, sein berufliches Ende.

Zwei Wagen der Garda standen bereits vor der Brücke. McEagan ließ stoppen und erkundigte sich beim ranghöchsten nach aktuellen Vorfällen.

»Negativ, Sir. Alles ruhig. Niemand wollte rein oder raus.«

»Gut, Officer. Sie klemmen sich an Ihr Funkgerät und veranlassen bei ihrem Chef in meinem Namen folgende Aktionen. Erstens: Ein Streifenwagen sperrt am Ausgang Sneem die Nationalstraße nach Killarney für Lkw und Omnibusse. Das gleiche gilt für Kenmare Richtung Molls Gap. Begründung: Aus Killarney ist eine Eingreifgruppe unterwegs. Ich möchte nicht, dass es irgendwo Engpässe gibt. Zweitens: Ein Wagen sichert den Parkplatz drüben am Golfplatz. Ich benötige Landemöglichkeiten für zwei Helis. Drittens: Die Straße von hier nach Tahilla muss für Rettungswagen völlig frei gehalten werden.«

»Ist so gut wie erledigt, Sir.«

Dem Officer schienen diese Anweisungen mehr als willkommen. »Endlich was Richtiges zu tun« war im mehr als deutlich ins Gesicht geschrieben.

»Wer kennt sich auf der Insel am besten aus, Officer?«, wollte McEagan noch wissen.

»Officer Rourke, Sir, er wohnt hier zwei Häuser weiter.«

»Gut, er soll uns einen Plan der Insel zeichnen. Wege, Gebäude, Entfernungen und so weiter, eben alles, was wichtig ist.«

McEagan versuchte nochmals eine Verbindung herzustellen. Das Funkgerät von O'Grady war außer Betrieb. Bei O'Sullivan kam nach wie vor nur das Freizeichen. Er konnte sich keinen Reim darauf machen. Hat er sein Handy verloren oder wurde es ihm abgenommen?

Ein dunkelgrauer 5er-BMW kam am Pier rutschend zum Stehen. Seine Freunde vom Frühstück! Schnieke fein, aber in Einsatzstiefeln, ebenfalls hochglanzgebürstet, wie McEagan sofort auffiel.

Sie stellten sich als Agent Tyre und Agent Woolf vor. Sie hätten einen Code-Blue-Alarm erhalten, das hieße Unterstützung von Kollegen in Not. Bis sie andere Order erhalten würden, stünden sie unter dem Kommando von S.I. McEagan.

Es war das erste Mal in seinem Leben, dass McEagan froh war, diese Leute von vorn zu sehen. Er hätte sie am liebsten umarmt. Er erklärte ihnen kurz die Situation und ließ keine Zweifel, dass er sich um seine beiden Beamten die größten Sorgen machte. Officer Rourke gab ihm die Skizze der Insel und erläuterte sie kurz.

»Von der Brücke aus führt eine Straße etwa dreihundert Meter durch den Wald bis zu dieser Gabelung. Links geht es zum östlichen Ufer, an dem die alte Schlossruine steht. Rechts geht es nochmals zweihundert Meter bis zum Waldrand am südwestlichen Ufer. Der Weg biegt dann nach rechts ab und führt etwa einhundert Meter über den Strand zum ehemaligen Gerätehaus. Nur dort kann sich jemand aufhalten. Der Wald rechts der Straße ist dicht. Man sieht weder das Gebäude, noch kann man von dort die Straße einsehen. Aber man kann Autogeräusche hören, Sir. Und dann gibt es im Wald verschiedene alte Trampelpfade. Ich kenne sie nicht alle, außer den einen von der Gabelung zum Strand, den ich hier eingezeichnet habe.«

»Ausgezeichnet. Haben Sie eine Schusswaffenlizenz, Officer?«

»Seit drei Jahren Sir.«

McEagan wandte sich an die beiden Dubliner Agenten: »Ich nehme an, Ihr habt einen ganzen Waffenladen im Kofferraum.«

Agent Tyre grinste, was ihn fast sympathisch machte, und nahm den Gardai mit zum Wagen. Nach drei Minuten hatten alle ihre Schutzwesten und ihre Einsatzjacken angezogen. Keene erhielt den Auftrag, am Pier Stellung zu beziehen und alle Kräfte zu koordinieren und mit ihnen Kontakt zu halten.

»Und denke daran, Bertie, den Heli von der Coast Guard möchte ich am Golfplatz haben und ich möchte keine Sirenen hören. Falls weitere Helis anrücken, halte sie auf Abstand. Und sie dürfen den Golfplatz auf keinen Fall von See her anfliegen. Und niemand betritt die Insel ohne meine Zustimmung.«

Sie rückten zu Fuß vor und näherten sich der Gabelung, McEagan und Rourke vorweg. Die beiden Dubliner Agenten folgten in deutlichem Abstand links und rechts im Unterholz und gaben ihnen Deckung. Sie waren mit Maschinenpistolen bewaffnet, was McEagan einerseits beruhigte, andererseits aber auch ängstigte, befand er sich doch immerhin in der Verlängerung ihrer Läufe.

An der Gabelung hob McEagan die Hand und ging in die Hocke. Etwa fünfzig Meter entfernt im linken Abzweig stand ein blauer Transit. Insassen waren nicht zu erkennen. Er sah Tyre mit angeschlagener Waffe aus dem Gebüsch direkt neben dem Wagen treten. Er musste das Fahrzeug schon vorher bemerkt haben. Er sicherte die Umgebung des Wagens, dann machte er McEagan ein Zeichen, zu kommen.

Der Wagen war leer. Im Kofferraum lagen drei Reisetaschen und eine Schrotflinte. McEagan hatte eine Ahnung.

Tyre war inzwischen einer Spur aufgewühlten Laubes ins Unterholz gefolgt und kam nach einer Minute lachend zurück.

»Das müssen Sie sich unbedingt anschauen, S.I.«, sagte er.

McEagan war nicht zum Lachen zumute. Er machte sich Sorgen um seinen Inspector und den Sergeant.

»Was ist? Erzählen Sie schon«, fragte er ungeduldig.

»Nein. Das müssen Sie sich selbst anschauen, keine zehn Meter von hier. Ich bestehe darauf.«

Die Überraschung war groß. Der Rothaarige und die anderen beiden mussten die Zwillingen sein. Jeder hatte seinen eigenen Baum, an den sie gefesselt waren. Mit grauem Klebeband. Einmal um die Beine, einmal um die Hüfte und einmal um die Stirn. Die Hände waren hinter dem Baum zusammengeklebt. Tyre war neben ihn getreten.

»Gratuliere, S.I., Ihr Fall ist jetzt wirklich abgeschlossen. Dann haben wir es von jetzt an mit schwerem Kaliber aus Dublin zu tun. Sie sollten deshalb zurückgehen und uns den Rest überlassen. Ich rechne auch jeden Augenblick mit Verstärkung.«

»Was reden Sie da? Ich habe zwei Leute hier und ich werde sie suchen und finden!«

Tyre schaute ihn lange an und sagte dann: »Hab ich nicht anders erwartet. Aber Sie tun nichts ohne meine Zustimmung und Sie stehen ab jetzt unter meinem Kommando. Können Sie das vorbehaltlos akzeptieren?«

»Hab ich eine Wahl?«

»Nein, S.I.«

Tyre griff zum Funkgerät und gab Anweisungen an Keene.

Sobald die Einsatztruppe aus Killarney eingetroffen sei, sollten sie die drei Gefangenen abholen und sich dann wieder hinter die Brücke zurückziehen und weitere Order abwarten. Dann wies er den sie begleitenden uniformierten Gardai an, sich ebenfalls hinter die Brücke zu begeben.

35

Von der Gabelung aus nahm Tyre den direkten Pfad zum Lagerhaus, während McEagan und Agent Woolf der Straße zum Strand folgten. Die nächste Überraschung kam am Waldrand, kurz bevor die Straße auf den Strand abbog. Der Dienstwagen von O'Grady lag auf der Seite im Straßengraben. Die rechte Seite völlig verbeult. Man hatte ihn offensichtlich mit einem schweren Wagen aus dem Weg geräumt. Sie schlichen gebückt bis zum Waldrand, von wo aus sie Sicht zum Haus hatten. Ein alter Landrover stand abseits und ein schwerer Van mit offener Heckklappe rückwärts am mittleren Tor. Ein Mann trat aus dem Lager und belud den Van mit einem weißen Paket. McEagan kannte das Paket. O'Sullivan hatte recht gehabt, die Drogen waren immer noch hier.

Die Klappe vom Van wurde geschlossen. Anscheinend war die Beladung bereits beendet. Der Mann ging zu seinem Kollegen, der ein paar Meter in Richtung Ufer stand und bot ihm eine Zigarette an.

»Zwei Mann. Kein dritter zu sehen«, sagte Woolf neben ihm.

»Was schlagen Sie vor?«, fragte McEagan, der nur eins im Sinn hatte, so schnell als möglich O'Grady und O'Sullivan zu finden.

»Wir tun vorerst nichts«, meinte Woolf. »Nicht, bevor Tyre den Tanz beginnt. Der ist in der besseren Position. Sie gehen hier in Deckung. Ich gehe nochmals zurück in den Wald. Ich kann mir einfach nicht vorstellen, dass zwei Mann in aller Ruhe den Van beladen, ohne dass sie gesichert werden. In dem Moment meldete sich Tyre über Funk.

»Bin am Waldrand hinter dem Gebäude. Kannst du was erkennen?«

»Zwei Mann etwa zehn Meter vor dem Haus in Richtung Strand. Sind mit ihren Zigaretten beschäftigt und scheinen sich zu beraten. Haben soeben einen Van beladen, der vor dem mittleren Tor steht. Es sind die Drogen. Der S.I. hat die Pakete erkannt.«

»O.k. Ich schleiche mich rechts herum und verschaffe mir einen Überblick. Ihr habt nur offenes Gelände und bleibt deshalb in Deckung. Wie sieht es hinter euch aus?«

»Noch unklar. Wollte eben auf Erkundung gehen. Soll ich auf Verstärkung warten?«

»Unbedingt. Ich sorge inzwischen dafür, dass sie nicht mehr ins Haus kommen, in dem sich vermutlich die Geiseln befinden. Sollte ich schießen müssen, erwarte ich dich blitzartig an meiner Seite. Sollte ich sie nicht aufhalten können, nimm Deckung und feuere aus allen Rohren. Rein Risiko! Und pass auf den S.I. auf. Ende.«

McEagan hatte den Funkverkehr verfolgt. Er wollte nicht so lange warten. Er wollte endlich wissen, wo seine Kollegen waren und ob es ihnen gut ging. Seine Nerven lagen blank und veranstalteten in seinem Magen ein Motorradrennen. Er konnte nicht untätig in Deckung bleiben.

»Ich muss scheißen, ist mir wohl auf den Magen geschlagen«, sagte McEagan und rannte in Richtung Unterholz. Er hörte nicht mehr auf das, was ihm sein Aufpasser nachrief. Er musste versuchen, im Schutz des Unterholzes näher ans Haus zu kommen. Es gab keinen Pfad. Er musste sich durch störrischen Bewuchs kämpfen. Querliegende dicke Äste, mit dickem Moos getarnte Löcher und Dornen, jede Menge Dornen. Er spürte keine Schmerzen, als ihm die Dornen von den verdammten Brombeeren sein ungeschütztes Gesicht zerkratzten. Nur sein rechtes Knie tat schrecklich weh, nachdem er damit beim Sturz in ein Erdloch auf einen Stein gefallen war. Er schwitzte und bekam kaum noch Luft. Keuchend stürmte er weiter. Es schien ihm eine Ewigkeit zu dauern, bis er die Rückseite des Hauses erreicht hatte. Er versuchte zunächst seinen Atem unter Kontrolle zu bringen. Von hier aus konnte er nichts unternehmen. Er musste näher an die Fenster heran. Er dachte an die Worte von Tyre: »Bleib in Deckung«. Wenn er jetzt den Wald verlassen würde, wäre er auf sich alleine gestellt. Niemand konnte ihm Feuerschutz geben. Er machte zwei Fenster am Wohngebäude aus und drei am Lager, das genau vor ihm lag. Die Fenster am Haus hatte sicher schon Tyre gecheckt. McEagan ließ sich vorsichtig auf das Kiesbett hinunter. Das erste Fenster von links war dunkel und er konnte nichts erkennen. Beim zweiten Fenster sah er durch das offene Tor auf der gegenüberliegenden Seite die Rückseite des Vans. Der Raum war leer. Am nächsten Fenster konnte er ebenfalls ein offenes Tor sehen, das genug Licht einließ, um zwei am Boden liegende Gestalten erkennen zu können. Sein Herz raste. Das mussten sie sein. Waren sie noch am Leben?

Verstärkung hin oder her, er musste jetzt handeln, hatte aber keine Ahnung, wie er das anstellen sollte. Am Tor erschien einer der Männer und zog sofort seine Waffe, als er McEagan am Fenster entdeckte. McEagan ließ sich fallen und hörte den Schuss. Gott sei Dank habe ich den Knall gehört, ging es ihm durch den Kopf, denn Tote hören nichts mehr. Im gleichen Augenblick erkannte er, dass auch das Fenster heil geblieben war. Der Schuss hatte also nicht ihm gegolten. Wem? Seinen Kollegen am Boden? Er musste ihm unbedingt zuvorkommen, bevor er den zweiten Schuss abgeben konnte. Er nahm seine Waffe in beide Hände. Aufspringen und auf die Toröffnung zielen, waren eine Bewegung. Der Mann stand nicht mehr an der gleichen Stelle, er lag mit abgewinkelten Beinen draußen am Boden und rührte sich nicht. Tyre musste ihn erledigt haben. Die Engel sollen ihn dafür küssen.

Wo war der zweite Mann? McEagan schlich nach links und spähte um die Ecke. Dort kniete Woolf auf dem Rücken des zweiten Mannes. Er hatte ihn mit grauem Klebeband verziert. Die Pistole des Mannes lag vier Meter entfernt im Kies. Wo zum Teufel war Woolf hergekommen? Die beiden hatten einen der Männer mit einem Schuss außer Gefecht gesetzt, einen anderen überwältigt und dazwischen ganz nebenbei sein Leben gerettet.

McEagan ahnte, dass er seine Einstellung gegenüber der Drogensondereinheit würde überdenken müssen. Er bekam Respekt vor diesen beiden Männern und ihren Ausbildern. Und mit den politikverseuchten Kommandostrukturen in Dublin hatten sie bestimmt ähnliche Schwierigkeiten wie er. Vielleicht würde »Schuhe wienern« auch ihm helfen, konzentrierter, gelassener und effektiver zu werden, er würde es eben ausprobieren müssen. Seine Schuhe würden sich noch wundern.

Zwei tarnfarbene Helikopter ohne Embleme flogen über die Baumwipfel hinter ihnen und landeten hart, einer links und einer rechts vom Gebäude. Das war die Kavallerie des Drogendepartments. Während Tyre ihnen entgegenlief, um sie ins Bild zu setzen, rannte McEagan in Richtung des ersten Lagerraums, in dem er O'Grady und O'Sullivan gesehen hatte. Er betete, dass es ein gutes Ende geben würde. Beide lagen nebeneinander und waren nicht bei Bewusstsein. O'Grady hatte ihren Kopf auf die Brust des Sergeants gelegt. Sie lebten beide, wie er schnell feststellen konnte. Beide schienen sehr viel Blut verloren zu haben. Blut, wohin man schaute.

»Wir brauchen einen Arzt und zwei Rettungswagen«, schrie er und griff zu seinem Funkgerät, als Tyre ihm die Hand auf die Schulter legte.

»Alles schon auf dem Weg, Kollege, und keine Sorge, die werden wieder. Ich habe mir das vorhin schon angesehen. Die Kollegin hat eine große Kopfplatzwunde, eine Riesenbeule und wahrscheinlich eine Gehirnerschütterung, sie müsste bald wieder wach sein. Den Sergeant hat es schlimmer erwischt. Zwei Kugeln, eine im Bein und eine in der Schulter.«

Ein Notarzt und zwei Sanitäter stürmten in den Raum und befahlen ihnen, den Raum zu verlassen.

»Ich mache mir die größten Vorwürfe«, sagte McEagan draußen und lehnte sich an die Wand. Seine Beine zitterten und er befürchtete einzuknicken. »Wir hatten unsere Ermittlungen abgeschlossen und waren am Einpacken. Dann hatte der Sergeant noch eine seiner berühmten Eingebungen und ich ließ ihn machen, ohne ihn ausreichend abzusichern. Wenn er nicht durchkommt, werde ich quittieren müssen.«

»Ich verstehe Sie, S.I. McEagan, aber Sie sehen das falsch. Sie trifft keine Schuld. Sie waren zu zweit und sind versehentlich an Leute geraten, die nicht zu ihrem Tagesgeschäft gehören. Ohne Spezialausbildung ist man diesen Kalibern nicht gewachsen. Ich kenne übrigens Ihre Ermittlungsakte. Gründliche Arbeit, und das meine ich ernst.«

»Sie haben die Ermittlungsakten gelesen? Gerade hatte ich begonnen, meine Vorurteile gegen Euren Haufen abzubauen …«

»Ich habe mich nicht korrekt vorgestellt, entschuldigen Sie. Ich bin Chief Superintendent Paul Tyre und es würde mich sehr freuen, wenn Sie mich Paul nennen würden. Ich bin Leiter für verdeckte Operationen im Dezernat für Drogenbekämpfung. Unsere Aufgabe in Sneem«, und dann begann er auf unnachahmliche Weise übers ganze Gesicht zu grinsen, »beschränkte sich übrigens nicht aufs Fingernägel-und-Schuhepolieren, sondern wir hatten hier zwei Aufgaben. Erstens, Sie und Ihre Leute aus der Deckung heraus zu beschützen.«

Dann wurde er wieder ernst.

»Zugegeben, ist uns das nicht ganz gelungen. Seit Sie Dublin über Ihren Rückzug informiert hatten, konnten wir ja nicht ahnen, dass Ihre beiden Kollegen noch zu einem Einsatz fuhren. Wir hatten da dummerweise an ›Kaffee und Kuchen holen‹ gedacht. Erst durch Ihren Notruf in Dublin haben wir von dem Abenteuer hier erfahren. Übrigens, mit dem Deputy Commissioner haben Sie es wohl heftig verschissen, wie ich höre.«

»Sie meinen Schweinchengesicht?«

Tyre sah ihn erst verständnislos an und fing dann lauthals an zu lachen.

»Ich heiße Alan«, sagte McEagan und sie gaben sich die Hände.

»Und was war der zweite Grund?«, fragte er weiter.

»Nun wenn ich ehrlich sein soll, ich hatte dich immer im Verdacht, dass du noch ein Ass im Ärmel hast und den Dublinern nicht alles erzählst. Ich wollte ganz einfach dabei sein, wenn etwas passiert.«

Der Helikopter der Coast Guard war ebenfalls gelandet und die Einsatzgruppe aus Killarney war am Pier eingetroffen. Befehle wurden erteilt. Drei Gruppen wurden in den Wald beordert, nach weiteren Verdächtigen zu suchen. McEagan stand in der Spätnachmittagssonne und beobachtete die Szene. Irgendwie fühlte er sich völlig unbeteiligt. Mit seinen Gedanken war er bei O'Grady und O'Sullivan.

Links vor dem mittleren Tor lag immer noch der Körper des Gangsters, der ihn erschießen wollte. Er war jetzt mit einer grünen Plane abgedeckt. Tyre stand abseits und sprach in sein Funkgerät. Es war wie im Kino, wenn er zwar den Film sah, mit seinen Gedanken aber völlig weg war.

Es war ein warmer Tag, Sonne und kaum Wind, aber McEagan fror. Tyre hatte sein Funkgespräch beendet und trat neben ihn.

»Ich gratuliere, Alan. In Dublin und Cork wurden soeben neun Mitglieder des Syndikates festgenommen, darunter auch Teahan. Das haben wir größtenteils dir zu verdanken.«

»Es waren O'Grady und O'Sullivan, die Mike Teahan auf die Schliche kamen, und ausgerechnet sie mussten es nun am Ende mehr als alle anderen büßen.«

»Ihr werdet euch intern schon einig werden, wem die Ehre gebührt, das ist meine geringste Sorge. Nur noch eines: Pass gut auf den Rotschopf auf, er wird ein wichtiger Zeuge sein, wenn wir die Bande vor Gericht bringen.«

»Was ist mit der Kinsley?«, wollte McEagan noch wissen.

»Interessant, dass du fragst. Sie hat sich vor wenigen Minuten auf einer Garda Station in Cork gemeldet. Sie wüsste nicht, wo sie festgehalten worden sei. Man habe sie mit verbundenen Augen in der Innenstadt aus dem Auto geworfen. Sie ist gesund, aber etwas durch den Wind, wie sich der Beamte ausdrückte. Sie wird sich wohl mit einem Singledasein abfinden müssen, denn mit dem Zeugenschutzprogramm für die beiden wird es nichts werden.«

McEagan suchte den Blick von Tyre.

»Du hast mir das Leben gerettet, Paul. Ich weiß nicht, was ich außer Danke sagen soll.«

»Und wann soll das gewesen sein?«, fragte der leicht irritiert.

»Als du den Kerl da vorne erschossen hast. Du hast wohl geglaubt, er hätte einen meiner Leute im Visier. Er hatte es aber auf mich abgesehen, als er mich am Fenster entdeckte.

Sie gaben sich noch einmal lange die Hand.

»Ich würde dir gerne mal wieder über den Weg laufen, S.I. Alan McEagan, also pass auf dich auf«, sagte Tyre und grüßte militärisch mit vier Fingen an der rechten Schläfe, bevor er sich umdrehte und ging.

Als Erstes brachten sie O'Sullivan nach der Erstversorgung zum Rettungshubschrauber. Helfer hielten zwei Infusionen über dem Verletzten. Er war nicht ansprechbar.

»Machen Sie sich keine Sorgen«, sagte der Arzt, als McEagan auf ihn zugestürzt kam, »den kriegen wir wieder völlig hin. Hat halt eine Menge Blut verloren, das macht ein wenig schläfrig. Wir bringen ihn nach Cork ins University Hospital. Eine Kugel muss noch aus der Schulter raus und sein Schienbein wird auch ein bisschen Arbeit machen.«

Drei Minuten später hob der Hubschrauber ab und verschwand in einem großen Bogen in Richtung Kenmare. Ich muss seiner Schwester Bescheid sagen, ging es ihm durch den Kopf, als O'Grady ebenfalls herausgetragen wurde. McEagan sah in ihr tränennasses Gesicht.

»Neun Stiche am Hinterkopf und eine total versaute Frisur«, meinte der Mann mit der Aufschrift Doctor an seiner Windjacke. »Die Hauptsorge der Dame scheint aber mehr dem Kollegen zu gelten. Wir bringen sie jetzt sicherheitshalber wegen des Verdachts auf eine Gehirnerschütterung nach Tralee ins General Hospital.«

Fiona O'Grady versuchte aufzustehen.

»Halt, zuerst will ich wissen, wo Sie den Sergeant hingebracht haben.«

»Keine Aufregung, Inspector, das bekommt Ihnen nicht. Ihr Kollege ist außer Gefahr und mit dem Hubschrauber unterwegs nach Cork.«

»Dann bringen Sie mich ebenfalls nach Cork!«, sagte sie bestimmt und sank entkräftet auf die Liege zurück.

»Ich weiß nicht«, sagte der Arzt, »das wird nicht möglich sein, die Bestimmungen, Sie wissen schon, und außerdem wären das zwei Stunden Fahrt mit dem Krankenwagen.«

O'Grady sah McEagan an. In ihren Augen lag etwas, das er nicht deuten konnte. Angst? Flehen? Oder beides?

»Tun Sie es einfach«, sagte der, »bringen Sie Inspector Fiona O'Grady in die Universitätsklinik nach Cork.«

36

Drei Wochen waren seit den Ereignissen von Sneem vergangen. Seit einer Woche war O'Grady wieder im Dienst. Man hatte sie nach zwei Tagen aus dem Krankenhaus entlassen wollen, aber sie hatte die Ärzte davon überzeugen können, dass sie noch lange nicht gesund sei. Wie und mit welchen Argumenten sie das geschafft hatte, blieb ein Geheimnis zwischen ihr und dem Arzt. So hatte sie jedenfalls Gelegenheit, täglich am Bett von O'Sullivan zu sitzen. In der zweiten Woche, als ihre Entlassung unausweichlich wurde, hatte sie einfach Urlaub genommen.

McEagan saß in seinem Büro in Tralee und las noch einmal die letzten Protokolle des Falles. Morgen hätte er die Geschichte hinter sich. Er würde länger schlafen, länger frühstücken und erst gegen Mittag zum Dienst erscheinen. Dann würde er nach vorn schauen und sich mit seiner Liste beschäftigen, der er noch die Aufgabe »Schuhe polieren« hinzufügen musste.

Der schwerhörige Täter mit der Kopfverletzung war auf dem Weg der Genesung und letzte Woche ins General Hospital nach Tralee verlegt worden. Danach würde er seinen Kollegen in Untersuchungshaft Gesellschaft leisten müssen. Einer der Twins hatte den Mord an Digger gestanden und beide Twins hatten Forrest den Strick um den Hals gelegt. Auch hier wurden die Beweise der Gerichtsmedizin durch Geständnisse bestätigt. Der Rotschopf war selbst nicht aktiv an den Tötungen beteiligt, hatte sie aber als Chef der Clique mehr oder weniger angeordnet. Das bedeutete für ihn möglicherweise sogar eine noch höhere Strafe. Ein zusätzliches Verfahren wegen Körperverletzung eines Gardai nach der Festnahme auf Rossdohan Island würde strafrechtlich wohl nicht mehr besonders ins Gewicht fallen. Beim Verhör hatten sie sich damit entschuldigt, dass sie sich damals einfach nicht beruhigen konnten, dass sie aus purer Dummheit und mangelnder Vorsicht Teahans Leute selbst nach Rossdohan geführt hatten und dann sehr demütigend an Bäume gebunden wurden. Teahan und Kinsley warteten im Zentralgefängnis in Dublin auf ihren Prozess. Teahans Angestellte wurden auf verschiedene Gefängnisse im Land verteilt.

Auch hier im Hause hatte es kleine Veränderungen ergeben. Der Chief war seit drei Wochen in Kur. Kein Mensch wusste warum. Sweeny, sein spezieller Freund drüben im Seitenflügel, war vor drei Wochen von jetzt auf dann versetzt worden. Auch zu dem Vorgang gab es keinen offiziellen Kommentar.

Morgen würde die Akte zur Staatsanwaltschaft gehen. Eines der letzten Schriftstücke war eine Kopie vom Bootsregister. Nicht dass es McEagan noch sonderlich interessiert hätte, es war mehr oder weniger ein rein mechanischer Vorgang, auch dieses Schriftstück zu lesen. Als Eigentümer der Yacht war Kathleen Kinsley eingetragen. Damit hatte er nicht gerechnet. Sie war für ihn immer das untergebutterte Hausweibchen von Kinsley gewesen. Hatte Kinsley das Boot nur auf seine Frau registrieren lassen, um es vor eventuellen Gläubigern zu schützen? Oder steckte etwas anderes dahinter?

Er ließ die letzten ungeklärten Punkte Revue passieren. Kleinigkeiten für den Prozess, aber immerhin ungeklärte Punkte, die McEagan wurmten. Der sichergestellte Computer war sauber. Keine verdächtigen Dateien oder Mails. Kein Passwortschutz. Nur mit einem leeren Ordner mit dem Namen NoNo konnte man nichts anfangen. Man hatte daraufhin das Notebook genauer unter die Lupe genommen. Auch dieser Computer war außer den installierten Programmen leer. Im Ordner Eigene Dateien gab es ebenfalls nur einen Unterordner mit dem Namen NoNo, der aber ebenfalls leer war. Wie unbenutzt. Auch auf der Festplatte gab es keine Dateifragmente, die man hätte wiederherstellen können.

Aber ihre Spezialisten konnten die Spuren häufig benutzter anderer Datenträger finden. Sie hatten sich daraufhin nochmals die USB-Sticks vorgenommen. Darauf mussten die Daten versteckt sein. Aber sie konnten das Passwort nicht knacken. Sie wussten nicht einmal, wie viele Stellen es umfasste. Sie hatten selbst standesamtliche Unterlagen nach Namen von Müttern, Großmüttern und Urgroßmüttern durchforstet, waren aber letztlich selbst mit sehr zuverlässigen Entschlüsselungsprogrammen erfolglos geblieben.

McEagan sah sich nochmals die Bootsregistrierung an und rief den Techniker an, der sich in den letzten Wochen die Zähne an den Sticks ausgebissen hatte.

»Versuch es mal mit Spider und der Nummer 389486«, bat er.

»Und wenn das auch nicht funktionier? Kannst du aus deinem Kaffeesatz noch weitere Tiere und Nummern lesen?«, kam es ziemlich genervt zurück.

»Nur noch einen Versuch, bitte.«

Er versprach, sich darum zu kümmern.

Ein weiterer wunder Punkt waren die Bankkonten. Alle Unterlagen betrafen harmlose Konten mit normalen Umsätzen und plausiblen Belegen. Aber wer ein Boot im Wert von 1,2 Millionen Euro besitzt und bar bezahlt hatte, musste über verstecktes Geld verfügen. Auch die Geschäftskonten der zwischenzeitlich geschlossenen Antiquitätengeschäfte in England gaben keine verdächtigen Hinweise. Einige offene Enden würden an diesem Fall ebenso wie an vielen anderen Fällen wohl übrig bleiben.

O'Grady klopfte an und betrat strahlend das Büro.

»Ich habe gute Nachrichten. Peter wird am Wochenende entlassen. Er wird noch einige Wochen am Stock gehen, aber er darf nach Hause.«

»Setz dich.«

»Freust du dich etwa nicht?«, fragte sie und ließ sich auf den Besucherstuhl nieder.

»Natürlich freue ich mich für Peter. Ich wollte ihn auch öfter besuchen, hatte aber immer den Eindruck zu stören.«

»O'Grady wurde rot bis zum Haaransatz und fuchtelte etwas unkontrolliert mit den Armen.

»So ein Blödsinn! Bei was hättest du stören sollen?«

»Sag du es mir.«

Er wartete, bis sie sich entschieden hatte zu reden.

»Du hast ja recht. Ich hätte schon länger mit dir darüber reden sollen. Aber es gibt nichts, was unseren Dienst auch nur im Geringsten beeinflusst hätte. Wir haben in Sneem festgestellt, dass wir uns sympathisch sind und wir uns mögen. Wir sind uns näher gekommen. Das war alles. Erst als er verletzt in meinen Armen lag, wurde mir bewusst, dass da mehr, viel mehr war. Wir haben beide noch keine Ahnung, wie sich das weiterentwickeln wird. Die Zukunft wird es zeigen.«

»Gut, dann weiß ich Bescheid. Holst du ihn ab?«

»Klar, was denkst du?«

»Hunger?«

»Immer! Ich hole nur schnell meinen Mantel.«

Beim Italiener einigten sie sich auf den tagesfrischen Monkfish und genehmigten sich am hellen Mittag eine Flasche Gavi di Gavi.

»Du trägst seit Tagen keine Krawatten, bist du im Streik?«, fragte Fiona neugierig.

»Das steht so auf meiner Liste.«

»Welche Liste?«, fragte Fiona.

»Das ist noch zu kompliziert. Ich werde es dir ein anderes Mal erklären. Vielleicht besuchen wir mal zusammen Peter und seine Schwester und erzählen uns dann alle unsere Geheimnisse, was meinst du?«

»Prima Idee! Wir könnten dort sogar über Nacht bleiben«, und fügte dann nach einer kleinen Pause hinzu: »Ich könnte bei der Schwester schlafen und du bei Peter … oder so ähnlich.«

Sie waren beim Espresso angelangt, als McEagan wieder ernst wurde.

»Hast du gewusst, dass die Spider nicht Kinsley, sondern seiner Frau gehört?«

»Nein, und woher weißt du das?«

»Ich habe mir abschließend nochmals die Akten angesehen. Dabei ist mir heute die Registrierungsurkunde der Yacht aufgefallen. Ich hatte keine Ahnung, was ich überhaupt gesucht habe, ich wollte einfachsicher gehen, wirklich nichts übersehen zu haben. Ich frage mich nämlich immer noch, wo Kinsley sein Geld versteckt hat. Wenn er der große Zampano neben Teahan ist, wovon die in Dublin ausgehen, muss er Geld haben. Und wenn er wirklich der Partner von Teahan war, dann hätte er nie gesungen. Er hätte zu viel zu verlieren gehabt. Und wenn keine Gefahr bestand, dass er singt, wieso sollte sie dann entführt werden? Ich hatte immer so ein komisches Gefühl bei der Dame. Vielleicht hat sie uns alle hinters Licht geführt. Ihre Geschichten waren immer einfallsreich und überzeugend, aber die Logik endete in Cork. Sie wurde dort angeblich überwältigt und gefangen gehalten, bis man sie in der Innenstadt wieder freigelassen hat. Ich kann es drehen und wenden, wie ich will. Einige Dinge passen einfach nicht zusammen«.

O'Grady versuchte, den Gedanken ihres Chefs zu folgen.

»Du meinst, sie könnte uns alles vorgespielt haben, nicht nur die Entführung, sondern auch das arme unterdrückte Weibchen?«

»Warum nicht?«

O'Grady versuchte mit dem Gedanken klarzukommen.

Hast du schon einen Plan?«

»Ja, soeben geboren. Wir werden uns nochmals mit der Dame unterhalten müssen. Du klärst nachher ab, wo sie sich aufhält. Sie darf zwar nach wie vor nicht das Land verlassen, aber du kennst das ja: Zwischen Irland und Großbritannien gibt es keine Grenzkontrollen. Sollte sie noch in Sneem sein, organisiere ihre Überwachung, und morgen früh werden wir der armen und geschundenen Frau nochmals auf den Zahn fühlen!«

Sie hatten es eilig und verlangten die Rechnung, als McEagans Handy vibrierte.

»Woher hast du es gewusst?«, meldete sich der Techniker.

»Es ist der Name der Yacht und die Registrierungsnummer.«

»Gute Idee. Es war nicht ganz einfach. Spider war rückwärts geschrieben und von je der Hälfte der Ziffern eingerahmt. Unser Computer hat eine Stunde benötigt, weil darin noch drei willenlose Leerzeichen verteilt waren.

»Und was ist drauf?«

»Das solltest du dir besser selbst anschauen.«

»Gute Arbeit. Bin in einer halben Stunde da.«

Sie parkten ihren Wagen auf dem Nachbargrundstück. Frau van Meeren hatte ihnen tags zuvor bestätigt, dass ihre Nachbarin anwesend ist.

»Fiona, ich würde es gerne zuerst auf die sanfte Tour probieren. Wenn wir beide reingehen, riecht sie vielleicht den Braten. Also warte, bis dein Handy klingelt, und komm dann nach.«

»Du bist verrückt, die Frau ist gefährlich und bestimmt bewaffnet. Was willst du tun, wenn sie eine Schießerei anfängt? Wie soll ich dann ins Haus kommen?«

»Lass mich nur machen. Ich sorge dafür, dass die Terrassentür offen ist.«

McEagan schlenderte langsam die Zufahrt zum Haus hinunter, als interessiere er sich mehr für das Haus und die Gegend als für Menschen. Er wollte Stress vermeiden, falls er beobachtet wurde. Der Cayenne stand im Hof. Sie öffnete die Tür nach dem zweiten Läuten.

»Sie schon wieder, hört das denn nie auf?«

»Einen schönen guten Morgen, Mrs. Kinsley. Reine Routine! Wir wollen den Fall abschließen und möchten die letzten offenen Fragen abklären. Darf ich reinkommen?«

Sie musterte ihn einen Augenblick und überlegte wohl, ob sie sich darauf einlassen konnte. Dann trat sie beiseite. Im Flur standen zwei große Koffer und eine Reisetasche.

»Ah, ich sehe, Sie möchten verreisen.«

»Keineswegs! Da sind die Klamotten meines Mannes drin, die ich zur Sammelstelle bringen will. Gehen Sie ins Wohnzimmer, ich bin in einer Sekunde da.«

Was hat sie vor? Holt sie jetzt doch eine Waffe, wie es O'Grady befürchtet hatte? Sie betrat das Zimmer und hatte keine Waffe.

»Setzen Sie sich. Möchten Sie einen Kaffee?«

»Danke nein, sehr freundlich, aber mein Sodbrennen verbietet mir mehr als eine Tasse pro Tag.«

McEagan wusste, dass sie auf der Lauer lag, denn sie ließ ihn keinen Augenblick aus den Augen. Und er wusste, dass sie schon wieder gelogen hatte. Er hatte sie bei der Abreise gestört. Sie war reisefertig angezogen, der Wagen stand vor der Türe und zwei sehr teure Koffer im Flur. Von wegen Altkleidersammlung!

»Also, was möchten Sie wissen, Superintendent?«

»Nur ein paar Kleinigkeiten. Können Sie mir den Mann etwas genauer beschreiben, der in Waterville auf Sie gewartet hat? Ihre bisherige Beschreibung hat nämlich noch zu keinem Fahndungserfolg geführt. Denken Sie einfach nochmals darüber nach. Vielleicht Kleinigkeiten, die Ihnen später eingefallen sind.«

»Tut mir leid, mir ist nichts mehr eingefallen. Ich hatte damals auch andere Dinge im Kopf, als den Fahrer zu beobachten.«

»Verstehe ich. Und Cork? Sie haben doch bestimmt oft darüber nachgedacht, wo man Sie gefangen gehalten hat. Sind Ihnen zwischenzeitlich Details eingefallen, die uns weiterbringen könnten?«

»Ich habe doch bereits ausgesagt, dass meine Augen verbunden waren. Ich habe absolut nichts gesehen.«

Was hätte sie auch sonst sagen sollen? Beim Einsatz der Drogenleute wurden ein Geschäftshaus und ein Privatgrundstück ausgehoben und die vermuteten Mitglieder der Bande verhaftet. Nirgendwo gab es Hinweise auf den Aufenthalt einer Geisel. In keiner der Örtlichkeiten konnte die Spurensicherung Fingerabdrücke oder andere Spuren von der Dame finden. Durch Hinweise auf einem der Sticks hatten sie allerdings ein Haus in Youghal gefunden, das auf den Namen ihrer Schwester eingetragen war. Dort war die Spurensicherung heute mit fünf Mann beschäftigt.

»Was werden Sie tun, wenn der Prozess Ihres Mannes vorbei ist? Von was werden Sie leben?«

»Ich denke, dass ich zurück nach England gehe. Vielleicht zu meiner Schwester, ich habe mich noch nicht entschieden.«

McEagan musste nachhaken.

»Und von was werden Sie leben?«

Ich werde den Wagen meines Mannes und dieses Haus verkaufen, das sollte eine Weile reichen.«

»Und von was werden Sie die Anwälte Ihres Mannes bezahlen? Die werden ein Vermögen kosten.«

»Das ist sein Problem.«

Er hatte sie nicht aus den Augen gelassen. Nicht eine verräterische Regung, während sie alle die Lügen von sich gab. Nur an ihrem Auftreten hatte sich Gravierendes geändert. Das Verhärmte war wie weggeblasen. Sie hatte sich in eine gepflegte Erscheinung verwandelt. Haare und Make-up makellos. Ihr Kostüm vom Feinsten. Und die Augen hatten sich verändert. Sie sprühten geradezu. Freude? Wiedergewonnener Stolz? Oder tödliche Feindschaft? Auf diese Tour kam er nicht weiter. Er musste sie provozieren.

»Haben Sie sich eigentlich sehr amüsiert?«

Jetzt witterte sie Gefahr.

»Was meinen Sie? Worüber sollte ich mich amüsiert haben?«

»Nun zum Beispiel, wie Sie uns mit Ihrer Entführung an der Nase herumgeführt haben, während Sie es sich in Ihrem Haus in Youghal gemütlich gemacht haben. Zum Beispiel, wie Sie uns das verhärmte und unterjochte Frauchen vorgespielt haben, das nur über knappe Mittel verfügt.«

Sie versuchte erst gar nicht zu leugnen.

»Das war zu simpel, um sich darüber amüsieren zu können, Superintendent.«

Kein Erschrecken. Keine Erklärung. Keine Ausreden. Sie war auf der Hut. Hellwach und ohne den früheren dümmlichen Ausdruck in den Augen. Sie war eiskalt. McEagan musste es jetzt zu Ende bringen

»Entschuldigen Sie, muss wohl an meinem Bluthochdruck liegen, aber hier drinnen ist es sehr warm. Könnten wir unser Gespräch auf der Terrasse weiterführen oder die Türe ein wenig öffnen?«

»Die Türe bleibt zu, wenn es Ihnen zu warm ist, ziehen Sie Ihr Jackett aus.«

Er hätte auf O'Grady hören sollen!

»Was möchten Sie noch wissen, ich habe nicht den ganzen Tag Zeit.«

»Nur noch eine Kleinigkeit, wer von Ihnen beiden hat das Boot gefahren, als Sie das Kokain an Land gebracht haben?«

»Warum eiern Sie so um die Fragen, die Sie wirklich interessieren, Superintendent?«, fragte sie, ohne ihre Stimme zu erheben und ohne den Blick von ihm abzuwenden.

Er hätte auch später noch nicht sagen können, wie sie es geschafft hatte, dass sie plötzlich die schwere Pistole in ihrer Hand hielt.

»Sie sollten mich nicht zum Narren halten, McEagan. Ich kann Narren nämlich nicht ausstehen. Hatte mein ganzes Leben genügend davon um mich.«

»Meinen Sie damit Ihren Gatten?«

»Phh, mein Gatte! Ein kleiner dummer Hampelmann, der gerne große Welt spielt und mit schnellen Autos spielt. Und dabei ist er unerträglich einfältig. Glauben Sie wirklich, er hätte das alles auf die Beine stellen können, was Sie ihm unterstellen? Ich weiß, dass Sie meine USB-Sticks geknackt haben müssen, sonst wüssten Sie nichts vom Haus in Youghal und wären vermutlich nicht hier. War mein größter Fehler, die Sticks zu vergessen. Ist mir erst in Sneem eingefallen, dass sie noch in meiner Schublade lagen. Leider konnte ich nicht mehr zurückrudern, da es bereits hell wurde und die Flut immer noch ins Tal drückte. Ich weiß, dass ich für diesen Fehler bezahlen muss, so wie Sie für Ihren Fehler bezahlen werden, nochmals hierher zu kommen.«

»Was wollen Sie denn noch unternehmen?«, fragte McEagan. »Wir haben Ihre Konten in Schottland und Luxemburg heute Morgen sperren lassen. Die Reederei in Cork, in der Sie all das schmutzige Geld gewaschen haben, wird gerade auf den Kopf gestellt und in wenigen Minuten wird es hier drinnen ziemlich eng werden. Sie haben keine Chancen und sollten die Pistole deshalb auf den Boden legen.«

»Sie bluffen, McEagan! Sie sind eitel und selbstgefällig und wollten das alleine durchziehen, den Erfolg nicht teilen. Ich kenne Typen wie Sie. Hätten Sie Unterstützung dabei, wäre es draußen nicht so friedlich. Das war Ihr Fehler, Superintendent.«

»Wenn Sie sich da mal nicht irren! Was haben Sie jetzt vor?«

»Das werden Sie gleich sehen und es wird Ihnen vermutlich nicht gefallen. Jetzt legen Sie erst einmal ganz langsam Ihr Jackett ab und nehmen dann mit zwei Fingern vorsichtig Ihre Waffe aus dem Halfter und legen sie auf den Boden. Und machen Sie nicht noch einen Fehler, indem Sie eine falsche Bewegung machen. Es wäre Ihr letzter.«

»Was wollen Sie tun? Mich erschießen? Glauben sie wirklich, dass Sie weit kommen würden?«, versuchte es McEagan nochmals.

»Zerbrechen Sie sich nicht meinen Kopf und strapazieren Sie nicht meine Geduld. Tun Sie, was ich Ihnen gesagt habe, und das Ganze in Zeitlupe bitte.«

Dabei war sie aufgestanden und zielte beidhändig mit ausgestreckten Armen auf seine Brust.

McEagan tat, wie ihm befohlen, und stand langsam auf. Sie ließen sich dabei keine Sekunde aus den Augen. Es ging ihr wohl doch zu langsam, denn sie ermahnte ihn, er solle voranmachen, und so als wolle sie ihre Drohung unterstreichen, winkte sie mit der Pistole und zielte jetzt auf seinen Kopf.

Er ließ seine Jacke auf den Boden fallen und legte die Pistole langsam daneben.

»Kicken Sie Pistole zu mir!«

Er folgte ihrer Anweisung und verwünschte dabei seine granatenmäßige Dummheit. Was hatte sie vor. Sollte er ihr als Geisel dienen?

Sie unterbrach seine Gedanken und fuchtelte erneut mit ihrer Waffe.

»Jetzt öffnen Sie Ihre Hose und lassen sie einfach nach unten fallen, wird's bald?«

Selten hatte er sich derart dämlich gefühlt, wie er jetzt mit heruntergelassenen Hosen dastand. Sie würde ihn nicht als Geisel nehmen! Und auf ein Schäferstündchen würde es wohl auch nicht hinauslaufen. Er sollte in seiner Bewegungsfähigkeit eingeschränkt sein. Wahrscheinlich würde er als Nächstes gefesselt werden. Gib Gott, dass O'Grady die Situation bemerkt und Verstärkung gerufen hat. Er musste Zeit gewinnen.

»Hören Sie. Ich weiß nicht, was Sie vorhaben, aber was Sie sich auch immer ausgedacht haben, Sie werden nicht damit durchkommen. Draußen wimmelt es von Kollegen.«

»Na die werden aber ihre Freude haben, wenn sie den Superintendent in Unterhosen vorfinden. Legen Sie sich hier auf den Boden. Und bitte auf den Bauch, die Hände auf den Rücken.«

McEagan zögerte.

»Eine Frage würde mich noch brennend interessieren. Wohin wollen Sie denn noch gehen, so ganz ohne Geld?«

Jetzt hatte er wohl den wunden Punkt getroffen. Zornesröte stieg ihr ins Gesicht. Sie trat einen Schritt näher und zielte McEagan genau zwischen die Augen. Im selben Moment knallte ein Schuss und das Glas der Terrassentür zersplitterte. McEagan ließ sich auf den Boden fallen und sah dabei aus den Augenwinkeln, wie die Kinsley ungläubig auf ihre leeren Hände starrte und in Zeitlupe einknickte. Eine Sekunde später stand O'Grady über ihr und hielt ihr die Dienstwaffe ans Ohr.

»Ich wollte vorhin schon eingreifen, aber als ich dann sah, wie du die Hosen runtergelassen hast. Mann oh Mann, das wollte ich mir nicht entgehen lassen.«

Die Handschellen klickten. Fiona brachte die heruntergefallene Pistole in Sicherheit, rief dann auf der Station in Kenmare an und forderte einen Streifenwagen und einen Arzt an. Langsam kniete sie neben ihrem Chef nieder.

»Soll ich dir beim Aufstehen helfen oder schaffst du es alleine?«

Gut, dass er sich damals für diese junge Dame und nicht für einen alten erfahrenen Knacker entschieden hatte. Wo hatte sie nur derart schießen gelernt?

»Alles in Ordnung, Boss?«

»Ja, alles in Ordnung, Inspector.«

»Und Schweinchengesicht wird bestimmt auch begeistert sein. Ich denke, er wird dir verzeihen.«

* * *